KB059688

댈러웨이 부인

Mrs. Dalloway

댈러웨이 부인

버지니아 울프

정명희 옮김

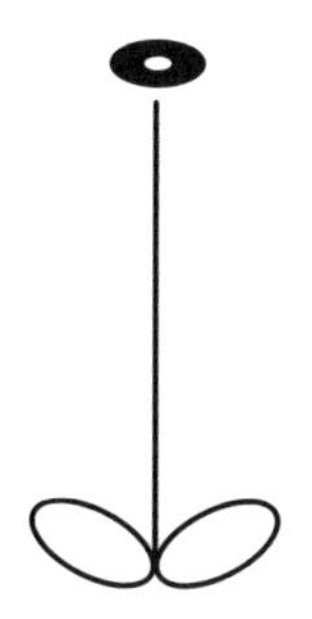

솔

울프 전집을 발간하며

왜 지금 울프인가? 1941년 3월 28일 양쪽 호주머니에 돌을 채워 넣고 우즈 강에 투신 자살한 작가 버지니아 울프의 전집을 이역만리 한국에서 왜 지금 내놓는가?

20세기 초라면 울프에 대한 모더니스트로서의 위상 정립 작업이 필요했을 수도 있다. 또한 1980년대라면 1970년대 이후 서구에서 활발하게 진행된 페미니즘 논의와 연관시켜 페미니스트로서의 위치 설정 작업이 필요하다고 할 수도 있다. 울프는 누가 뭐래도 페미니스트이다. 울프의 페미니즘은 비록 예술이라는 포장지에 곱게 싸여 있기는 하지만 나름대로 격렬한 것이다. 그럼에도 불구하고 페미니즘은 절대로 울프 문학의 진수도 아니며, 전부는 더더욱 아니다.

그녀의 문학은 한마디로 말해서 인간주의 문학이다. 사랑을 설파한 문학, 이타주의利他主義를 가장 소중히 여긴 고전 중의 고전이 그녀의 문학이다. 모더니즘, 페미니즘, 사회주의와 같은 것들은 그녀가 목적지를 향해 나아가는 도중에 잠깐씩 들른 간이역에 불과하다. 궁극적인 목적지는 인본주의라는 정거장이었다. 그동안 그녀는 모더니즘의 기수라는 훤칠한 한 그루의 나무로, 또는 페미니즘의 대모代母라는 또 한 그루의 잘생긴 나무로 우리의 관심을 지나치게 차지하여 우리가 크고도 울창한 숲과 같은 이 작가의 문학 세계를 제대로 보지 못하는 경향이 없지 않았다. 이제는 바야흐로 이 깊은 숲을 조망할 때가 온 것으로 믿는다. 지금 우리가 울프를 다시 읽어야 하는 이유가 여기에 있다.

이 전집이 울프를 바로 이해하는 데 도움이 되고, 나아가 읽는 이의 정서를 순화하는 데 작은 도움이 되었으면 한다.

울프 전집 간행위원회

차례

꽃은 자신이 직접 사겠노라고 댈러웨이 부인은 말했다.

루시에게는 따로 시킨 일이 있었기 때문이다. 문들도 떼어내야 했고 럼플마이어의 일꾼들이 올 예정이었다. 그런데 얼마나 황홀한 아침인가, 클러리서 댈러웨이 부인은 생각했다—마치 바닷가 어린아이들이 맞는 아침처럼 신선했다.

종달새처럼 솟구쳐 올랐다! 곤두박질쳐 떨어져 내렸다! 지금도 그녀가 들을 수 있는 돌쩌귀의 약간 삐걱거리는 소리를 들으며, 프랑스식 문을 활짝 열어젖히고, 부어톤에서 활짝 열린 대기 속으로 뛰어들었을 때, 그녀에게는 언제나 그런 것 같았다. 아침의 대기는 얼마나 신선하고, 얼마나 고요했던지, 물론 지금보다 훨씬 더 고요했었지. 이른 아침의 대기였어. 파도의 철썩임 같기도 하고, 파도의 입맞춤 같기도 했지, 오싹하면서 섬뜩했지만 엄숙했다. 거기 열린 창가에 서면 예전에도 그랬듯이, 무엇인가 무시무시한 일이 막 일어나려 하는 것을 느꼈다. 꽃들을 바라보고, 나무에 연기가 휘감고 지나가는 것을 바라보고 그리고 까마귀가 날아올랐다가 곤두박질쳐 내려오는 것을 보았다. 서서 바라보고 있었다. 그때 피터 월쉬가 말했다. "야채들 속에서 명상에 빠졌어요?" —그 말이었던가? —"나는 콜리플라워보다는 사람들을 더 좋아해요." —이 말이었던가? 그녀가 테라스로 나갔던 어느 날 아침식사 때, 틀림없이 그 말을 했을 거야—피터 월쉬. 그는 언젠가 인도에서 돌아오리라. 유월인지 칠월인지, 어느 달인지 잊어버렸네. 그의 편지들이 너무도 지루했기 때문이다. 우리들은 그가 한 말을 기억했다, 그의 눈을, 그의 주머니칼을, 그의 미소를, 그가 화 잘 내던 것을 기억했다. 수만 가지 것들이 완전히 사라져 버렸을 때 말이다—정말로 이상했다! —양배추에 관한 이런 몇 마디를 기억하다니.

보도에서 더트넬의 화물차가 지나가기를 기다리면서 그녀는 약간 몸을 곧추세웠다. 매력적인 여인이라고 스크로프 퍼비스는 생각했다(웨스트민스터에 사는 이웃 사람을 알듯이 그녀를 알고 있었다). 그녀에게는 새 같은 느낌, 푸른빛을 띤 초록색 새, 경쾌하고 생기가 넘치는 어치새 같은 느낌이 있었다. 비록 그녀가 오십이 넘었고, 아픈 뒤로 흰머리가 많이 생겼지만 말이다. 그곳에 그녀는 횃대에 걸터앉은 새처럼 꼿꼿하게 서 있었다, 그를 전혀 보지 못한 채, 길을 건너려 기다리며, 곧추서 있었다.

웨스트민스터에서 살아왔기 때문에—이제 햇수가 얼마나 되었지? 이십 년이 넘었지? —교통이 혼잡한 한가운데에서든지, 한밤중에 깨어서든지 특별한 고요함, 엄숙함을, 분명히 표현할 수는 없지만 순간적인 정지를 느낀다—클러리서는 확신했다. 빅벤이 치기 전에 오는 서스펜스를 (그러나 사람들은 감기에 걸려 몸이 약해진 그녀의 심장 때문일 것이라고 말한다) 느낀다. 저봐! 땡땡 하고 치네. 처음에는 멜로디가 아름답게 울리고 그리고 나선 돌이킬 수 없는 시간을 알렸다. 그 납 소리의 여운이 대기 중에 녹아 내렸다. 우리는 너무나도 바보들이야, 빅토리아 거리를 건너며 그녀는 생각했다. 왜냐하면 하늘만이 아시기 때문이지, 왜 우리가 삶을 그렇게 사랑하는지, 왜 삶을 그렇게 보는지, 구성하고, 하나를 중심으로 쌓아 올리고, 무너뜨리고 그리고 매순간 새롭게 삶을 창조하는지 말이야. 하지만 더할 수 없이 가장 초라한 여인네도, 비참한 이들 가운데 가장 절망적인 자들도 문간에 주저앉아서 (파멸을 축하하여 마시며) 똑같이 했다. 바로 그 이유 때문에 의회법으로도 다룰 수가 없는 거라고 그녀는 확신했다. 그들도 삶을 사랑했다. 사람들의 눈 속에, 그네 속에, 터벅터벅 걷는 무거운 발걸음, 포효하는 소리와 소란함 속에, 마차들, 자동차들, 버스들, 화물차들, 휘적휘적 흔들며 지나가는 샌드위치맨들, 취주 악대들, 손잡이를 돌리는 휴대용 풍금들, 승리의 기쁨, 짤랑짤랑 울리는 소리, 머리 위에서 어떤 비행기가 내는 이상하게 높은 소리들 속에 그녀가 사랑하는 것이 있다. 삶이, 런던이, 유월의 이 순간이 말이다.

때는 유월의 중순이었기 때문이다. 전쟁은 끝이 났지. 그 멋진 아들 녀석이 전사해서 이제 그 오래된 장원 영주의 저택을 사촌이 상속하게 되어, 지난 밤 대사관에서 비탄에 잠겨 있던 폭스크로프트 부인과 같은 이를 제외하고는 말이야. 혹은 자신이 가장 사랑하는 존이 전사했다는 전보를 손에 들고 바자를 열었다는 벡스버러 여사 말고는 말이다. 그렇더라도 이제는 끝났어, 하나님 감사합니다—끝났어요. 때는 유월이었다. 왕과 여왕은 버킹엄 궁전에 있었다. 비록 아직 너무 이르기는 했지만, 두근거림이, 질주하는 말의 설레임이, 크리켓 방망이가 톡톡 치는 소리가 사방 어디에나 있었다. 국회의 크리켓 경기장, 애스콧에 있는 경마장, 래닐러 폴로 클럽 그리고 나머지 모든 곳을 회색빛이 도는 푸른 아침 대기가 부드러운 장막으로 싸안고 있었다. 그 아침 대기는 시간이 감에 따라 지금 막 앞발로 땅을 박차는 건장한 조랑말들을 지치게 해서 잔디밭 위에 그리고 크리켓 경기장 중심부에서 휴식하게 하리라. 빙빙 돌며 춤을 추던 젊은 청년들은 급히 뛰어 일어났고, 안이 비치는 모슬린 옷을 입고 깔깔대고 웃던 소녀들은 밤새 춤을 춘 뒤, 마침 우스꽝스럽게 생긴 털북숭이 개들을 산보시키고 있었다. 지금 이 시각에도 분별 있는 늙은 미망인들은 알 수 없는 일로 차를 타고 급히 지나갔다. 그리고 상점 주인들은 인조 보석과 다이아몬드, 미국인들을 유혹하려 18세기풍으로 세팅을 한 아름답고 오래된 바다색 같은 초록색 브로치들이 들어 있는 진열장 앞에서 안절부절 못하고 있었다(하지만 사람은 절약해서 써야지, 엘리자베스에게 무모하게 물건들을 사주어서는 안 되지). 어리석은 줄 알지만 신실하게 열정을 바쳐 그런 삶의 설레임을 사랑하는 그녀 또한 그 시대의 일부에 속하였다. 왜냐하면 그녀의 선조들은 한때 조지 왕조 시대[1]에 조신들이었고, 바로 그날 저녁에 그녀도 불을 밝혀 광명을 던지려 하고 있었다. 파티를 베풀리라. 그런데 공원에 들어섰을 때의 침묵은 얼마나 낯선지. 안개, 낮게 웅얼거리는 소리, 느리게 헤엄치는 행복한 오리들, 어기적거리며 걷는 턱이 자루처럼 늘어진 새들, 모두 낯설었다. 그런데 정부 건물을 등지고 누가 오고 있지. 왕실의 문장紋章이 찍힌 속달 상자를 가장 어울리게 든 휴 휘트브레드지 누구겠어. 그녀의 오래된 친구 휴—칭찬할 만한 휴!

"안녕하세요, 클러리서!" 휴는 다소 과장되게 말했다. 왜냐하면 그들은 서로를 어릴 적부터 알고 있었기 때문이다. "어디 가는 길이에요?"

1 18세기에서 19세기 초.

"나는 런던 걷기를 좋아해요." 댈러웨이 부인은 말했다. "정말 시골에서 걷는 것보다 훨씬 좋아요."

그들은 방금 올라왔다 — 불행히도 — 의사의 진찰을 받으려고 말이다. 다른 이들은 그림을 보러, 오페라에 가려고, 딸들을 선보이려고 왔다. 휘트브레드 부부는 "의사의 진찰을 받으러" 왔다. 셀 수 없이 여러 번 클러리서는 요양원에 있는 애버린 휘트브레드를 방문했다. 애버린이 또 아픈가요? 애버린은 상당히 기분이 언짢다고 휴는 말했다. 아주 잘 차려입었고, 남자답게 아주 잘생겼으며, 완벽하게 성장한 몸으로 다소 시무룩해하며 아니 젠체하며 (그는 거의 언제나 지나치게 옷을 잘 입었다. 궁전에서의 그의 하찮은 업무 때문에 그래야만 하겠지) 아내가 심각할 정도는 아니지만 무슨 정신질환을 앓고 있다고 넌지시 비쳤다. 오랜 친구인 클러리서 댈러웨이는 그가 일일이 이야기하지 않아도 잘 이해할 수 있었다. 아아, 물론, 그녀는 당연히 이해할 수 있었다. 얼마나 귀찮은 일인지. 그리고 그녀는 자신이 누이같이 느껴졌고 동시에 이상하게도 모자에 신경이 쓰였다. 이른 아침에 어울리는 모자가 아니어선가, 그런가? 왜냐하면 휴가 부산을 떨며 다가와 다소 지나칠 정도로 정중하게 모자를 들고 인사를 하며 그녀가 열여덟의 소녀일 수 있다고 확신시킬 때면 언제나 그녀 자신을 느낄 수 있게 해주었기 때문이다. 애버린이 절대적으로 주장해서, 물론 그는 오늘 저녁 그녀의 파티에 올 예정이다. 단지 조금 늦을 수도 있다고요, 짐의 아들들을 데려가야 하는 궁전에서의 파티가 끝난 후라구요 — 그녀는 언제나 휴 곁에서는 약간 빈약하게 느껴졌다. 여학생같이 말이다. 그러나 그를 좋아했다, 언제나 어느 정도는 그를 알고 있었기 때문에, 그녀는 분명 그가 나름대로 좋은 사람이라고 생각했다. 비록 리처드는 그 때문에 거의 미치려 하고, 피터 월쉬로 말할 것 같으면 오늘날까지 그녀가 휴를 좋아하는 것을 결코 용서하지 않기는 하지만 말이다.

그녀는 부어톤에서의 장면 장면들을 기억할 수 있었다—피터가 성이 나서 날뛰고, 물론 휴는 어느 면에서도 그의 상대가 아니었지만, 그래도 피터가 입증하려 했던 것처럼 완전한 바보는 아니었다. 전적으로 꼭두각시는 아니었다. 그의 어머니가 그에게 사냥을 그만두고 배스[2]에 데려다 달라고 했을 때 그는 한마디 말도 없이 그렇게 했다. 그는 정말로 사심이 없었다. 피터가 말했듯이 정도 없고 두뇌도 모자라고 단지 영국 신사의 교양과 예절뿐이라고 말하는 것은 그녀의 사랑스런 피터가 최악의 상태에서 한 말에 불과했다. 그를 참을 수 없을 때가 있었고, 그가 몹시 싫을 때도 있었다. 그러나 이런 아침에 같이 걷는 것은 매력적이었다.

(유월은 나무의 모든 잎들을 돋아나게 했다. 핌리코 구역[3]의 엄마들은 어린아이들에게 젖을 빨렸다. 메시지들은 함대에서 해군 본부로 전해지고 있었다. 알링톤 거리와 피커딜리 거리가 공원의 대기 자체를 마찰시켜서, 공원의 나뭇잎들이 클러리서가 사랑하는 신성한 생명력의 물결에 실린 듯이 찬란하게 올라갔다. 춤추려고, 올라타려고 했는데, 그녀는 그 모든 것을 숭배했다.)

수백 년은 헤어져 있었던 것 같았다, 그녀와 피터 말이다. 그녀는 결코 편지를 쓰지 않았고 그의 편지는 메마른 나뭇가지들 같았

2 영국 서머셋셔에 있는 온천 도시.

3 빅토리아 역 남쪽, 벨그라브와 웨스트민스터 사이에 위치한 구역이다. 1830년까지 아주 가난한 구역으로 대부분이 황무지였다. 하지만 이후 개발되어 벨그라브만은 못해도 꽤 부유한 가정들의 거주 지역이 되었다. 여기서 울프가 핌리코 구역의 어머니라고 왜 구체적으로 지명하는지는 분명치 않다. 단지 이미지가 다소 거칠고, 뒷부분에서 핌리코 구역의 가난한 어머니라고 언급하는 것으로 보아, 그들이 경제적으로 부유하지 못한 상태를 거슬러 올라가 얘기하는 듯하다. 또한 생각의 흐름을 계속 쫓는 서술에서 울프가 흔히 그러듯이 바깥 세계를 인지하는 것을 보여주는 구체적인 묘사이기도 하다.

다. 그런데 갑자기 그녀에게 이런 생각이 들었다. 만약 그가 지금 나와 함께 있으면 뭐라고 할까? —어떤 날들, 어떤 광경들이 조용히 그를 되살아나게 했다, 예전의 쓰라림은 없었다. 그것이 아마도 사람들을 사랑한 대가이리라. 어느 화창한 날 세인트 제임스 파크 한가운데서 그들 생각이 난다—정말로 그들은 그랬다. 하지만 피터는—아무리 날이, 나무들과 풀들이, 그리고 핑크색 옷을 입은 작은 소녀가 아름다울지라도—피터는 그 모든 것 중에 어느 하나도 결코 보지 못했다. 만약 그녀가 보라고 하면, 그는 안경을 쓰리라, 그리곤 바라보겠지. 그가 관심이 있는 것은 세상 모습이었다, 바그너, 포프의 시, 언제나 사람들의 성격들 그리고 그녀의 영혼의 결점들. 얼마나 그녀를 비난했던가! 그들은 얼마나 언쟁을 벌였던가! 그녀가 수상과 결혼해서 계단 맨 위에 서게 될 것이라고 했다. 그녀를 완벽한 안주인이라고 부르며(그 때문에 그녀는 자기 침실에서 울었다), 완벽한 안주인의 소질이 있다고 했다.

이런 식으로 그녀는 세인트 제임스 파크에서 언쟁을 벌이고 있는 자신을 여전히 발견하곤 했다. 그녀가 그와 결혼하지 않은 것—또한 그래야만 했다—이 옳았다는 것을 입증하려 하고 있었다. 왜냐하면 결혼 생활에서 매일매일 같은 집에서 사는 사람들 사이에서 조금은 제멋대로 할 수 있는 권리, 다소 독립된 부분이 있어야만 했다. 그것을 리처드는 그녀에게 주었고, 그녀 또한 그에게 주었다. (예를 들면 오늘 아침에 그는 어디에 있을까? 어떤 위원회리라, 그녀는 절대로 묻지 않았다.) 하지만 피터와는 모든 것을 공유해야만 했다. 모든 것을 자세히 의논해야 했다. 그것은 참을 수 없다. 게다가 작은 정원의 분수가에서 그 일이 일어났을 때 그녀는 그와 헤어져야만 했다. 그렇지 않았다면 그들은 파괴되었을 것이다. 그들 둘 다를 망쳤으리라고 확신했다. 비록 수년 동안 가슴에 박힌 화살처럼 그 슬픔을, 그 고뇌를 그녀가 짊어지기는 했지만 말이다. 그리고 나선 그가 인도로 가는 배에서 만난 여자와 결혼했다고 콘서트에서 누군가 이야기해주었던 그 순간의 심한 불쾌한 느낌! 그 모든 것을 결코 잊지 못하리라! 그는 그녀가 차갑고, 냉혹하며, 정숙한 체하는 여자라고 공공연히 말했다. 그런 그가 어떻게 사랑을 한다는 것인지 그녀는 결코 이해할 수가 없었다. 하지만 그 인도 여자들은 필시 이해했겠지 — 어리석고, 예쁘지만, 천박한 바보들인 그네들은 말이야. 그러나 그녀는 쓸데없이 동정했다. 왜냐하면 그는 아주 행복하다고 그녀를 안심시켰고 — 비록 그들이 얘기하던 일들을 하나도 하지 않았지만, 더할 나위 없이 행복하다고 했다. 그의 전 인생은 실패작이었다. 그것이 아직도 그녀를 화나게 했다.

그녀는 공원 출입구에 이르렀다. 그녀는 한순간 서서 피커딜리 거리에 있는 버스들을 바라보았다.

이제 그녀는 이 세상 누구에 대해서도 이렇다저렇다 말하지 않으리라. 그녀는 아주 젊게 느껴졌다. 동시에 말로 표현할 수 없이 늙은 것 같았다. 그녀는 칼처럼 모든 것들을 관통하여 베었다. 동시에 그녀는 그것들을 바라보면서 밖에 있었다. 그녀가 택시들을 바라보고 있을 때, 밖으로 밖으로, 저 멀리 바다로 혼자 나가는 느낌이 쉴 새 없이 들었다. 단 하루일지라도 산다는 것이 아주, 아주 위험하다는 느낌을 언제나 갖고 있었다. 자신이 총명하다거나 아주 비범하다고 생각했기 때문은 아니었다. 다니엘 양이 주었던 몇 개의 곁가지에 지나지 않는 지식을 갖고 그녀가 어떻게 인생을 살아왔는지 알 수 없었다. 그녀는 아는 것이 아무것도 없었다. 언어도, 역사도 아는 게 없었다. 이제 잠자리에서 읽는 회고록들을 제외하고는 좀처럼 책 한 권도 읽지 않았다. 하지만 이것, 이 모든 것, 지나가는 택시들까지도 그녀에게는 그야말로 흥미진진하였다. 그녀는 피터에 대해서 말하지 않으리라, 그녀는 자신에 대해서도 말하지 않으리라, 나는 이거다, 나는 저거다 하고 말이다.

그녀의 유일한 재능은 거의 본능적으로 사람들을 이해하는 것이라고 계속 걸으며 생각했다. 만약 그녀가 누군가와 방 안에 같이 있게 되면, 그녀는 고양이처럼 등을 올리거나, 혹은 가르랑거릴 것이다. 데번셔의 집, 배스에 있는 집, 도자기로 된 앵무새가 있는 집, 이 모든 집들이 한때 불이 휘황하게 밝혀진 것을 그녀는 보았다. 실비아, 프레드, 샐리 시튼—그런 많은 사람들을 기억했다. 밤새도록 춤을 추었다. 짐마차들이 터벅터벅 시장을 향해 지나갔다가, 공원을 가로질러 집으로 돌아왔다. 한번은 1실링을 서펀타인 호수[4]에 던졌던 것이 기억났다. 하지만 누구나 기억은 했다. 그녀가 사랑하는 것은 그녀 앞에 있는 이것, 여기, 현재였다. 택시를 타고 있는 저 뚱뚱한 숙녀 말이다. 그렇다면 그것이 문제가 될까, 본드 거리를 향해 걸어가면서 그녀는 자신에게 물었다, 필연적으로 완전히 죽는다는 것이 문제가 될까. 그녀 없이도 이 모든 것들이 틀림없이 계속될 것이었다. 그녀가 그 사실에 분개하나? 오히려 죽음이 완전히 끝을 낸다고 믿는 것이 위로가 되지 않을까? 그러나 런던의 거리에서, 사물이 밀리고 미는 흐름 속, 여기, 저기에서, 어떻게 해서든지 그녀는 살아남고, 피터도 살아남아, 서로서로의 존재 속에서 살리라. 그녀가 집에 있는 나무들의 일부가 되리라는 것은 의심할 여지가 없었다. 비록 추하고, 온통 잡동사니마냥 짜임새가 없었지만 저기 있는 집의 일부가 되리라, 그녀가 한번도 만난 적이 없는 사람들의 일부가 되리라, 그

4 하이드 파크에 있는 연못.

녀가 가장 잘 아는 사람들 사이에 안개처럼 펼쳐지리라. 그러면 나무들이 안개를 들어올리는 것을 그녀가 본 것처럼, 나무들은 그녀를 가지 위에 올려놓으리라. 그래도 그녀의 삶, 그녀 자신은 아주 멀리 퍼져 나가리라. 그런데 해처즈 가게의 진열장을 들여다보면서, 그녀는 무엇을 꿈꾸고 있지? 그녀가 되찾으려 하는 것은 무엇일까? 펼쳐져 있는 책 속에서 보았던 것 같은 시골 하얀 새벽의 어떤 이미지인가.

> 더 이상 두려워 말라, 태양열을
> 또한 광포한 겨울의 사나움도.[5]

이 근래 시대의 세상 경험이 그들 모두에게, 모든 남자와 여자들에게 눈물샘을 파놓았다. 눈물과 슬픔, 용기와 인내, 더할 나위 없이 곧은 마음과 금욕적인 태도를 갖게 했다. 예를 들면 그녀가 가장 존경하는 여인, 벡스버러 부인이 바자를 열고 있는 것을 생각해봐라.

『조록의 짧은 여행과 잔치 소동』이라든지 『부드러운 스펀지 씨의 스포츠 여행』[6]과 애스퀴스 부인의 회고록과 『나이지리아에서의 대수렵』도 모두 펼쳐진 채 널려 있었다. 아주 많은 책들이 있었다. 그러나 어떤 책도 요양소에 있는 애버린 휘트브레드에게 가져가기에 딱 알맞아 보이는 것은 없었다. 그녀를 즐겁게 하고, 클러리서가 들어섰을 때 단 한 순간이라도 형언할 수 없이 바싹 말라붙은 그 작은 여인을 애정어려보이게 할 수 있는 것은 아

5 셰익스피어의 『심벨린』 제4막 2장.

6 로버트 스미스 서티즈Robert Smith Surtees의 작품 『*Jorrock's Jaunts and Jollities*』(1838)와 『*Mr. Sponge's Sporting*』(1853; 1893년 3판에서 이름을 『*Soapey Sponge's Sporting Tour*』로 바꾸었다).

무것도 없었다. 그들이 여느 때처럼 부인병들에 관한 끝도 없는 이야기로 낙착되기 전에 말이다. 얼마나 그녀는 그것을 원했던가—그녀가 들어서면 사람들이 즐거워하기를 말이다. 그렇게 클러리서는 생각하며 길을 돌아 본드 거리를 향해 걸어갔다. 애가 탔다. 일을 하는 데 다른 이유를 필요로 하는 것은 어리석었다. 차라리 일 그 자체 때문에 일을 하는 리처드와 같은 부류의 사람이 되기를 그녀는 훨씬 더 원했다. 그런데, 길을 건너길 기다리며 생각했다, 그녀는 반쯤은 일들을 단순히 그 자체를 위해서 하지는 않았다. 사람들에게 이것을 혹은 저것을 생각하게 하기 위해서였다. 완전한 바보짓이라는 것을 그녀는 알았다(이제 경찰관이 손을 들어올렸다). 왜냐하면 아무도 단 한 순간일지라도 속지 않기 때문이다. 오 만약에 삶을 다시 한 번 살 수만 있다면! 인도로 올라서면서 그녀는 생각했다, 모습도 아주 달라질 수 있을 텐데!

우선 그녀는 벡스버러 부인처럼 주름진 가죽 같은 피부와 아름다운 눈을 가진 검은 피부의 여인이고 싶었다. 그녀는 벡스버러 부인처럼 진득하고 당당했으면 했다. 다소 몸집이 크고, 남자처럼 정치에 관심이 있고, 시골에 집을 가지고 있고, 아주 위엄 있고, 아주 신실하였으면 했다. 그런 모습 대신에 그녀는 완두콩 가지처럼 가는 몸매였다. 우스꽝스러울 정도로 작은 얼굴이 새의 부리처럼 삐죽했다. 그녀가 자신을 잘 유지해온 것은 사실이었다. 아름다운 손과 발을 가졌고, 돈을 별로 안 쓰는 것에 비하면 옷도 잘 입었다. 그러나 요즈음 그녀의 이 육체는 (그녀는 네덜란드 화법의 그림을 보려고 멈췄다) 그것이 갖춘 모든 기능에도 불구하고 무가치해보였다—전혀 무의미했다. 그녀는 자신이 보이지 않게 된 것 같은 이상한 느낌이 들었다. 보이지 않고, 알려지지도 않고, 더 이상 결혼하는 일도 없고, 이제는 더 이상 아이를 갖는 일도 없이, 단지 나머지 모든 이들과 함께 본드 거리를 걸어가는 이 놀라운 그리고 약간은 엄숙한 행진이 있을 뿐이었다, 댈러웨이 부인이라는 이 존재가 말이다. 더 이상 클러리서가 아니다. 이 존재는 리처드 댈러웨이 부인이었다.

본드 거리는 그녀를 사로잡았다. 이 계절에 이른 아침의 본드 거리는 그랬다. 깃발이 날리고, 거리의 상점들은 화려하지도, 휘황찬란하지도 않았다. 아버지께서 오십 년 동안 양복을 사 입었던 상점에는 한 필의 트위드감이 있으며, 몇 알의 진주들 그리고 얼음 조각 위에 연어가 놓인 상점들.

"그게 전부야," 생선장수를 쳐다보면서 그녀는 말했다. "그게 전부라니까," 장갑을 파는 가게 진열장 앞에 잠시 멈추어 서면서 그녀는 되뇌었다. 전쟁 전에는 이 상점에서 거의 완벽한 장갑들을 살 수 있었다. 그리고 늙은 윌리엄 아저씨는 귀부인은 신발과 장갑을 보면 알 수 있다고 말하곤 했다. 전쟁 중 어느 날 아침에 아저씨는 돌아가셨다. "나는 충분히 살았어" 하고 그는 말했다. 장갑과 신발들. 그녀는 장갑을 몹시 좋아했다. 그러나 자신의 딸, 엘리자베스는 어느 것에도 털끝만치도 관심이 없었다.

털끝만치도. 그녀가 파티를 열 때마다 꽃을 준비해주는 상점을 향해 본드 거리를 올라가며 그녀는 생각했다. 엘리자베스는 무엇보다도 그녀의 개를 정말로 좋아했다. 오늘 아침에는 집 안에 온통 타르 냄새가 진동을 했다. 하지만 킬먼 양보다는 가련한 그리즐이 훨씬 낫지. 디스템퍼 전염병, 타르 냄새 그리고 그 밖에 다른 어떤 것이라도, 기도서를 들고 숨막히는 침실에 갇혀 앉아 있는 것보다는 낫지! 어떤 것이라도 낫다고 그녀는 말하고 싶었다. 하지만 리처드가 말했듯이 그것은 단지 모든 소녀들이 겪는 한 단계이리라. 사랑에 빠진 것인지도 몰랐다. 그런데 왜 하필이면 킬면 양하고 일까? 물론 그녀가 세상에서 부당한 대우를 받은 것은 사실이었다. 그것을 참작해야만 했다. 리처드가 말하길 그녀는 아주 유능하고 정말로 역사의식이 있다고 했다. 어쨌든 그들은 떨어질 수 없는 사이였다. 엘리자베스, 자신의 딸이 성찬식엘 가다니. 도대체 어떻게 옷을 입어야 하는지, 점심 식사하러 오는 사람들을 어떻게 대접하는지에 대해서는 조금도 관심이 없었다. 자신의 경험으로는 종교적인 황홀경은 사람들을 무감각하게 만들었다(무슨 무슨 주의들 또한 그랬다). 사람들의 감각을 무디게 했다. 킬먼 양은 러시아인들을 위한 대의라면 어떤 일이라도 할 것이며, 오스트리아인들을 위해선 단식을 하리라. 하지만 실생활에서는 너무도 무감각하게 초록색 레인코트를 입고 다니며, 실제적인 고문을 가했다. 해가 가고 바뀌어도 그녀는 그 코트를 입고는, 땀을 흘렸다. 같은 방 안에 오 분만 있으면 자신의 우월함과 상대의 열등함을 느끼게 했다. 그녀가 얼마나 가난한지, 상대가 얼마나 부자인지, 빈민가에서 쿠션이나 침대, 깔개, 그 어떤 것도 없이 그녀가 어떻게 살고 있는지. 그녀의 영혼 전체가 거기에 달라붙은 그 불평거리, 전쟁 중에 학교에서 해고당한 일로 녹슬어 있었다—앙심으로 가득 찬 가련하고 불쌍한 사람이었다! 사람들이 미워하는 것은 그녀가 아니라, 의심할 여지없이 킬먼 양 자신의 것이 아닌 많은 것들로 집합된 그녀의 생각이었다. 그리곤 밤이면 우리가 싸우는 망령들 중에 하나가 되었다. 우리를 올라타고 서서는 생명의 피를 반씩이나 빨아먹는 그런 망령들, 독재자들 그리고 폭군들이 되었다. 주사위를 다시 던진다면, 백이 아니고 흑이 우세한다면, 그녀는 킬먼 양을 사랑했을 수도 있으리라! 그러나 이 세상에서는 아니었다. 절대로!

하지만 그녀 속에서 이 거친 괴물이 움직이는 것은 그녀를 짜증나게 했다! 잎들이 어수선한 숲 깊은 곳, 영혼 속에서 가지가 지끈 부러지는 소리를 듣고 발굽들이 꽂히는 것을 느끼는 것은 짜증나는 일이었다. 언제고 아주 만족스럽거나, 아주 안전하다고 느낄 수가 없었다. 왜냐하면 언제라도 괴물이, 이 미워하는 마음이 움직일 수 있기 때문이다. 특히 아픈 뒤로 이 미움은 그녀 등을 후비듯이 아프게 하는 힘이 있었다. 또한 그녀에게 물리적인 고통을 주었고 아름다움이나 우정, 건강한 것, 사랑받는 것, 그녀의 집을 기쁨이 가득 찬 반석으로 만드는 일에서 느낄 수 있는 모든 즐거움을 뒤흔들고 무릎 꿇고 굴복하게 만들었다. 마치 정말로 괴물이 뿌리에서부터 파헤치는 것 같았다. 마치 만족스러워하는 이 모든 차림새가 이기적인 사랑에 지나지 않는 것 같았다! 이 미움!

모순, 모순이야! 그녀는 자신에게 소리 지르면서 멀베리네 꽃가게의 문을 밀고 들어갔다.

경쾌하게, 키가 큰 몸을 아주 꼿꼿이 세우며 그녀는 다가갔다. 당장에 단추처럼 작고 둥근 얼굴을 한 핌 양이 그녀를 반겼다. 핌 양의 손은 언제나 선명하게 빨갰다. 마치 꽃들과 함께 찬물 속에 담겨 있었던 것 같았다.

꽃들이 많았다, 참제비고깔, 스위트피, 라일락 다발들, 카네이션, 수많은 카네이션들. 장미도 있었고, 붓꽃도 있었다. 아! 이거야—그래서 그녀는 핌 양과 서서 이야기하면서 지상 정원의 달콤한 냄새를 들이마셨다. 핌 양은 그녀의 도움을 받은 적이 있었다. 수년 전이었는데 핌 양은 그녀가 친절하다고 생각했다. 아주 친절했다. 한데 붓꽃과 장미들 사이에서 이쪽저쪽으로 머리를 돌리고, 눈을 반쯤 감고 라일락 무더기들을 흔들기도 하면서, 거리의 소요 뒤에 기분 좋은 향기를, 더할 나위 없는 서늘함을 들이마시고 서 있는 그녀는 올해는 늙어 보였다. 그리곤 그녀가 눈을 떴을 때 방금 깨끗하게 세탁하여 등바구니에 접어놓은 주름 장식을 한 리넨 시트처럼 장미는 너무도 신선해보였다. 머리를 바짝 치켜 든 붉은 카네이션들은 색이 진하고 기품이 있었다. 그리고 엷은 보랏빛, 눈처럼 하얀색, 흰색에 가까운 색을 띤 온갖 스위트피들은 화병에 담겨 널려 있었다. 마치 저녁이 되어 하늘은 거의 검푸를 정도이고 참제비고깔과 카네이션과 칼라가 피는 멋진 여름 날이 끝난 뒤, 모슬린 드레스를 입은 소녀들이 스위트피와 장미를 따러 나온 것 같았다. 여섯 시와 일곱 시 사이 그때에 모든 꽃들 — 장미, 카네이션, 붓꽃, 라일락 — 은 빛났다. 하얗게, 보랏빛으로, 빨갛게, 진한 오렌지색으로 빛났다. 모든 꽃들은 안개 자욱한 화단에서 각각 부드럽고 순결하게 타오르는 듯했다. 넓은입 쥐오줌풀 위를, 달맞이꽃 위를 들락날락 맴도는 회색빛 도는 하얀 나방들을 그녀는 얼마나 사랑했던가!

그녀가 핌 양과 함께 꽃들을 고르면서 이 단지에서 저 단지 앞으로 다가가면서, 얼마나 어리석은가, 얼마나 바보 같은가를 자신에게 더욱더 조용히 말했다. 마치 이 아름다움, 이 향기, 이 색깔, 그리고 핌 양이 자신을 좋아하고 믿는 것이 한 줄기 물결과 같아서 그것을 자신 위로 흐르게 하여 그 증오, 그 괴물을 이겨내려, 이 모든 것을 극복하려는 것처럼 말이다. 그리고 그 물결은 그녀를 위로 위로 들어올렸다. 그때 — 아! 바깥 거리에서 한 방의 총소리!

"저런, 저 자동차들," 핌 양은 말했다. 그녀는 내다보려고 창가로 갔다가 돌아와서는 손 가득히 스위트피를 들고는 사과하듯이 미소지었다. 마치 그 자동차들, 그 자동차들의 타이어가 모두 그녀의 잘못이기라도 한 듯이 말이다.

댈러웨이 부인을 놀라게 하고 핌 양을 창가로 가게 하고 사과하게 했던 그 격렬한 폭음은 멀베리 가게 진열장의 정확히 반대편 쪽 인도 가장자리에 정차한 자동차에서 났다. 물론 멈추어서 바라보았던 지나가던 행인들은 비둘기빛의 재색 의자에 기대어 있는 아주 중요한 인물의 얼굴을 간신히 볼 수 있었다. 곧 한 남자의 손이 블라인드를 내려 비둘기빛 재색의 네모진 면 외에는 아무것도 보이지 않았다.

하지만 한쪽으로는 본드 거리 중간부터 옥스포드 거리에 이르기까지, 반대편에서는 애트킨슨의 향수 가게에까지 소문은 당장에 퍼졌다. 구름처럼 보이지도 않고 소리도 내지 않고 퍼져나가 재빨리 베일처럼 언덕을 덮고, 한 순간 전만 해도 완전히 무질서했던 얼굴들 위에 갑작스럽게 정말로 구름과도 같은 절제되고 정지된 표정을 띠게 했다. 이제 그 얼굴들 위로 신비스러움이 날개를 스치고 지나갔다. 그 얼굴들은 권위의 목소리를 들었다. 신과도 같은 어떤 존재의 영이 눈을 단단히 가리고 입은 넓게 벌린 채 활보하고 다녔다. 그러나 아무도 누구 얼굴이 보였는지는 몰랐다. 황태자였나, 여왕이었나, 수상인가? 누구의 얼굴이었을까? 아무도 알지 못했다.

한쪽 팔에 연필 덮개를 둘러 낀 에드가 제이 워트키스가 남이 들을 수 있게, 물론 익살맞게 말했다. "수상의 차야."

셉티머스 워렌 스미스는 그냥 지나쳐 가기 힘들던 차에 그의 말을 들었다.

셉티머스 워렌 스미스는 나이는 서른 살쯤 되었고, 창백한 얼굴, 매부리코에 갈색 신발을 신었고, 낡은 외투를 입고 있었다. 그의 엷은 갈색 눈은 불안한 눈초리를 띠어 전혀 알지 못하는 낯선 이들도 불안하게 만들었다. 세상이 채찍을 들었다. 어디에 그 채

찍을 내리칠까?

모든 것이 정지되어 갔다. 자동차 엔진의 진동이 불규칙하게 온몸을 구석구석 두드리는 맥박 소리같이 들렸다. 자동차가 멀베리네 가게 진열장 바깥에 섰기 때문에 햇살이 엄청나게 뜨거워졌다. 버스 이 층 칸에 타고 있던 나이 든 부인들은 그들의 까만 양산을 폈다. 약하게 펑 소리를 내며 여기엔 초록색 양산 저기는 빨간색 양산이 펴졌다. 팔에 한 아름 스위트피를 안고 창가로 온 댈러웨이 부인은 작은 핑크색 얼굴을 질문을 하는 듯 찌푸리며 밖을 내다보았다. 모든 이들이 자동차를 바라보았다. 셉티머스도 쳐다보았다. 자전거를 탄 소년들이 자전거에서 뛰어내렸다. 교통이 혼잡해졌다. 그리고 거기에 블라인드를 내린 채로 자동차가 서 있었다. 그 블라인드 위에는 나무처럼 생긴 괴상한 무늬가 그려져 있다고 셉티머스는 생각했다. 그리고 모든 것이 눈앞에서 하나의 중심으로 이렇게 서서히 모여드는 것은 그를 공포에 떨게 했다. 마치 어떤 무서운 것이 거의 표면에까지 떠올라 확 타오르려는 것 같았다. 세상이 휘청거리고 부들부들 떨면서 확 타오르려고 위협하고 있었다. 길을 막고 있는 것은 바로 나로구나 하고 그는 생각했다. 그는 조롱당하고 손가락질받고 있지 않은가. 이유가 있어서 그가 거기에 짓눌린 채 인도에 못박혀 서 있는 것이 아닐까? 하지만 무슨 이유일까?

"자 어서 가요, 셉티머스." 그의 아내가 말했다. 그녀는 작은 여자로, 여위고 뾰족한 얼굴에 눈이 컸다. 이탈리아 출생이었다.

그러나 루크레지아 자신도 자동차와 블라인드 위에 있는 나무무늬를 쳐다보지 않을 수 없었다. 저기 안에 있는 사람은 여왕—쇼핑하러 나온 여왕일까?

운전수는 무엇인가를 열고 무언가를 돌리고, 또 무언가를 닫은

후 운전석에 올랐다.

"어서요." 루크레지아가 재촉했다.

그런데 그녀의 남편은, 허긴 그들이 결혼한 지도 사 년, 이제 오 년째이니, 움찔하고 놀라며, "알았어!" 하고 험악하게 말했다. 마치 그녀가 그를 방해하기라도 한 것처럼.

사람이란 사물을 분간해야만 한다. 사람이란 보아야만 한다. 자동차를 쳐다보는 무리들을 바라보며 그녀는 생각했다. 사람들, 영국 사람들, 그들의 아이들과 그들의 말 그리고 그들의 옷들을 그녀는 나름대로 숭배했다. 그러나 그들은 이제는 '사람들'이었다. 왜냐하면 셉티머스가 "난 자살할 거야" 하고 말했기 때문이다. 얼마나 끔찍한 말인가. 만약에 그들이 그의 말을 들었다면? 그녀는 사람들을 쳐다보았다. 도와주세요, 도와주세요! 푸줏간집 아들들과 여자들에게 대고 소리치고 싶었다. 도와줘요! 바로 지난 가을만 해도 그녀와 셉티머스는 같은 망토로 몸을 감싸고 제방[7]에 서 있었다. 셉티머스가 이야기는 하지 않고 신문을 읽어서, 그녀는 그에게서 신문을 잡아채고는 그들을 쳐다보고 있는 늙은 남자의 얼굴을 보며 웃어젖혔다! 하지만 사람이란 실패는 감추기 마련이었다. 그녀는 어느 공원으로 그를 데려가야만 했다.

"이제 우리 길을 건널 거예요." 그녀가 말했다.

그녀는 그의 팔을 낄 권리가 있었다. 비록 그 팔이 아무리 무감각하다 해도 말이다. 그는 한 조각의 뼈다귀를 줄 뿐이었다. 너무도 단순하게, 너무도 일시적인 감정에 끌려, 단지 스물네 살밖에 안 되어, 영국에는 친구 한 명도 없이, 단지 그를 위해 이탈리아를 떠나 온 그녀에게 말이다.

자동차는 블라인드를 내리고 수수께끼 같은 분위기를 풍기며

7 빅토리아 둑. 웨스트민스터 다리와 스트랜드 사이의 템즈 강을 따라 있는 산책 길.

피커딜리 거리 쪽으로 나아갔다. 여전히 주목을 받았고, 여왕인지, 황태자인지, 수상인지 아무도 알지 못하는 이를 숭배하는 똑같은 검은 입김으로 여전히 길 양쪽 인도에 있는 이들의 얼굴을 어지럽혔다. 그 얼굴은 단지 한 번 몇 초 동안 세 사람이 보았을 뿐이다. 이제는 성별조차도 논쟁이 되었다. 그러나 저명한 사람이 거기에 앉아 있다는 것에 대해서는 의심할 여지가 없었다. 저명한 사람이 지나가고 있었다, 보이지는 않지만, 본드 거리를 따라서, 평범한 이들에게서 단지 한 치밖에 떨어져 있지 않았다. 그들은 이제 처음이자 마지막으로 영국 국왕, 국가의 불후의 상징과 말을 나눌 수도 있는 거리에 있는 것이었다. 시간의 잔재들을 골라내는 호기심 많은 골동품 수집가들에게 그 존재는 알려지리라. 그때 런던은 풀이 높이 자란 작은 길일 것이며 오늘 수요일 아침 거리의 이 모든 분주함은 먼지 속에 섞여 있는 몇 개의 결혼 반지를 낀 뼈다귀들, 그리고 셀 수 없이 많은 금 입힌 썩은 이빨들에 지나지 않을 것이다. 그때는 자동차의 인물이 알려지리라.

아마도 여왕이리라, 꽃을 들고 멀베리네 가게에서 나오며 댈러웨이 부인은 생각했다. 그리고 꽃가게 옆 햇볕 속에 서서 한 순간 아주 위엄 있는 표정을 지었다. 자동차는 블라인드를 내린 채 사람이 걷는 속도로 지나갔다. 여왕이 어딘가의 병원에 가는 걸 거야. 여왕이 바자를 열러 가나, 클러리서는 생각했다.

하루의 이 시각쯤의 혼잡은 엄청났다. 로드의 크리켓 경기장 때문인가, 애스콧에 있는 경마장, 헐링햄에 있는 폴로 클럽 때문인가, 무엇 때문이지? 그녀는 의아스러웠다, 길이 막혀 있었기 때문이다. 영국의 중산층들은 짐과 우산을 들고, 이런 날씨에 모피까지 두르고 버스의 이 층 칸에 비스듬히들 앉아 있었다. 생각해 볼 수 있는 그 어떤 것보다도 우스꽝스럽고, 이상스럽게 보인다고 그녀는 생각했다. 여왕조차도 지체되고 있었다. 여왕이 지나갈 수가 없었던 것이다. 클러리서는 브룩 거리의 한쪽 보도에서 꼼짝 못하고 있었다. 차를 사이에 두고 존 벅허스트 경과 늙은 판사는 반대편 보도에 있었다(존 경은 수 년 동안 법을 제정하여왔고 옷 잘입는 여자를 좋아했다). 그때 운전수가 약간 몸을 비스듬히 기대며 순경에게 무슨 말을 했던가 무엇을 보였던가 하였다. 순경은 경례를 한 뒤, 팔을 올리고, 머리를 갑자기 움직이며, 버스를 길 한쪽으로 움직이게 했고, 그 사이로 그 차는 빠져나갔다. 천천히 그리고 아주 조용히 차는 갈 길을 갔다.

클러리서는 미루어 짐작해보았다. 물론 클러리서는 알고 있었다. 그녀는 하인의 손에 있는 무엇인가 하얗고, 신비한 힘을 가진, 원형의 것, 이름이 새겨져 있는 원판을 보았다—여왕의 이름일까, 황태자의 이름일까, 수상의 이름일까? —그것은 자체가 지닌 광채의 힘으로 자신의 길을 타들어가(클러리서는 그 차가 점점 작아져 사라져가는 것을 보았다), 가지 모양의 촛대들 사이에서, 반짝이는 별들, 청동 무공훈장을 단 빳빳한 가슴들, 휴 휘트브레드와 그의 동료들, 영국의 신사들 사이에서, 버킹엄 궁전에서 그 밤에 활활 타오르리라. 그리고 클러리서 또한 파티를 연다. 그녀는 좀 꼿꼿이 몸을 세웠다. 그렇게 그녀는 층계 맨 꼭대기에 서리라.

그 차는 지나가버렸다. 하지만 미세한 파문을 남겼다. 그 파문은 본드 거리 양쪽에 있는 장갑 가게들, 모자 가게들, 양복점들을 통해 흘렀다. 삼십 초 간 모든 머리들이 똑같은 방향으로, 창문으로 쏠렸다. 장갑 한 켤레를 고르다가—팔목까지 아니면 그 위에까지 올라와야 할까, 레몬색으로 아니면 창백한 재색으로 할까? —부인들은 말을 하다 멈추었다. 그리고 말을 끝마쳤을 때 무슨 일인가가 일어났다. 일회적인 경우로는 너무나도 사소한 일이

어서 아주 정확한 어떤 도구라도, 비록 중국에서는 충격을 전달하는 것이 가능할지라도, 그 진동을 기록할 수는 없었다. 하지만 그 진동이 차 오르는 힘은 꽤 엄청났으며 감정적으로 모든 이에게 호소하는 힘이 있었다. 왜냐하면 모든 모자 가게와 양복점에서 낯선 이들이 서로서로를 쳐다보며 죽은 자들을 그리고 국기를, 또한 제국을 생각했던 것이다. 뒷골목에 있는 선술집에선 대령이 윈저 왕가를 모욕했고 그것은 말싸움으로 이어져, 맥주 잔이 깨지고 그리고는 온통 난장판이 벌어졌다. 그것은 이상하게도 길을 건너 결혼식을 위하여 순백색의 리본이 달린 하얀 속옷을 사고 있는 소녀들의 귀에 울려 퍼졌다. 지나간 차가 일으킨 표면적인 동요가 가라앉으면서 아주 심오한 어떤 것이 스쳐 지나갔다.

피커딜리 거리를 가로질러 미끄러지듯이 내려간 차는 세인트 제임스 거리로 돌아 내려갔다. 키 크고, 건장한 체격의 남자들, 연미복에 하얀 블라우스를 받쳐 입고 머리를 뒤로 빗어 넘긴 잘 차려 입은 남자들이 연미복이 갈라져 내려가는 자락 위로 뒷짐을 지고 브룩스 거리를 향해 튀어나온 창문에 서서 밖을 내다보다가, 이유를 분명히 가려내기는 힘들지만 본능적으로 위대한 사람이 지나가고 있다는 것을 알아차렸다. 그 불멸의 존재의 창백한 빛이 클러리서 댈러웨이 위에 비추었듯이 그들 위에도 떨어졌다. 당장에 그들은 한층 더 곧게 몸을 세우며, 뒷짐진 손을 풀고, 필요하다면 대포의 포구 앞까지 그들의 군왕을 수행할 준비가 된 듯했다. 그들의 조상들이 전에 그랬듯이 말이다. 하얀 흉상들과 뒤에 보이는 태틀러 잡지 몇 권과 탄산수 병들이 널려 있는 작은 테이블은 그들의 충정을 인정해주는 듯했다. 물결치는 옥수수 밭과 영국의 장원을 나타내는 것 같았다. 자동차 바퀴의 약하게 윙윙거리는 소리를 되받는 듯했다. 속삭거리는 회랑의 벽들이 한 사람의 목소리를 되받아 전체 성당이 울리는 힘으로 확대하여 쩡쩡 울리게 하듯이 말이다. 보도에서 꽃을 팔고 있던 숄을 두른 몰 프래트는 그 사랑스런 소년이 잘되기를 빌었다(틀림없이 황태자였다). 만약에 늙은 아일랜드 여인의 충성심을 위축시키는 순경의 눈을 보지만 않았더라면, 맥주 한 단지 값어치의 장미 다발을 세인트 제임스 거리로 던졌으리라. 단순히 기분이 좋고 가난이 경멸스러워서였다. 세인트 제임스 궁전의 보초들이 경례를 했다. 알렉산드라 왕비의 순경도 경례를 했다.

그러는 동안 작은 무리가 버킹엄 궁전의 문 앞에 모였다. 하릴없이, 하지만 확신을 가지고 모두가 가난한 사람들인 그들은 기다렸다. 국기가 날리고 있는 궁전 그 자체를 바라보았다. 받침 위에 펼치고 서 있는 빅토리아 여왕의 동상을 바라보았다. 물이 흘러내리는 층층으로 된 단과 그녀의 제라늄을 숭배했다. 맬 산책길에 있는 자동차들 중에서 처음에는 이 차, 다음에는 저 차를 골라내었다. 바람쐬러 나온 평민들에게 헛되이 감동을 주었다. 그들은 이 차가 지나가고 저 차가 지나가는 동안에 그 감동이 다 탕진되지 않도록 그들의 찬사를 상기했다. 그러는 동안 내내 소문은 그들의 혈관에 축적되어 왕족이 그들을 바라보고 있다는 생각에 넓적다리 신경줄을 다 떨리게 했다. 고개 숙여 인사하는 여왕, 경례하는 황태자를 생각하며 말이다. 왕들에게 신성하게 부여된 천국과도 같은 삶, 시종무관들과 깊이 무릎 굽혀 인사하는 모습, 여왕의 오래된 어릴 적 놀던 인형집, 한 영국 평민과 결혼한 메리 공주, 그리고 황태자—아! 황태자! 놀라울 정도로 에드워드 노왕을 닮았다고들 말하는, 하지만 훨씬 늘씬하지. 황태자는 세인트 제임스 궁전에 살았지만, 아침에 어머니를 방문하기 위해서 왔을 수도 있었다.

그렇게 사라 블레츨리는 팔에 아기를 안고 말했다. 마치 핌리코 구역에 있는 그녀 집 울타리에 서 있는 듯 발을 아래위로 까닥이면서, 하지만 눈은 맬 산책길에 집중한 채였다. 반면에 에밀리 코츠는 궁전의 창문들을 쭉 둘러보며, 수없이 많은 하녀들, 헤아릴 수 없이 많은 침실들을 생각했다. 애버딘 테리어를 데리고 있는 나이 든 신사도 무리에 끼고 직업이 없는 남자들이 합류하면서 무리가 많아졌다. 키 작은 보울리 씨는 알바니에 방을 얻어서 삶의 깊은 원천을 밀랍으로 봉해놓고 살았는데, 갑자기, 어울리지 않기는 하지만, 감상적으로 이런 유의 일로 인해 그 봉함이 터질 수가 있었다. 여왕이 지나가는 것을 보기 위해서 기다리고 있는 가난한 여인네들—가난한 여인네들, 착한 어린아이들, 고아들, 과부들, 전쟁—쯧쯧—실제로 눈에 눈물이 고였다. 한 가닥 미풍이 아주 따사롭게 맬 산책길 아래 가느다란 나무들 사이로 휘날리며, 동으로 빚은 영웅들의 상을 지나서 보울리 씨, 영국인의 가슴속에 무슨 깃발인가를 날려 추켜올렸다. 차가 광장으로 꺾어져 들어올 때 보울리 씨는 모자를 추켜올렸다. 그리고 차가 다가올 때 그것을 높이 들었다. 핌리코 구역의 가난한 어머니들이 가까이 밀고 들어오게 내버려두고 아주 꼿꼿이 섰다. 차는 계속 다가왔다.

갑자기 코츠 부인이 하늘을 올려다보았다. 비행기 한 대의 소리가 불길하게 들려왔다. 저기 나무 너머로 오고 있었다. 하얀 연기를 뒤로 뿜으면서. 연기는 비틀리고 꼬이면서 실제로 무엇인가를 쓰고 있었다! 하늘에 글자를 만들고 있었다! 모든 이들이 올려다보았다.

비행기는 곧게 아래로 떨어지다간 곧 똑바로 위로 솟아올랐다, 둥근 원을 만들며 말아 오르다가 질주해가고 가라앉았다가는 솟아올랐다. 비행기가 무엇을 하건 어디로 가건 그 뒤에는 짙은 구불구불한 하얀 연기 덩어리가 쏟아져 나왔다. 그리고 그 연기는 하늘에서 글자 모양으로 말아 올라가면서 원을 그렸다. 한데 무슨 글자들이지? A자, C자인가? E자 그리고 L자인가? 아주 잠시 동안 그 글자들은 가만히 머물렀다. 그리곤 움직여 녹아내려서 하늘 위에서 지워져버렸다. 비행기는 더 멀리 날아가서는 다시 하늘의 새로운 공간에 K자 하나와 E자 하나, Y자 하나를 쓰기 시작했다, 아마도?

"글락소," 코츠 부인은 긴장되고 공포에 질린 목소리로 똑바로 위를 올려다보며 말했다. 그리고 그녀의 팔 안에서 새파랗게 질려 누워 있는 아기도 똑바로 위를 올려다보았다.

"크리모," 블레츨리 부인은 몽유병 환자처럼 중얼거렸다. 모자를 아주 가만히 손에 쥐어 내밀며 보울리 씨도 곧바로 위를 바라보았다. 맬 산책길을 따라 어디에서나 사람들이 서서 하늘을 올려다보고 있었다. 그들이 바라볼 때 온 세상이 더할 나위 없이 고요해졌다. 그리고 갈매기떼들이 하늘을 가로질러 날아갔다. 처음에 한 마리의 갈매기가 앞서고, 그리곤 다른 갈매기가, 이런 이상하리만치의 고요함과 평화스러움 속으로, 이 창백함 속으로, 이 순수함 속으로 종이 열한 번을 쳤다. 그 소리는 거기 하늘 위 갈매기들 무리 속으로 사라져갔다.

비행기는 돌아서 질주해가다가 정확하게 자기가 맘에 드는 곳에서 재빠르고 자유롭게 마치 스케이트를 타는 사람처럼 급강하하였다.

"저건 E자야." 블레츨리 부인은 말했다—

혹은 댄서처럼—

"토피군." 보울리 씨가 중얼거렸다—

(그리고 차는 문 안으로 들어가 아무도 볼 수가 없었다.) 연기를 더 이상 뿜어내지 않고 멀리멀리 비행기는 돌진해갔다. 연기는 넓고 하얀 모습의 구름 둘레에 희미해지며 모였다.

사라졌다. 구름 뒤로 들어갔다. 소리도 들리지 않았다. E자, G자, L자가 달라붙었었던 구름들이 거침없이 움직였다. 마치 아주 중요한 임무를 띠고 서쪽에서 동쪽으로 건너가도록 운명지어진 것처럼 말이다. 임무를 결코 밝힐 수는 없지만 아주 중요한 임무임에 틀림없었다. 그때 갑자기 기차가 터널에서 나오듯이, 비행기가 구름에서 다시 돌진해 나왔다. 그 소리는 맬 산책길에, 그린 파크에, 피커딜리에, 리전트 거리에, 리전트 파크에 있는 모든 이들의 귓속으로 전해져 들어왔다. 그리고 한 가닥 연기가 비행기 뒤에서 말아 올라갔고 비행기는 급강하했다가는 솟아오르며 한 자 한 자씩 썼다. 한데 어떤 낱말을 쓰는 거지?

루크레지아 워렌 스미스는 브로드 워크에 있는 리전트 파크에서 남편 옆 자리에 앉았다가 올려다보았다.

"보세요, 보세요, 셉티머스!" 그녀는 소리질렀다. 왜냐하면 남편이 바깥 사물들에 관심을 갖게 하라고 홈즈 의사가 그녀에게 말했기 때문이었다(남편은 어디 심하게 문제가 있는 것이 아니라 단지 약간 기분이 언짢을 뿐이었다).

올려다보면서, 그래, 저들이 나에게 신호를 보내고 있군 하고 셉티머스는 생각했다. 정말로 실제적인 말로는 아니었다, 정확히 말하면 아직은 그 언어를 읽을 수가 없었다, 하지만 그것은 아주 명명백백하였다. 이 아름다움, 이 정교한 아름다움, 연기로 된 낱말들이 하늘에서 이울어지고 녹아내리며, 지칠 줄 모르는 자비로움과 웃는 듯한 선량함으로 하나씩 하나씩 상상하기도 어려운 아름다움을 그에게 베풀어주고 아무 대가도 없이 단지 바라보기만 하면 영원히 아름다움을, 더 많은 아름다움을 주려는 의도를 신호하는 것을 그가 보았을 때 눈에 눈물이 고였다!

토피야, 그들은 토피 사탕을 선전하고 있어 하고 유모가 레지아에게 말했다. 함께 T…… O…… F…… 하며 그들은 철자를 말하기 시작했다. "K…… R……" 하고 유모가 말했고 셉티머스는 바로 귀 가까이에서 그녀가 "케이Kay 알Arr" 하고 말하는 것을 들었다. 깊고 부드럽게, 마치 달콤한 오르간 소리마냥, 그러나 그녀 목소리에는 메뚜기 같은 거칠음이 있었다. 그 거칠음은 그의 척추를 상쾌하게 문지르며 뇌 속으로 소리의 물결들을 흘러 올라가게 내보냈다. 그 물결들은 충격을 주고는 부서져갔다. 정말로 경이로운 발견이었다—인간의 목소리가 어떤 상황에서는 (왜냐하면 사람은 과학적, 우선 과학적이어야만 하니까) 나무에 생명을 약동하게 할 수 있다는 사실 말이다. 다행스럽게도 레지아는 엄청난 무게로 그의 무릎에 손을 얹고 있었다. 그래서 그는 무게에 눌려, 고정될 수 있었다. 아니었으면 느티나무가 부풀었다가는 사그라지고, 모든 이파리들이 빛나며 부풀었다가는 사그라지고, 색깔도 푸른색에서 텅 빈 파도 같은 초록색으로 엷어졌다가는 진해지면서 일으키는 흥분 때문에 그는 미쳤을 것이다. 마치 말 머리에 꽂힌 깃털 장식처럼, 숙녀들의 머리에 꽂힌 깃털 장식처럼 나무들은 너무나도 자랑스럽게 부풀어 올랐다가는 아주 위엄 있게 사그라들었다. 하지만 그는 미치고 싶지는 않았다. 그는 눈을 감고 싶었다, 더 이상 보고 싶지 않았다.

그러나 그들은 손짓하고 있었다. 이파리들은 살아 있었다. 나무들이 살아 있었다. 그리고 그 이파리들은 수백만의 섬유질에 의해서 거기 의자에 앉아 있는 자신의 육체와 연결되어 있었다. 자신의 몸을 위로아래로 부채질해주었다. 가지가 쭉 기지개를 켰을 때 그 또한 그런 성명을 발표했다. 퍼덕이고, 솟구쳐 올랐다가는 톱니 모양의 분수로 떨어져 내리는 참새들도 그 패턴의 일부였다. 검은 나뭇가지들로 줄무늬가 진 하얗고 파란 패턴이었다. 소리들도 미리 계획된 패턴들과 조화롭게 어우러졌다. 소리들 사이의 간격은 소리들 만큼이나 의미가 있었다. 한 아이가 울었다. 때맞추어서 멀리서 호른 소리가 울렸다. 모든 것을 종합하여 고려해볼 때 새로운 종교의 탄생을 의미했다—

"셉티머스!" 레지아가 말했다. 그는 굉장히 놀랐다. 사람이란 주위를 인식할 수 있어야 한다.

"나는 분수 있는 데까지 걸어갔다가 올래요." 그녀는 말했다.

그녀는 더 이상 견딜 수가 없었다. 아무 문제도 없다고 홈즈 의사는 말할는지 모른다. 아주 차라리 그가 죽었으면 하고 그녀는 바랐다! 그렇게 빤히 쳐다보면서 그녀를 보지는 않고 모든 것을 끔찍하게 만들면 그의 곁에 앉아 있을 수가 없었다. 하늘도 나무도, 놀고 있는 아이들도, 수레를 끌고 가는 것이나 호루라기를 부는 것이나, 넘어지는 그 모든 것들이 끔찍했다. 그래도 그는 자살하지는 않으리라. 하지만 그녀는 아무에게도 이야기할 수가 없었다. "셉티머스는 그 동안 너무 열심히 일해왔어요"—그것이 그녀의 어머니에게 이야기할 수 있는 전부였다. 사랑을 하는 것은 한 인간을 고독하게 만든다고 그녀는 생각했다. 그녀는 아무에게도 털어놓을 수가 없었다. 이제는 셉티머스에게조차도 할 수 없었다. 뒤돌아보니 낡은 코트를 입고 혼자 앉아 구부린 채로 빤히 응시하고 있는 그가 보였다. 게다가 남자가 자살하겠다고 말하다니 비겁했다. 하지만 셉티머스는 전쟁터에서 싸웠고 용감했다. 지금의 그는 셉티머스가 아니었다. 그녀는 레이스로 된 깃을 달았고 새 모자를 썼다. 하지만 그는 전혀 알아채지 못했고 그녀 없이도 행복했다. 하지만 그가 없으면 어떤 것도 그녀를 행복하게 해줄 수가 없었다! 어떤 것도! 그는 너무나도 이기적이었다. 남자들은 그랬다. 왜냐하면 그는 아픈 것이 아니었다. 홈즈 의사가 말하길 그에게는 아무 이상도 없다고 했다. 그녀는 눈앞에 손을 펴보았다. 이것 좀 봐! 결혼 반지가 흘러내렸다—그녀는 몹시 말라가고 있었다. 고통을 당하는 것은 바로 그녀였다—한데 그녀는 아무에게도 털어놓을 수가 없었다.

이탈리아, 하얀 집들, 그녀의 여자 형제들이 모자를 만들며 앉아 있던 방, 어슬렁거리고 다니다가 큰소리로 웃어젖히는 사람들로 매일 저녁 북적대는 거리들은 멀고 멀었다. 그곳의 사람들은 바퀴 달린 의자에 웅크리고 앉아 화분에 꽂힌 몇 안 되는 못생긴 꽃들이나 들여다보고 있는 여기 사람들처럼 반쯤만 살아 있진 않았다.

"당신은 밀란의 정원을 봐야 한다니까요." 그녀는 큰소리로 말했다. 한데 누구에게 말하고 있지?

아무도 없었다. 그녀의 말은 점차 사라졌다. 로케트도 그렇게 사라졌다. 불꽃이 밤의 어둠 속으로 길을 태워가더니 곧 굴복하였다, 어둠이 다시 집들과 빌딩들의 윤곽들 위로 쏟아져 내렸다. 황량한 언덕배기의 형체가 부드러워지며 어둠 속에 가라앉았다. 하지만 비록 그들이 사라져 보이지 않는다 해도 밤은 그것들로 가득 차 있었다. 색깔을 도둑맞았고 창문도 잃어버렸지만, 훨씬 더 묵직하게 존재했다. 정직한 대낮의 빛이 전하는 데 실패한 것들을 내보냈다—거기 어둠 속에 사물 세계의 근심과 불안이 덩어리져 뭉쳐 있었다. 새벽이 가져다주는 안도감을 빼앗긴 채 어둠 속에 함께 웅크리고 있었다. 새벽이 되면 벽들은 하얗게 그리고 잿빛으로 닦여지고, 하나하나의 유리창들에 빛이 비쳤으며,

들에선 안개가 걷히고 불그스레한 갈색의 소들이 평화롭게 풀을 뜯는 것이 드러나며 모든 것이 다시 한 번 눈앞에 꾸미고 나타났다. 다시 존재하였다. 나는 혼자야, 나는 혼자야! 리전트 파크에 있는 분수가에서 그녀는 울부짖었다(인도인과 그의 십자가를 빤히 바라보면서). 아마도 자정쯤, 모든 경계들이 허물어질 때, 이 땅은 옛적의 모습으로 돌아가리라. 로마인들이 상륙하였을 때 보았던 것처럼 구름에 싸여 누워 있으리라. 언덕들은 이름도 없으며 강들은 그들이 알지 못하는 곳으로 구불구불 흐르리라—레지아의 어두움은 그와 같았다. 그때 갑자기 마치 바위시렁 하나가 앞으로 불쑥 튀어나오고 그녀가 그 위에 선 것같이 그녀는 말했다, 어떻게 그녀가 그의 아내인지를, 밀란에서 수년 전에 결혼한 그의 아내라는 것을 말이다, 그리고 다시는 절대로 그가 미쳤다고 말하지 않으리라! 바위시렁은 뒤집어지면서 떨어져 내렸다. 아래로, 아래로 그녀는 떨어졌다. 왜냐하면 그가 가버렸다고 생각했기 때문이다—그가 위협한 대로 자살하려고—마차 아래로 몸을 던져 죽으려고—가버렸다고! 그러나 아니었다. 그는 거기에 있었다. 여전히 혼자 자리에 앉아, 낡은 코트를 입은 채로, 다리는 꼬고, 빤히 쳐다보며 큰소리로 이야기하고 있었다.

사람들은 나무를 베어서는 안 된다. 신이 존재하고 있다. (봉투 뒷면에다 그는 그런 계시들을 적어두었다.) 세상을 변화시켜라. 아무도 증오심에서 살인하지는 않았다. 그것을 알려라(그는 그것을 받아 적었다). 그는 기다렸다. 그는 들었다. 한 마리 참새가 맞은편 난간에 걸터앉아 네 번인지 다섯 번이지 반복해서 셉티머스, 셉티머스 하고 지저귀었다, 그리곤 계속해서 노랫소리를 뽑아내며 아주 강한 찢어질 듯한 그리스 언어로 무슨 이유로 범죄가 없는지를 노래하였다. 다른 참새가 합세하여 길게 늘어지는 찢어질 듯한 목소리로, 그리스어로 노래하였다. 죽은 이들이 걸어다니는 강 너머에 있는 삶의 초원에 있는 나무에서, 왜 죽음이 없는지를 노래했다.

그의 손이 보였고, 거기에 죽은 자들이 있었다. 하얀 물체들이 맞은편 난간들 뒤에서 모이고 있었다. 그러나 그는 감히 쳐다볼 수가 없었다. 에반스가 난간 뒤에 있었다.

"무슨 말을 하고 있어요?" 곁에 앉으며, 레지아가 갑자기 말했다.

또 방해하는군! 그녀는 언제나 중단시킨다니까.

사람들에게서 떠나야 해 — 당장에 저 너머로 사람들을 벗어나야만 한다고 (벌떡 일어서며) 그는 말했다. 그곳에는 나무 아래에 의자들이 놓여 있었고 공원의 긴 비탈이 기다란 초록색 피륙처럼 내려가며 펼쳐지다가, 저 높은 곳에서는 푸르고 분홍빛 도는 연기로 된 피륙이 천장이 되어주었다. 그리고 아주 난잡한 집들이 연기 속에서 아물거리며 성벽을 이루고 있었다. 교통의 혼잡한 소리가 원을 이루며 윙윙거렸다.[8]

그리고 오른쪽에는 암갈색의 동물들이 동물원 우리 위로 긴 목을 쭉 빼고 짖었다, 울부짖었다. 거기 나무 아래에 그들은 앉았다.

"보세요," 크리켓 게임의 기둥을 들고 가는 한 무리의 작은 소년들을 가리키면서 그녀는 그에게 간청했다. 그 중 한 명이 발을 끌며 빠른 스텝으로 춤추다가 뒤꿈치로 뱅그르르 돌고는 다시 발을 끄는 듯한 스텝을 밟았다. 마치 음악 홀에서 광대 역할을 하는 것 같았다.

"보세요," 그녀는 간청했다. 홈즈 의사가 실제 사물들을 인식하게 만들라고 그녀에게 말했기 때문이었다. 음악 홀에 가든지, 크

8 영국에서는 길이 환상 교차로round-about로 되어 있기 때문에 울프는 이렇게 표현하고 있다.

리켓을 치던지—그게 딱 적당한 게임이라고, 밖에서 할 수 있는 좋은 게임이며, 그녀의 남편에게 딱 알맞는 게임이라고 홈즈 의사는 말했다.

"보세요." 그녀가 되풀이해 말했다.

보아라, 하고 눈에는 보이지 않는 어떤 것이 그에게 명하였다. 목소리가 이제는 그와 교통했다. 그는 인류 중 가장 위대한 자, 최근에 삶의 세계에서 죽음의 세계로 옮겨진 셉티머스, 사회를 새롭게 하러 와서, 단지 태양만이 녹일 수 있는 눈으로 된 담요처럼, 덮개처럼, 드러눕는 구세주, 영원히 소모되지 않으며 영원히 고통받는 희생양, 영원히 고난당하는 자였다. 그러나 그는 그것을 원하지 않았다. 그는 신음하면서, 손을 흔들어 그 영원한 고통, 그 영원한 외로움을 떨쳐내었다.

"보세요." 그녀는 되풀이해 말했다. 그가 집 밖에서 큰소리로 혼자 중얼거리면 안 되기 때문이었다.

"제발 보세요." 그녀는 그에게 애원했다. 하지만 볼 게 뭐가 있담? 몇 마리의 양뿐이었다. 그것이 전부였다. 리전트 파크 전철역으로 가는 길—그들이 그녀에게 전철역으로 가는 길을 말해줄 수 있을까—메이지 존슨은 알고 싶었다. 그녀는 단지 이틀 전에 에딘버러에서 올라왔다.

"이 길이 아니에요—저쪽이에요!" 레지아가 소리쳐 말했다. 셉티머스를 못 보게 하려고 손짓으로 그녀를 한쪽 옆으로 비키게 했다.

둘 다 이상해 보인다고 메이지 존슨은 생각했다. 모든 것이 아주 이상해 보였다. 런던이 처음이었고, 리든홀 거리에 있는 아저씨네로 직장을 얻어 와서, 지금 이 아침에 리전트 파크를 통과해 걸어가던 중이었는데, 의자에 앉아 있는 이 부부는 그녀를 질겁하게 했다. 젊은 여인은 이국인인 것 같았고, 남자는 이상해 보였다. 그래서 그녀가 매우 늙는다 해도, 여전히 기억으로는 오십 년 전의 어느 아름다운 여름날 아침에 어떻게 리전트 파크를 걸어 지나갔나 기억을 더듬을 것이었다. 그 이유는 그녀는 겨우 열아홉 살이었고 마침내 자기 뜻대로 런던에 왔기 때문이다. 지금 그녀가 길을 물은 부부는 얼마나 괴상한지, 여자는 깜짝 놀라며 손을 갑자기 움직였고 남자는—그는 아주 이상해 보였다. 아마 말다툼을 하고 있었나, 영원히 헤어지려는 사람들인가, 무슨 일이 있다는 것을 그녀는 알 수 있었다. 그리고 이제 이 모든 사람들(그녀는 이제 브로드 워크로 돌아와 있었기 때문에), 돌로 된 분수대, 다듬어진 꽃들, 나이 든 남자들과 여자들, 대부분 바퀴 달린 의자에 앉은 환자들인 이들 모두가 에딘버러에서 온 그녀에게는 너무도 이상해 보였다. 메이지 존슨이 조심스럽게 지친 듯 걸으며 망연하게 쳐다보면서 미풍처럼 스치고 지나가는 일단의 사람들 속에 섞였을 때—다람쥐들은 나뭇가지에 앉아 단장하고 있었고, 참새들은 빵부스러기를 주으러 분수가를 넘나들었고, 개들은 난간들 사이에서 서로서로를 쫓느라 바빴다. 그러는 동안에 부드러운 바람은 그들을 씻기듯이 위로 지나가며, 그들이 인생을 받아들이는 확고하고 놀라지 않는 시선에 변덕스러우면서도 달래는 듯한 어떤 것을 주었다—메이지 존슨은 울어야만 한다고 확실히 느꼈다. 오! (왜냐하면 의자에 앉아 있던 그 젊은 남자가 그녀를 질겁하게 했기 때문이다. 무슨 일이 있다는 것을 그녀는 알았다.)

공포! 공포! 그녀는 외치고 싶었다. (그녀는 식구들을 떠나왔다. 어떤 일이 있을지 그들은 이미 그녀에게 경고했다.)

왜 그녀는 그냥 집에 있지 않았을까? 그녀는 철로 된 난간 손잡이를 비틀며 울었다.

뎀스터 부인(다람쥐를 위해서 빵 부스러기를 아껴두었고 자주 리전트 파크에서 점심을 먹곤 하는)은 생각했다. 저 소녀는 아직 세상 물정을 모르는군. 정말로 약간은 뚱뚱하고 약간은 게으르며 기대치가 약간은 어지간한 것이 그녀에게는 더 나은 것 같았다. 퍼시는 술을 마셨다. 허긴, 아들이 있는 게 낫지, 하고 뎀스터 부인은 생각했다. 그녀는 그만한 나이에 굉장히 힘들었기에 저런 소녀를 보면 웃음을 머금지 않을 수가 없었다. 너는 꽤 예쁘니까 곧 결혼하겠지, 하고 뎀스터 부인은 생각했다. 결혼해 봐, 그러면 알게 될 거야, 그녀는 생각했다. 맙소사, 요리하는 하인들을 다루는 일 등등 말이야. 모든 남자들은 제멋대로지. 하지만 만약 자신이 미리 알 수 있었다면 그 같은 선택을 했을까, 뎀스터 부인은 생각하며, 메이지 존슨에게 한마디 속삭이고 싶어서 참을 수가 없었다. 자신의 지치고, 나이 든 얼굴의 주름 잡히고 늘어진 살에 동정 어린 키스를 느끼고 싶었다. 힘든 삶이었기 때문이라고 뎀스터 부인은 생각했다. 그 삶을 위하여 그녀가 희생하지 않은 것이 무엇인가? 장미, 아리따운 모습, 자신의 발도. (그녀는 마디진 혹투성이인 발을 치마 아래로 끌어당겼다.)

장미라고, 그녀는 냉소했다. 모두 쓰레기야, 사랑스런 아가씨. 왜냐하면 먹구, 마시고, 짝짓기하고, 좋은 날도 있구 나쁜 날도 있어서, 정말로 인생은 단순히 장미가 문제가 아니거든. 더욱이 내가 말하건대 이 케리 뎀스터는 켄티시 마을에 있는 그 어떤 여자하고도 운명을 바꿀 생각이 없어요. 하지만 그녀는 동정해달라고 애원했다. 장미를 잃어버린 것을 불쌍히 여겨주구려. 히아신스 화단 곁에 서 있는 메이지 존슨에게 동정을 요구했다.

아, 한데 저 비행기! 뎀스터 부인은 언제나 외국 땅에 가보고 싫어하지 않았던가? 그녀는 선교사인 조카가 있었다. 비행기는 하늘 높이 솟아올랐다가는 쏜살같이 돌진해나갔다. 말게이트에서 그녀는 언제나 바다로 나가곤 했는데, 물론 뭍이 보이지 않을 정도까지는 아니었다. 하지만 물을 무서워하는 여자들을 견딜 수 없었다. 비행기는 휩쓸듯이 떨어져 내려왔다. 그녀는 펄쩍 뛰듯이 놀랐다. 다시 위로 치솟았다. 비행기에는 잘생긴 젊은 청년이 타고 있다고 뎀스터 부인은 장담했다. 멀리, 멀리 비행기는 빠르게 사라져가, 멀리멀리 쏜살같이 지나갔다. 그리니치와 모든 돛대들 위로 높이 솟아올랐다. 성 바울 성당을 비롯한 모든 회색 교회들이 이루는 작은 섬을 넘어, 마침내 런던의 양쪽 어디에나 들판이 펼쳐지고 거무스름한 갈색의 숲이 드러났다. 그 숲에는 모험심에 가득한 개똥지빠귀가 대담하게 팔딱팔딱 뛰어다니다가, 재빨리 보고는, 달팽이를 잡아채어 돌에다 한 번, 두 번, 세 번 내리쳤다.

멀리멀리 비행기는 날아가버려서, 마침내 빛나는 한점 불꽃에 지나지 않게 되었다. 하나의 열망, 한 점으로의 집중, 인간의 영혼을 나타내는 하나의 상징(그리니치에서 기운차게 잔디를 깔고 있던 벤트리 씨에게는 그렇게 보였다). 자신의 결심의 상징이라고 히말라야삼목 주위를 쓸면서 벤트리 씨는 생각했다. 생각, 아인슈타인, 사고, 수학, 멘델리안 이론에 의해서 자신의 육체를, 자신의 집을 벗어나고자 하는 그의 결심을 말이다. 멀리 비행기는 지나갔다.

그때 기분이 언짢아 보이는 정체를 알 수 없는 한 남자가 가죽가방을 들고 성 바울 성당의 계단 위에 서서 머뭇머뭇하고 있었다. 안에는 어떤 향기로움이 있었고, 굉장히 사람을 반겼으며, 많은 무덤들이 그 위에 기를 펄럭이고 있었는데, 그 기들은 군대들을 싸워 이긴 승리의 표적이 아니라 진리라는 그 성가신 인간의 영적 부분을 정복한 승리의 표적이었던 것이다. 그런 진리를 추구하는 질문을 해대서 지금의 나는 직업이 없기는 하지만, 하고 그는 생각했다. 하지만 그보다 더 좋은 것은 성당은 친구가 되어주며 사회의 한 구성원이 되게 이끌어주는 것이라고 생각했다. 위대한 사람들이 거기에 속했다. 순교자들이 그것을 위해 죽어왔다. 왜 들어가서, 팸플릿으로 가득 찬 이 가죽 가방을 제단 앞에, 십자가 앞에 내려놓지 못할까, 그는 생각했다. 찾고 탐색하고 말로 논박하는 모든 것을 초월하여 높이 솟아올라, 육체를 벗은 유령처럼 온통 영혼이 되어버린 것의 상징 앞에 — 왜 들어가지 못하지? 그는 생각했다. 그가 망설이고 있는 동안 비행기가 루드게이트 광장 위로 날아왔다.

이상했다. 고요했다. 차 소리 외에는 아무 소리도 들리지 않았다. 다스리는 손길이 없는 것 같았다. 그 자신의 자유의지에 따라 속력을 내는 것 같았다. 그리고 이제 위로위로 곡선을 그리며 곧바로 올라가 환희의 절정에 이르는 어떤 것처럼 순수한 즐거움에서 뒤로 하얀 연기를 뿜어냈고, 그 연기는 고리를 만들며, T자, O자, F자를 썼다.

"저들은 뭘 쳐다보고 있지?" 클러리서 댈러웨이는 문을 열어주는 하녀에게 물었다.

집의 홀은 지하 납골당처럼 서늘했다. 댈러웨이 부인은 손을 눈가로 올렸다. 그리고 하녀가 문을 닫았을 때, 루시의 치마 스치는 소리를 들었을 때, 그녀는 속세를 떠난 수녀처럼 느껴졌고, 익숙한 베일과 오랜 기도에 대한 응답이 자신을 감싸는 것을 느꼈다. 요리사는 부엌에서 휘파람을 불었다. 그녀는 타자기가 딸깍

하는 소리를 들었다. 이것이 그녀의 삶이었다. 머리를 홀의 탁자 위로 구부리면서, 감화되어 머리 숙였고, 축복받은 듯이, 정화된 것처럼 느꼈다. 전화 메시지가 적힌 메모 용지를 들며, 이와 같은 순간들이 왜 생명의 나무에 돋아난 새순 같은지 혼자 중얼거렸다. 그들은 어둠 속의 꽃이라고 그녀는 생각했다(마치 어떤 아름다운 장미가 그녀만 볼 수 있게 피어난 것 같았다). 단 한 순간도 그녀는 신을 믿지 않았다. 하지만 그래서 더욱더 사람은 매일의 삶 속에서 하인들에게, 맞아, 개들과 카나리아들과 무엇보다도 남편인 리처드에게 보답해야만 한다고 그녀는 메모 용지를 들면서 생각했다. 남편이 이 모든 것의 토대였다—즐거운 소리들과 초록빛 불빛, 휘파람까지 불어주는 요리사, 그녀는 아일랜드 사람이라 하루 종일 휘파람을 불었다—이런 황홀한 순간들의 비밀 잔고에서 사람들은 되갚을 줄 알아야만 한다고 메모 용지를 들어 올리며 생각했다. 그때 루시가 어찌된 일인지를 설명하려 그녀 곁에 섰다.

"마님, 댈러웨이 씨는—"

클러리서는 전화 메모 용지 위에 글을 읽었다, "브루톤 부인은 댈러웨이 씨가 오늘 그녀와 점심을 같이 하려는지 알고 싶어하십니다."

"마님, 댈러웨이 씨가 밖에서 점심식사하신다고 말씀드리라고 하셨습니다."

"그래!" 하고 클러리서는 말했고, 루시는 클러리서가 의도한 대로 실망감을 함께 나누었다(그러나 아픔은 아니었다). 그들 사이의 일치감을 느꼈다. 힌트를 얻었다, 귀족들은 어떤 방법으로 사랑하는가 생각해보았고, 자신의 미래를 조용히 아름답게 채색해보았으며, 댈러웨이 부인의 파라솔을 집어서, 그것을 영예롭게 전쟁터를 떠나는 여신이 버린 신성한 무기처럼 다루며 우산대에 다 꽂았다.

"더 이상 두려워 말라." 클러리서는 말했다. 더 이상 여름의 태양을 두려워 말라. 브루톤 부인이 그녀를 빼놓고 리처드를 점심에 초대했다는 충격은 그녀가 서 있던 순간 마치 강바닥에 있는 식물이 지나가는 노의 충격을 받고 떨듯이 그녀를 전율시켰다. 그렇게 그녀는 흔들렸다. 그렇게 그녀는 떨었다.

밀리센트 브루톤의 오찬파티는 특별히 재미있다고들 하는데, 그녀를 초대하지 않았다. 어떤 조야한 시샘도 그녀를 리처드한테서 떼어놓을 수는 없었다. 그러나 그녀는 시간 그 자체를 두려워했으며, 브루톤 부인의 얼굴이 마치 무감각한 돌 위에 새겨진 시계의 글자판인 것처럼 거기에서 생명이 사그라드는 것을 읽을 수 있었다. 해가 가면서 어떻게 자신의 몫이 저며져나가는지를 읽었다. 남은 여유분이 더 이상 젊은 시절처럼 존재의 색채와 짠맛과 음조를 펴지게 하고 흡수해서 자신이 들어서는 방 안을 가득 채울 수 있는 능력이 거의 없다는 것을 읽었다. 거실로 들어가는 복도에서 한순간 망설이고 서 있을 때 자주 황홀한 서스펜스를 느꼈다. 그 서스펜스는 잠수하려는 이를 바다로 뛰어들기 전에 멈추게 했을지도 모른다. 그러는 동안 바다는 그의 발 아래에서 검어졌다 밝아졌다 했고, 파도는 부수려는 듯 위협하다가 단지 부드럽게 자신의 표면을 가르며 말아올라 숨었고, 진주가 있는 잡초들 사이를 막 파헤치다가 온통 뒤덮었다.

그녀는 메모 용지를 홀 탁자 위에 놓았다. 그녀는 손을 난간에 얹고 서서히 이 층으로 올라가기 시작했다. 마치 파티를 떠나는 것 같았다. 거기에서 이제는 이 친구 저제는 저 친구가 자신의 얼굴, 목소리를 반사하여 보여주었다. 문을 닫고 밖으로 나가 홀로 섰다. 무시무시한 밤에 대항해서 홀로 서 있는 존재였다. 아니 차라리, 정확히 말하면, 실제 이러한 평범한 유월 아침의 시선에 맞섰다. 어떤 이에게는 이 아침이 장미 꽃잎처럼 빛나며 관대하다는 것을 그녀는 알고 있었다. 블라인드가 펄럭이는 소리, 개 짖는 소리가 들려오는 열린 층계참의 창문 곁에 멈추어 섰을 때 그것을 느낄 수 있었다. 자신이 갑자기 오그라들고 나이 들어 가슴이 없어지는 것처럼 느끼면서, 낮이 삐걱거리며 부풀어올라 활짝 피어나 문 밖으로, 창문 밖으로, 그녀의 몸 밖으로, 이제는 실패한 두뇌 밖으로 나간다고 생각했다. 특별히 재미있기로 소문난 오찬 파티에 브루톤 부인이 그녀를 초대하지 않았기 때문이었다.

속세를 떠나는 수녀처럼, 탑을 탐색하는 어린아이처럼 그녀는 이 층으로 올라가, 창문가에 멈추었다가, 목욕탕으로 갔다. 초록빛 리놀륨이 깔려 있고 수도꼭지가 새고 있었다. 삶의 한가운데가 텅 비어 있었다. 빈 공간[9]이 있었다. 여인들은 그들의 화려한 의상을 벗어야만 했다. 정오에는 옷을 벗어야 했다. 그녀는 모자를 고정시켰던 핀을 바늘 방석에 꽂으며 깃털 달린 노란 모자를 침대 위에 놓았다. 시트는 깨끗했고 이 끝에서 저 끝까지 팽팽하게 넓고 하얀 띠처럼 펴져 있었다. 그녀의 침대는 점점 더 좁아졌다. 양초는 반쯤 타 내려왔고 그녀는 바론 마봇의 『회상록』을 꽤 많이 읽었다. 그녀는 밤 늦도록 모스크바로부터의 퇴각 부분을 읽었다. 하원은 너무 늦도록 앉아들 있어서 리처드는 그녀가 아픈 뒤로 그녀는 방해받지 않고 자야 한다고 주장했다. 실제로 그녀는 모스크바로부터의 퇴각 부분을 읽는 것을 더 좋아했다. 그

9 여기서 'an attic room'은 우리나라에서는 일반적으로 다락방이라고 번역될 수 있다. 하지만 영어에서 attic은 우리의 다락방이 갖는 의미와는 달리 짐 같은 것을 쌓아두는 빈 공간, 아무도 살지 않는 빈 곳이라는 뜻이 더 정확하다.

도 알고 있었다. 그래서 다락방이 그녀 방이 되었고[10] 침대는 좁아졌다. 그리고 잠을 잘 잘 수가 없었기 때문에 거기 누워서 책을 읽을 때, 애기를 낳았는데도 보존되어, 그녀에게 마치 시트처럼 들러붙어 있는 처녀성[11]을 떨쳐버릴 수가 없었다. 소녀 시절에는 아름다웠는데, 갑자기 어느 순간엔가—예를 들면 클리브댄의 나무 아래 강가에서—이 차가운 기운이 조여오면서 그녀는 그를 실망시켰다. 그리고 나서는 콘스탄티노플에서, 그리고 다시, 또다시 계속해서. 그녀는 자신에게 부족한 것이 무엇인지 알 수 있었다. 그것은 아름다움이 아니었다. 그것은 마음도 아니었다. 그것은 무엇인가 중심을 이루고 고르게 퍼져나갈 수 있는 어떤 것이었다. 어떤 포근한 것으로 표면을 부수고 남자와 여자 간에, 혹은 여자와 여자 간의 차가운 접촉에 잔물결을 일으킬 수 있는 것이었다. 희미하게나마 그녀는 그것을 인지할 수 있기 때문이었다. 그녀는 그것을 싫어했다. 신만이 아실 수 있는 어디에선가 체득한 망설임 때문이었다. 혹은 그녀가 느끼듯이 자연(변함없이 현명한)이 주신 것인지도 몰랐다. 하지만 그녀는 때때로 여인의 매력에는 굴복하지 않을 수 없었다. 소녀는 아니었고, 그녀에게 자주 그러듯이, 여인들이 어떤 고민이나 어떤 어리석음을 고백할 때 끌렸다. 동정일 수도 있었고, 그들의 아름다움, 혹은 자신이 더 나이 들었기 때문에 혹은 어떤 우연—희미한 향수 내음이나 바

10 위에서 이미 설명한 attic이 갖는 빈 곳이라는 의미는 클러리서의 다락방에 상징적인 의미를 부여한다.

11 결혼한 여자인데 처녀성을 간직했다는 의미는 빅토리아조 시대 그리고 20세기 울프 시대에도 여전히 여자들에게 강하게 요구되었던 순결chastity이라는 미덕을 기억하면 이해가 쉽다. 그 당시 남편을 위하여 육체의 순결을 지키는 것은 여자들에게 국한된(남자들에게는 요구되지 않은) 절대적인 미덕으로, 사실상 성sex이 자손을 존속시키는 이외, 성적 쾌락을 줄 수 있다는 사실은 억압되었다. 이런 상황에서 그 당시 여인들은 울프를 포함하여 불감증에 시달렸고, 구체적으로 언급하고 있지는 않지만 여전히 간직된 처녀성과 조금 뒤에 나오는 리처드를 실망시켰다는 부분은 이것을 암시한다.

로 이웃의 바이올린 소리와 같은(어떤 순간에 소리의 힘은 참으로 알 수 없는 것이었다) — 때문일 수도 있었다. 그때 그녀는 의심할 여지없이 남자들이 느끼는 것을 느꼈다. 단지 한 순간이지만! 하지만 그것으로 충분했다. 그것은 갑작스런 계시였으며 얼굴을 물들이듯이 착색해 들어왔다. 막으려 노력하다가 번져나가면 그 퍼져나가는 힘에 굴복해 저 멀리 한계에까지 이르러 거기서 떨며 세상이 가까이 다가오는 것을 느끼게 되는 것이었다. 세상은 어떤 놀라운 의미, 무엇인가 밀려오는 황홀함으로 부풀어올라 세상의 얇은 표면을 가르며 터져 엄청난 완화력으로 모든 갈라진 틈과 옛 상처 위로 쏟아져 내렸다. 그때, 그 순간에 그녀는 하나의 광명을 보았다, 산화철 가루 속에서 타오르는 성냥불을, 거의 드러난 듯한 숨겨진 의미를 보았다. 하지만 그런 접합은 사라지고, 그 예리함은 누그러진다. 끝났다 — 그 순간은. 그런 순간들(여자들과의 순간도 마찬가지였다)과 침대, 바론 마봇 그리고 반쯤 타버린 양초는 대조를 이루었다. 깨어서 누워 있노라면, 마룻바닥은 삐걱거렸고, 불 켜진 집은 갑자기 어두워졌다. 만약 그녀가 머리를 들기만 하면 리처드가 가능한 한 살며시 문 손잡이를 놓는 소리를 들을 수가 있었다. 리처드는 양말만 신고 이 층으로 살짝 올라와서는, 잠자리를 데우는 보온 물병을 던지면서 꽤 자주 욕을 했다. 그녀가 얼마나 웃곤 하였던지!

그러나 이 사랑 문제(자신의 코트를 치우면서 그녀는 생각했다), 여인들과 사랑에 빠지는 것 말이다. 샐리 시튼을 예를 들어보자. 옛적에 자신과 샐리 시튼과의 관계 말이다. 결국 그게 사랑이 아니었던가?

그녀는 마룻바닥에 앉아 있었다 — 그것이 샐리에 대한 첫 기억이었다 — 그녀는 팔로 무릎을 감싸고 마룻바닥에 앉아 담배를 피우고 있었다. 그게 어디에서였지? 맨닝네 집이었던가? 킨로크 존스네였던가? 어떤 파티에서(어딘지는 확실하지 않지만)였다. 그녀가 같이 있던 남자에게 "저 사람이 누구예요?" 하고 물었고 그가 말해주었다. 샐리 부모가 사이좋게 지내지 못한다고 그가 말했다. (얼마나 그녀에게 충격을 주었던가 — 부모가 다퉈야만 한다는 사실이!) 하지만 그날 저녁 내내 그녀는 샐리에게서 눈을 뗄 수가 없었다. 자신이 가장 숭배하는 특별난 종류의 아름다움이었다. 살색이 까맣고, 커다란 눈에 자신은 가지지 못했기에 그녀가 항상 부러워하던 특성을 갖고 있었다 — 마치 무엇이라도 말할 수 있고 할 수 있는 듯한 일종의 자유분방함이었다. 그런 특성은 영국 여인네들보다는 외국인들에게 훨씬 흔했다. 샐리는 언제나 자신의 혈관에는 프랑스인의 피가 흐른다고 말했다. 한 조상은 마리 앙투아네트를 지지하다가 교수형을 당하면서 루비 반지 하나를 유물로 남겼다고 했다. 아마 그 해 여름이었지, 그녀는 주머니에 돈 한푼도 없이 어느 날 저녁 만찬이 끝났을 때 예고도 없이 걸어서 부어톤에 머물러 왔다. 가련한 헬레나 숙모는 너무 당황해서 평생 그녀를 용서하지 않았다. 그녀 집에서 약간의 말다툼이 있었다. 그날 저녁 그들에게 왔을 때 그녀는 말 그대로 무일푼이었고 — 내려오느라 브로치를 저당 잡혔다. 그녀는 성이 나서 급하게 떠나왔던 것이다. 그들은 밤새도록 이야기하느라고 일어나 있었다. 처음으로 부어톤에서의 삶이 얼마나 보호받은 삶인가 하는 것을 느끼게 한 것은 바로 샐리였다. 그녀는 성性에 대해서 아무것도 몰랐다 — 사회 문제에 대해서도 아는 것이 없었다. 한 번 들판에서 쓰러져 죽은 노인을 본 적이 있다 — 송아지를 막 낳은 암소를 본 적이 있다. 그러나 헬레나 숙모는 그 어떤 것도 화제로 삼는 것을 좋아하지 않았다(샐리가 그녀에게 윌리엄 모리스의 책을 주었을 때, 그 책을 갈색 종이로 싸야만 했다). 그들은 집 꼭대기 층에 있는 그녀의 침실에서 몇 시간이고 앉아서 이야기했다. 인생에 대해서, 어떻게 그들이 세상을 개혁할 것인가에 대해서 말이다. 그들은 사유 재산을 폐지하는 사회를 건설하려고 했었다. 비록 보내지는 않았지만 실지로 편지를 썼다. 물론 그것은 샐리의 생각이었다. 하지만 오래지 않아 그녀 또한 똑같이 흥분했다. 아침식사 전에 침대에 누워 플라톤을 읽었고, 모리스를 읽었으며, 몇 시간이고 쉘리를 읽었다.

샐리의 힘, 그녀의 재능, 그녀의 사람됨은 놀라웠다. 예를 들면 그녀는 나름대로 꽃을 다룰 줄 알았다. 부어톤에서 그들은 언제나 지나치게 틀에 박힌 목이 긴 작은 꽃병들을 테이블에 쭈욱 늘어놓곤 했다. 샐리는 밖으로 나가 접시꽃과 달리아 등 함께 꽂아본 적이 없는 온갖 종류의 꽃들을 꺾어 와서 꽃만 잘라, 우묵한 그릇에 담아 물위에 띄웠다. 해질녘에 저녁식사를 하러 들어왔을 때(물론 헬레나 숙모는 꽃을 그처럼 다루는 것은 고약하다고 생각했다) 그 효과는 굉장했다. 그 무렵 그녀는 목욕할 때 쓰는 스펀지를 잃어버려서 복도를 알몸으로 뛰어가기도 했다. 그 무시무시한 늙은 하녀, 엘렌 애트킨스는 투덜거리면서 돌아다녔다—"만약 어떤 신사분이 보면 어쩔려고?" 정말로 그녀는 사람들을 깜짝 놀라게 했다. 단정치 않다고 아빠가 말했다.

되돌아보면서 이상한 일은 샐리에 대한 그녀의 감정이 순수하고 진실하다는 것이었다. 그것은 남자에 대해서 갖는 감정과는 달랐다. 그것은 전적으로 사심이 없었고 게다가 단지 여인들, 막 어른이 된 여인들 사이에서만 있을 수 있는 성격의 것이었다. 그녀 쪽에서 보면 보호하는 마음이었다. 함께 동맹을 맺고 있다는 인식에서, 그들을 헤어지게 만들고야 말 어떤 것에 대한 예감에서 솟아난 마음이었고(그들은 결혼을 언제나 재난으로 이야기했었다), 그래서 이런 기사도 정신, 샐리 편보다는 그녀에게 더 강했던 이렇게 보호하고픈 느낌으로 이끌려갔다. 그 당시에 샐리는 타협할 줄 모르고 무모했기 때문이다. 허세를 부리느라 가장 바보 같은 짓을 했다. 테라스 위에 있는 난간을 자전거를 타고 돌았고 시가를 피웠다. 어리석었다, 그녀는—너무나도 어리석었다. 하지만 그녀의 매력은 당해낼 수가 없었다, 적어도 그녀에게는 그랬다. 그래서 꼭대기 층에 있는 침실에 서서 손에 더운 물병을 들고 큰소리로 말하던 것을 그녀는 기억할 수 있었다. "그녀가 이 지붕 밑에 있다…… 그녀가 이 지붕 밑에 있다!"

아니지, 이제 그녀에게 그 말들은 전혀 아무런 의미가 없지. 그녀는 옛 감정의 흔적조차도 찾을 수가 없었다. 하지만 흥분으로 몸이 차디차지면서 일종의 황홀함 속에서 자신의 머리를 만지던 것을 기억할 수 있었다(이제 옛 감정이 그녀에게 돌아오기 시작했다, 그녀가 머리핀을 빼어 화장대 위에 놓고 머리를 매만지기 시작하니까). 핑크빛 저녁 노을 속에서 까마귀는 펄펄 날아 오르락내리락하고 있었고, 옷을 입고 아래층으로 내려가 홀을 가로질러가면서 '만약 이제 죽어야 한다면 지금이 가장 행복한 때'[12]라고 그녀는 느꼈다. 그것이 그녀의 감정—바로 오델로의 감정이었다. 그리고 셰익스피어가 오델로에게 느끼도록 의도했던 만큼 강하게 자신이 느꼈다고 확신했다. 그녀가 하얀 드레스를 입고 샐리 시튼을 만나러 만찬에 내려오고 있었기 때문이다!

그녀는 핑크색 얇은 천으로 된 옷을 입고 있었다—어떻게 그것이 가능했는지? (어떻게 그런 옷을 입었는지?) 어찌되었든 그녀는 온통 빛으로 타오르는 듯했다. 마치 날아 들어와 들장미 위

12 셰익스피어 『오델로』 제2막 1장.

에 잠시 앉은 어떤 새, 아니 공기로 된 공 같았다. 하지만 사람이 사랑을 할 때 (이것이 사랑에 빠진 것이 아니면 무엇이겠는가?) 다른 사람에 대해서 완전히 무관심해지는 것 만큼 이상한 것은 없다. 헬레나 숙모는 저녁식사 후에는 그냥 자리를 떠나 사라졌고 아빠는 신문을 읽으셨다. 피터 월쉬가 거기에 있었을 수도 있고 노처녀 커밍, 그리고 조셉 브리트코프도 분명히 있었다. 그는 매년 여름이면 와서 몇 주일이고 묵는 불쌍한 노인이었으니까 말이다. 그는 그녀와 함께 독일어를 읽는 척했지만 실제로는 피아노를 치면서 엉터리로 브람스를 불렀다.

이 모든 것이 샐리를 위한 배경에 불과했다. 그녀는 벽난로 곁에 서서 그 아름다운 목소리로 말하고 있었고, 목소리 때문에 그녀가 말하는 모든 것이 아빠에게는 다정하게 쓰다듬어주는 것처럼 들렸다. 아빠는 자신의 의지에 반하여 (샐리에게 책 한 권을 빌려주었는데 그 책이 테라스에서 물이 흠뻑 젖어 있는 것을 발견했던 충격을 그는 결코 극복할 수가 없었다) 그녀에게 매력을 느끼기 시작했다. 그때 갑자기 그녀는 말했다. "집 안에 틀어박혀 있다니 얼마나 부끄러운 일이람!" 그래서 그들은 모두 테라스로 나가서 오르락내리락 걸었다. 피터 월쉬와 조셉 브리트코프는 바그너에 대해서 계속 이야기했다. 그녀와 샐리는 약간 뒤처져 걸었다. 꽃이 심어진 돌로 된 항아리를 지날 때 그녀의 전 인생에 있어서 가장 황홀한 순간이 다가왔다. 샐리는 멈추어 서서 꽃 한 송이를 꺾어 들고는 그녀 입술에 키스했다. 온 세상이 아마도 거꾸로 돌았으리라! 다른 이들은 사라지고, 거기에 그녀만이 샐리와 있었다. 그리고 그녀는 포장된 선물을 받았는데 보지 말고 단지 간직하라는 말을 들은 것처럼 느꼈다—다이아몬드, 한없이 귀중한 포장된 어떤 것, 그들이 걸을 때 (위로 아래로, 위로 아래로)

그녀는 그것을 발견했다. 아니 활활 타오르는 광휘, 계시, 경건한 느낌이었다! ―그때 늙은 조셉과 피터가 그들과 맞닥뜨렸다.

"별보기해요?" 피터가 말했다.

그것은 마치 어둠 속에서 화강암 벽에 얼굴을 부딪힌 것 같았다! 그것은 충격이었다, 끔찍했다.

자신 때문이 아니었다. 그녀는 오로지 샐리가 이미 어떤 식으로 상처를 받았나, 부당한 대접을 받았나만을 느꼈다. 그녀는 피터의 적개심, 그의 질투, 그들의 우정에 끼어들려는 그의 결심을 느꼈다. 번갯불이 번쩍하는 순간에 우리가 풍경을 보듯이, 이 모든 것을 그녀는 보았다―그러나 샐리는 (샐리를 그처럼 숭배했던 적이 없었다!) 용감하게 기죽지 않고 자기식대로 해치웠다. 그녀는 웃었다. 그녀는 조셉 노인에게 별 이름을 이야기해달라고 했는데, 그것은 그가 정말 진정으로 하기 좋아하는 일이었다. 그녀는 거기에 서서 귀기울였다. 그녀는 별 이름들을 들었다.

"오, 이 공포!" 그녀는 혼잣말을 했다. 마치 무슨 일인가가 그녀의 행복한 순간을 중단시켜, 쓰라리게 할 것을 내내 알고 있었던 것 같았다.

하지만 결국 나중에 그에게 얼마나 많은 신세를 졌던가. 언제나 그를 생각할 때마다, 무슨 이유에서인지 그녀는 그들의 말다툼을 생각했다―그가 그녀를 좋게 평가해주기를 너무나도 원했기 때문이리라, 아마도. 그녀는 '감상적이다', '교양 있다' 같은 단어들을 피터 덕분에 알았다. 마치 그가 그녀를 보호하듯이 그 단어들은 그녀 삶의 매일매일을 작동시켰다. 어떤 책은 감상적이었고, 삶에 대한 어떤 태도는 감상적인 것이었다. '감상적'이라고, 그녀가 과거를 생각하는 걸 보니 아마도 그런 것 같다. 그가 돌아오면 뭐라고 생각할까. 그녀는 의아했다.

그녀가 늙었다고? 그가 돌아오면 그녀가 더 늙었다고 말할까, 아니 그가 그렇게 생각하는 것을 그녀가 알 수 있지 않을까? 사실이 그랬다. 아픈 뒤로 그녀의 머리는 거의 하얘졌다. 브로치를 테이블 위에 놓으며 그녀는 갑작스러운 경련을 느꼈다. 마치 그녀가 상념에 잠긴 동안 얼음같이 찬 발톱이 안으로 고착되는 기회를 가지기라도 한 것처럼 말이다. 그녀는 아직 늙지는 않았다. 이제 막 쉰둘이 되었고 아직 쉰둘의 많은 나날들이 고스란히 남아 있었다. 유월, 칠월, 팔월! 하나하나의 달이 여전히 거의 온전하게 남아 있었다. 그리고 떨어지는 방울을 잡으려는 듯이 클러리서는 (화장대 쪽으로 가로질러 가면서) 그 순간의 심장부로 뛰어들어 그 순간을 거기에 고정시켰다—이 유월의 아침의 순간을. 그 위에 모든 다른 아침의 무게가 실려 있었다. 거울, 화장대, 그리고 모든 화장품 병들을 새롭게 보며 그녀의 전 존재를 한 점에 모았다(거울 속을 들여다보면서). 바로 그날 밤 파티를 여는 여인의 가냘퍼 보이는 핑크빛 도는 얼굴이 보였다. 클러리서 댈러웨이, 그녀 자신의 모습이었다.

얼마나 수없이 여러 번, 언제나 똑같이 아주 미세하지만 자신의 얼굴을 응축시키면서, 그녀는 자신을 쳐다보았던가! 그녀는 거울을 들여다보면서 입술을 오므렸다. 그러면 그녀의 얼굴에 구심점이 생겼다. 날카롭고, 화살같이 뾰족하고, 명확한—그것이 자신의 모습이었다. 그녀 자신이 되려는 어떤 노력, 어떤 부름이 있어 조각조각들을 다 모았을 때의 그녀 모습이었다. 그녀 혼자만이 자신이 얼마나 다양하고 얼마나 양립할 수 없는 것들로 된 존재인지를 알았다. 그래서 세상에 보이기 위해서 스스로를 구성하여 하나의 중심, 하나의 다이아몬드, 거실에 앉아서도 만남 장소를 만들 수 있는 여인, 어떤 활기 없는 인생들에게는 의심할 여지없이 찬란한 빛, 외로운 이가 찾아올 수 있는 피난처가 되었으리라, 아마도. 그녀는 젊은 사람들을 도왔고 그들은 그녀에게 감사했다, 그녀는 언제나 한결같으려고 노력했다, 그녀의 모든 다른 면모들은 결코 흔적도 보이지 않았다—예를 들면 결점들, 질투심, 허영, 그녀를 오찬에 초대하지 않은 브루톤 여사에게 품어지는 유의 의심들. 그것은 정말로 야비하다고 (마침내 머리를 빗으면서) 그녀는 생각했다! 자, 그녀 옷이 어디에 있지?

그녀가 만찬에서 입을 옷은 벽장에 걸려 있었다. 클러리서는 손을 옷의 부드러운 감촉에 묻으면서 살그머니 초록빛 드레스를 빼내어 창가로 가지고 갔다. 그 옷은 찢어졌다. 누군가가 치마를 밟았었다. 그녀가 대사관 파티에서 꼭대기 층에 섰을 때 주름잡힌 데가 찢어지는 것을 느꼈었다. 인공의 불빛 아래에서 초록빛은 빛났지만, 이제 햇볕 아래서는 그 색깔을 잃었다. 그녀는 이 옷을 수선하리라. 하녀들은 할 일이 너무 많았다. 그녀는 이 옷을 오늘 밤에 입으리라. 그녀는 실크천, 가위, 그리고—뭐였더라—그렇지, 골무를 아래층 거실로 갖고 가리라. 편지도 써야만 했고 모든 일이 그런대로 대개 정돈되어 있는가를 확인해야만 했기 때문이다. 층계참에 멈추어 서서 그 다이아몬드 모양으로, 한 사람으로 자신을 짜맞추면서 이상하다고 생각했다. 어떻게 안주인은 바로 그 순간을, 자기 집의 바로 그 분위기를 아는지 이상하다고 생각했다. 희미한 소리가 우물을 이루는 듯한 계단 위로 소용돌이치며 올라왔다. 대걸레가 훽훽 하고 내는 소리, 가볍게 톡톡 치는 소리, 덜컹거리는 소리, 정문이 열렸을 때의 시끄러운 소리, 지하실에서 메시지를 전하는 소리, 쟁반 위의 은그릇이 쨍그렁거리는 소리, 파티를 위한 깨끗한 은그릇들. 모든 것이 파티를 위한 것이었다.

(그리고 루시는 쟁반을 들고 거실로 들어와서 거대한 촛대를 벽난로 선반 위에 얹고, 은으로 된 작은 상자는 한가운데에 놓고 크리스털로 된 돌고래를 시계 쪽으로 돌려놓았다. 그들은 오리라. 그들은 서서 그녀도 흉내낼 수 있는 거드름 피우는 어조로 얘기하리라. 모든 이들 중에서 그녀의 안주인 — 은그릇과 리넨과 도자기 그릇들을 가진 안주인 — 이 가장 아름다웠다. 태양, 은그릇, 떼어낸 문짝들, 럼플마이어에서 온 일꾼들은 자신이 무언가를 이루었다는 느낌을 주었기 때문이다. 그러면서 그녀는 조각을 파서 만든 테이블 위에 종이 자르는 칼을 내려놓았다. 거울을 들여다보면서, 케이터햄에서 처음으로 고용살이를 했던 빵가게에서 일하던 옛친구들에게 얘기하다가, 좀 봐! 좀 봐! 하고 그녀는 말했다. 자신은 메리 공주를 시중드는 안젤라 부인이었다. 그때 댈러웨이 부인이 들어왔다.)

"어머, 루시, 은그릇들이 정말 멋져 보여!" 그녀는 말했다.

"그런데," 크리스털로 만든 돌고래를 똑바로 서게 돌려놓으면서 말했다. "어제 저녁 연극은 어떻게 재미있었나?" "글쎄, 그들은 끝나기 전에 돌아와야 했어요!" 그녀가 말했다. "그들은 열 시까지 돌아와야만 했거든요!" 루시가 말했다. "그래서 무슨 일이 일어났는지 모른대요" 하고 그녀가 말했다. "그것 참 운이 나빴군." 클러리서는 말했다(그녀에게 부탁만 했으면 하인들은 더 늦게까지 머물러 있어도 되었기 때문이다). "그거 참 안된 것 같군" 하고 말하며 그녀는 소파 한가운데에 놓인 오래된 운치 없어 보이는 쿠션을 집어서, 그것을 루시 팔에 안겨주고, 그녀를 약간 밀면서 큰 소리로 말했다.

"이것 좀 가져가버려! 워커 부인에게 내 인사말을 전하면서 갖다 드려! 가져가!" 그녀는 외쳤다.

그리고 루시는 거실 문간에 멈추어 서서 쿠션을 들고는 아주 수줍게 볼을 약간 붉히면서 물었다. 드레스 수선하는 것을 도울 수 있을까요?

하지만 이미 그녀가 맡은 일로 충분했다. 이 일이 아니고도 그녀가 해야 할 일은 충분하다고 그녀는 말했다.

"하지만, 루시, 고마워, 정말, 고마워." 댈러웨이 부인은 말했다. 고마워, 고마워 하고 그녀는 계속 말했다(무릎 위에 드레스와 가위와 실크천을 놓고 소파에 앉으면서). 고마워, 고마워 하고 하인들 모두에게 계속 말했다. 그녀가 이럴 수 있도록, 그녀가 원하는 모습, 온화하고 관대할 수 있게 도와주는 것에 대해서. 하인들은 그녀를 좋아했다. 그런데 그녀의 이 드레스—어디가 찢어졌었지? 이제 바늘로 꿰매야지. 이 옷은 마음에 드는 드레스였다. 샐리 파커가 만든 것인데 그녀가 만든 거의 마지막 옷이었다. 아, 샐리는 이제 은퇴해서 일링에 살고 있기 때문이지. 언제라도 내게 시간이 생기면 (하지만 더 이상 그녀는 한 순간도 여유가 없으리라) 가서 일링에 있는 그녀를 만나련만, 클러리서는 생각했다. 그녀는 인물이거든, 진짜 예술가니까 말이야, 클러리서는 생각했다. 그녀는 약간 색다르게 생각했다. 하지만 그녀가 만든 드레스들은 결코 기묘하지 않았다. 그 옷들은 햇필드 성에서 입을 수 있었고 버킹엄 궁전에서도 입을 수 있었다. 그녀는 햇필드 성에서 그 옷들을 입었고, 버킹엄 궁전에서도 입었다.

바늘로 실크천을 움직이지 않게 부드럽게 잡아당기면서 초록색 주름들을 한데 모아 아주 가볍게 그것들을 벨트에다 달 때, 고요함이 평온하게 만족스럽게 그녀에게 내려앉았다. 그렇게 어느 여름날 파도들이 몰려왔다가는 균형을 잃고 흩어져 떨어졌다. 모였다가는 흩어졌다. 그리고 온 세상이 "그게 전부야" 하고 점점 더 육중하게 말하는 것 같았다. 마침내 해변가 태양 아래 누워 있는 육체 안의 마음조차도 그게 전부야라고 역시 말했다. 더 이상 두려워 말라고 마음은 말했다. 더 이상 두려워 말라고 마음은 말하며 자신의 짐을 어떤 바다에다 맡겼다. 그 바다는 모든 슬픔을 한데 모아 한숨을 내쉰 뒤, 새로워지고, 파도가 다시 일어나 끌어모았다가는 떨어져 내렸다. 그리고 육체만이 날아가는 벌 소리에, 부서지는 파도 소리에 귀기울였다. 개 짖는 소리, 멀리멀리 짖고 또 짖는 소리에 귀기울였다.

"하느님 맙소사, 정문 벨 소리!" 바느질을 멈추면서 클러리서는 소리쳤다. 깊은 생각에서 깨어나면서, 그녀는 귀기울였다.

"댈러웨이 부인은 나를 만날 거요." 홀에서 나이 든 남자가 말했다. "아, 그럼, 그녀는 나를 만날 거요." 그는 반복해 말하며 루시를 아주 자애롭게 옆으로 밀치며 너무나도 재빨리 이 층으로 달려 올라왔다. "그렇구 말구, 그럼." 이 층으로 달려 올라가며 그는 중얼거렸다. "그녀는 나를 만날 거야. 인도에서 오 년이란 세월이 흘렀는데, 클러리서는 나를 만날 거야."

"누가—무슨 일로." 댈러웨이 부인은 자문하며(그녀가 파티를 여는 날 아침 열한 시에 방해를 하다니 괘씸하다고 생각하며) 계단 위의 걸음 소리를 들었다. 그녀는 문을 잡는 소리를 들었다. 순결을 보호하는, 사사로움을 존중하는 처녀처럼 그녀는 드레스를 감추어야 했다. 이제 황동으로 된 문 손잡이가 스르르 돌아가네. 이제 문이 열리고 들어왔네—한 순간 그녀는 그의 이름이 무엇인지 기억할 수가 없었다! 그를 만난 것이 너무나도 놀라웠다. 예상치 않게 이 아침에 피터 월쉬가 그녀에게 온 것이 너무나도 반갑고, 너무나도 수줍고, 정말로 너무나 당황스러웠다! (그녀는 그의 편지를 읽지 않았다.)

"잘 지냈어요?" 피터 월쉬는 그녀의 양손을 다 잡고, 양손 모두에 키스하면서, 정말로 떨면서 말했다. 앉으면서 그녀가 늙었다고 그는 생각했다. 하지만 절대로 그것에 관해서는 아무런 언급도 하지 않으리라고 그는 생각했다. 그녀가 늙었기 때문이었다. 그녀가 자신을 쳐다본다고 생각하면서 갑작스러운 당혹감이 그에게 몰려왔다. 비록 그가 이미 손에 키스까지 했는데도 말이다. 손을 호주머니에 집어넣고 그는 커다란 주머니칼을 꺼내어 칼날을 반쯤 폈다.

여전하군, 클러리서는 생각했다, 똑같은 기묘한 표정, 똑같은 체크무늬 양복, 얼굴이 약간 비틀어지고, 약간 더 마르고, 더 퉁명스러워보이는 것 같기는 하지만 몹시 좋아보였고 전과 다름이 없었다.

"당신을 다시 보다니 이런 좋은 일이!" 그녀는 소리쳐 말했다. 그는 칼을 꺼냈다. 아주 그이 답군, 그녀는 생각했다.

어제서야 시내에 도착했다고 그는 말했다. 당장에라도 시골로 내려가고 싶었다고 했다. 한데 일들은 잘 되어가요, 모두들 무고한가요 — 리처드는요? 엘리자베스는요?

"한데 이건 다 뭐예요?" 주머니칼을 그녀의 초록빛 드레스 쪽으로 기울이면서 말했다.

아주 옷을 잘 입었네, 한데 그는 언제나 나를 비평하는군, 클러리서는 생각했다.

여기서 그녀는 옷을 수선하고 있었다. 언제나처럼 그녀의 드레스를 고치고 있어, 그는 생각했다. 내가 인도에 있는 동안 내내 그녀는 여기 앉아 있었다. 드레스를 고치고 여기저기 놀러 다니고 파티에 가고 의회에 달려갔다가는 돌아오고 그런 모든 일들을 하면서 말이야 하고 생각하자 그는 점점 더 화가 나고 점점 더 흥분되었다. 어떤 여인네들에게는 이 세상에서 결혼만큼 나쁜 것은 없다고 그는 생각했다. 더욱이 정치에다가 그 존경할 만한 리처드 같은 보수당 남편을 갖는 것만큼 말이야. 정말 그래 정말 그렇다고 생각하며, 그는 찰칵 소리 내며 칼을 접었다.

"리처드는 잘 지내요. 리처드는 위원회에 갔어요" 하고 클러리서는 말했다.

그리고 그녀는 가위를 펴면서 말했다. 오늘 밤 파티에 입을 드레스 고치던 것을 마저 끝내도 괜찮겠지요?

"참 파티에 당신을 초대하지 않았군요." 그녀가 말했다. "나의 사랑스런 피터!" 그녀가 덧붙였다.

한데 그녀가 그 말—나의 사랑스런 피터!—을 하는 것을 듣는 것은 가슴 설레는 일이었다. 정말로 이 모든 것이 너무나도 감미로웠다—은그릇, 의자들, 모든 것이 너무도 감미로웠다.

왜 저를 파티에 초대하지 않죠? 하고 그는 물었다.

지금 상황에서야 물론 해야죠, 그는 매혹적이야, 그녀는 생각했다. 너무나도 황홀하군! 이제야 왜 마음을 정할 수가 없었는지 기억나네—그리고 왜 마음을 정했는지도—결혼하지 않기로? 그녀는 의아스러웠다. 그 끔찍한 여름이었나?

"한데 이 아침에 당신이 돌아오다니 정말로 이상한 일이군요!" 한 손을 다른 손 위에 겹쳐서 드레스 위에 얹으면서, 큰소리로 말했다.

"당신 기억 나요, 부어톤에서 블라인드가 어떻게 펄럭이곤 했는지?" 그녀가 말했다.

"그랬지요." 그가 말했다. 그리고 그는 아주 어색하게 그녀의 아버지하고만 아침식사하던 것을 기억했다. 그분은 돌아가셨지. 그는 클러리서에게 편지하지 않았다. 그러나 그는 나이 든 패리,

그 불평투성이의, 무릎이 약했던 노인, 클러리서의 아버지, 저스틴 패리와 결코 잘 지내지 못했다.

"나는 가끔 당신 아버지와 좀더 잘 지냈으면 좋았을 텐데 하고 생각해요." 그는 말했다.

"하지만 그는 결코 어느 누구도 좋아하지 않았어요—우리 친구들 말이에요." 클러리서가 말했다. 피터가 그녀와 결혼하기를 원했다는 것을 상기시키지 않았으면 좋았을걸.

물론 나는 그랬죠, 피터는 생각했다. 거의 내 가슴을 산산조각 낸 걸요, 그는 생각했다. 그리곤 자신의 슬픔에 압도되었다. 그 슬픔은 테라스에서 바라다보이는, 저물어가는 날의 빛으로 소름 끼치도록 아름다운 달처럼 떠올랐다. 그 이래로 어느 때보다도 더욱 불행하다고 그는 생각했다. 그리고 진짜로 그가 거기 테라스에 앉아 있는 듯이, 클러리서 쪽으로 손을 약간 내밀어 추켜올렸다가는 떨구었다. 그들 위에는 달이 걸려 있었다. 그녀 또한 달빛 아래 그와 함께 테라스에 앉아 있는 것 같았다.

"이제는 허버트가 소유하고 있어요." 그녀는 말했다. "이제 나는 그곳에 전혀 가지 않아요" 그녀가 말했다.

그 당시, 달빛 아래 테라스에서 일어났던 대로였다. 그때 한 사람은 벌써 지루하다는 사실을 부끄럽게 느끼기 시작하였고 반면에 다른 사람은 조용히, 아주 조용히 앉아서, 슬프게 달을 쳐다보며 말도 하기 싫어 다리를 움직이고 목도 가다듬고, 테이블 다리에 철로 된 장식도 보고, 잎도 뒤적이며, 아무 말도 하지 않았다—지금 피터가 바로 그랬다. 도대체 왜 이처럼 과거로 돌아가야 하지? 그는 생각했다. 왜 다시 그것을 생각하게 하는 거야? 그렇게 지긋지긋하게 그를 괴롭혔으면서 왜 또 고통받게 하는 거야? 왜?

"당신, 호수 기억해요?" 감정에 압도되어, 갑작스러운 목소리로 그녀가 말했다. 그 감정은 그녀의 가슴을 휘어잡아, 목 근육을 뻣뻣하게 만들어, 호수라고 그녀가 말할 때는 경련이 일어 입술을 오므리게 만들었다. 그녀는 부모님들 사이에서 오리들에게 빵을 던지고 있는 어린아이로 돌아갔기 때문이다. 동시에 팔 안에 삶을 부여안고, 호숫가에 서 있는 그녀의 부모들에게 다가가고 있는 다 자란 여인이었기 때문이다. 그런데 그 삶은 그녀가 그들에게 가까이 가면 갈수록, 팔 안에서 점점 더 커져서 드디어 그것은 하나의 온전한 삶, 완전한 인생이 되었다. 그녀는 그것을 그들 곁에 내려놓으며 말했다. "이것이 그 삶으로 내가 이룬 것입니다! 이것이!" 한데 그녀가 무엇을 이루었지? 정말 어떤 것이지? 바느질을 하며 이 아침에 피터랑 거기 앉아 있으면서 말이다.

그녀는 피터 월쉬를 바라보았다. 그 모든 시간과 그 모든 감정을 거쳐온 그녀의 표정이 분명치는 않게 그에게 와 닿았다. 눈물어리도록 그에게 젖어들어왔다. 그리곤 마치 새가 가지를 건드리고는 솟구쳐 올라 퍼덕이며 날아가버리듯이 떠올라 날개치며 사라졌다. 전혀 꾸밈없이 그녀는 눈물을 훔쳤다.

"그래요." 피터는 말했다. "그래요, 그래요, 그래요." 그녀가 어떤 것을 표면에까지 끌어올린 것처럼 그는 말했다. 그것은 솟아오르면서 그에게 결정적으로 상처를 주었다. "그만 해요! 그만 해요!" 그는 소리치고 싶었다. 그는 늙지 않았기 때문이다. 그의 인생은 끝나지 않았기 때문이다. 결코. 아니었다. 그는 이제 막 오십을 지났을 뿐이다. 그는 생각했다. 그녀에게 말해야 될까, 말까? 모든 것을 죄다 털어놓고 싶었다. 한데 가위를 가지고 바느질하고 있는 그녀는 너무도 냉정하다고 그는 생각했다. 데이지는 클러리서 곁에 서면 평범해 보이겠지. 그리고 그녀는 나를 실패자라고 생각할 거야, 허긴 그들이 판단하기에 나는 그렇지, 하고 생각했다. 댈러웨이 집안 사람들이 분별하기에는 말이야. 아 물론이지. 그것에 대해서는 의심할 여지가 없었다. 이 모든 것과 비교해볼 때 그는 실패자였다—조각을 새겨 넣은 테이블, 상감한 종이 자르는 칼, 돌고래, 촛대, 의자 덮개와 오래되고 귀중한 영국의 컬러 프린트들 말이다—그는 실패자였다! 이 모든 일의 잘난 체하는 꼴이 밉다고 그는 생각했다. 모두 리처드의 소행이지, 클러리서가 한 일은 아니었다. 그녀가 그와 결혼했다는 것을 제외하고는 말이다. (이때 루시가 들어왔다, 은그릇을, 더 많은 은그릇을 들고서. 그녀가 그것을 내려놓으려고 수그렸을 때 그녀는 매력적이고, 날씬하고, 우아해 보인다고 그는 생각했다.) 그리고 이런 일이 내내 계속되고 있었다니! 그는 생각했다. 매주 매주. 클러리서의 인생이었다. 그동안 나는—그는 생각했다. 당장에 모든 것이 그로부터 발산되어 나가는 것 같았다. 여행, 말타기, 말다툼, 모험, 브리지 파티, 연애 사건들, 일, 일, 또 일! 그리곤 아주 공공연하게 칼을 꺼내어—오래된 뿔로 된 손잡이가 달린 칼로 클러리서는 그가 지난 삼십 년 간 지닌 것이라는 것을 맹세할 수 있었다—거머쥐며 주먹을 불끈 쥐었다.

얼마나 이상한 버릇인가, 클러리서는 생각했다. 언제나 칼을 갖고 장난하다니. 그것은 언제나 사람을 어리석고, 마음이 텅 빈 것처럼 느끼게 했다, 그가 예전에 말하였듯이 어리석은 수다쟁이에 불과한 것처럼 느끼게 했다. 하지만 나도 도움을 청해야지, 하고 그녀는 바늘을 집어 들면서 생각했다. 파수병이 잠들어 무방비 상태로 버려져서 (이 방문으로 그녀는 아주 놀랐다—그녀를 당황케 했다) 누구라도 걸어 들어와 들장미 넝쿨 아래 누워 있는 자신을 볼 수 있는 상황에 놓인 여왕처럼 도움을 청했다. 자신이 좋아하는 것들, 리처드, 엘리자베스, 간략히 말하면 이제 피터는 거의 알지 못하는 그녀 자신, 이 모두에게 그녀 곁으로 와서 적을 쫓아달라고 불러내었다.

"그래, 당신에겐 어떤 일이 있었나요?" 그녀가 말했다.

그렇지, 싸움이 시작되기 전에 말들은 땅을 긁고, 머리를 휘두르고, 옆구리에서는 빛이 반짝이고, 목을 구부리지. 그렇게 피터 월쉬와 클러리서는 나란히 파란 소파에 앉아서 서로에게 맞섰다. 그의 내부에서 힘들이 서로 부딪치고 뒤흔들렸다. 다양한 영역에서 모든 종류의 것들을 그는 모았다. 칭찬, 옥스포드 대학에서의 경력, 결혼, 거기에 대해선 그녀는 아무것도 알지 못했다. 어떻게 그가 사랑했는지, 그리고 대체로 자신의 직무를 다했다는 것을 말이다.

"수많은 일들이 있었죠!" 그는 큰 소리로 말했다. 그리곤 이제 이쪽저쪽으로 차오르면서, 더 이상 보이지 않는 사람들의 어깨에 올라 타고 공중으로 달려가는 것 같은, 두려우면서도 동시에 지극히 상쾌한 느낌을 주는 응집된 힘들에 내몰려, 앞이마로 손을 들어올렸다.

클러리서는 아주 곧게 앉아서 숨을 들이쉬었다.

"나는 사랑에 빠졌어요." 그는 말했다. 하지만 그녀가 아니라, 어둠 속에서 불러낸 어떤 여인에게 말했다. 그래서 그녀를 만질 수가 없었으며 단지 어둠 속 풀밭 위에 화환을 내려놓아야만 했다.

"사랑에," 그는 되풀이해서 말했다. 이제는 다소 퉁명스럽게 클러리서 댈러웨이에게 말하고 있었다. "인도에 있는 한 소녀와 사랑에 빠졌어요." 그는 자신의 화환을 내려놓았다. 클러리서는 그걸 가지고 그녀가 원하는 것은 무엇이든지 만들 수 있었다.

"사랑에!" 그녀는 말했다. 그가 그 나이에 나비넥타이를 매고 그 괴물에게 빨려들어가다니! 게다가 그의 목은 살 한점 없이 말랐고, 손은 빨갰다. 그는 나보다 육 개월이나 나이가 더 먹었는데! 그녀의 눈이 번쩍하면서 자신에게 향했다. 하지만 그녀는 여전히 그가 사랑에 빠져 있다는 것을 마음 깊이 느꼈다. 그가 그것을 가지고 있다는 것을 그녀는 느꼈다. 그는 사랑하고 있었다.

하지만 주인을 언제나 압도하여 짓밟는 불굴의 이기주의가, 계속해, 계속해 앞으로 가 하고 말하는 흐름이 그것에 맞섰다. 우리에게는 어떤 종류든지 간에 목표가 없다는 것을 인정한다 할지라도, 여전히 계속 해, 계속 하라구 하고 흐름은 외쳤다. 이 불굴의 이기주의는 그녀의 볼을 붉게 물들여, 그녀를 젊어 보이게 했다. 아주 핑크빛으로 물들였다. 그녀가 무릎 위에 드레스를 얹어놓고 바늘로 초록빛 실크천의 끄트머리를 잡고 약간은 떨면서 앉아 있을 때 그녀의 눈은 아주 밝게 빛났다. 그가 사랑에 빠졌다구! 자신과는 아니었다. 물론 그녀보다 어린 어떤 젊은 여인하고였다.

"한데, 어떤 여인이에요?" 그녀가 물었다.

이제 이 조각상을 단에서 내려 그들 사이에 내려놓아야만 했다.

"결혼한 여자예요, 불행히도." 그는 말했다. "인도 육군 소령의 아내죠."

그리곤 기이하고 빈정대는 듯하지만 달콤하게 미소 지으며 클러리서 앞에 이렇게 우스꽝스러운 방법으로 그녀를 내려놓았다.

(똑같군, 그는 사랑에 빠져 있어, 클러리서는 생각했다.)

"그녀는," 그는 아주 조리 있게 계속해 말했다. "어린아이가 둘 있어요, 남자 애와 여자 애죠, 이혼 때문에 변호사를 만나려고 왔어요."

그들이 여기 있어요! 그는 생각했다. 클러리서, 당신이 하고 싶은 대로 마음대로 해요! 그들이 있다구요! 그리고 클러리서가 그들을 쳐다보자 인도 육군 소령의 아내(그의 데이지)와 그녀의 어린 두 아이들은 순간순간 그에게 점점 더 사랑스러워지는 것 같았다. 마치 그가 금속판 위에 회색빛 나는 원반형의 조각 장식에 불을 밝히자, 거기 그들간의 친밀감이 (어떤 면에서 그 누구도 클러리서처럼 그를 이해한다든지, 그와 함께 느낄 수는 없었다) 만들어내는 상쾌한 바다 내음 나는 공기 속으로 아름다운 나무가 솟아오르는 것처럼 말이다—그들간의 황홀한 친밀감.

그녀가 그를 우쭐하게 했겠지. 그녀가 그를 속였다고 클러리서는 생각했다. 칼날을 세 번 휘둘러 그 여인, 인도 육군 소령의 아내의 형상을 만들어내었다. 얼마나 낭비인가! 얼마나 어리석은가! 평생토록 피터는 이처럼 우롱당했다. 처음에는 옥스포드에서 쫓겨나고 다음에는 인도로 가는 배에서 만난 소녀와 결혼하고, 이제는 인도 육군 소령의 아내라니—다행스럽게도 자신은 그와 결혼하는 것을 거절했다! 여전히 그는 사랑에 빠져 있었다. 그녀의 옛 친구, 그녀의 사랑스런 피터, 그는 사랑하고 있었다.

"하지만 어떻게 할 거예요?" 그녀가 물었다. 아, 링컨즈 인[13]에 소속된 변호사들과 법무관들, 후퍼 씨와 그레이트리 씨가 다 할 거예요, 그는 말했다. 그리고 그는 정말로 주머니칼을 가지고 손톱을 다듬고 있었다.

"제발, 당신 칼 좀 내버려둬요!" 그녀는 참을 수 없이 화가 나서 자신에게 소리쳐 말했다. 어리석은 인습에 얽매이지 않은 행동, 그의 약점이 참을 수 없었다. 다른 사람이 어떻게 느끼는지 추호도 생각하지 않는 그가 그녀를 괴롭혔다, 그녀를 언제나 괴롭혔다. 지금 그의 나이에, 얼마나 어리석은지!

나도 그 모든 것을 알아요, 피터는 생각했다. 나도 내가 어떤 것

13 영국에서 법정 변호사 자격을 얻기 원하는 사람에게 필요한 교육을 실시하고 시험을 치게 하여 그 자격을 부여하는 독점적인 특권을 가진 네 개의 법조 단체(Lincoln's Inn, the Inner Temple, the Middle Temple, Grays Inn) 중 하나.

에 대항해 맞서고 있는지 안다니까요. 손가락으로 칼날을 훑으면서 그는 생각했다. 클러리서와 댈러웨이 그리고 그 나머지 모든 이들에게 말이다. 하지만 나는 클러리서에게 보여주리라—그러고는 너무 놀랍게도, 대기중으로 던져진 제어할 수 없는 힘에 밀려 갑자기 울음을 터뜨렸다, 흐느꼈다, 일말의 부끄러움도 없이 흐느꼈다, 소파에 앉아서, 눈물이 그의 볼을 타고 흘러내렸다.

그리고 클러리서는 앞으로 몸을 구부려 그의 손을 잡고 자신에게로 끌어당겨 키스했다—그녀가 휘두르던 번쩍이는 은그릇을 내려놓기도 전에 실지로 그의 얼굴이 그녀의 얼굴에 포개지는 것을 느꼈다—그녀의 가슴속에 이는 열대 광풍 속에 팸퍼스 풀같이 영예로운 표상은 가라앉으면서, 그녀가 그의 손을 잡고 무릎을 토닥이며, 뒤로 기대어 앉아 그와 있는 것이 이상하게 편하고 아무 근심이 없다고 느껴지게 하였다. 갑자기 모든 것이 그녀에게 몰려왔다. 만약에 내가 그와 결혼했더라면 이 들뜬 기분은 하루 내내 나의 것이었을 텐데!

그녀에게는 끝난 일이었다. 시트는 팽팽하게 펴졌고 침대는 좁았다. 그녀는 탑 위로 혼자 올라갔고 햇볕 아래에서 나무 딸기를 따는 그들을 떠났다. 문은 닫혔고 떨어진 회조각 먼지와 새둥지 쓰레기들 가운데 거기에서 그 광경은 얼마나 멀게 보였고, 소리는 또 얼마나 가냘프고 우울하게 다가왔는지(언젠가 리스 언덕에서 말이다, 그녀는 기억했다). 그리고 리처드, 리처드! 밤에 자다 놀라 깨어 어둠 속에 손을 뻗어 도움을 청하는 사람처럼 그녀는 큰소리로 외쳤다. 그가 브루톤 부인과 오찬을 하고 있다는 생각이 났다. 그는 나를 떠났어. 나는 영원히 혼자야, 생각하며 그녀는 무릎 위로 손을 깍지꼈다.

피터 월쉬는 일어나 창문으로 가로질러 가, 등을 돌리고 큰 손수건을 이리저리 흔들며 서 있었다. 지배자답게, 무뚝뚝하게, 외롭게 보였다. 그의 여윈 어깨뼈가 코트를 약간 들어올리고 있었다. 그는 코를 심하게 풀었다. 나를 당신과 함께 데려가줘요, 클러리서는 충동적으로 생각했다. 마치 그가 곧장 어떤 위대한 항해를 떠나기라도 하는 것처럼. 그리곤 마치 매우 아슬아슬하고 감동적이었던 5막짜리 연극이 이제 끝났고 그 속에서 그녀는 한 인생을 살고는 도망쳐 나온 것 같았다. 피터와 살았었고, 이제는 끝난 것 같았다.

이제는 움직일 시간이었다. 한 여인이 그녀의 물건들, 외투, 장갑, 오페라 안경 등을 챙겨 극장에서 거리로 나가려고 일어나는 것같이, 그녀는 소파에서 일어나 피터에게로 갔다.

한데 참으로 이상하다고 그는 생각했다. 그녀가 짤랑짤랑, 살랑살랑 소리 내며 다가왔을 때, 무슨 이유로 아직도 힘을 갖고 있는지. 그녀가 방을 가로질러 왔을 때 부어톤의 테라스 위 그 여름 하늘에 그가 증오했던 달을 떠오르게 할 수 있는 힘을 어떻게 아직도 갖고 있는지.

"말해줘요." 그녀의 어깨를 잡으며 그는 말했다. "클러리서, 당신 행복해요? 리처드가—"

문이 열렸다.

"얘가 내 딸 엘리자베스예요." 감정적으로, 어쩌면 연극조로 클러리서는 말했다.

"안녕하세요?" 앞으로 다가오며 엘리자베스가 말했다.

빅벤 시계가 삼십 분을 치는 소리가 그들 사이에 이상한 힘을 갖고 울려나갔다. 마치 힘이 세고 무관심하고 분별 없는 젊은 청년이 아령을 이리저리 흔들어 움직이는 것 같았다.

"안녕, 엘리자베스!" 손수건을 그의 주머니에 쑤셔넣으면서 피터는 큰소리로 말하곤, 재빨리 클러리서에게 다가가, 그녀를 쳐다보지도 않고 "잘 있어요, 클러리서"라고 말하고는, 방에서 재빨리 나가, 아래층으로 달려 내려가, 홀의 문을 열었다.

"피터! 피터!" 층계참으로 그를 따라 나오며 클러리서는 외쳤다. "오늘 저녁 내 파티! 오늘 저녁 내 파티를 기억하세요!" 대기의 소음 때문에 목소리를 높이며 그녀는 소리질렀다. 교통의 혼잡함과 일제히 울려퍼지는 시계 치는 소리에 압도되어, 문을 닫고 나가는 피터 월쉬에게는 "오늘 저녁 내 파티를 기억하세요!" 하고 외치는 그녀의 목소리는 약하고 가늘고 아주 먼 것처럼 들렸다.

내 파티를 기억하세요, 내 파티를 기억하세요, 거리로 계단을 내려가면서 피터 월쉬는 말했다. 빅벤이 삼십 분을 치는 명확한 소리, 그 소리의 흐름에 경쾌하게 장단 맞추어 혼자 말했다. (납이 만드는 무거운 원들이 공기중에 녹아내렸다.) 아, 이 파티들, 그는 생각했다. 클러리서의 파티들. 왜 그녀는 이런 파티들을 여는 걸까, 그는 생각했다. 그녀나 혹은 연미복을 입고 단춧구멍에 카네이션을 꽂고 자신에게로 다가오는 남자의 우스꽝스런 우상 같은 모습을 비난하는 게 아니었다. 이 세상에서 오직 한 사람만이 그가 그랬던 것처럼 사랑에 빠질 수 있었다. 이 행운아, 빅토리아 거리의 자동차 제조업자의 판유리 창문에 반사되어 보이는 그 자신이 거기에 있었다. 인도 전부가 그의 뒤에 놓여 있었다. 평원, 산, 콜레라 같은 전염병, 아일랜드의 두 배만큼 큰 구區들, 그—자신, 피터 월쉬—가 혼자서 이룬 결정들이 있었다. 그는 이제야 생전 처음 정말로 사랑에 빠졌다. 클러리서는 모질어졌다고 그는 생각했다. 게다가 약간 감상적이지 않나 의심스러웠다. 성능이 좋은 훌륭한 자동차들을 바라보았다. —몇 갤론에 몇 마일이나 가지? — 왜냐하면 그는 기계에 관한 일이 적성에 맞았기 때문이다. 그는 자신이 살던 구에서 쟁기를 발명했고 영국에서 외바퀴 수레를 주문했지만 인도의 인부들은 그것들을 사용하려 하지 않았다. 그 모든 것들에 대해서 클러리서는 아무것도 알지 못했다.

"내 딸 엘리자베스예요"라고 말한 방식이 그를 괴롭혔다. 왜 단순히 "엘리자베스예요" 하지 않았을까? 진실되지 않았다. 그리고 엘리자베스도 그런 것을 좋아하지 않았다. (아직도 크게 울리는 시계 소리의 마지막 진동이 주변의 공기를 흔들었다. 삼십 분, 여전히 이른 시각이었다. 이제 겨우 열한 시 삼십 분이었다.) 그는 젊은 사람들을 이해했기 때문에 알 수 있었다. 그는 그들을 좋아했다. 클러리서에게는 늘 냉정한 구석이 있다고 그는 생각했다. 소녀일 때조차도 그녀는 언제나 다소 쭈뼛쭈뼛하는 면이 있었다. 중년이 되면서, 그런 면모는 상투적으로 변해버렸다. 그리고는 모든 것이 터져나왔다. 모든 것이 터져나왔다고 그는 생각했다. 다소 쓸쓸히 거울 같은 심연을 들여다보면서 그 시간에 방문해서 그녀를 괴롭히지 않았나 궁금해했다. 갑자기 바보같이 굴었다는 부끄러움에 사로잡혔다. 울었고 감정적으로 굴었고, 언제나처럼, 언제나처럼 그녀에게 모든 것을 털어놓았다.

구름 한 조각이 태양을 덮으며 지나가고, 런던에도, 마음에도 침묵이 흘렀다. 수고가 멈추었다. 시간은 돛대 위에서 펄럭이고 있었다. 거기 우리는 멈추었고, 거기 우린 서 있었다. 경직된, 습관으로 움직이는 해골만이 인간의 형상을 떠받치고 있었다. 아무것도 없는 곳에 말이야, 피터는 혼자 중얼거렸다. 속을 다 파낸 듯이, 완전히 안이 텅 빈 것처럼 느꼈다. 클러리서는 나를 거절했어, 그는 생각했다. 그는 거기에 서서 생각했다, 클러리서가 자신을 거절했다고.

시간을 막 칠 때 거실로 들어와 손님이 이미 거기에 와 있는 것을 본 안주인마냥, 마가렛 성당의 시계는 아, 하고 말했다. 나는 늦지 않았어. 안 늦었어, 정확하게 열한 시 반이야, 하고 그녀는 말했다. 하지만, 비록 그녀가 완벽하게 옳지만, 그녀의 목소리는 안주인의 목소리이기에 자신의 개체성을 드러내기를 꺼렸다.[14] 과거에 대한 어떤 비통함이, 또 현재에 대한 근심이 그것을 막았다. 열한 시 반이라고 말하며, 마가렛 성당의 종소리는 가슴속 후미진 곳까지 미끄러져 들어와서는 차츰차츰 원을 그리며 퍼져나가는 소리 속에 묻혔다. 마치 어떤 살아 있는 것이 자신을 털어놓기를, 흩뿌리기를, 기쁨에 떨면서 마침내는 안주하기를 원하는 것 같았다—시간을 칠 때에 하얗게 입고 층계를 내려오는 클라리서 같다고 피터는 생각했다. 감정이 뭉클하면서 클러리서, 바로 그녀라고 생각했다. 이상스럽게 선명하기는 하지만, 어리둥절해하며 그녀를 기억해냈다. 마치 이 종소리가 수년 전 그들이 아주 친밀했던 순간에 앉아 있던 그 방으로 흘러 들어와 한 사람에게서 다른 사람에게로 지나가며 벌이 꿀을 싣듯이 그 순간을 싣고는 떠나간 것 같았다. 한데 어떤 방이었지? 어떤 순간이었지? 도대체 시계가 칠 때 왜 그렇게 마음속 깊이 행복해했지? 마가렛 성당의 종소리가 차차 약해졌을 때, 그때 그녀가 아팠었고 그 소리가 무기력함과 고통을 나타낸다는 생각이 났다. 그녀의 심장 때문이라는 것을 기억했다. 갑작스럽게 마지막으로 치는 큰 소리는 불시에 삶 한가운데로 들이닥치는 죽음을 알렸다, 클러리서가 거실에서 쓰러지고 있었다. 안 돼! 안 돼! 그가 소리쳤다. 그녀는

14 여기서 마가렛 성당의 종소리를 안주인이라고 비유한 것에 주의해야 한다. 앞에서 이미 빅벤이 남성적인 이미지로 시간을 알렸는데, 안주인에 불과한 마가렛 성당의 종소리가 자신이 옳더라도 이견을 내놓기를 꺼린다는 페미니스트적인 비아냥거림이 섞여 있다.

죽지 않았어! 나는 늙지 않았다고 소리치며, 화이트홀[15]로 진격해갔다. 마치 그에게 활기차고 끝이 없는 미래가 굴러 내려오는 것처럼 말이다.

그는 조금도 늙거나, 뻣뻣해지거나, 말라붙지 않았다. 그들—댈러웨이나, 휘트브레드 집안 사람들, 그리고 그 무리들—이 자신에 대해서 이야기하는 것에 마음을 쓰는 것으로 말할 것 같으면, 그는 조금도 개의치 않았다—눈곱만치도(비록 멀지 않아 리처드에게 직업을 얻게 도와줄 수 없는지를 알아봐야만 하는 것이 사실이긴 하지만). 성큼성큼 걸으며, 빤히 쳐다보다가 그는 케임브리지 백작의 동상을 노려보았다. 그는 옥스포드에서 쫓겨났다, 사실이었다. 그는 사회주의자였고, 어떤 의미에서는 실패자였다—사실이었다. 하지만 문명 세계의 미래는 자신과 같은 젊은이들의 손에 달려 있다고 그는 생각했다. 삼십 년 전의 자신과 같은 젊은이들, 추상적인 원리들에 대한 사랑을 지닌 이들 말이다. 런던에서부터 히말라야의 정상에 이르는 먼 길을 책을 보내달라고 하여 과학을 읽고 철학을 읽는 그들. 미래는 그런 젊은이들의 손에 달려 있다고 그는 생각했다.

숲속에서 이파리들이 후두거리는 것 같은 소리가 뒤에서 들렸다. 그와 함께 살랑살랑 옷 스치는, 규칙적으로 쿵쿵 하는 소리가 그를 따라와 그의 생각을 쿵쿵 때려, 그렇게 하려 하지도 않았는데 화이트홀 거리로 올라가는 발걸음을 정확하게 했다. 유니폼을 입고 총을 멘 소년들이 눈을 앞에 고정시킨 채 행진해갔다. 그들의 팔은 꼿꼿했으며, 얼굴에는 동상을 받치는 단에 써진 영국에 대한 의무, 감사, 충성, 사랑을 칭송하는 글귀의 글자 같은 표정을 하고 있었다.

15 런던의 거리. 트라팔가 광장에서 국회의사당에 이르는 거리로, 중앙 관청들이 즐비하다.

그들과 보조를 맞추기 시작하면서, 훌륭한 훈련이야, 하고 피터 월쉬는 생각했다. 그러나 그들은 건장해 보이지는 않았다. 그들은 대부분 호리호리했으며, 열여섯의 소년들로, 내일이면 판매대에서 밥사발이나 비누를 팔며 서 있을 수도 있었다. 지금 그들은 육체적 쾌락이나 나날의 삶에 마음을 빼앗기지 않고 핀즈베리 보도에서 텅 빈 무덤에 이르기까지 들고 가는 화환 때문에 엄숙한 모습이었다. 그들은 선서를 했다. 차량들도 그것을 존중하여 화물차들이 멈추어 섰다.

그들이 화이트홀 거리를 행진해 올라갈 때, 보조를 맞출 수가 없군, 하고 피터 월쉬는 생각했다. 과연 그들은 그를 지나, 모든 사람을 지나 꾸준한 걸음으로 계속 행진해갔다. 마치 사람이 균등하게 팔과 다리를 움직이면 다양하고 경박스러운 인생은 기념비와 화환으로 이루어진 보도에 묻히고, 훈련으로 뻣뻣하기는 하지만 뚫어지게 바라보는 시체와도 같은 모습으로 마취되어지는 것 같았다. 우리는 그것을 존중해야만 한다. 비웃을 수도 있지만, 우리는 그것을 존중해야만 한다. 저기 그들이 가는군, 보도의 끄트머리에 멈추어 서면서 피터 월쉬는 생각했다. 모든 칭송받는 동상들, 넬슨, 고든, 해브록, 검은 동상들, 위대한 군인들의 눈부신 이미지들이 앞을 바라보며 서 있었다. 마치 그들 또한 똑같은 유혹 아래 짓밟히면서, 자신같이 버리며(피터 월쉬는 자신 또한 그 일을, 위대한 버리기를 해냈다고 느꼈다), 마침내는 대리석같이 움직이지 않는 시선을 성취한 것처럼 말이다. 하지만 그런 뚫어지게 응시하는 시선을 피터 월쉬 자신을 위해서는 조금도 원하지 않았다. 비록 다른 사람의 그런 시선을 존중할 수는 있지만 말이다. 소년들의 그런 시선을 존경할 수는 있었다. 스트랜드 거리 쪽으로 행진하는 소년들이 사라졌을 때, 그는 그들이 아직 육체에서 비롯되는 고통을 모른다고 생각했다—내가 겪은 모든 것들 말이야, 그는 거리를 건너 고든 동상 아래에 서면서 생각했다. 그는 소년 시절 고든을 숭배했다. 고든은 다리 한쪽을 들어올리고 팔짱을 낀 채 외롭게 서 있었다—불쌍한 고든, 그는 생각했다.

아직은 클러리서 외에는 아무도 그가 런던에 있다는 것을 몰랐으며, 항해 뒤의 영국은 여전히 섬처럼 보여졌기 때문에, 혼자서, 살아서, 아무도 몰래 열한 시 반에 트라팔가 광장에 서 있다는 사실이 기이하여 그는 어찌할 바를 몰랐다. 이게 뭐지? 내가 어디 있지? 우리는 왜 결국은 그 일을 하지? 그는 생각했다, 이혼은 온통 쓸데없는 짓 같았다. 그의 마음 깊숙한 곳이 늪처럼 평평해지며, 세 개의 위대한 감정들이 그를 당황케 했다. 이해, 드넓은 박애정신, 그리고 마지막으로 마치 다른 감정들의 결과인 듯한 억누를 수 없는 황홀한 기쁨. 그의 두뇌 속에서 다른 손이 줄을 잡아당기고 셔터를 움직여, 자신은 그 일과 전혀 상관이 없지만, 끝없는 길이 펼쳐지는 입구에 서 있었고, 선택만 하면 멋대로 헤맬 수도 있는 것 같았다. 최근 몇 년 동안 이처럼 젊게 느껴본 적이 없었다.

그는 탈출했다! 완전히 자유로웠다—습관이 무너질 때에 흔히 그렇듯이 말이다. 그런 때에 마음은 보호받지 않은 불꽃처럼 고개숙여 굽히며 자신을 잡는 것으로부터 막 날아가려 하는 것 같았다. 나는 최근 수년 간에 이렇게 젊게 느껴본 적이 없어! 피터는 생각했다. (물론 단지 한 시간이나 그 정도 동안이지만) 다름아닌 자신의 옛 모습에서 탈출하여 문밖으로 도망쳐 나가는 어린아이 같았다. 뛰어 나가면서 그 아이는 나이 든 유모가 엉뚱한 창문에서 자신을 찾는 것을 보았다. 그런데 저 여인은 보기 드물게 매력적이군. 헤이마켓 방향으로 트라팔가 광장을 가로질러 건너가다가 어떤 젊은 여인이 다가왔을 때 그는 생각했다. 그녀가 고든 동상을 지나쳐갈 때, 그녀는 겹겹의 베일을 벗어던지고 마침내는 자신이 언제나 마음속에 간직하고 있던 바로 그 여인이 되었다고 피터 월쉬는 생각했다. 젊지만 품위 있고, 명랑하지만 신중하며, 피부가 까무잡잡하지만 매력적인 여인 말이다.

자신을 똑바로 세우고 은밀히 주머니칼을 매만지며 그는 이 여인을, 이 자극을 쫓기로 하고 그녀를 따라갔다. 그 자극체는 등을 돌린 채로도 그들 사이를 잇는 빛을 그에게 비추는 것 같았다. 그 빛은 그만을 골라내었다. 마치 마구 소란스러운 차 소리들이 안을 둥글게 오므린 손에다 대고 자신의 이름인 피터가 아니라, 상념에서만 자신을 부르는 비밀의 이름을 속삭이는 것 같았다. "당신", 오직 "당신"이라고만 말했다. 그녀의 하얀 장갑과 어깨로 그렇게 말했다. 그리고 그녀가 칵스퍼 거리에 있는 덴트네 가게를 지나서 걸어갈 때 얇은 긴 코트가 바람에 날렸다. 그 코트는 팔을 벌려 피곤한 자를 안는 것처럼 에워싸듯이 정겹게, 애도하는 듯이 부드럽게 바람에 날렸다.

하지만 그녀는 결혼하지 않았어. 그녀는 젊다고, 아주 젊다고 피터는 생각했다. 그녀가 트라팔가 광장을 가로질러 올 때 옷에 달린 빨간 카네이션이 그의 눈에서 다시 타올랐고 그녀의 입술을 붉게 만들었다. 하지만 그녀는 인도 모퉁이에 서서 기다렸다. 그녀에게는 위엄이 있었다. 그녀는 클러리서처럼 세속적이지 않았다. 클러리서처럼 부자도 아니었다. 그녀가 움직일 때 그는 궁금했다. 그녀는 지위가 높을까? 도마뱀의 날름거리는 혀를 가진 듯이 재치있을 거야, 그는 생각했다(허긴 우리는 약간의 기분전환거리를 지어내야만 해, 허용해야 해). 기다리던 시원스런 재치, 소란스럽지 않게 쏜살같이 움직이는 재치 말이야.

그녀는 움직였고, 길을 건넜다. 그는 그녀를 따라갔다. 절대로 그녀를 당황케 하고 싶지는 않았다. 하지만 만약 그녀가 멈추면 "같이 가서 아이스크림 먹을래요?" 하고 말하리라. 그가 말하면, 그녀는 아주 단순하게 "네, 그러죠" 하고 대답하리라.

하지만 거리에는 다른 사람들이 그들 사이에 있어 그를 가로막고 그녀를 안 보이게 했다. 그는 쫓아갔다. 그녀의 표정이 변했다. 볼은 빨갛게 물들었고 눈은 조소를 띠었다. 그는 무모하고 재빠르며 도전적인 모험가였다. 정말로 (지난밤에 인도에서 도착했으니까) 낭만적인 해적이었다. 이 모든 저주스런 예법들, 가게 진열장에 있는 노란 실내복, 파이프, 낚싯대 따위를 개의치 않았다. 그리고 체면, 만찬 파티들, 조끼 아래 하얀 슬립을 입은 단정한 노신사들도 마찬가지였다. 그는 해적이었다. 그녀는 계속 갔다. 피커딜리를 건너 앞장서서 리전트 거리로 올라갔다. 그녀의 외투, 장갑, 어깨 선이 진열장에 걸려 있는 옷 가장자리 술장식과 레이스, 털로 된 긴 목도리와 어우러져 화려하고 변덕스러운 분위기를 만들었다. 램프의 불빛이 밤의 어둠 속 울타리 위에 흔들릴 때 그 분위기는 가게 바깥으로 쏟아져 나와, 보도에서 차츰 사라져갔다.

그녀는 웃으면서 즐겁게 옥스포드 거리와 그레이트 포트랜드 거리를 건너 작은 골목길들 중 하나로 접어들었다. 이제, 이제 위대한 순간이 다가오고 있다. 왜냐하면 이제 그녀가 걸음을 늦추고 가방을 열고 그를 한번 보았기 때문이다. 한데 그에게로가 아니었다. 그 시선은 이별을 고하고 있었으며, 전체 상황을 금방 알아보고는, 의기양양하게 그것을 일소에 부쳤다, 영원히. 그녀는 키를 꽂아 문을 열고는 사라졌다! 클러리서의 목소리가 내 파티를 기억하세요, 내 파티를 기억하세요 하고 그의 귀에다 대고 말하고 있었다. 그 집은 종잡을 수 없이 꼴사나운 꽃바구니가 매달려 있는 평범한 빨간 집들 중 하나였다. 끝났다.

어쨌든, 재미있었어, 재미있었어, 그는 생각했다. 색깔이 옅은 제라늄 바구니가 흔들리는 것을 올려다보았다. 그리고 산산조각이 났다 — 그의 재미는. 왜냐하면 자신도 잘 알다시피, 그것은 반은 조작된 것이었기 때문이다. 소녀와의 이런 탈선 장난은 꾸민 것이었다. 우리가 행복한 삶을 지어내듯이, 지어낸 것이었다. 자신의 모습을 지어내고 그녀를 지어내어 절묘한 오락, 그 이상의 것을 창조했다. 그러나 이상스럽기는 하지만 사실이었다, 이 모든 것을 아무하고도 나눌 수가 없었다 — 산산조각이 났다.

그는 돌아서서 거리를 올라갔다. 링컨즈 인에 가 후퍼와 그레이트리 씨를 만날 시간이 될 때까지 어딘가 앉을 데를 찾으려고 생각했다. 어딜 가야 하지? 상관없었다. 그럼 거리를 올라가서, 리전트 파크 쪽으로 가지. 보도에 부딪히는 그의 신발이 "상관없어" 하고 소리 내었다. 이르기 때문이다, 아직 너무 일렀다.

게다가 눈부신 아침이었다. 완벽한 심장의 고동처럼, 삶은 곧바로 거리들을 꿰뚫고 지나갔다. 어떤 실수도 — 어떤 망설임도 없었다. 휩쓸듯이 옆으로 비껴가며, 정확하게, 시간 맞춰, 소리도 없이, 거기에, 분명하게 정확한 순간에 차가 문앞에 섰다. 소녀가 실크 스타킹을 신고 깃털 장식을 하고 곧 사라질 듯한 모습이었는데, 특별히 매력적이지는 않았지만 (왜냐하면 그는 마음껏 놀았기 때문에) 차에서 내렸다. 훌륭한 집사장과 황갈색의 중국산 개, 홀에는 하얗고 까만 마름모꼴 무늬의 바닥이 깔리고 하얀 블라인드가 펄럭이고 있었다. 피터는 열린 문을 통해서 보고는 좋다고 인정했다. 역시 나름대로 훌륭한 성취였다, 런던도, 계절도, 문명도. 적어도 세 세대 동안 대륙의 업무를 관장했던 영국인으로 인도에 거주한 훌륭한 가문 출신이기 때문에 (이상하지, 인도도, 제국도, 군대도 싫어하면서 가문에 대해서 얼마나 감상적인지, 그는 생각했다) 순간순간 이런 종류일지라도 문명이 개인의 자산인양 그에게 소중한 그런 때가 있었다. 영국을, 집사장을, 중국산 개를, 안전하게 지켜지는 소녀들을 자랑스러워하는 순간 말이다. 아주 어리석지만, 여전히 그런 때가 있다고 생각했다. 그리고 의사들, 사업가들, 유능한 여인들, 시간을 잘 지키고 빈틈없으며 건장하게 나름대로 자신의 일을 하는 것이 그에겐 전적으로 훌륭해 보였다. 좋은 친구들이었다. 우리는 그들에게 우리 삶을 위탁할 수 있었다. 그들은 삶이라는 예술에서 친구였으며, 우리를 꿰뚫어볼 수 있었다. 이일 저일로 해서, 인생이라는 쇼는 정말로 꽤 괜찮았다. 그래서 그는 그늘에 주저앉아 담배를 피웠다.

리전트 파크였다. 그렇지. 어린아이일 때 그는 리전트 파크에서 걸었지—어린 시절 생각이 무슨 이유로 계속 나는지 이상해, 그는 생각했다—클러리서를 만난 때문일 거야, 아마도. 여자들은 우리 남자보다 훨씬 더 과거에 집착해서 살거든, 그는 생각했다. 그들은 장소에 집착하지. 그리고 그들의 아버지에게—어느 여자든 언제나 아버지를 자랑스러워하지. 부어톤은 좋은 곳이었어, 아주 좋은 곳이었어, 하지만 나는 우두머리와 잘 지낼 수가 없었어, 그는 생각했다. 어느 날 밤은 꽤 큰 소란이 있었지—어떤 일인가에 대한 논쟁이었는데, 무엇이었는지 그는 기억할 수가 없었다. 짐작건대 정치 문제였을 거야.

그럼, 그는 리전트 파크를 기억했다. 긴 직선의 산책길, 왼쪽으로는 고무 풍선들을 사곤 했던 작은 집, 어딘가에 이런저런 글귀가 씌어 있는 우스꽝스런 동상도 있었어. 그는 빈 의자를 찾았다. 시간을 묻는 사람들에게 방해받고 싶지는 않았다(약간 졸립다고 느꼈기 때문에). 머리가 허연 나이 든 유모가 유모차에서 자고 있는 아기를 데리고 있었다—거기가 자신을 위해서 찾을 수 있는 최선의 자리였다. 그 유모 곁에서 멀리 떨어져 의자 한쪽 끝에 앉았다.

엘리자베스가 방으로 들어와서 그녀의 어머니 곁에 섰을 때를 갑자기 기억하며, 이상하게 생긴 소녀라고 그는 생각했다. 많이 컸어, 아주 다 자랐어, 꼭 예쁘다고 할 수는 없어도, 잘생긴 편이었다. 열여덟 살이 넘은 것 같지는 않았다. 짐작건대 클러리서랑 잘 지내는 것 같지 않았다. "얘가 내 딸 엘리자베스예요"—그런 유의 말투—왜 단순히 "엘리자베스예요"가 아닌가?—대부분의 엄마들처럼, 있는 그대로가 아니게 일을 만들어내려 하고 있었다. 그녀는 자신의 매력을 너무 믿었다. 도에 지나치게 매력을 과시했다.

진하면서 부드러운 시가 연기가 시원하게 그의 목 아래로 밀려 들어왔다. 그는 다시 원 모양을 그리며 연기를 뿜어냈다. 파랗고 동그란 원들은 잠시 동안 용감하게 대기에 맞서다가—오늘 저녁 엘리자베스하고만 이야기를 나누도록 해보아야겠다고 그는 생각했다—그리곤 흔들흔들 모래시계의 모습으로 변하며 가늘어졌다. 이상한 모양이 되는군, 그는 생각했다. 갑자기 그는 눈을 감고 힘들게 손을 올려 피곤해하며 시가를 던져버렸다. 커다란 브러시가 그의 마음을 말끔하게 쓸었다, 움직이는 나뭇가지며, 아이들 목소리, 발 끄는 소리, 그리고 지나가는 사람 소리, 차들의 윙윙거리는 소리, 높아졌다 낮아졌다 하는 교통 소음이 마음을 가로질러 쓸어갔다. 아래로 아래로 깃털 같은 잠 속으로 그는 가라앉았다. 가라앉아 감싸여버렸다.

머리가 센 유모는 피터 월쉬가 볕이 쬐는 그녀 곁에서 코를 골기 시작하자 뜨개질을 다시 시작했다. 회색 드레스를 입고 지치지도 않는 듯, 하지만 조용히 손을 놀리는 그녀는 잠자는 이들의 권리를 지키는 옹호자 같았다. 하늘과 나뭇가지만 보이는 숲속에서 해뜰 무렵에 일어나는 유령 같은 존재들 중 하나 같았다. 외로운 여행자, 길녘에 사로잡힌 이, 고사리숲을 뒤지는 이, 거대한 솔송나무를 파괴하는 이가 올려다보다가 갑자기 길섶 맨 끄트머리서 거대한 사람의 모습을 보았다.

아마도 신념상으로는 무신론자일 그는 갑자기 이상한 기쁨의 순간에 사로잡혔다. 마음의 어떤 상태를 제외하고는 우리 밖에 아무것도 존재하지 않는다고 그는 생각했다. 위안, 구원을 향한 열망, 이 불행한 난쟁이 같은 존재 밖에 어떤 것, 이 연약하고, 추하고, 비겁한 남자 여자들 밖 너머에 무엇인가에 대한 열망 외에는 아무것도 없었다. 하지만 그가 그녀를 상상할 수 있다면, 그러면 얼마간이나마 그녀는 존재한다고 생각했다. 눈을 하늘과 나뭇가지에 고정시킨 채 오솔길을 내려가면서 그는 재빨리 그것들을 여성으로 만들었다. 그리고 그들이 얼마나 엄숙해지는가를 보며 놀라워했다. 미풍이 그들을 휘저으면 분명치 않게 이파리들을 후두둑거리며 그것들이 얼마나 당당하게 자선, 이해, 용서를 나누어주는가를 말이다. 그리곤 갑자기 자신들을 높이 던져 올리며 경건한 그들의 모습을 광란의 흥청거림으로 뒤죽박죽시켰다.

환상들은 이와 같아서 여행자에게 과일이 가득 담긴 거대한 풍요의 뿔을 제공하기도 하고, 푸른 바다의 파도 위를 느릿느릿 걸어다니는 바다의 요정처럼 그의 귓전에 속삭이기도 했다. 혹은 몇 다발의 장미마냥 그의 얼굴에 세차게 부딪혀오기도 하고, 고기잡이 어부들이 범람하는 물살을 헤치며 건져 올리려고 몸부림

치는 창백한 얼굴들처럼 표면에 떠오르기도 했다.

그런 환상들은 끊임없이 떠올라 현실의 일들과 보조를 맞추고, 그것들에 앞서 얼굴을 내밀었다. 때때로 외로운 여행자를 압도하여 그에게서 이승에 대한 감각이나 돌아가고픈 소망을 앗아가고, 대신 일상의 평온함을 주었다. 마치 이 모든 삶의 열기가 단순함 그 자체인 듯이 말이다(숲 속 오솔길을 내려오면서 그렇게 그는 생각했다). 수없이 많은 것들이 하나로 합쳐졌다. 마치 하나의 모습이 파도에서 빨아 올려지듯이 있는 그대로의 하늘과 나뭇가지로 만들어진 이 형상은 (그는 나이가 들었다, 이제 오십이 지났다) 거친 바다에서 떠올라 그 위대한 손아귀에서 동정, 이해, 용서를 퍼부어 내렸다. 그래서 그는 생각하길, 아마 나는 램프 불빛 곁으로, 거실로 결코 돌아가지 못할지 몰라. 결코 내 책을 끝맺지 못할지도, 다시는 파이프 재도 털지 못할지도, 터너 부인에게 치워달라는 전화도 못할지 몰라. 차라리 곧장 이 위대한 형상에게로 계속 걸어가게 내버려둬. 그녀는 머리를 휙 들어 나를 자신의 흐름 위에 태우고는 다른 모든 것들과 함께 바람에 날려서 사라지게 내버려두리라.

환상들은 이러했다. 외로운 여행자는 곧 숲 너머에 이르렀다. 그리고 거기에, 한 나이 든 여인네가 아마도 그가 돌아오기를 기다리다가, 그늘진 눈매에, 손을 추켜들고, 하얀 앞치마를 펄럭이며 문가로 나왔다. 그 여인은 사막 너머의 잃어버린 아들을 찾는 것 같았다(이 연약함은 너무도 강력한 환상이었다). 이미 죽은 말탄 기사를 찾는 것 같았다. 전쟁에서 아들을 잃은 어머니의 형상 같았다. 그래서 외로운 여행자가 마을 길목으로 내려가 여인들이 서서 뜨개질하고 남정네들이 정원에서 땅을 파고 있는 것을 보았을 때, 그 저녁은 불길해 보였다. 그 사람들은 움직이지 않았다. 마치 두려움 없이 기다리고 있는 그들에게만 알려진 어떤 위엄에 가득 찬 운명이 그네들을 완전히 멸종시켜버리려고 이제 막 덮치려는 것 같았다.

찬장, 테이블, 제라늄이 피어 있는 창턱 같은 집 안의 평범한 것들이, 식탁보를 치우려고 구부리는 하숙집 안주인의 모습이 갑자기 빛으로 부드러워지며 숭배하고픈 상징이 되었다. 하지만 인간들 사이의 차가운 접촉을 기억하면 그것을 받아들일 수가 없었다. 그녀는 오렌지 잼을 들어서 찬장에다 넣고 닫았다.

"오늘 저녁에 뭐 할 일이 더 없을까요, 주인님?"

그런데 외로운 여행자는 누구에게 대답을 하지?

그리고 나이 든 유모는 리전트 파크 잠자는 아기 곁에서 뜨개질을 했다. 그리고 피터 월쉬는 코를 골았다.

아주 급작스럽게 그는 잠에서 깨어났다. "영혼의 죽음"이라고 혼잣말을 하며.

"맙소사, 맙소사!" 그는 커다란 소리로 혼잣말을 하며 기지개를 켜고 눈을 떴다. 그 말들은 어떤 장면, 어떤 방, 꿈꾸고 있던 어떤 과거에 속해 있었다. 더욱 명확해졌다, 그가 꿈에서 보았던 그 장면, 그 방, 그 과거가.

1890년대 초반 그 해 여름 부어톤에서였다. 그때 그는 열정적으로 클러리서를 사랑하고 있었다. 거기에는 많은 사람들이 있었는데, 웃고 이야기하며 차를 마신 후 테이블에 둘러앉아 있었다. 그 방은 노란빛에 잠겨 있었고 담배 연기가 자욱했다. 그들은 하녀와 결혼한 한 남자에 대해서 이야기하고 있었다. 그는 이웃의 지주 중 하나였는데, 이름은 기억 나지 않는다. 그는 하녀와 결혼한 후, 부어톤을 방문했다—끔찍한 방문이었다. 그녀는 어리석게도 지나친 치장을 하고 있었다. "앵무새 같다"고 클러리서는 그 여인을 흉내내며 말했다. 그녀는 말하기를 멈추지 않았다. 자꾸자꾸 그녀는 계속해서 말했다. 클러리서는 그녀를 흉내내었다. 그때 누군가가 말했다—샐리 시튼이었다—그들이 결혼하기 전에 그녀가 애기를 가졌다는 것을 알면 사람들의 감정이 정말 달라질까? (그 당시에 여러 손님들 사이에서 그런 말을 하는 것은 대담한 짓이었다.) 그때 그는 클러리서가 밝은 핑크색으로 낯빛이 변하는 것을 볼 수 있었다. 어쩐 일인지 움츠러들면서 말했다. "어머나, 나는 두 번 다시 그녀하고 이야기할 수가 없겠네!" 그 말에 차 마시는 탁자에 둘러앉았던 모든 이들이 동요하는 것 같았다. 매우 불편했다.

그는 그녀가 그 사실을 상기시킨 것을 비난하는 것이 아니었다. 왜냐하면 그 당시에 소녀들은 그녀처럼 키워졌고, 아무것도 몰랐다. 하지만 그를 화나게 한 것은 바로 그녀의 태도였다. 수줍어하면서도 약간은 거만하고 상상력이 결여된 숙녀인 체하는 태도 말이다. "영혼의 죽음" 그 말을 본능적으로 했다. 그는 흔히 그러듯이 그 순간을 그녀 영혼의 죽음이라고 낙인을 찍었다.

모든 사람들이 동요했다. 그녀가 말할 때 사람들은 몸을 구부려 경의를 표하는 듯했고 그리곤 달라진 표정으로 일어섰다. 그는 샐리 시튼을 볼 수 있다. 그녀는 잘못을 저지른 어린아이같이 상체를 앞으로 구부리고, 약간은 상기되어서, 말하고 싶어했지만 두려워하는 듯했다. 클러리서는 정말로 사람들을 깜짝 놀라게 했다. (그녀는 클러리서와 가장 친한 친구였다. 언제나 주변에 있었고 클러리서와는 아주 달랐으며 매력적인 존재였다. 잘생기고, 거무스름한 피부를 가졌고 그 당시에는 상당히 대담하다고 소문이 나 있었다. 그는 그녀에게 시가를 주곤 했는데, 그것을 그녀는 방 안에서 피웠다. 그녀는 누군가랑 약혼을 했던가 가족이랑 다투었던가 그랬다. 우두머리 패리는 그들 둘 다를 똑같이 싫어했는데 그것이 그들을 더욱 결속시켰다.) 그리고 나서 클러리서는 여전히 그들 모두에게 화난 듯이, 일어나, 양해를 구하곤 혼자 나가버렸다. 그녀가 문을 열었을 때, 양을 쫓아다니는 커다란 털북숭이 개가 들어왔다. 그녀는 개를 끌어안고는 황홀해했다. 마치 피터에게 말하는 듯했다—그 모두가 자신을 겨냥한 것이라는 것을 그는 알았다—'방금 그 여인에 대해서 내가 어리석게 굴었다고 생각하는 것 알아요. 하지만 보세요, 내가 얼마나 인정이 많은지요. 보세요, 내가 얼마나 나의 로브를 사랑하는지요!'

그들은 언제나 말없이 의사소통을 할 수 있는 이런 이상한 힘을 갖고 있었다. 그녀는 즉각적으로 그가 자신을 비난한다는 것을 알았다. 그리곤 자신을 방어하기 위해서 아주 속이 들여다보이는 일을 한 것이다. 개를 가지고 난리치는 것 같은 일 말이다—하지만 그것으로는 결코 그를 속일 수 없었다. 그는 언제나 클러리서를 꿰뚫어 보았다. 물론 그가 무슨 말을 하거나 하지는 않았다. 단지 뚱한 모습으로 앉아 있었을 뿐이다. 그들의 언쟁은 자주 이렇게 시작되었다.

그녀는 문을 닫았다. 당장에 그는 몹시 풀이 죽었다. 모든 것이 소용없어 보였다—사랑에 계속 빠져 있는 것도, 계속 언쟁을 하는 것도, 계속 꾸며대는 것도. 그리고 그는 바깥채로, 마구간들 사이를, 말들을 보면서 배회했다. 그 시골집은 아주 소박한 곳이었다. 패리 씨네는 결코 큰 부자가 아니었다. 하지만 언제나 마부들과 마구간에서 일하는 소년들을 두고 있었다—클러리서는 말 타는 것을 좋아했다—그리고 마차 몰던 나이 든 이—이름이 뭐였더라?—나이 든 유모, 무디 할머니였는지 구디 할머니였는지,

그런 이름으로 그들은 그녀를 불렀다. 그녀는 사람들을 자신의 작은 방으로 데리고 갔는데, 그곳에는 사진들과 새장이 많았다.

끔찍한 저녁이었다. 그는 점점 더 침울해졌다. 단지 그 일 때문만은 아니었다. 모든 일이 맘에 안 들었다. 그는 그녀를 볼 수도 없었고 그녀에게 자초지종을 해명할 수도 없었다. 그 얘기를 꺼낼 수도 없었다. 언제나 사람들이 주변에 있었고—그녀는 아무 일도 없는 듯이 평소같이 지냈다. 그것이 그녀의 악마 같은 면모였다—이 냉정함, 이 목석 같음, 그녀 속 깊숙이에 있는 어떤 것, 오늘 아침 그녀에게 이야기하면서 다시 느꼈다. 이해할 수 없는 데가 있었다. 하지만 하느님은 아시리라, 그가 그녀를 사랑하는 것을. 그녀는 사람의 신경으로 바이올린을 켜고, 신경을 바이올린 줄로 만들 수 있는 어떤 이상한 힘을 가졌다.

사람들이 자신의 존재를 느끼게 만들겠다는 어리석은 생각에서 그는 만찬에 늦게 들어갔다. 그리고 늙은 패리 양—헬레나 숙모—과 만찬을 주도하기로 되어 있는 패리 씨의 누이동생 곁에 앉았다. 그녀는 하얀 캐시미어 숄을 두르고 머리는 창문을 등지고 앉아 있었다. 만만치 않은 나이 든 숙녀였지만 그에게는 친절했다. 그가 그녀에게 몇 개의 희귀한 꽃들을 찾아주었기 때문이다. 그녀는 대단한 식물학자였고 까만 수집통을 어깨에 메고는 두꺼운 부츠를 신고 당당하게 걸어갔다. 그는 그녀 곁에 앉아서 이야기할 수가 없었다. 모든 것이 자신을 지나쳐 달려가는 것 같았다. 그는 단지 거기에 앉아 먹고 있었다. 그리곤 만찬의 한 중간쯤에서 간신히 처음으로 건너편에 있는 클러리서를 쳐다볼 수 있었다. 그녀는 오른편에 앉은 젊은 청년에게 이야기하고 있었다. 그는 갑작스러운 계시를 받았다. "그녀는 저 청년과 결혼하리라." 그는 혼자말을 했다. 그는 그 청년의 이름조차도 몰랐다.

물론 그날 오후에, 바로 그날 오후에 댈러웨이가 방문했었기 때문이었다. 그리고 클러리서는 그를 "위캄"이라고 불렀다. 그것이 그 모든 것의 시작이었다. 누군가가 그를 데려왔고, 클러리서는 그의 이름을 잘못 알았다. 그녀는 모든 이에게 그를 위캄으로 소개했다. 마침내 그는 말했다 "제 이름은 댈러웨이입니다"—그가 리처드를 본 것은 그것이 처음이었다—잘생긴 젊은 청년이 다소 어색하게 접의자에 앉아서, "제 이름은 댈러웨이예요" 하고 불쑥 말했다. 샐리는 그것을 놓치지 않고 그 후 언제나 그를 "제 이름은 댈러웨이예요"로 불렀다.

그 당시 그는 계시들의 희생물이었다. 이번 계시—그녀가 댈러웨이와 결혼하리라—는 판단력을 잃게 했다—그 당시로는 어찌할 바를 몰랐다. 그녀가 그를 대하는 태도에는 일종의—어떻게 표현할 수 있을까? —편안함이 있었다. 어머니 같은 어떤 것, 너그러운 어떤 것이었다. 그들은 정치에 대해서 이야기하고 있었다. 저녁식사 내내 그는 그들이 하는 얘기를 들으려 했다.

후에 거실에서 패리 양의 의자 곁에 서 있었던 것을 그는 기억한다. 클러리서는 진짜 안주인처럼 완벽하게 예의를 지키며 다가와 그를 누군가에게 소개하고 싶어했다—마치 그들이 전에 전혀 만난 적이 없는 듯이 말했는데 그것이 피터를 화나게 했다. 하지만 그때조차도 그는 그것 때문에 그녀를 숭배했다. 그는 그녀의 용기, 사교적인 본능을 치하했다. 그는 일들을 수행해내는 그녀의 힘을 찬미했다. "완벽한 안주인"이라고 그는 그녀에게 말했고, 그 말에 그녀는 질겁을 했다. 하지만 그는 그녀가 그렇게 느끼기를 의도했다. 그녀가 댈러웨이와 있는 것을 본 뒤 그녀에게 상처를 주기 위해서라면 그는 무엇이라도 했으리라. 그래서 그녀는 그를 떠났다. 그들 모두가 그에게 불리하게 함께 뭉쳐 공모한다고 느꼈다. 그의 등뒤에서 웃고 떠들며 말이다. 패리 양 의자 곁에 나무에서 조각해낸 것처럼 서서 야생꽃에 대해서 이야기했다. 일찍이 그는 그렇게 지옥 같은 고통을 받은 적이 결코 없었다! 그는 듣는 척하는 것조차도 잊어버렸었나 보다.

마침내 그는 깨어났다. 그는 패리 양이 튀어나온 눈을 고정시킨 채, 다소 불안한 듯이, 다소 분개한 듯 쳐다보는 것을 보았다. 지옥에 있기 때문에 주의를 기울일 수 없다고 하마터면 소리칠 뻔했다! 사람들이 방 밖으로 나가기 시작했다. 그는 그들이 코트를 가져와야 한다느니, 물가에서는 춥다느니 등등의 말을 하는 것을 들었다. 그들은 달빛 아래에서 보트를 타러 가는 중이었다—샐리의 미친 생각 중의 하나였다. 그녀가 달을 묘사하는 것을 그는 들을 수 있었다. 그리고 그들은 모두 나갔다. 그는 완전히 홀로 남겨졌다.

너는 그들과 같이 가지 않니? 헬레나 숙모가 물었다. 헬레나—나이 든 패리 양!—그녀는 짐작했다. 그가 돌아섰을 때 클러리서가 다시 와 있었다. 그녀는 그를 데리러 돌아온 것이었다. 그는 그녀의 너그러움에—그녀의 친절에 압도되었다.

"가요." 그녀는 말했다. "사람들이 기다려요."

그의 생전에 일찍이 그처럼 행복한 적이 없었다. 한마디 말도 없이 그들은 화해했다. 호수까지 그들은 걸어 내려갔다. 그는 이십 분간의 완전한 행복을 맛보았다. 그녀의 목소리, 그녀의 웃음, 그녀의 드레스(무엇이었는지 하얗고 크림색의 공중에 떠 있는 듯한 옷), 그녀의 활기, 그녀의 모험심. 그녀는 그들 모두를 내리게 해서 섬을 탐험하게 했다. 그녀는 암탉을 놀라게 했으며, 웃었고, 노래불렀다. 그러는 동안 내내 그는 아주 잘 알고 있었다, 댈러웨이가 그녀와 사랑에 빠져들고 있다는 것을, 그녀가 댈러웨이와 사랑에 빠져들고 있다는 것을. 그러나 그것은 아무런 문제가 아닌 것 같았다. 아무것도 문제될 것이 없었다. 그들은 땅바닥에 앉아 이야기했다—그와 클러리서가. 아무런 노력을 하지 않아도, 그들은 서로서로의 마음속을 들락날락했다. 그리곤 한순간에 끝이 났다. 그들이 배를 탈 때 그는 혼잣말을 했다, "그녀는 저 청년과 결혼할 거야." 무감각하고 아무런 원망하는 마음도 없었다. 하지만 그것은 명백한 일이었다. 댈러웨이는 클러리서와 결혼하리라.

댈러웨이가 노를 저어 그들은 돌아왔다. 그는 아무 말도 하지 않았다. 그가 숲 속 길 이십 마일을 달려가려고 자전거에 올라타 출발해서는, 비틀거리며 현관 앞 찻길로 내려가, 손을 흔들며 사라져가는 것을 지켜보고 있었을 때, 웬일인지 분명하게, 본능적으로, 아주 강하게 그 모든 것을 그는 명확하게 느꼈다. 그 밤과 낭만적인 분위기와 클러리서를 말이다. 그는 그녀를 가질 자격이 있었다.

자신으로 말할 것 같으면 어리석었다. 클러리서에 대한 그의 요구는 어리석었다(그는 이제 알 수 있었다). 그는 불가능한 것을 요구했다. 그는 끔찍한 장면들을 연출해냈다. 만약 그가 조금만 덜 어리석게 굴었더라면, 아마도 그녀는 그래도 그를 받아들였을 것이다. 샐리는 그렇게 생각했다. 그 여름 내내 그녀는 그에게 긴 편지들을 썼다. 그들이 그에 대해서 어떻게 얘기했는지. 얼마나 그녀가 그를 칭찬했으며, 어떻게 클러리서가 울음을 터트렸는지! 이상한 여름이었다—온갖 편지들, 여러 상황들, 전보들—아침 일찍 부어톤에 도착해서는 하인들이 일어날 때까지 서성거리던 일, 패리 씨와 둘이서 마주앉아 하는 끔찍한 아침식사. 헬레나 숙모는 만만치 않았지만 친절했다. 샐리는 그를 야채 기르는 정원으로 몰고 가 이야기했다. 클러리서는 머리가 아파서 침대에 누워 있었다.

그 마지막 장면, 그가 믿건대 전 인생에서 어떤 것보다도 중요한 그 끔찍한 장면은 (과장일 수도 있다. 하지만 지금도 여전히 그런 것 같아 보였다) 아주 무더운 어느 날 오후 세 시에 일어났다. 그 일로 이끌어간 것은 사소한 일이었다. 샐리는 점심식사 때 댈러웨이에 관해서 무엇인가 이야기하면서 그를 "제 이름은 댈러웨이예요"라고 불렀다. 클러리서는 갑자기 경직되며, 전에도 그랬듯이 얼굴을 붉히며 날카롭게 쏘아붙였다. "우리 그 형편없는 농담은 충분히 즐겼잖아요." 그것이 전부였다. 하지만 그 말은 그에게 "나는 당신들과는 단지 심심찮게 보내고 있을 뿐이에요. 나는 리처드 댈러웨이와 뜻이 통해요"라는 말처럼 들렸다. 그는 그렇게 받아들였다. 그는 며칠 밤을 자지 못했다. 이렇게든 저렇게든 끝을 내야 한다고 자신에게 말했다. 세 시에 분수가에서 만나자는 쪽지를 샐리를 통해서 그녀에게 보냈다. "아주 중요한 어떤 일이 일어났다"고 쪽지의 끝에다 휘갈겨 썼다.

그 분수는 작은 관목 숲 한가운데에 있었는데, 집에서는 멀리 떨어져 있었고, 주변에는 온통 덤불들과 나무들이 무성했다. 시간이 되기도 전에 그녀는 왔다. 그리고 그들은 분수를 사이에 두고 서 있었다. 분수 구멍은 (부서져 있었다) 끊임없이 물을 똑똑 흘리고 있었다. 그때의 광경들이 어찌나 생생히 마음속에 새겨졌는지! 예를 들면, 생생한 초록색 이끼 말이다.

그녀는 움직이지 않았다. "나에게 진실을 말해줘요, 나에게 진실을 말해줘요." 그는 계속해 말했다. 그는 앞이마가 터질 것같이 느껴졌다. 그녀는 오그라드는 것 같았고, 마비된 것 같았다. 그녀는 움직이지 않았다. "나에게 진실을 말해줘요." 그는 되풀이해 말했다. 그때 갑자기 그 늙은이 브라이트코프가 『타임스』지를 들고는 머리를 불쑥 내밀었다. 그들을 빤히 쳐다보다, 입을 크게 벌리고 바라보더니, 가버렸다. 그들은 움직이지 않았다. "나에게 진실을 이야기해줘요." 그는 되풀이해 말했다. 그는 실제로 딱딱한 어떤 물체에 부딪혀 으스러지는 것 같았다. 그녀는 굽히지 않았다. 그녀는 강철 같았다, 부싯돌 같았다, 뼛속까지 경직되어 있었다. 그가 오랫동안 이야기한 뒤에 그녀가 "소용없어요. 소용없어. 이게 마지막이에요" 하고 말했을 때, 마치 그녀가 그의 얼굴을 때린 것 같았다. 그녀는 돌아서, 그를 떠나가버렸다.

"클러리서!" 그는 소리쳤다. "클러리서!" 하지만 그녀는 결코 돌아오지 않았다. 끝난 것이었다. 그날 밤 그는 떠났다. 다시는 그녀를 보지 않았다.

끔찍하군, 그는 소리쳤다. 끔찍해, 끔찍해!

여전히 태양은 뜨거웠다. 여전히 사람들은 사건들을 극복해내었다. 여전히 삶은 하루에 새로운 하루를 더할 수 있는 재주가 있었다. 여전하군, 그는 생각했다, 하품을 하고 눈여겨보기 시작하면서 — 리전트 파크는 자신이 어린아이일 때나 별로 변한 것이 없었다, 다람쥐 말고는 — 하지만, 생각건대, 보상이 있었다 — 그때 어린 엘리즈 미첼은 육아실 벽난로 선반 위에 동생과 함께 모으던 자갈에 보태려고 자갈을 줍고 있었다. 손바닥 가득한 돌을 유모의 무릎 위에 털썩 떨어뜨리고는 다시 되돌아 달려가다가 한 숙녀의 다리 사이로 곧장 넘어졌다. 피터 월쉬는 소리 내어 웃었다.

하지만 루크레지아 워렌 스미스는 혼잣말을 하고 있었다. 그건 나빠, 왜 내가 고통받아야 하지? 그녀는 큰길을 걸어 내려가면서 묻고 있었다. 안 돼. 나는 더 이상 참을 수 없어, 하고 말하며 더 이상 셉티머스가 아닌 셉티머스를 떠나 걸어갔다. 그는 무정하고 잔인했으며 몹쓸 말들을 하고, 혼잣말을 하고, 저기 저 너머 의자에 앉아 죽은 이에게 이야기나 하고 했다. 그때 아이가 곧장 그녀에게로 달려와 납작 넘어지며 울음을 터뜨렸던 것이다.

그것은 차라리 위안이 되었다. 그녀는 아이를 바로 일으켜 세우고 옷에서 흙을 털어주고 입맞춰주었다.

하지만 그녀로서는 아무것도 잘못한 것이 없다. 그녀는 셉티머스를 사랑했다. 그녀는 행복했다. 그녀는 아름다운 고향이 있고 거기서 여자 형제들은 아직도 모자를 만들면서 살고 있다. 왜 그녀가 고통받아야 하는 거지?

아이는 곧장 돌아서 유모에게로 달려갔다. 뜨개질을 내려놓은 유모가 아이를 야단치고 위로한 뒤, 안아주는 것을 레지아는 보았다. 그리고 친절하게 생긴 남자가 그 아이를 달래느라 자신의 시계를 주어 열어보게 했다. 한데 왜 그녀가 어려움을 당해야만 하는 거지? 왜 밀란에 남아 있지 않았을까? 왜 고통에 시달려야 되지? 왜?

눈물 때문에 큰길과 유모, 회색 옷을 입은 신사, 유모차가 눈앞에서 올라갔다 내려갔다 하는 것처럼 보였다. 이 악의에 찬 고문자가 흔드는 대로 당하는 것이 그녀의 운명이었다. 하지만 왜? 그녀는 하나의 이파리가 만들어주는 빈약한 골짜기 아래 피해 있는 한 마리의 새 같았다. 나뭇잎이 움직이면 해를 보며 눈을 깜박였고 마른 나뭇가지 소리에도 놀랐다. 그녀는 위험에 처해 있었다. 거대한 나무들, 무관심한 세상의 거대한 구름들이 그녀를 포위하고 있었다. 어려움에 처해, 고통받고 있었다. 한데 왜 고통받아야 하는 거야? 왜?

그녀는 눈살을 찌푸렸다. 그녀는 발을 굴렀다. 그녀는 다시 셉티머스에게 돌아가야만 했다. 그들이 윌리엄 브래드쇼 경에게 가야 될 시간이 거의 되었기 때문이다. 그녀는 돌아가 그에게 말해야 했다. 나무 아래 초록빛 의자에 앉아 자기 자신에게 혹은 죽은 친구인 에반스에게 이야기하고 있는 그에게 돌아가야만 했다. 그녀는 에반스를 단지 한 번 가게에서 잠깐 본 적이 있을 뿐이다. 그는 조용하고 좋은 사람 같아 보였다. 셉티머스의 절친한 친구였는데 전쟁에서 전사했다. 하지만 그런 일은 누구에게나 일어났다. 누구에게나 전쟁에서 전사한 친구가 있었다. 누구든지 결혼할 때는 무엇인가를 포기했다. 그녀는 자신의 고향을 포기했다. 그녀는 여기, 이 끔찍한 도시로 살러 왔다. 그런데 셉티머스는 무시무시한 생각들에 스스로를 내맡기다니, 물론 그녀도 하려고만 하면 그럴 수가 있었다. 그는 점점 더 이상해졌다. 사람들이 침실 벽 뒤에서 이야기하고 있다고 말했다. 필머 부인은 이상하게 생각했다. 그는 또한 유령들을 보았다 — 고사리 덤불 한가운데서 그는 늙은 여인의 머리를 보았다. 하지만 그가 마음만 먹으면 행복할 수가 있었다. 그들은 버스 꼭대기 칸에 타고 햄프턴 궁에 갔었는데, 더할 나위 없이 행복했다. 온통 빨갛고 노란 작은 꽃들이 잔디 위에 피어 있었다. 떠도는 램프 같다고 그는 말했다. 이야기하고 잡담하고 웃고 이야기를 꾸며댔다. 갑자기 그가 말했다. "이제 우리는 자살할 거야." 그때 그들은 강가에 서 있었는데, 그는 기차나 버스가 지나갈 때 흔히 짓던 표정으로 강을 바라보았다 — 마치 무엇인가가 그를 매혹시킨 듯한 표정이었다. 그가 그녀에게서 떠나려는 것처럼 느껴져 그녀는 그의 팔을 잡았다. 하지만 집으로 돌아오면서 그는 아주 조용했고 — 아주 이성적이었다. 자살하는 것에 관하여 그는 그녀와 논쟁하고 싶어했다. 얼마나 사람들이 사악한지를 설명하고 싶어했다. 사람들이 거리를 지나갈 때 거짓말을 꾸며대는 것을 어떻게 그가 알 수 있는지를 말이다. 그는 그들의 모든 생각을 안다고, 모든 것을 안다고 말했다. 이 세상의 숨겨진 의미를 안다고 말했다.

그리곤 집에 돌아왔을 때 그는 거의 걸을 수가 없었다. 그는 소파에 누워 그녀에게 손을 잡아달라며 자신이 아래로 아래로 불길 속으로 굴러 떨어지는 것을 막아달라고 소리쳤다! 벽에서 자신을 비웃고, 끔찍하고 혐오스런 이름들로 자신을 부르는 얼굴들을 보았다고, 방충망 주변에서 손가락질하는 손들을 보았다고 소리쳤다. 하지만 그들 단 둘뿐이었다. 그럼에도 그는 큰소리로 말하기 시작했고, 사람들에게 대답하고, 언쟁하고, 웃고, 울고, 크게 흥분하기도 하고 그녀에게 어떤 것을 받아쓰게 하기도 했다. 그것은 어리석기 짝이 없는 것들로, 죽음에 관한 것이기도 했고 이사벨 포울 양에 관한 것이기도 했다. 그녀는 더 이상 견딜 수가 없었다. 그녀는 돌아가고 싶었다.

이제 그녀는 그에게 가까이 왔다. 그가 하늘을 빤히 쳐다보다가 중얼거리고, 두 손을 꽉 쥐는 것을 볼 수 있었다. 하지만 홈즈 의사는 그에게 아무런 이상도 없다고 했다. 그러면 무슨 일이란 말인가—그러면 심리적으로 그녀를 떠난 걸까, 왜 그녀가 곁에 앉으면 놀라서, 그녀에게 얼굴을 찌푸리고 피했다가는, 그녀의 손을 가리키다가 잡고는, 공포에 질린 듯 바라보는 걸까? 그녀가 결혼 반지를 뺐기 때문일까? "손가락이 너무 말랐어요." 그녀는 말했다. "그래서 지갑에 넣어두었어요." 그녀는 그에게 말했다.

그는 그녀의 손을 떨구었다. 그들의 결혼 생활은 끝났다고, 고통스럽지만 안도의 숨을 쉬며 그는 생각했다. 줄이 끊어졌고, 그는 올라갔다. 그는 자유였다. 셉티머스 그는, 인간의 왕으로 자유로워야 한다고 하늘이 명한 듯이 그는 자유로웠다. 혼자였다(왜냐하면 그의 아내는 결혼 반지를 집어던졌으니까, 그녀가 그의 곁을 떠났으니까), 셉티머스 그는 혼자였다. 대부분의 인간보다 앞서서 진리를 들으라고, 의미를 배우라고 부름을 받았다. 그 의미는 이제 마침내, 문명이 수행했던 모든 고생 끝에 — 그리스, 로마, 셰익스피어, 다윈 그리고 이제는 그 자신 — 온전하게 주어지려 하고 있었다…… "누구에게?" 그는 큰소리로 물었다. "수상에게." 그의 머리 위에서 바스락거리던 목소리들이 대답했다. 최고의 비밀을 내각에 알려야만 했다, 우선 나무들이 살아 있다는 것을, 다음으로는 범죄가 없다는 것을, 그 다음으로는 사랑, 우주적인 사랑을, 헐떡이고, 떨며, 고통스럽게 이 심오한 진리를 끌어내면서 그는 중얼거렸다. 그 진리들은 너무나 심오하고 어려운 것이라 큰소리로 말하는 것은 엄청난 노력을 필요로 했다. 하지만 세상은 그것들로 인해 영원히 완전히 변화되었다.

범죄는 없어, 사랑뿐이야. 카드와 연필을 더듬어 찾으며, 그는 되풀이해서 말했다. 그때 스카이 테리어가 그의 바지에 대고 킁킁거렸고 그는 공포로 몸서리치며 깜짝 놀랐다. 개가 인간으로 변하려 하고 있었다! 그는 그 일이 일어나는 것을 지켜볼 수 없었다! 개가 인간이 되는 것을 본다는 것은 무시무시하고 끔찍한 일이었다! 당장에 개는 총총걸음으로 사라졌다.

하늘은 신성으로 자비로웠으며 끝없이 자애로웠다. 하늘은 그의 목숨을 살려주었으며 그의 약점을 용서해주었다. 하지만 과학적으로 어떻게 설명할 수 있지(모든 일에 대해서 우리는 무엇보다도 먼저 과학적이어야 하기 때문에)? 개들이 인간이 될 때, 왜 그는 육체를 투시하여서 볼 수 있을까? 왜 미래를 꿰뚫어 볼 수 있을까? 생각건대 영겁의 진화로 민감해진 뇌에 작용하는 열 파장 때문이리라. 과학적으로 설명하면, 육체는 세상을 떠나면 녹아버린다. 그의 몸은 분해되어 마침내 단지 신경 조직들만이 남았다. 그것은 베일처럼 바위 위에 펼쳐졌다.

그는 의자에 뒤로 기대어 누웠다. 지쳤지만 떠받쳐지고 있었다. 다시 힘들게, 고통스럽게 인류에게 뜻을 풀이하기 전에, 쉬면서 기다리면서 그는 누워 있었다. 그는 아주 높이, 세상 등에 올라타 누워 있었다. 지구는 그의 밑에서 진동했다. 빨간 꽃들이 그의 살을 뚫고 자랐다. 그들의 빳빳한 잎들이 그의 머리 주위에서 살랑거렸다. 여기 위에 있는 바위들에 부딪혀 음악이 울리기 시작했다. 그건 길 아래서 나는 자동차 경적 소리야, 그는 중얼거렸다. 하지만 여기 위에서 그 소리는 바위에서 바위로 부딪혀 울리며 부드러운 원주 모양으로 (음악이 보여질 수 있다는 것은 하나의 발견이었다) 일어나는 소리의 격돌 속에서 나누어졌다가는 만나곤 했다. 그리곤 찬미가가 되었다. 이제 양치기 소년의 피리 소리와 엮어져 찬미가가 되었다(저건 술집 옆에서 노인 양반이 생철 피리를 부는 거군, 그는 중얼거렸다). 소년이 가만히 서 있을 때 그 소리는 그의 피리에서 조금씩 흘러나왔고 그리곤 그가 더 높이 기어올라가자 절묘한 한탄 소리가 되었다. 그러는 동안 혼잡한 교통은 아래에서 흘러가고 있었다. 이 소년의 애가는 혼잡한 교통의 와중에서 연주되는군, 셉티머스는 생각했다. 이제 그는 눈더미 속으로 물러났다. 장미들이 그의 주변에 매달려 있었다—내 침실 벽에서 자라나는 진한 빨간 장미,라고 자신에게 상기시켰다. 음악이 멈추었다. 그는 자신도 잔돈이 있다는 것을 생각해낸 다음 술집으로 갔다.

하지만 물에 빠진 선원이 바위 위에 앉은 것처럼, 그 자신은 여전히 바위 위 높은 곳에 그대로 있었다. 나는 배 가장자리에 기대었다가 난간 너머로 굴러 떨어졌어, 하고 생각했다. 나는 바다 아래로 들어갔어. 나는 죽었지만 지금은 살아 있네. 그런데 나를 가만히 쉬게 좀 내버려둬, 그는 간청했다(그는 다시 혼잣말을 하고 있었다—끔찍해, 끔찍해!). 잠에서 깨어나기 전에 새소리와 차바퀴 소리가 기이한 화음을 이루며 울리고 재잘거리다 점점 더 시끄러워져 잠자던 사람이 삶이라는 해안으로 끌려가는 것을 느끼듯이, 자신이 삶에 이끌려가는 것을 느꼈고, 태양은 점점 더 뜨거워지고, 외치는 소리는 더 크게 울리고, 무엇인가 무시무시한 일이 일어나려 하고 있었다.

단지 눈을 뜨기만 하면 되었다. 하지만 무거운 것이 눈 위에 얹어져 있었다. 두려움이었다. 그는 극도로 긴장했다. 그는 밀었다. 그는 쳐다보았다. 그는 자신 앞에 있는 리전트 파크를 보았다. 길게 내리쬐는 햇살이 그의 발을 일렁일렁 비추었다. 나무들은 흔들리다간 휘둘렸다. 환영합니다, 세상은 말하는 듯했다. 우리는 받아들입니다, 우리는 창조합니다. 아름다움을 말이에요, 세상은 말하는 듯했다. 그리고 그것을 증명이라도 하려는 듯이(과학적으로) 집들이든, 난간이든, 말뚝으로 된 울 너머에 늘어져 있는 영양들이든, 그가 어디를 쳐다보든지 간에 그 순간 아름다움이 쏟아져 나왔다. 이파리 하나가 갑자기 불어닥치는 바람에 파르르 떠는 것을 지켜보는 것은 절묘한 기쁨이었다. 하늘 높이에는 제비들이 급강하하다가는 옆으로 벗어나며 안쪽으로 바깥쪽으로 빙그르르 마구 날아다녔다. 하지만 마치 고무줄이 그들을 잡고 있는 것처럼 언제나 완벽한 통제력을 갖고 있었다. 파리들도 날아올랐다가는 내려왔다. 해님은 비웃듯이 이제는 이 나뭇잎을 저제는 저 나뭇잎을 얼룩덜룩하게 비추다가, 순전히 기분이 좋아서 부드러운 금빛으로 나뭇잎을 눈부시게 했다. 그리고 이따금 어떤 종소리가 (아마 자동차 경적 소리리라) 풀 줄기 위에 성스럽게 경종을 울렸다—이 모든 것이 있던 그대로 평온하고 지당한 것이고, 있던 그대로 평범한 것들에서 만들어지기는 했지만 이제는 진리였다. 아름다움, 그것은 이제는 진리였다. 아름다움은 산재해 있었다.

"시간이 됐어요." 레지아가 말했다.

'시간'이라는 말은 그 말의 깍지를 쪼개고 풍족한 속알맹이를 그에게 쏟아부었다. 그리고 그의 입술에서 껍데기처럼, 대패에서 떨어지는 나무 찌꺼기처럼, 그것들을 만든 적도 없는데, 딱딱하고 하얀 불멸의 말들이 떨어져나와 '시간'에 부치는 송가에서 자기 자리에 배속되려고 날아갔다. '시간'에 부치는 불멸의 송가에 말이다. 그는 노래불렀다. 에반스가 나무 뒤에서 응답했다. 죽은 사람들은 테살리[16] 난초들 사이에 있다네, 에반스가 노래불렀다. 전쟁이 끝날 때까지 그들은 거기서 기다리고 있었다. 그리고 이제 죽은 사람이, 이제 에반스 자신이—

"제발, 오지 마!" 셉티머스가 소리질렀다. 왜냐하면 그는 죽은 자를 바라볼 수는 없기 때문이었다.

그러나 가지들이 벌어졌다. 회색 옷을 입은 한 남자가 실제로 그들을 향해서 걸어오고 있었다. 에반스였다! 한데 진흙도 묻어 있지 않고, 상처도 없고, 그는 변하지 않았네. 나는 온 세상에 말해야만 해, 셉티머스는 소리질렀다. 손을 추켜 들었다(회색 양복을 입은 죽은 자가 가까이 다가왔을 때). 양손으로는 앞이마를 누르고, 빰에는 몇 고랑의 절망이라는 주름이 파인 채 사막에서 혼자 수세기 동안 인간의 운명을 한탄해왔던 어떤 거대한 인물같이 손을 추켜 들었다. 이제 그는 사막 끄트머리에서 빛을 보았는데, 그 빛은 넓어지더니 강철같이 까만 인물을 비추었다(이때 셉

16 그리스 동북부의 한 지방.

티머스는 의자에서 반쯤 일어섰다). 뒤에 고개를 숙이고 엎드려 있는 수많은 사람들을 거느린 채, 위대한 애도자인 그는 한순간이지만 온 얼굴에 광명을 받았다—

"한데 나는 너무나도 불행해요, 셉티머스." 그를 앉게 하려고 하면서 레지아가 말했다. 수백만의 사람들이 비탄에 잠겼다. 수세기 동안 그들은 슬퍼했다. 몇 분 후에, 단지 몇 분만 더 있으면, 그는 뒤돌아보며, 이 위안을, 이 기쁨을, 이 놀라운 계시를 그들에게 말해주리라.

"시간이요, 셉티머스." 레지아가 되풀이해 말했다. "몇 시예요?"

그는 말하고 있었고, 그는 놀라서 펄쩍 뛰었다. 이 남자가 눈치챘음에 틀림없었다. 그는 그들을 쳐다보고 있었다.

"내가 시간을 말해줄게." 아주 느리게, 매우 졸린 듯이, 신비스럽게 웃으면서 셉티머스가 말했다. 그가 앉아서 회색 양복을 입은 죽은 자를 향해서 웃을 때 십오 분을 알리는 종이 쳤다—열두 시 십오 분 전이었다.

그래 저것이 젊다는 거지, 피터 월쉬는 그들을 지나쳐 가며 생각했다. 이 아침에 끔찍한 장면을 벌이는 거 말이야—불쌍한 소녀는 완전히 절망하고 있는 것처럼 보였다. 그런데 무슨 일 때문이었을까, 그는 의아해했다. 코트를 입은 젊은 청년이 무슨 이야기를 했으면 그녀를 저 모양으로 만들었을까. 얼마나 끔찍하게 다투었으면 이 좋은 여름 아침에 저처럼 둘 다 절박해보이는 것일까? 오 년 만에 영국에 돌아왔기 때문에 생긴 재미난 일은, 어쨌든 처음 며칠은 세상 일들이 전에 한번도 본 적이 없는 것처럼 두드러져보인다는 것이었다. 연인들은 나무 아래에서 말다툼하고 있었고, 공원에서는 가족의 생활 모습이 보였다. 일찍이 런던이 이토록 매력적으로 보인 적이 없었다—풍요로웠고, 푸르름이 있었다. 잔디밭을 가로질러 한가로이 거닐며, 인도에 살아본 탓인지, 이런 것이 문명이라고 그는 생각했다.

이처럼 느낌에 민감한 것이 의심할 여지없이 그에게 파멸을 가져온 원인이었다. 그의 나이에도 여전히, 소년 심지어 소녀처럼, 이렇게 기분이 번갈아가며 변했다. 아무런 이유도 없이 좋은 날이었다가 불쾌한 날이기도 하고 아름다운 얼굴을 보고 행복해 하기도 하고 지저분한 여자를 보고는 완전히 불행에 빠지기도 했다. 물론 인도를 다녀온 후로는 만나는 모든 여자들과 사랑에 빠졌다. 그들에게는 신선함이 있었다. 심지어는 가장 초라하게 차려 입은 이들도 오 년 전보다는 틀림없이 나아 보였다. 그리고 그의 눈에 유행이 그렇게 어울려 보인 적이 없었다. 까맣고 긴 망토, 호리호리하고 우아한 자태, 그리곤 분명히 누구나 다 하는 아주 향긋한 화장. 모든 여성들, 심지어는 아주 점잖은 여자도 온실에서 피는 장밋빛으로 얼굴을 화장했다. 칼로 자른 듯이 그린 입술, 먹빛의 말아올린 머리하며, 어디에나 디자인이, 예술이 있었다. 어떤 종류이건 변화가 확실히 일어났다. 젊은 사람들은 무엇에 관해서 생각할까? 피터 월쉬는 자신에게 물었다.

그는 그 오 년이라는 세월—1918년부터 1923년까지—이 어쩐지 매우 중요하지 않았나 생각했다. 사람들이 달라 보였다. 신문들도 달라진 것 같았다. 자, 예를 들면 훌륭한 주간지 중 하나에다 어떤 사람이 아주 공공연하게 수세식 변소에 관해서 쓰고 있었다. 그런 일은 십 년 전에는 할 수 없었던 일이다—공공연하게 이름있는 주간지에다 수세식 변소에 대해서 쓰다니. 거기다가 루즈와 분첩을 꺼내서는 공공연하게 화장을 했다. 고향으로 오는 배에는 많은 젊은 청년들과 처녀들이 있었는데—특히 베티와 버티를 그는 기억했다—아주 터놓고 교제하고 있었다. 나이 든 어머니는 앉아서 뜨개질을 하며 아주 태연히 그들을 지켜보았다. 소녀는 가만히 서서는 모든 이들 앞에서 콧잔등에 분칠을 하곤 했다. 한데 그들은 약혼한 사이도 아니었다. 단지 즐거운 시간을 보내고 있을 뿐이었다. 양편 다 누구도 감정이 상하지 않았다. 그녀는 몸이 건장했는데, 베티, 성이 뭐더라—, 하지만 좋은 아이였다. 서른이 되면 아주 훌륭한 아내가 되리라—결혼하고 싶으면 결혼할 거고, 어떤 부자와 결혼해 맨체스터 가까이 커다란 집에서 살리라.

그런데 그런 일을 했던 이가 누구였지? 브로드 워크로 꺾어들면서 피터 월쉬는 자신에게 물었다—부자랑 결혼해서 맨체스터 가까이에 사는 이가? 그에게 아주 최근에 '푸른색의 수국'에 관해서 길고 감정이 넘쳐나는 편지를 쓴 사람인데. 푸른색의 수국을 보고 피터와 옛날이 생각났다고 했지—그렇지, 샐리 시튼이야! 샐리 시튼이었다—부자와 결혼해 맨체스터 가까이에 있는 큰 집에서 살 거라고는 도저히 생각할 수도 없었던 사람, 제멋대로이고 대담하고 낭만적이었던 샐리였다!

하지만 클러리서의 친구들, 친분이 오래된 모든 패거리들—휘트브레드, 킨덜리, 컨닝햄, 킨로크존스 가족들—중 아마도 샐리가 최고였다. 어쨌든 그녀는 올바른 목적 의식을 갖고 사물을 파악하려 했었다. 어쨌든 그녀는 휴 휘트브레드를 꿰뚫어 보았다—경탄할 만한 휴—클러리서와 나머지 무리들이 그의 발 아래 엎드렸던 반면에 말이다.

"휘트브레드 가문의 사람들이라?" 그는 그녀가 말하는 것을 들을 수 있었다. "휘트브레드 성을 가진 이들은 어떤 이들이지? 석탄장수들이야. 존경할 만한 상인들이지."

어떤 이유에서인지 그녀는 휴를 몹시 미워했다. 그녀는 그가 자신의 외관 외에는 아무것도 생각하지 않는다고 말했다. 그는 공작이었어야 했어. 그는 틀림없이 왕녀 가운데 한 사람과 결혼할 거야. 물론 휴는 자신이 만난 적이 있는 어떤 사람들보다도 영국 귀족에 대해서 굉장한, 그러나 자연스러운, 최고로 숭고한 존경심을 갖고 있었다. 클러리서조차도 그것을 인정했다. 오, 하지만 그는 그토록 사랑스럽고 그토록 이기심이 없는 사람이에요, 그의 어머니를 기쁘게 하기 위해서 사냥을 포기했고—숙모들의 생일을 기억했다는 말들을 덧붙이면서 말이다.

샐리를 정당히 평하자면, 그녀는 그 모든 것을 꿰뚫어 보았다. 그가 분명히 기억하는 일 가운데 하나는 어느 일요일 아침에 부어톤에서 벌어진 여자들의 권리(그 태곳적부터 내려오는 주제)에 관한 논쟁이었다. 그때 샐리는 갑자기 화를 내고, 분노를 터뜨리면서, 휴에게 그는 영국 중산층 삶에서 가장 혐오스런 모든 것의 표본이라고 말했다. '피커딜리의 그 불쌍한 거리의 여자들'에 대해서 휴 같은 사람들에게 책임이 있다고 생각한다고 말했다—휴, 완벽한 신사, 불쌍한 휴!—어떤 남자도 그보다 더 공포에 질려보인 적이 없었다. 고의로 그랬다고 그녀는 나중에 말했다(그들은 야채 기르는 정원에서 만나 의견을 나누곤 했다). "그는 아무것도 읽지 않고, 아무것도 생각하지 않고, 아무것도 느끼지 않아요." 그녀가 생각하는 것보다 훨씬 더 멀리까지 들리는 힘 있는 목소리로 말하는 것을 들을 수 있었다. 마굿간에서 일하는 아이들도 휴보다는 더 많은 생명력을 지니고 있다고 그녀는 말했다. 그는 공립 학교 유형의 완벽한 표본이라고 그녀는 말했다. 영국 외에는 어느 나라도 그 같은 인물을 배출해낼 수가 없지. 어떤 이유에서인지 그녀는 아주 악의에 차 있었다. 그에게 어떤 원한을 품고 있었다. 담배 피우는 방에서 무슨 일인가가 일어났었어—무슨 일인지는 잊었지만. 그가 그녀를 모욕했나—그녀에게 키스했나? 믿을 수 없어! 물론 누구도 휴를 비난하는 말은 한 마디도 믿지 않았다. 누가 그럴 수 있었겠는가? 담배 피우는 방에서 샐리에게 키스했다고! 만약 고결한 이디스나 바이올렛이라면, 혹시 모르지. 하지만 그녀 명의로는 돈 한푼 없고, 어머닌지 아버지가 몬테 카를로에서 도박이나 하는 샐리는 아니었다. 지금껏 만나본 모든 사람들 중에서 휴는 가장 위대한 속물이었다—가장 고분고분한 사람—아니, 엄밀히 말해서 그는 아첨하지는 않았다. 그러기에는 그는 너무도 잘난 체하는 사람이었다. 일등급 시종이 정확한 비유이다—가방을 들고 뒤에서 따라가는 어떤 사람, 전보 치는 것을 맡길 수 있지—안주인에게는 필요불가결하리라. 그리고 그는 직업을 찾았다—그의 존경할 만한 애버린과 결혼하고, 궁전에서 어떤 작은 직책을 얻고, 왕의 포도주 저장실을 돌보고, 왕의 구두 죄는 쇠붙이를 광을 내어 닦고, 무릎까지 오는 바지와 레이스로 주름 장식을 한 옷을 입고 돌아다녔다. 얼마나 후회 없는 인생인가! 궁전에서의 작은 직책이라니!

그는 이 숙녀, 존경스러운 애버린과 결혼했고 그들은 이 근방에서 살았지, 그렇게 그는 생각했다(공원을 내려다보고 서 있는 호화로운 집들을 쳐다보면서), 그는 그 집에서 한 번 식사한 적이 있었는데, 그 집은 휴의 모든 소유물처럼 다른 집들은 도저히 가질 수 없는 것들을 갖고 있었다—리넨을 넣어두는 반침이었으리라. 가서 그것들을 보아야만 했다—그것이 무엇이든지 간에 감탄하면서 많은 시간을 보내야만 했다—리넨을 넣어두는 반침, 베갯잇, 오래된 참나무로 만든 가구, 그림들, 휴는 헐값으로 그것들을 주워왔다. 그러나 휴의 아내는 때때로 내막을 폭로하곤 했다. 그녀는 잘난 체하는 남자들을 숭상하는 쥐같이 소심한 그런 작은 여인네들 중 하나였다. 그녀는 거의 무시해도 좋은 여인이었다. 그런데 갑자기 그녀는 아주 예상치 않게 무엇인가를 말하곤 했다. 신랄한 말들을. 그것은 아마도 그녀에게 남아 있는 거만한 습관의 흔적일 것이다. 보일러용 석탄 냄새가 너무 강해서—공기를 너무 탁하게 한다나. 그렇게 그들은 거기서 살았다. 리넨을 넣어두는 반침과 옛 대가의 그림들과 진짜 레이스로 가장자리를 두른 베갯잇을 쓰면서, 아마도 일 년에 오천 혹은 만 파운드를 쓰면서 말이다. 반면에 피터는 휴보다 두 살이나 더 먹었는데 직장을 얻으려 하고 있었다.

쉰세 살에 돌아와서는 어떤 비서직에 넣어주거나, 어린 소녀들에게 라틴어를 가르치는 어떤 보조 교사직을 찾아주거나, 사무실에서 어떤 관리가 시키는 대로 하는 일을 알아봐달라고, 일 년에 오백 파운드를 벌 수 있는 어떤 일이라도 구해달라고 부탁하고 있었다. 만약 그가 데이지와 결혼하면 연금이 있더라도 그보다 적은 비용으로는 생계를 꾸릴 수가 없을 것이다. 휘트브레드는 아마도 그럴 능력이 있으리라, 혹은 댈러웨이라면. 피터는 댈러웨이에게 부탁하는 것은 개의치 않았다. 그는 정말로 착한 부류였다, 약간 편협하고 머리가 좀 우둔하기는 하지만, 그랬다, 하지만 정말로 착한 부류였다. 그가 무엇을 하건 간에 한결같이 현실적이고 상식에 어긋나지 않게 처리했다. 상상력이라고는 조그만치도 개입되지 않았고 뛰어난 구석이라고는 조금도 없었지만, 그와 같은 타입이 갖는 설명하기 힘든 섬세함이 있었다. 그는 시골 신사였어야만 했다—정치에 자신을 낭비하고 있었다. 말들과 개들과 함께 집 밖에 있을 때 그는 최고였다. 예를 들어 클러리서의 커다란 털북숭이 개가 덫에 걸려 발이 반쯤 다 찢겼을 때 그는 얼마나 훌륭했던가. 클러리서는 기절했고 댈러웨이가 모든 일을 맡아 했다. 붕대를 감고 부목을 대고 클러리서에게 바보처럼 굴지 말라고 말했다. 그것이 클러리서가 그를 좋아한 이유리라 아마도—그것이 그녀가 필요로 했던 것이었다. "자, 당신, 바보 같이 굴지 말아요. 이것을 잡아요—저것을 가져와요." 그러면서 내내 마치 사람에게 하듯이 개에게 말하고 있었다.

하지만 그녀는 시에 관한 그 모든 허튼소리들을 어떻게 받아들일 수 있었을까? 셰익스피어에 관해서 그가 설교해대는 것을 어떻게 내버려둘 수 있었을까? 심각하고 엄숙하게, 단호히 리처드 댈러웨이는 어떠한 점잖은 사람도 셰익스피어의 소네트를 읽어서는 안 된다고 했다. 왜냐하면 그것은 열쇠 구멍으로 엿듣는 것과 같기 때문이라고 했다(게다가 거기에 나오는 관계 또한 그가 승인할 수 있는 것이 아니었다). 점잖은 남자라면 누구라도 죽은 전처의 여동생을 방문하게 허락해서는 안 된다고 했다. 믿을 수 없는 일이었다! 그에게 해줄 수 있는 유일한 일이란 설탕 발린 아몬드 세례를 주는 것이었다—만찬 때였으니까. 그런데 클러리서는 그 모든 것을 받아들였다. 그가 아주 정직하고 독자적이라고 생각했다. 자신이 만난 남자들 중에서 가장 독창적인 마음을 소유한 사람이라고 생각지나 않았는지는 신만이 아실 일이었다!

그것이 샐리와 자신을 결속시키는 것 중 하나였다. 그들이 산보를 하곤 했던 정원이 있었는데 담장이 둘러져 있고 장미 덤불이 있고 커다란 콜리플라워가 있었다—그는 샐리가 장미를 잡아뜯고, 멈추어 서서는 달빛 속에 양배추잎이 아름답다고 감탄하여 외치던 것을 기억할 수 있었다(이상했다, 그 모든 것들이 얼마나 생생하게 생각이 나는지, 수년 동안 생각해본 적도 없는 것들이 말이다). 한편 그녀는 그에게 물론 반쯤은 농담으로 클러리서를 잡으라고, 그녀를 휴나 댈러웨이 같은 부류의 사람들 그리고 "클러리서의 영혼을 질식시켜" 클러리서를 단순한 안주인으로 만들어 그녀의 세속적인 면모나 부추길 모든 다른 "완벽한 신사들"에게서 구출하라고 간청했다(샐리는 그 당시에 수많은 시를 썼다). 하지만 클러리서에게 공정해야만 한다. 그녀는 어쨌든 휴와 결혼하려고 하지는 않았다. 그녀는 자신이 원하는 것이 무엇인지 충분히 뚜렷한 생각이 있었다. 그녀의 감정적인 면모는 모두 표면적인 것이었다. 그 표면 아래의 그녀는 아주 날카로웠다—사람의 성격을 판단하는 데에서 예를 들어 샐리보다는 훨씬 더 나았다. 그리고 그 모든 것에도 불구하고 아주 여성스러웠다. 그 비상한 재능, 여성의 재능, 그녀는 어디에 있든지 간에 자신만의 세계를 만들 수 있는 그런 재능을 갖고 있었다. 그녀는 방으로 들어와, 자주 보아왔듯이 많은 사람들에 둘러싸여서 문간에 서 있었다. 하지만 기억 나는 것은 클러리서였다. 그녀가 매혹적이기 때문이 아니었다, 전혀 아름답지도 않았다, 그녀에게는 어떤 독창적인 구석도 없었다, 그녀는 결코 특별히 재치 있는 말을 한 적도 없다, 하지만 거기에 그녀가 있었다, 거기에 그녀가 있었다.

아냐, 아냐, 아냐! 그는 더 이상 그녀를 사랑하지 않아! 그날 아침에 가위와 실크 천에 묻혀서 파티를 준비하고 있는 그녀를 본 뒤로 단지 그녀 생각에서 벗어날 수 없을 뿐이라고 느꼈다. 마치 기차에서 잠든 사람이 그에게 부딪히면서 흔들리는 것처럼 그녀는 계속 돌아오고 돌아오곤 하였다. 그것은 물론 사랑하고 있는 것이 아니었다. 그것은 그녀를 생각하는 것이었고, 비난하는 것이었으며, 삼십 년 뒤에 다시 시작하여, 그녀를 설명해보려고 하는 것이었다. 그녀에 대해서 말할 수 있는 분명한 것은 그녀가 세속적이라는 것이었다. 지위와 사교 그리고 세상에서 성공하는 것에 신경을 너무 썼다—그것은 어떤 의미에서 사실이었다. 그녀도 그것을 인정했다. (수고를 아끼지만 않으면 언제라도 그녀를 고백하게 만들 수 있었다, 그녀는 정직했다.) 아마도 그녀가 할말은 지저분한 여자들, 시대에 뒤진 사람들, 실패자들, 생각건대 자신과 같은 이들을 미워한다는 말이리라, 사람들은 손을 주머니에 꽂은 채 축 처져 있을 권리가 없다고 생각한다고 하리라. 무엇인가를 해야만 했고 무엇인가가 되어야만 했다. 그래서 그녀의 거실에서 만나는 이 위대한 명사들, 이 공작부인들, 이 늙은 백작부인들이 그에게는 지푸라기만큼도 중요치 않게 느껴졌지만, 그녀에게는 무엇인가 실재하는 것을 상징하였다. 한번은 그녀가 말하길, 벡스버러 부인은 언제나 곧게 처신한다고 했다(클러리서 그녀 자신도 그랬다. 그녀는 결코 그 단어의 어떤 의미로든지 빈둥거린 적이 없었다. 그녀는 화살처럼 곧았으며, 사실 약간은 경직되어 있었다). 자신이 나이 들어감에 따라 더욱 존경하게 된 일종의 용기가 그들에게는 있다고 말했다. 물론 이 말들 속에 들어 있는 많은 부분은 댈러웨이의 생각이었다. 대중에 대한 깊은 배려, 영국 제국, 관세 개혁, 지배계급 정신, 이런 것들이 흔히 그렇듯이 그녀 몸에도 점점 배었다. 그녀는 남편보다 두 배나 많은 지력을 가졌지만 남편의 눈을 통하여 사물들을 보아야만 했다—결혼 생활이 가져오는 비극 중의 하나였다. 자기 자신의 생각을 가졌지만 그녀는 언제나 리처드를 인용해야만 했다—마치 아침에 『모닝 포스트』지를 보면 리처드가 무엇을 생각하는지 우리가 정확하게 알 수 없기라도 한 것처럼 말이다! 이 파티들은 모두 리처드, 혹은 그녀가 생각하는 그를 위한 것이었다(리처드를 공평하게 평하자면 그는 노포크에서 농사를 짓는 것이 훨씬 행복했으리라). 그녀는 자신의 거실을 일종의 모임 장소로 만들었다. 그녀는 그런 일에 천부적인 재능이 있었다. 몇 번이고 여러 번 그녀가 어떤 미숙한 젊은이를 택해서는 변형시키고, 성격을 변화시켜서, 눈뜨게 하여 제 길을 가게 하는 것을 본 적이 있다. 한량없이 많은 우둔한 사람들이 그녀 주변에 모여들었다. 그러나 예기치 않은 기이한 사람들도 나타났다. 때론 예술가, 때로는 작가, 그런 분위기에서는 이상한 사람들이었다. 그리고 그 모든 일 뒤에는 방문하고 명함을 남기고 사람들에게 친절을 베푸는 것 같은 그런 일들이 그물 조직같이 얽혀 있었다. 꽃다발들이나 작은 선물들을 들고 돌아다니는 일 말이다. 이러이러한 사람이 프랑스를 가려 한다 하면—푹신한 쿠션을 선물해야만 했다. 그녀의 체력은 정말로 고갈되어갔다. 그녀와 같은 부류의 여인네들이 유지해야만 하는 모든 그런 끝도 없는 왕래들이라니. 그러나 그녀는 그 일을 진실되게, 타고난 본능으로 했다.

아주 이상하게 그녀는 그가 만난 적이 있는 가장 철저한 회의론자 가운데 하나였는데, (어떤 면에서는 빤히 속이 들여다보이지만, 다른 면에서는 너무나도 수수께끼 같은 그녀를 설명하기 위해서 그가 만들어보곤 하던 이론이었다) 아마도 그녀는 혼자 말하리라, 우리는 침몰하는 배에 사슬로 매인 불운한 인종이니(그녀가 소녀일 때 가장 좋아하며 읽던 글들은 헉슬리와 틴들의 책들이었고, 그들은 이런 항해에서 비롯된 은유들을 좋아했다), 모든 일이 시시한 웃음거리에 지나지 않으니, 어쨌든 우리 몫이나 합시다. 우리 동료 죄수들의 고통을 달래줍시다(헉슬리를 다시 인용한다). 지하 감옥을 꽃들과 푹신한 쿠션으로 치장합시다. 될 수 있는 한 친절합시다. 그 악당들, 신들은 모든 일을 멋대로 할 수는 없답니다—만약 우리가 여전히 숙녀처럼 행동한다면, 인간의 삶을 해치고, 좌절시키고, 망칠 기회를 결코 놓치지 않는 신들을 진정으로 물리칠 수 있다는 것이 그녀 생각이었다. 그런

관점은 실비아의 죽음—그 끔찍한 사건—후에 바로 생겼다. 자신의 자매가 바로 눈앞에서 쓰러지는 나무에 (모두 저스틴 패리의 잘못이었다—모든 것이 그의 부주의 때문이었다) 깔려 죽는 것을 본 것은 사람을 모질게 만들기에 충분했다. 그것도 이제 막 피어나려는 소녀가, 클러리서가 항상 말하길 그들 중 가장 재능이 뛰어났던 소녀가 말이다. 그 뒤 그녀는 그렇게 긍정적일 수 없었으리라 아마도. 신이 없다고 그녀는 생각했다, 누구의 탓도 아니었다, 그래서 그녀는 선함 그 자체를 위하여 선을 행하는 이런 무신론자의 종교를 서서히 개발해내었다.

물론 그녀는 삶을 최대한 누렸다. 누리는 것은 그녀의 천성이었다(비록 신만은 아시겠지만, 그녀도 제쳐놓은 것이 있었다. 이렇게 세월이 흐른 뒤지만 그 자신조차도 클러리서에 대해서 아는 것은 단순한 스케치에 불과하다고 때때로 느꼈다). 어쨌든 그녀에게는 쓰라림은 없었다, 착한 여자들을 혐오스럽게 만드는 도덕적인 미덕 같은 건 없었다. 실제로 모든 것을 그녀는 즐겼다. 만약에 그녀와 하이드 파크를 같이 거닌다면, 그것은 튤립 화단일 수도 있고, 유모차를 탄 아이일 수도 있고, 그녀가 충동적으로 지어낸 어떤 어리석은 작은 드라마일 수도 있었다. (아마 저 연인들이 불행하다고 생각했으면 그녀는 그들에게 말을 걸었으리라.) 그녀는 정말로 절묘한 희극적 감각이 있었다. 하지만 사람들을 필요로 했다, 언제나 사람들이 있어야 그것들을 발휘할 수 있었다. 어찌할 수 없는 결과로 그녀는 점심 먹고, 저녁 먹고, 끊임없이 파티를 열고, 무의미한 말을 하고, 의도하지도 않은 것들을 이야기하고, 예리한 지성을 무디게 하고, 분별력을 잃어가면서 시간을 헛되이 보냈다. 테이블 상석에 앉아서 댈러웨이에게 유용할지도 모르는 어떤 늙은이—유럽에서 가장 소름끼치게 지루한 사람들을 그들은 알았다—에게 그녀는 끝도 없이 마음을 썼다. 혹 엘리자베스가 들어오면 모든 것은 딸을 위해 양보해야만 했다. 지난번 그가 왔을 때 그녀는 고등학생이었고, 생각을 분명하게 표현하지 못하는 단계였다. 눈이 둥글고, 창백한 얼굴에, 엄마 쪽은 아무것도 닮지 않은 조용하고 무신경한 아이였다. 그 모든 일을 그녀는 당연한 것으로 받아들였고, 자신에 대해서 엄마가 야단법석을 떠는 걸 내버려두다가, 말했다. 네 살짜리 아이처럼 "이제 가도 돼요?" 하고 말이다. 댈러웨이 자신이 불러일으킨 듯한 재미있어하는 마음과 자랑하는 마음이 뒤섞여서는 하키를 하러 간다고 클러리서는 설명했다. 그리고 지금쯤 엘리자베스는 아마도 '외출 중'이리라. 그를 시대에 뒤진 사람이라고 생각하면서, 엄마 친구를 비웃으리라. 아 그래, 그러라지. 리전트 파크를 나서며 손에는 모자를 들고서 피터 월쉬는 생각했다. 늙는 것이 가져다주는 보상은 단순히 이거야. 열정은 여전히 전처럼 강하지만 우리는 얻지—마침내!—존재에 최상의 향기를 더해주는 힘을 말이야—경험을 붙잡아 천천히 불빛 아래에서 돌려 볼 수 있는 힘을 말이야.

끔찍한 고백이지만—그는 다시 모자를 썼다—이제 쉰세 살쯤 되면 아마도 더 이상 사람들을 필요로 하지 않을 것이다. 인생 그 자체, 그것의 순간순간, 그것의 방울방울, 여기, 이 순간, 지금, 햇빛 아래, 리전트 파크에서면 충분했다. 사실은 지나치게 많았다. 우리가 힘을 가졌다 해도, 충분한 향내를 끌어내기에는 전 인생도 너무 짧았다. 한 뭉텅이, 뭉텅이씩 모든 즐거움을, 의미의 모든 미묘한 면모를 추출해낼 수는 없었다. 즐거움도 의미도 둘 다 예전보다 훨씬 더 진실되게 마음에서 우러나왔고 훨씬 덜 개인적인 일이 되었다. 클러리서가 그를 고통스럽게 했던 것처럼 이제 다시 고통받는 것은 불가능했다. 여러 시간 동안이나—신이시여 우리가 이런 일들을 아무도 엿듣지 않게 말할 수 있도록 해주소서!—여러 시간 여러 날 동안 그는 한번도 데이지를 생각하지 않았다.

그러면, 지나간 날들의 그 고통, 그 고민, 그 이상한 열정들을 기억하면서 데이지를 여전히 사랑하는 것이 가능할까? 물론, 이제는 그녀가 그를 사랑하는 것이 사실이라면—훨씬 기분 좋은 일—전혀 다른 일이긴 했다. 그래서 아마도 그런 이유로 배가 실제로 떠났을 때 이상한 안도감을 느끼며 혼자 있는 것말고는 아무것도 더 원하는 것이 없었던 것 같다. 선실에서 그녀의 모든 자잘한 배려들—시가, 노트, 항해를 위한 무릎덮개—을 발견했을 때는 화가 났다. 누구든지 정직하다면 똑같은 이야기를 하리라, 오십이 지나면 다른 사람이 필요치 않다, 여자들에게 예쁘다고 계속 말하고 싶지도 않다. 그것이 오십 줄에 접어든 대부분의 남자들이 정직하다면 하는 이야기일 거라고 피터 월쉬는 생각했다.

그런데 그러면 이 놀라운 감정적인 발작—오늘 아침에 눈물을 터뜨린 일, 그 모든 일은 도대체 무어란 말인가? 클러리서가 그를 어떻게 생각했을까? 아마도 그가 바보 같다고 생각했으리라, 처음으로 그런 생각을 한 것도 아니겠지만. 그 일 배후에는 질투심이 깔려 있었다—인간의 모든 감정이 사라진 뒤에도 질투심은 살아남는다고 팔을 쭉 뻗어 주머니칼을 쥐면서 피터 월쉬는 생각했다. 오드 소령을 만나고 있다고 데이지는 지난 편지에 썼다. 그 말을 일부러 했다는 것을 알았다, 질투하게 하려고 한 말이라는 걸 말이다. 편지를 쓰면서 미간에 주름을 잡고는 그에게 상처를 주려면 어떤 말을 할 수 있을까 그녀가 망설이는 모습이 보였다. 하지만 상관없었다. 그는 성이 나서 펄펄 뛰었다! 영국으로 오고 변호사들을 만나고 하는 이 모든 소동은 그녀와 결혼하려는 것이 아니라 그녀가 어떤 다른 사람하고도 결혼하지 못하게 하려는 것이었다. 그 사실이 그를 괴롭혔다. 너무나도 차분하고 냉정하게, 드레스든지 다른 어떤 것이든지에 열중하고 있는 클러리서를 보았을 때 그 사실이 떠올랐다. 그녀가 모면시켜줄 수도 있었던 자신의 모습, 그녀가 격하시켜버린 자신의 초라한 모습—훌쩍거리고 울며 콧물을 흘리는 늙은 바보—을 깨달았다. 하지만 여인네들은 열정이 무엇인지 모른다고 주머니칼을 접으면서 그는 생각했다. 그들은 남자에게 그것이 의미하는 것을 알지 못했다. 클러리서는 고드름처럼 차가웠다. 그녀는 거기 소파 곁에 앉아서, 그에게 그녀의 손을 잡게 하고 한번의 키스를 해주었다—여기서 그는 건널목에 다다랐다.

어떤 소리가 그의 생각을 중단시켰다. 약하게 떨리는 소리로, 방향도, 활력도, 시작도 끝도 없이 방울방울 솟아오르는 한 목소리였다. 약하지만 예리하게 모든 인간적인 의미가 사라진 채……

이이 엄 파 엄 소오
푸 스위 투 이임 우—

나이도 성도 분간할 수 없는 목소리, 지구에서 솟아나오는 오랜 옛적 봄의 목소리가 흘러들었다. 그 소리는 리전트 파크 전철역 바로 건너편에 있는 키 큰 흔들리는 형상에게서 나왔다. 깔때기 같기도 하고 녹슨 펌프 같기도 하고 영원히 잎이 하나도 없이 바람에 시달리는 나무 같기도 한 형상이었는데, 그 나무는 노래부르는 나뭇가지 아래위로 바람이 불게 내버려두었다.

이이 엄 파 엄 소오
푸 스위 투 이임 우

그리곤 영원히 부는 산들바람 속에서 흔들리고, 삐걱거리고,

신음하였다.

지나온 시대 내내—포장한 인도가 풀밭이었을 때 혹은 늪이었을 때, 코끼리 상아와 큰 코끼리의 시대 내내, 조용한 일출의 시대 내내, 풍상에 찌들린 여인은—치마를 입었으니까—오른손은 구걸하려고 내밀고, 왼손으로는 옆구리를 쥐고 사랑에 대해서 노래하며 서 있었다—백만 년 동안 지속돼온 사랑에 대해서, 승리하는 사랑에 대해서 노래했다. 그리고 그녀는 몇 세기 전에 죽어 잠들어 있는 그녀의 연인과 수백만 년 전 오월에 함께 걸었다고 낮은 소리로 노래했다. 하지만 여름날처럼 길고 붉은 성상처럼 불타올랐던 시대들이 흐르면서 그는 가버렸다. 죽음의 거대한 낫이 그 거대한 언덕을 휩쓸어 가버리고, 이제는 단지 얼음 한 덩어리가 되어버린 땅 위에 마침내 헤아릴 수 없는 나이를 먹은 백발이 성성한 머리를 누이면서 그녀는 마지막 태양의 마지막 햇살이 어루만져주는 거기 높은 무덤에 누워 있는 그녀 곁에 보라색 헤더[17] 한 다발을 놓아달라고 신께 간구하였다. 왜냐하면 그때는 우주의 화려한 구경거리가 끝날 것이기 때문이었다.

옛날 노래가 리전트 파크 전철역 건너편에서 방울방울 솟아오를 때에도 여전히 땅은 푸르르고 꽃으로 덮인 듯이 보였다. 땅에 난 구멍, 질척거리기도 하고, 뿌리 섬유 조직과 뒤엉킨 풀로 엉클어져 있는, 그처럼 거친 입구에서 솟아나왔지만, 그래도 오래된 샘처럼 펑펑 솟아나는 노래는 수많은 세월의 마디진 나무 뿌리들과 해골들, 보물들을 흠뻑 적시면서 포장된 보도 위로, 매릴본 거리를 따라서 내내, 그리고 유스톤 아래쪽으로 개울을 이루며 흘러가 땅을 기름지게 하고 축축한 흔적을 남겼다.

17 잉글랜드와 스코틀랜드에 여름이면 산을 온통 뒤덮는 히스(황야에 자생하는 키작은 철쭉과의 관목들)의 총칭으로 그 모습은 장관이다.

한때 태곳적 어느 오월에 그녀가 어떻게 연인과 걸었던가를 아직도 기억하며 이 녹슨 펌프, 이 풍상에 찌든 늙은 아낙은 한 손은 동전을 구걸하기 위해서 내밀고 다른 손은 옆구리를 쥐고 천만 년 후에도 여전히 거기에 있으리라. 예전 오월에 그녀가 지금은 바닷물이 흐르고 있는 곳을 어떻게 연인과 걸어갔던가를 기억하면서 말이다. 누구와는 문제가 아니었다—남자였지, 아 그렇지, 그녀를 사랑했던 남자였지. 그러나 세월이 흐르면서 그 옛적 오월의 투명함은 흐려졌다. 빛나는 꽃잎이 달려 있던 꽃들은 하얗게 은백색으로 서리가 앉았다. "나의 눈을 당신의 사랑스런 눈으로 열심히 지켜봐주세요" 하고 그에게 간청하였을 때(지금 그녀가 분명히 그렇게 하고 있듯이), 그녀는 더 이상 보지 않았다, 더 이상 갈색 눈, 까만 수염 혹은 햇빛에 그을린 얼굴을 보지 않았고, 단지 어렴풋이 보이는 형상, 그림자 같은 형상만을 보고, 그 형상에게, 나이가 많이 들었지만 새처럼 신선하게 그녀는 여전히 지저귀었다. "나에게 당신 손을 주세요. 그리고 부드럽게 그 손을 쥐게 해주세요."(피터 월쉬는 택시에 올라타면서 그 불쌍한 사람에게 동전 한닢을 주지 않을 수가 없었다) "그리고 누가 보더라도 그들이 무슨 상관 있나요?" 하고 그녀는 요구했다, 옆구리를 움켜쥐고 동전을 주머니에 넣으면서 그녀는 웃었다, 뚫어지게 응시하는 호기심에 가득 찬 모든 눈들은 완전히 사라진 것 같았고, 지나가는 모든 연령층의 사람들은—인도는 북적이는 중산층의 사람들로 붐볐다—사라졌다, 나뭇잎들마냥, 발 아래 짓밟혀, 그 영원한 샘에 흠뻑 잠겨서는 새로 주조될 수 있게끔 말이다.

이이 엄 파 엄 소오
푸 스위 투 이임 우

"불쌍한 늙은 여인." 길을 건너려고 기다리면서 레지아 워렌 스미스는 말했다.

아 불쌍한 늙고 가련한 이!

만약에 비 오는 밤이면 어떡하지? 만약에 저이의 아버지나 유복한 시절에 알았던 누군가가 우연히 지나가다가 거기 도랑에 저이가 서 있는 것을 보았다면 어떻게 하지? 게다가 밤에는 어디서 잘까?

기분 좋게, 거의 쾌활하다 할 수 있는, 이겨내기 어려운 소리 가락이 마치 오막집 굴뚝에서 나오는 연기처럼 대기 속으로 감아 올라와 깨끗한 너도밤나무를 휘감아 올라와서는 제일 꼭대기 이파리들 사이로 파란 연기 타래가 되어 흘러나왔다. "누가 보더라도, 그들이 무슨 상관 있나요?"

이제 지난 수주일 동안 너무나도 불행했기 때문에, 레지아는 일어난 일들에 의미를 부여하였다. 거리에 지나는 이들이 좋아 보이면, 친절한 사람처럼 보이면, 때로는 그들을 멈춰 세워야만 한다고 느낄 정도였다. 그들에게 단지 "나는 불행해요" 하고 말하기 위해서. "누가 보더라도 그들이 무슨 상관 있나요?" 하며 거리에서 노래부르고 있는 이 늙은 여인은 그녀를 갑자기 모든 일이 잘되리라고 아주 확신하게 만들어주었다. 그들은 윌리엄 브래드쇼 경에게 가는 길이었다. 이름이 좋은 것 같다고 그녀는 생각했다. 그는 당장에 셉티머스를 고쳐주리라. 그때 양조장의 수레가 보였고 회색말들 꼬리에 지푸라기로 곤두선 빳빳한 털이 있는 게 보였다. 신문 벽보가 붙어 있었다. 어리석어라, 불행해하는 것은 어리석은 몽상이야.[18]

그렇게 그들, 셉티머스 워렌 스미스와 그의 아내는 길을 건넜

18 우리도 흔히 경험하듯이, 여기서 루지아는 불행해하며 혼자 자신 속에 갇혀 있다가, 그 과정의 끝에서 바깥의 현상들에 의미를 부여하고 그 의미를 읽어내고 있다. 그러자 바깥의 평범한 현상들이 다시 눈에 들어오면서, 말 꼬리에 붙은 지푸라기조차도 누군가 고의로 행한 일이라는 생각과 함께 다시 자신의 삶에서 의미를 찾고 있다.

다. 어찌되었거나 남의 주의를 끄는 어떤 점이 그들에게 있을까, 세상에서 가장 위대한 메시지를 지니고 있으며, 게다가 세상에서 가장 행복한, 그리고 가장 불행한 젊은이가 여기 있다고 지나가는 사람이 의심하게 할 어떤 것이 있을까? 아마도 그들은 다른 사람들보다 천천히 걸었으리라. 그리고 남자의 걸음걸이에는 무엇인가 망설이는 듯한, 끄는 듯한 데가 있었다. 하지만 주중에 이런 시간에 웨스트 엔드[19]에 수년 동안 와본 적이 없는 사무원이 하늘을 계속 쳐다보고, 이것저것 그리고 다른 것들을 쳐다보는 것보다 더 자연스러운 일이 어디 있겠는가. 포틀랜드 플레이스[20]는 마치 가족들이 다 떠난 후에 들어가보는 방 같았다. 샹들리에는 네덜란드 천으로 만든 자루에 싸여서 걸려 있었고, 관리인 여자는 기다란 블라인드의 한쪽을 들어 버려진 이상하게 생긴 팔걸이 의자에 먼지를 드러내는 기다란 한 줄기 빛을 비추게 하면서 방문객들에게 이곳이 얼마나 좋은 곳인가를 설명했다. 얼마나 멋있는 곳인가, 하지만 동시에 얼마나 이상한 곳인가 하고 의자들과 테이블을 쳐다보면서 그는 생각했다.

겉보기에 그는 사무원이었을는지도 모른다. 하지만 나은 부류의 사무원이었으리라. 왜냐하면 그는 밤색 부츠를 신었고 손은 교육받은 사람의 것이었다. 옆모습 또한 그랬다—각이 지고 코가 크고 영리하고 감수성이 예민해 보이는 옆모습, 하지만 그의 입술은 전혀 아니었다, 축 처져 있었기 때문이다. 눈은 (눈이 으레 그렇듯이) 그냥 눈으로, 엷은 갈색으로 컸다. 그래서 그는 전체적으로 이것도 저것도 아닌 어중간한 사람. 펄리에 집과 차를 소유하

19 런던의 부자 동네.

20 포틀랜드 플레이스는 리전트 파크 남쪽에 있는 길로 18세기에는 런던에서 가장 번화한 거리였다. 여기서는 번화한 거리에서 낯설어하는, 기껏해야 사무원에 지나지 않는 셉티머스의 모습을 보여준다.

는 처지에 이를 수도 있겠지만 혹은 평생 동안 뒷골목에 있는 아파트나 계속 세내어 살아야 할 수도 있었다. 반쯤 교육받은, 독학한 사람 중 하나였다. 유명한 작가에게 편지로 자문을 구해서 공공도서관에서 책을 빌려와, 하루 일이 끝난 뒤 저녁에 읽어 배운 것이 교육의 전부였다.

다른 경험들로 말할 것 같으면, 침실에서, 사무실에서, 들판과 런던의 거리를 거닐며 홀로 겪는 혼자만의 경험들이 있었다. 어머니 때문에 겨우 소년이었을 때 그는 집을 떠났다, 그녀는 거짓말을 했다. 그가 오십번째로 손을 씻지 않고 차를 마시러 내려왔기 때문이었다. 스트라우드에 사는 시인에게는 어떤 미래도 없다는 것을 그가 알았기 때문이었다. 그래서 어린 여동생에게 비밀을 털어놓고 우스꽝스런 메모를 뒤에 남기고 런던으로 갔다. 위대한 사람들이 씀 직한 것으로 나중에 그들이 어렵게 노력했던 이야기가 유명해졌을 때 세상이 읽게 될 것이었다.

런던은 스미스라 불리는 수백만의 젊은 청년들을 삼켜버렸다. 부모가 그들을 특색 있게 하려고 생각해냈던 셉티머스 같은 별난 그리스도 교도다운 이름을 대수롭지 않게 여겼다. 유스톤 거리[21]에서 떨어진 곳에서 하숙하면서 핑크색의 순진한 타원형 얼굴이 마르고 찌푸린 적개심에 가득 찬 얼굴로 변하는 것 같은 경험들을 되풀이했다. 하지만 이 모든 것에 대해서 가장 빈틈없는 친구라도 정원사가 아침에 온실 문을 열고 화초에 새로 핀 꽃을 발견하고는 하는 말 외에 할 수 있는 말이 또 무엇이 있을 수 있을까—꽃이 피었어. 허영, 야심, 이상주의, 열정, 외로움, 용기, 게으름 따위의 평범한 씨앗들에서 꽃이 피었단 말이야. 이 모든 것들

21 피커딜리에서 아주 가까운 곳으로 19세기에 이 길은 런던의 주요 기차역이 세 개나 있는 주요 대로였다. 그런 중심 거리에서 벗어난 곳에서 하숙하고 있다는 것은 셉티머스와 같이 돈도 명예도 갖지 못하고 태어난 청년들이 런던에 와서 어렵게 지내고 있는 모습을 보여준다.

이 뒤섞여 (유스톤 거리에서 좀 떨어진 방에서) 그를 수줍게 만들었고, 말을 더듬으며 자신을 향상시키느라 열심이게 만들었고, 워터루 거리에서 셰익스피어에 대해 강의하는 이사벨 포울과 사랑에 빠지게 하였다.

그가 키이츠를 닮지 않았나요? 그녀가 물었었다. 어떻게 하면 『안토니와 클레오파트라』를 맛보게 해줄 수 있을까 하고 그녀는 생각했다. 그에게 책을 빌려주고, 그에게 편지 나부랑이를 쓰고, 그래서 사람의 일평생에서 단지 한 번만 불타오르는 그런 불을 그에게 지폈다. 그 불은 열도 나지 않고, 포올 양 위에, 『안토니와 클레오파트라』 위에, 워터루 거리 위에 끝없이 가볍고 질량도 없는 붉은 금색의 불꽃을 펄럭였다. 그는 그녀가 아름답다고 생각했다. 그녀가 나무랄 데 없이 현명하다고 믿었다. 그녀를 꿈꾸었고, 그녀에게 시를 썼다. 그녀는 주제는 무시하고 그 시를 빨간 잉크로 수정하였다. 어느 여름날 저녁에 초록빛 드레스를 입고 광장에서 거니는 그녀를 그는 보았다. 문을 열었더라면, 아마 "꽃이 피었어요" 하고 정원사가 말했을 것이다. 어느 날 밤이건 이 시간쯤에 정원사가 들어왔다면, 그가 글을 쓰고 있는 것을 보았을 것이다. 그리곤 쓴 것을 찢어버리는 것을 보았을 테고, 아침 세 시경에 걸작을 끝내고는 달려나가 거리를 거닐다가 교회를 방문하고, 하루는 금식하고, 또 하루는 온통 마셔대는가 하면, 셰익스피어, 다윈, 『문명의 역사』, 버나드 쇼를 탐독하는 것을 보았으리라.

무슨 일인가가 일어났다는 것을 브루어 씨는 알았다. 브루어 씨는 시블리와 애로우스미스에서 관리 담당자였으며, 경매인이고 가격 조정인이고 토지와 부동산 중개인이었다. 무슨 일인가가 일어났다고 그는 생각했다. 그는 그가 데리고 있는 젊은이들에겐 아버지 같았는데, 스미스의 능력을 아주 높이 평가하여, 십

년이나 십오 년 후면 스미스가 천장에서 햇볕이 드는 안쪽 방의 증서함으로 둘러싸여 있는 가죽으로 된 팔걸이 의자를 승계하리라고 예언하였다. "건강만 유지한다면 말이야." 브루어 씨는 말했다. 그게 위험했다—그는 약해 보였다. 축구를 권하였고, 저녁식사에 초대도 하고, 월급을 올려주라고 추천할 생각이었다. 그때 브루어 씨의 여러 예상을 뒤엎는 일이 일어나 데리고 있던 가장 유능한 젊은이를 앗아갔다. 마침내 유럽 전쟁의 손길이 너무나도 깊이 파고들었고 간악하여, 곡식의 여신 석고상을 산산이 부수었고, 제라늄 화단을 폭탄 구멍으로 파 뒤집어놓았고, 머스웰 힐에 있는 브루어 씨 집 요리사를 신경과민으로 완전히 망가트렸다.

셉티머스는 처음에 지원한 사람들 중의 하나였다. 그는 영국을 구하기 위해서 프랑스로 건너갔다. 영국이란 거의 전적으로 셰익스피어의 극들과 초록색 드레스를 입고 광장을 거니는 이사벨 포올 양을 의미했다. 브루어 씨가 축구를 권하였을 때 바라던 변화가 거기 참호에서 금방 일어났다. 그는 남자다움을 드러내었고 승진하였다. 에반스라는 상관의 주목을 받았으며, 아니 사실은 사랑을 받았다. 그들은 벽난로 앞 깔개 위의 두 마리 개 같았다. 한 녀석은 종이봉지를 물어 흔들어대며, 으르렁대고, 재빨리 움직이다가, 때때로 나이 든 개의 귀를 꼬집었다. 다른 녀석은 졸린 듯이 누워서는 불을 바라보며 눈을 껌벅이고 앞발을 들고 돌아누웠고 기분이 좋은 듯이 그르렁거렸다. 그들은 함께 있어야만 했고, 서로를 나누고, 서로 다투고, 서로 언쟁을 벌여야만 했다. 그러나 에반스가, (레지아는 단지 한 번 그를 보았는데 '조용한 사람'이라고 생각했다. 건장하고 붉은 머리를 가졌으며 여자 앞에서는 내성적이었다) 휴전 바로 직전에 이탈리아에서 에반스가 죽었을 때, 셉티머스는 어떤 감정을 드러내거나 이제 우정은 끝이 났다는 것을 인지하기는커녕, 아무것도 느껴지지 않고 아주 이성적이라는 사실에 혼자서 자축했다. 전쟁은 그를 가르쳤다. 전쟁은 숭고한 것이었다. 그는 구경거리 전부를, 우정, 유럽의 전쟁, 죽음을 겪었고 승진을 하였으며 아직 서른살도 안 되었는데 살아남을 운명이었다. 그는 바로 거기에 있었다. 마지막 포탄은 그를 맞추지 못했다. 그것들이 폭발하는 것을 그는 무심하게 지켜보았다. 평화가 왔을 때, 하숙집에 숙소를 배정받아 밀란에 있었다. 그 집은 안뜰이 있었고 둥근 나무통에 꽃들이 심어져 있었고 노천에 작은 테이블들이 놓여 있고, 그 집 딸들은 모자를 만들고 있었다. 느낄 수 없다는 공포가 그를 덮쳤던 어느 저녁에 그는 작은딸인 루크레지아와 약혼을 하게 되었다.

모든 것이 끝나고 휴전 협정이 맺어지고 죽은 자들이 묻히고 나서야, 특히나 저녁이 되면 이렇게 갑작스럽게 청천벽력같이 공포가 밀려왔다. 그는 느낄 수가 없었다. 이탈리아 소녀들이 앉아서 모자를 만들고 있는 방문을 열었을 때 그는 그들을 볼 수 있었다. 그들의 얘기를 들을 수도 있었다. 그들은 접시에 담겨 있는 색깔 있는 구슬들 사이로 철사를 비벼대고 있었다. 그들은 풀이 빳빳하게 먹여진 형상들을 이리저리 돌리고 있었다. 테이블에는 깃털, 반짝이는 별 모양의 금속 조각, 실크천들, 리본들이 마구 흩어져 있었다. 가위가 테이블 위에서 쿵쿵 소리를 내었다. 그러나 무엇인가가 그를 저버렸다. 그는 느낄 수가 없었다. 하지만 가위가 쿵쿵 소리를 내고 소녀들이 웃고, 모자들이 만들어지는 것이 그를 보호해주었다. 그는 안전하다고 확신했으며, 피난처를 얻었다. 그러나 거기에 밤새도록 앉아 있을 수는 없었다. 이른 아침에 깨는 때도 있었다. 침대가 떨어져 내리고 있었다. 그가 떨어지고 있었다. 아 가위와 램프 빛과 빳빳한 형상들만 있다면! 그는 루크

레지아에게 결혼하자고 청혼했다. 그녀는 두 딸 중 작은딸이었으며 쾌활하고 경솔하였다. 그 작은 예술가의 손가락을 치켜 들고는 "모든 것이 이 손가락에 달렸다"고 말했다. 실크, 깃털, 어떤 것이든 그 손가락이 생명을 부여하지 않는 것이 있겠는가.

"가장 중요한 것은 모자예요." 그들이 함께 산보하러 나갈 때 그녀는 말하곤 했다. 지나쳐가는 모든 모자들을 그녀는 검사하곤 했다. 외투와 드레스 그리고 여인이 지니는 자세도 말이다. 잘못 입었다고, 지나치게 옷을 차려입었다고 비난했다. 하지만 심하게 공격하는 것은 아니고 다소 참을 수 없다는 듯이 손을 움직였다. 마치 명백한 선의에서 만든 번지르르한 가짜를 자신에게서 떼어놓는 화가의 손놀림 같았다. 그리곤 관대하게, 그러나 언제나 비판적으로 자신이 가진 약간의 소재들을 화려하게 변모시킨 여점원을 반겼다. 혹은 친칠라 모피에 예복을 입고 진주를 걸고 마차에서 내려오는 프랑스 숙녀를 보면 열광적으로 전문가답게 이해하며 전적으로 칭찬했다.

"아름다워라!" 그녀는 중얼거렸고 셉티머스를 쿡쿡 찔러 볼 수 있게 했다. 하지만 아름다움은 유리창 뒤에 있었다. 맛조차도 그는 즐길 수가 없었다. 작은 대리석 탁자 위에 컵을 내려놓았다. 밖에 있는 사람들을 바라보았다. 그들은 행복해보였다. 거리 한가운데 모여서 소리지르고, 웃고, 아무것도 아닌 일에 말다툼을 하였다. 그러나 그는 맛볼 수가 없었다, 느낄 수가 없었다. 찻집에서 테이블과 수다 떠는 웨이터들 사이에서 끔찍한 공포가 그를 덮쳤다—그는 느낄 수가 없었다. 그는 이치를 따질 수도 있었고, 예를 들면 단테를 아주 쉽게 읽을 줄도 알았다("셉티머스, 제발 책 좀 내려놓으세요." 레지아가 부드럽게 「지옥」편을 닫으면서 말했다), 그는 영수증을 합산할 수도 있었다, 그의 뇌는 완전했다.

그러면 그가 느낄 수 없는 것은—세상 잘못임에 틀림없었다.

"영국 사람들은 너무 조용해요." 레지아는 말했다. 그녀는 그게 좋다고 말했다. 그녀는 이런 영국 사람들을 존경했고 런던과 영국의 말들과 재단사가 만든 양복을 보고 싶었다. 결혼해서 소호 거리에 살았던 숙모에게서 상점들이 얼마나 아름다운가 들었던 것을 기억할 수 있었다.

그들이 뉴헤븐을 떠날 때, 기차 창문에서 영국을 바라보며 셉티머스는 생각했다. 그럴 수도 있으리라, 세상 자체가 아무런 의미도 없을는지도 모른다.

사무실에서는 그를 상당한 책임이 있는 자리로 승진시켰다. 그들은 그를 자랑스러워했다. 그는 십자형 훈장을 받았다. "당신은 당신의 의무를 다했소. 이제는 우리에게 달렸소—" 브루어 씨는 말을 시작하였으나 너무도 만족스러운 감정에 겨워 끝맺을 수가 없었다. 그들은 토텐햄 코트 길 너머에 훌륭한 숙소를 얻었다.

여기서 다시 한 번 셰익스피어의 책을 펼쳤다. 하지만 그 소년에게 중요했던 언어에의 도취는 완전히 시들어버렸다. 얼마나 셰익스피어는 인류를 미워했는지—옷을 입는 것, 아이를 낳는 것, 입과 배의 더러움! 이것이 이제는 셉티머스에게 밝혀졌다. 말의 아름다움 속에 숨겨져 있는 메시지였다. 한 세대가 다음 세대에게 위장해서 물려주는 비밀 신호는 혐오감, 증오, 절망이었다. 단테도 마찬가지였다. (번역된) 아이스퀼러스[22]도 마찬가지였다. 테이블에 앉아서 레지아는 모자를 손질하고 있었다. 그녀는 필머 부인의 친구들을 위해 모자를 손질하고 있었다. 그녀는 몇 시간이고 모자를 손질했다. 그녀는 창백하고 신비스러워보였으며, 물 아래 잠긴 백합 같다고 그는 생각했다.

22 그리스의 비극 시인, 극작가.

"영국 사람들은 너무 심각해요." 팔을 셉티머스에게 두르고 뺨을 그의 뺨에 대며 그녀는 말하곤 했다.

여자와 남자 사이의 사랑은 셰익스피어에게는 혐오스러웠다. 그에게 성교하는 일은 목표에 이르기 전의 불결함이었다. 하지만 레지아는 애들이 있어야만겠다고 말했다. 그들은 결혼한 지 오 년이나 되었다.

그들은 런던타워에 함께 갔었다. 빅토리아와 알버트[23] 박물관에도 갔었고, 군중에 섞여 왕이 의회를 여는 것을 보았다. 그리고 상점들이 있었다 — 모자 가게들, 옷 가게들, 진열장에 가죽 가방을 늘어놓은 상점들. 그녀는 거기에 서서 뚫어지게 바라보곤 하였다. 하지만 그녀는 아들을 가져야만 했다.

그녀는 셉티머스를 닮은 아들을 가져야만 한다고 말했다. 하지만 아무도 셉티머스 같을 수는 없었다. 너무나도 친절하고 너무나도 진지하고 너무나도 똑똑하였다. 그녀도 셰익스피어를 읽을 수 있지 않을까? 셰익스피어는 어려운 작가예요? 그녀는 물었다.

이런 세상에 아이들을 낳을 수는 없었다. 고통을 영속시킬 수는 없었다. 이 탐욕스러운 동물의 자손을 증식시킬 수는 없었다. 아무런 지속적인 감정이 없었으며 단지 변덕과 허영만이 그들을 이제는 이 길로, 저제는 저 길로 흘러가게 하였다.

그녀가 싹둑싹둑 자르고 만드는 것을 그는 지켜보았다. 마치 풀밭에서 새가 폴짝폴짝 뛰고 휙 나는 것을 지켜보며 감히 손가락 하나도 움직이지 못하는 것처럼 말이다. 왜냐하면 진실은 (그녀가 이것을 무시한다면 내버려두어라) 인간들에게는 그 순간의 쾌락을 증폭시킬 수 있는 것 외에 친절함도, 믿음도, 자비심도 없다는 것이었다. 그들은 떼를 지어 사냥했다. 그들 무리는 사막

23 빅토리아 여왕과 그녀의 남편 알버트 공.

을 휩쓸었고 비명을 지르며 황야로 사라져갔다. 그들은 낙오자들을 버렸다. 그들은 찌푸린 표정을 얼굴에다 두껍게 바르고 있었다. 사무실에 브루어 씨가 있는데 그는 콧수염을 밀랍으로 굳히고, 산호 넥타이핀에, 하얀 셔츠에, 사람을 기분 좋게 하였다 — 하지만 속으로는 아주 냉정하고 기분 나빠 있었다 — 제라늄꽃들은 전쟁 중에 모두 망가졌고 — 그의 요리사는 신경과민으로 폐인이 되었다 — 혹은 아멜리안가 뭔가 하는 이름의 여자는 다섯 시면 어김없이 찻잔을 돌렸는데 — 흘끗흘끗 곁눈질을 했으며, 냉소적이고 음란한데다, 키가 작고 시끄럽고 변덕스러운 여자였다. 또 셔츠의 가슴팍 부분에 풀을 먹여 입은 탐과 버티에게서는 악의 걸죽한 방울방울이 쏟아져 나왔다. 그들은 자신들의 우스꽝스러운 모습을 그가 공책에 적나라하게 그리는 것을 결코 보지 못했다. 거리에서 화물차가 요란한 소리를 내면서 그를 지나쳐 갔다. 플래카드 위에 잔악 행위가 요란하게 울려퍼지고 있었다, 사람들이 광산에 갇혔고, 여자들은 산 채로 불에 탔다. 그리고 한번은 훈련시켜서 자랑삼아 내보여 대중을 즐겁게 하려 했던 미치광이들이 (그들은 큰소리로 웃었다) 엉망으로 줄지어, 어슬렁어슬렁 걸어가다, 머리를 끄덕이고, 싱긋이 웃으며 토텐햄 코트 거리에서 그를 지나쳐 갔다. 그들 모두 반쯤은 사과하는 듯이, 하지만 승리에 차서 자신들의 소망 없는 불행을 우리에게 짐 지우면서 말이다. 그런데 그는 미쳐가는 걸까?

차를 마실 때 레지아는 필머 부인의 딸이 곧 애기를 낳을 거라고 그에게 말했다. 나이는 들어가고 애기가 없을 수는 없는 일이다! 그녀는 아주 외로웠고, 그녀는 아주 불행했다! 그들이 결혼한 이래 그녀는 처음으로 울었다. 아주 멀리서 그녀가 흐느끼는 소리를 그는 들었다. 그는 정확하게 들었고 분명하게 알아차렸다. 그는 그 소리를 피스톤 소리에 비교했다. 그러나 그는 아무것도 느낄 수가 없었다.

그의 아내가 울고 있었고 그는 아무것도 느낄 수가 없었다. 단지 매번 그녀가 이렇게 깊은 곳에서부터, 이렇게 조용히, 이렇게 절망적으로 흐느낄 때마다, 그는 한 발짝 더 나락으로 굴러 떨어져 내렸다.

마침내 감상적이고 과장된 몸짓을 기계적으로 취하며, 신실하지 못하다는 것을 완전히 의식하며, 그는 자신의 손 위에 머리를 떨구었다. 이제 그는 굴복했다. 이제 다른 사람들이 그를 도와주어야만 했다. 사람들을 불러와야만 했다. 그는 패배를 인정했다.

아무것도 그를 깨워 일으킬 수는 없었다. 레지아는 그를 침대에 뉘었다. 그녀는 의사를 불렀다—필머 부인의 홈즈 의사를. 홈즈 의사는 그를 검사했다. 아무 이상도 없다고 홈즈 의사는 말했다. 아, 얼마나 다행스러운지! 얼마나 친절하고, 얼마나 좋은 사람인지! 레지아는 생각했다. 홈즈 의사는 그런 기분일 때 음악홀에 간다고 말했다. 하루를 시간 내어 아내와 골프를 치기도 하구 말이에요. 잘 때 브로마이드 진정제 두 알을 물 한 잔에 타서 마셔보지 않았나요? 이런 오래된 블룸스베리 집들은 종종 아주 훌륭한 판벽板壁으로 되어 있어요. 벽을 두들기면서 홈즈 의사는 말했다. 거기에다 어리석게도 집주인들이 도배를 하지요. 바로 저번 날만 해도, 베드포드 광장에 사는 환자 누구누구 경을 방문했다가—

그러면 변명할 여지가 없었다. 아무런 이상도 없었다, 인간 본성이 그를 죽으라고 저주한 죄, 즉 그가 어떤 것도 느낄 수 없다는 죄를 제외하고는 말이다. 에반스가 죽었을 때 그는 개의치 않았다. 그것이 최악이었다. 하지만 모든 다른 죄들도 고개를 치켜 들고는 그들의 손가락을 흔들어대었다. 그리고 아침 이른 시각이면 엎드려 침대 난간 너머로 누워 있는 육체를 조롱하고 비웃었다. 그 육체는 자신의 타락을 실감하며 누워 있었다. 어떻게 그가 아내를 사랑하지도 않으면서 결혼했던가, 어떻게 그녀에게 거짓말을 하고 유혹했던가, 어떻게 이사벨 포울 양을 모욕했던가, 어떻게 그가 악으로 움푹움푹 파일 정도로 자국이 나고 표시가 나서, 여자들이 거리에서 그만 보면 몸서리를 쳤는가를 말이다. 그와 같이 비열한 인간에게 인간 본성의 평결은 죽음이었다.

홈즈 의사가 다시 왔다. 덩치가 크고, 건강한 화색이 돌고, 잘생긴 그는 자신의 부츠를 가볍게 치면서 거울을 쳐다보았으며, 그 모든 것을 무시하였다—두통, 불면, 두려움, 꿈 같은 것들을 말이다—신경 증상일 뿐 아무것도 아니라고 그는 말했다. 만약에 홈즈 의사가 자신의 몸무게가 72킬로그램에서 1킬로그램이라도 줄은 것을 알면 그는 아내에게 아침에 죽을 한 접시 더 달라고 요청하리라. (레지아는 죽 요리하는 것을 배우고 싶었다.) 하지만 건강이란 대체로 우리가 조절할 수 있는 문제라고 그는 계속 말했다. 바깥 일에 흥미를 좀 가져봐요. 어떤 취미 생활을 하던지요. 셉티머스는 자신의 셰익스피어 책—『안토니와 클레오파트라』—을 폈다가, 셰익스피어 책을 옆으로 밀어 치웠다. 대단한 취미군요, 홈즈 의사가 말했다. 왜냐하면 그 자신의 뛰어난 건강은 그가 언제나 환자들에게서 고古가구로 방향을 전환할 수 있다는 사실 덕택이 아니었던가? 그리고 만약 그가 그렇게 말해도 된다면, 워렌 스미스 부인은 얼마나 아름다운 빗장식을 머리에 꽂고 있는지!

그 저주받을 얼간이가 다시 왔을 때, 셉티머스는 그를 보기를 거절했다. 그가 진짜 그래요? 홈즈 의사는 기분 좋게 웃으며 말했다. 그녀를 지나 그녀 남편의 침실로 들어가기 전에, 정말 그는 그 매력적인 작은 숙녀, 스미스 부인을 친구에게 하듯이 살짝 밀

수밖에 없었다.

"그래 의기소침해 있다구요." 환자 곁에 앉으며 그는 기분 좋게 말했다. 그는 실제로 아내에게 자살한다는 이야기를 했다. 대단한 여자예요. 외국인이죠, 그렇죠? 당신이 그러면 그녀가 영국 남편들에 대해서 아주 이상하게 생각하지 않겠어요? 남편에겐 적어도 아내에게 지켜야 할 의무가 있지 않나요? 침대에 누워 있느니 무슨 일인가 하는 게 낫지 않겠어요? 그의 사십 년 간의 경험이 뒷받침해주니까, 셉티머스는 그 일에 관한 한 홈즈 의사의 말을 그대로 믿어도 되었다—그에겐 아무런 이상도 없었다. 그리고 다음에 왔을 때는, 스미스가 침대에서 일어나 저렇게 매력적인 작은 숙녀인 아내를 걱정하지 않게 하기를 홈즈 의사는 바랐다.

간단히 말해서 인간 본성이 그를 덮쳤다—핏빛 붉은 코를 가진 혐오스런 짐승이 말이다. 홈즈가 그에게 들러붙었다. 홈즈 의사는 아주 규칙적으로 매일 왔다. 셉티머스는 우편 엽서 뒷면에 다 썼다. 일단 넘어지면, 인간 본성이 너를 올라탄다. 홈즈가 너를 지배한다. 유일한 기회는 홈즈 모르게 도망하는 것이었다. 이탈리아로—어디라도, 어디라도, 홈즈 의사에게서 벗어나서.

하지만 레지아는 그를 이해할 수가 없었다. 홈즈 의사는 너무나도 친절한 사람이었다. 그는 셉티머스에게 그렇게 관심을 가져주었다. 그는 단지 그들을 돕고 싶을 뿐이라고 말했다. 그녀는 그가 어린아이들이 넷이나 있고 그녀에게 차 마시러 오라고 청했다고 셉티머스에게 말했다.

그래 그는 버림받았어. 전 세상이 고함치고 있었다. 자살해라, 자살해라, 우리를 위해서. 하지만 왜 그가 그들을 위해서 자살해야 하나? 음식을 먹는 것은 기분이 좋았다. 태양은 뜨거웠다. 그런데 자신을 죽이는 이 일, 어떻게 그 일에 착수할 수 있지, 식탁용 칼로, 추하게, 피가 철철 흐르게 — 가스 파이프를 들이마실까? 그는 너무나도 약했다. 거의 손을 들어올릴 수도 없었다. 게다가, 죽으려고 하는 사람은 누구나 혼자이듯이, 이제 그는 온전히 혼자였고, 저주받았고, 버림받았기에, 거기에는 일종의 사치스러운 즐거움이 있었고, 숭고함이 넘치는 고독이 있었다. 애정으로 묶여 있는 자들은 결코 알 수 없는 자유로움이 있었다. 물론 홈즈가 이겼다, 빨간 코를 가진 그 짐승이 이겼다. 그러나 홈즈 그조차도 세상의 벼랑 끝을 방황하는 이 마지막 유체를 건드릴 수는 없었다. 이 버림받은 자는 사람들이 거주하고 있는 지역을 뒤돌아 바라보았고 익사한 선원처럼 세상의 해변에 누워 있었다. 바로 그 순간에 (레지아는 쇼핑을 하러 나갔다) 위대한 계시가 있었다. 한 목소리가 스크린 뒤에서 말했다. 에반스가 말하고 있었다. 죽은 자가 그와 함께 있었다.

"에반스, 에반스!" 하고 그는 외쳤다.

스미스 씨가 큰소리로 혼자서 이야기하고 있어요, 하녀 아그네스가 부엌에 있는 필머 부인에게 외쳤다. 그녀가 쟁반을 가지고 들어왔을 때, "에반스, 에반스" 하고 그가 말했다. 그녀는 펄쩍 뛰었다, 정말 그랬다. 그녀는 아래층으로 허둥지둥 달려 내려왔다.

그리고 레지아가 들어왔다. 꽃을 들고 방을 가로질러 걸어 들어와 화병에다 장미를 꽂았다. 그 위에 햇살이 곧바로 비쳤다. 햇살은 깔깔대고 웃으며 방 주위를 뛰어오르며 돌아다녔다.

거리의 불쌍한 사람에게서 장미를 사주어야만 했다고 레지아가 말했다. 하지만 그 장미들은 벌써 거의 다 죽었다고 장미를 꽂으며 그녀가 말했다.

그래 밖에 남자가 있었군, 생각건대 에반스겠지, 그리고 레지아가 반쯤은 죽었다고 말한 장미는 그가 그리스 들판에서 꺾었던 거겠지. "대화를 해야 건강해. 대화를 하는 것이 행복이야, 대화를 —" 그는 중얼거렸다.

"뭐라고 했어요, 셉티머스?" 레지아가 두려움에 질려 물었다. 왜냐하면 그는 혼자서 말하고 있었기 때문이다.

그녀는 아그네스에게 뛰어가 홈즈 의사를 모셔 오라고 보냈다. 남편이 미쳤다고 그녀는 말했다. 그녀를 거의 알아보지도 못했다.

"너 짐승 같은 놈아! 너 짐승 같은 놈아!" 인간 본성이, 실제로는 홈즈 의사가 들어서는 것을 보고서 셉티머스가 소리질렀다.

"도대체 이게 다 무슨 일이오?" 세상에서 가장 상냥하게 홈즈 의사가 말했다. "허튼소리를 해서 아내를 놀래키나요?" 하지만 무슨 약인지를 주어서 그를 재웠다. 만약 그들이 부자라면, 빈정대듯이 방 주위를 둘러보다가, 어떻게 해서든 할리 거리로 보낼 텐데, 홈즈 의사가 말했다. 만약에 나를 믿을 수 없다면 말이오, 홈즈 의사가 말했는데, 이제는 그렇게 친절해 보이지는 않았다.

정확하게 열두 시였다. 빅벤이 열두 시를 쳤다. 시계 치는 소리는 런던의 북쪽 지역 위를 가볍게 날아 다른 시계 소리들과 뒤섞이고, 구름과 희미한 연기와 흐릿하게 환상적으로 섞여 저 위 갈매기들 사이로 사라졌다 — 열두 시가 쳤을 때 클러리서 댈러웨이는 초록빛 드레스를 침대 위에 내려놓았고, 워렌 스미스 부부는 할리 거리를 걸어 내려가고 있었다. 열두 시가 그들의 약속 시간이었다. 집 앞에 회색빛 차가 서 있는 저 집이 아마도 윌리엄 브래드쇼 경의 집이리라 하고 레지아는 생각했다. 납으로 된 시계추의 둔중한 소리가 원을 이루며 공기 중에 녹아내렸다.

정말로 그랬다 — 윌리엄 브래드쇼 경의 차였다. 나지막하고 강력해 보이는 회색빛 차였으며 번호판 위에는 이름의 머리글자가 또렷하게 짜 맞추어져 있었다. 이 남자는 정신을 도와주는 사람, 과학의 사제이기 때문에 문장의 장대함은 어울리지 않는다는 듯이 말이다. 그리고 차가 회색이었기 때문에 차의 차분하고 모나지 않고 부드러운 인상과 어울리도록 회색빛 모피와 은회색 무릎덮개가 차 안에 쌓여 있었다. 그것들은 그의 아내가 차에서 기다릴 때 따뜻하게 해주기 위한 것이었다. 왜냐하면 때때로 윌리엄 경은 부자 환자들을 보러 60마일, 혹은 그 이상을 지방으로 내려가곤 했기 때문이다. 그들은 윌리엄 경이 아주 당연스럽게 자신의 충고의 대가로 청구하는 아주 엄청난 사례금을 낼 수가 있었다. 그의 아내는 무릎에 무릎덮개를 하고 한 시간 혹은 그 이상을 기다렸다. 뒤로 기대어 때로는 환자들을 생각했다. 때로는 그녀가 기다리는 시간시간마다 쌓이는 황금의 벽을 생각했는데 있을 수 있는 일이었다. 그 황금의 벽은 그들과 모든 변화들, 근심 걱정 사이에 쌓여서(그녀는 그런 것들은 용감하게 감당해내었다. 그들도 나름의 몸부림이 있었다) 마침내 단지 향료의 바람만이 불어오는 잔잔한 바다에 단단히 정착한 것처럼 그녀는 느꼈다. 존경받았고, 경탄들 했으며, 부러워들 했다. 더 이상 바랄 것이 거의 없었다. 하지만 그녀는 자신이 뚱뚱한 것이 유감스러웠다. 같은 직업의 사람들에게 성대한 만찬을 매주 목요일 저녁마다 베풀었다. 때때로 바자도 열어야 했다. 왕족들은 환영이었다. 한데 불행히도 남편과의 시간이 너무나도 없었다. 남편의 일은 점점 많아졌다. 아들은 이튼 학교[24]에서 잘하고 있었다. 딸도 있었으면 좋았을 텐데. 하지만 그녀는 관심 분야가 많았다. 아동 복지, 간질병 환자를 요양시키는 일, 그리고 사진. 그래서 만약에 교회 건물이나 쓰러져가는 교회를 보면 그녀는 교회지기를 매수하

24 잉글랜드 남부에 있는 사립학교로, 신사 교육을 전통으로 하고 상류 계층의 남학생만을 받아 모두 기숙사에 넣어 교육한다.

여 열쇠를 얻어 기다리는 동안에 사진을 찍었다. 그 사진들은 전문가들의 작품과 거의 구별할 수 없을 정도였다.

윌리엄 경 자신도 이제 더 이상 젊지 않았다. 그는 아주 열심히 일해왔으며, 자신의 자리를 순전한 능력으로 얻었고(그는 상인의 아들이었다), 자신의 직업을 사랑했고, 엄숙한 의식에서는 훌륭한 지도자 역할을 했으며 말을 잘했다—이 모든 것들이 그가 작위를 받았을 즈음에는 그에게 심각한 표정, 지친 표정을 주었다(환자들이 끊임없이 몰려왔고, 직업의 책임감과 특권은 짐스러웠기 때문에). 지친 표정은 잿빛 머리와 함께 그의 존재를 특출나게 두드러져 보이게 했으며, 그는 의술로 고통을 덜어주며, 거의 진단에서 실수가 없이 정확할 뿐만 아니라, 동정심이 있고 재치 있으며 인간의 영혼을 이해할 줄 안다는 평판(정신질환 환자들을 다루는 데에서는 아주 중요한 것이었다)을 얻게 하였다. 그들이 방으로 들어온 첫 순간에 그는 알 수 있었다(그들은 워렌 스미스 부부라고 하였다). 남자를 보자 즉각 그는 확신했다, 아주 위중한 환자였다, 완전한 신경쇠약 환자였다—신체적으로 정신적으로 극심한 신경쇠약으로 위중한 단계의 모든 증세를 보이고 있었다. 이삼 분 만에 그는 확인했다(핑크색 카드에 질문에 대한 대답을 적으며, 심각하게 중얼거렸다).

얼마나 오랫동안 홈즈 의사가 그를 돌보았나요?

6주요.

약간의 진정제를 처방했다고요? 아무런 이상도 없다고 했다고요? 아 그래요(그런 일반의들이란! 윌리엄 경은 생각했다. 그들의 잘못을 바로 잡는 데 그의 시간의 반 이상이 걸렸다. 어떤 것은 돌이킬 수 없었다).

"당신은 전쟁에 나가 무훈을 세웠다면서요?"

환자는 전쟁이라는 낱말에 의문을 표하듯이 되풀이해 말했다.

그는 상징적인 낱말들에 의미를 부가하고 있었다. 심각한 증세라고 카드에 적어두어야겠다.

"전쟁?" 환자는 물었다. 유럽 전쟁 — 남학생들이 화약을 가지고 장난했던 그 작은 난장판 말이오? 공을 세우며 복무했냐고? 그는 정말로 잊어버렸다. 전쟁, 바로 거기에서 그는 실패했다.

"네, 그는 아주 뛰어난 공을 세우며 복무했어요." 레지아는 의사에게 확신시켰다. "그는 승진했어요."

"그리고 사무실에서는 당신을 아주 높이 평가하고요?" 브루어 씨가 아주 관대하게 쓴 편지를 흘끗 보면서 윌리엄 경이 중얼거렸다. "그래서 당신은 아무것도 걱정할 것이 없군요. 어떤 재정적인 문제나 아무것도요?"

그는 끔찍한 범죄를 저질렀고 인간 본성에 의해서 죽음에 처하도록 저주받았다.

"나는 — 나는," 그는 말하기 시작했다. "범죄를 저질렀어요 —"

"그는 어떠한 잘못도 저지르지 않았어요." 레지아는 의사에게 확신시켰다. 만약 스미스 씨가 기다려주신다면 스미스 부인과 옆방에서 말하고 싶다고 윌리엄 경은 말했다. 그녀의 남편은 아주 심하게 아프다고 윌리엄 경은 말했다. 그가 자살하겠다고 위협했나요?

아! 그가 그랬어요, 하고 그녀는 외쳤다. 하지만 그 말은 진심이 아니에요. 그녀는 말했다. 물론 아니지요. 이것은 단지 휴식의 문제일 뿐이에요, 윌리엄 경은 말했다. 휴식, 휴식, 휴식, 침대에서 푹 쉬는 것 말이에요. 시골로 내려가면 아주 쾌적한 요양소가 있는데 그곳에서 남편을 완전하게 돌보아줄 겁니다. 떨어져 있어야 한다고요? 그녀는 물었다. 불행히도 그렇답니다. 우리가 가장 좋아하는 사람들은 우리가 아플 때는 별 도움이 안 된답니다. 하지만 그는 미치지 않았죠, 그렇죠? 윌리엄 경은 자기가 한번도 '정신이상'이라고 말하지는 않았다고 말했다. 그는 그것을 균형의 감각을 잃은 것이라고 불렀다. 하지만 남편은 의사들을 싫어해요. 그는 거기에 가는 것을 거부할 거예요. 짤막하게 하지만 친절하게 윌리엄 경은 그녀에게 병의 상태를 설명했다. 그가 자살하겠다고 위협했죠? 다른 방도가 없답니다. 이것은 원칙의 문제랍니다. 그는 시골에 있는 아름다운 집에서 누워 있을 거예요. 간호원들은 칭찬할 만하답니다. 제가 직접 일 주일에 한 번씩 그를 방문할 거예요. 물어볼 말이 더 없는 것이 확실하다면—그는 절대로 환자들을 재촉하지 않았다—남편에게 돌아가지요. 그녀는 물어볼 말이 더 이상 없었다—윌리엄 경에게는.

그래서 그들은 인간 중 가장 고귀한 자, 재판관을 직면하고 있는 범죄자에게 돌아왔다. 언덕 위에서 세상의 웃음거리가 된 산제물에게. 도망자, 물에 빠져 죽은 선원, 불멸의 시를 지은 시인에게, 삶에서 죽음으로 간 신에게, 셉티머스 워렌 스미스에게로, 그는 햇빛이 비치는 곳에서 팔걸이가 있는 의자에 앉아 궁중 예복을 입은 브래드쇼 부인의 사진을 멍하니 바라보며 아름다움에 관한 메시지를 중얼거리고 있었다.

"우리는 이야기를 좀 했습니다." 윌리엄 경이 말했다.

"그가 그러는데 당신은 아주, 아주 많이 아프대요." 레지아는 울부짖었다.

"당신이 요양소에 가도록 우리는 조처하고 있답니다." 윌리엄 경은 말했다.

"홈즈의 요양소들 중에 하나 말인가요?" 셉티머스는 빈정대었다.

이 친구는 인상이 고약하군. 윌리엄 경은 아버지가 장사꾼이었기 때문에 자연스럽게 훌륭한 예의범절과 의복을 중요시하였고 초라한 것을 보면 화가 났다. 더 깊은 이유는 결코 책을 읽을 시간이 없었던 윌리엄 경은 교양 있는 사람들에게 깊이 앙심을 파묻어 두고 있었다. 그들은 그의 방으로 들어와서는 모든 고귀한 지적 능력을 동원해 전력을 다하는 전문 의사들을 교육받지 못한 사람이라고 넌지시 비추곤 했다.

"제 요양소 중 하나랍니다, 워렌 스미스 씨." 그는 말했다. "거기서 당신에게 쉬는 것을 가르쳐드릴 것입니다."

그리고 단지 한 가지 더 할말이 있었다.

워렌 스미스 씨가 건강하다면 절대로 아내를 놀라게 할 사람이 아니라는 것을 그는 확신했다. 하지만 그는 자살하는 이야기를 했던 것이다.

"우리 모두는 나름의 우울한 순간들이 있답니다." 윌리엄 경은 말했다.

일단 넘어지면, 인간 본성이 너를 짓밟는다고 셉티머스는 혼자 중얼거렸다. 홈즈와 브래드쇼가 너를 짓밟는다. 그들은 사막을 찾아 헤매었다. 그들은 날카로운 소리를 지르며 광야로 날아갔다. 고문대와 나사로 엄지손가락을 죄는 고문 기구가 사용되었다. 인간 본성은 무자비했다. "때때로 그는 충동적으로 되나요?" 연필을 분홍색 카드에 대고 윌리엄 경이 물었다.

그것은 자신의 문제라고 셉티머스는 말했다.

"아무도 자신만을 위해서 살지는 않는답니다." 윌리엄 경은 말하며, 궁중 예복을 입고 있는 아내 사진을 흘끗 보았다.

"그리고 당신은 당신 앞에 밝은 장래가 약속되어 있잖아요." 윌리엄 경은 말했다. 테이블 위에는 브루어 씨의 편지가 놓여 있었다. "예외적으로 밝은 장래 말입니다."

하지만 그가 만일 고백한다면? 만약에 그가 알려준다면? 그래도 그들, 고문자들은 그를 놓아줄까?

"나는—나는—" 그는 더듬거렸다.

한데 그의 죄는 무엇이었지? 그는 기억할 수가 없었다.

"그래서요?" 윌리엄 경은 그를 격려하였다. (하지만 시간이 늦어지고 있었다.)

사랑, 나무들, 죄악은 없었다—그의 메시지는 무엇이었던가?

그는 그것을 기억할 수가 없었다.

"나는—나는—" 셉티머스는 더듬거렸다.

"되도록이면 자신에 대해서 생각하지 않도록 노력해보세요." 친절하게 윌리엄 경은 말했다. 정말로 그는 돌아다니게 두어서는 안 되었다.

더 묻고 싶은 다른 것은 없나요? 윌리엄 경이 모든 조처를 취하겠다고 (그는 레지아에게 작은 소리로 말했다) 그날 저녁 다섯 시에서 여섯 시 사이에 그녀에게 알려주겠다고 그는 작은 소리로 말했다.

"나에게 모든 걸 맡기세요"라고 말하며 그들을 보냈다.

결코, 결코 레지아는 그녀 평생에 그런 고통을 겪은 적이 없었다! 그녀는 도움을 요청했지만 버림받았다! 그는 그들을 실망시켰다! 윌리엄 브래드쇼 경은 좋은 사람이 아니었다.

그들이 거리로 나왔을 때, 저런 차를 유지하는 것만도 돈이 많이 들 거라고 셉티머스는 말했다.

그녀는 그의 팔에 매달렸다. 그들은 버림받았다.

하지만 그녀는 무얼 더 바라지?

그 환자들에게 그는 사십오 분이나 할애하였다. 게다가 어찌 되었건 우리가 전혀 알지 못하는 것—신경 체계, 인간 두뇌—과

관련이 있는 이 정밀 과학에서 의사가 자신의 균형 감각을 잃으면, 그는 의사로서 실패하는 것이었다. 우리는 건강해야 한다. 그리고 건강은 균형이었다. 그래서 한 사람이 당신 방에 들어와서는 자신이 그리스도라고 말하고(흔한 망상), 그들 대부분이 그러하듯이 메시지가 있다고 하고, 흔히 그러듯이 자살하겠다고 위협하면, 당신은 균형을 끌어내야 한다. 침대에서 쉴 것을 명해야 한다. 혼자서 쉬게, 침묵을 지키며 쉬게, 친구도, 책도, 메시지도 없이 쉬게, 육 개월을 쉬게 말이다. 드디어 47킬로그램의 몸무게인 사람이 들어가서 72킬로그램이 되어서 나오게 말이다.

균형, 신성한 균형, 윌리엄 경의 여신은 윌리엄 경이 병원으로 걸어다니고, 연어를 잡고, 브래드쇼 부인과 할리 거리에서 아들 하나를 낳으면서 얻은 것이었다. 브래드쇼 부인 그녀도 연어를 잡았고 전문가의 작품과 거의 구별할 수 없는 사진을 찍었다. 균형을 숭배하면서, 윌리엄 경은 자신뿐만 아니라, 영국을 번영케 했으며 나라의 미치광이들을 격리시켰고 아이들의 출생을 금했고, 절망을 벌주었으며, 부적격자들이 그들의 견해를 퍼뜨리는 것을 불가능하도록 만들었다. 마침내 그들 또한 그의 균형 감각—남자라면 자신의, 여자라면 브래드쇼 부인의 균형 감각(그녀는 수를 놓고 뜨개질을 했으며 일주일 중 나흘 저녁은 아들과 시간을 보냈다)—을 함께 공유하였다. 그래서 동료들은 그를 존경했고 아랫사람들은 그를 두려워할 뿐만 아니라 환자들의 친구들과 친척들도 그에게 큰 고마움을 느꼈다. 세상의 끝이나 신의 도래를 예언하는 이 예언자적인 남자 그리스도들과 여자 그리스도들이 윌리엄 경이 명령한 대로 침대에서 우유를 마셔야만 한다고 주장해주었기 때문이었다. 윌리엄 경은 이런 경우들에 대한 삼십 년 간의 경험, 이건 정신이상이야 하는 절대로 확실한 본능,

이 감각, 요컨대 균형 감각을 가졌다.

그러나 균형에게는 웃음이 거의 없는, 훨씬 무서운 자매가 있었다. 그 여신은 바로 지금도—인도의 열기와 모래 가운데에서, 아프리카의 진흙과 늪에서, 런던의 변두리 지역에서, 요컨대 기후나 악마가 인간들에게 그녀 자신의 진실한 신념을 저버리도록 유혹하는 곳 어디에서나—지금조차도 신전을 때려부수고 우상을 깨트리고 그들 자리에 자신의 엄격한 얼굴 표정을 수립하고 있었다. '전환'이 그녀의 이름이었다. 그녀는 약한 자들의 의지에다 향연을 베풀었다. 기억에 새겨넣고 권위를 가지고 강요하는 것을 좋아했으며, 자기 자신의 모습을 서민들의 얼굴 위에 새기는 것을 사랑했다. 하이드 파크 나무통 위에 서서 그녀는 설교하였다. 흰 천으로 자신을 감싸고 회개하는 듯이 형제의 사랑으로 위장하고 공장들과 의회들을 돌아다녔다. 도움을 주겠다고 했지만 권력을 원했다. 대체로 의견을 달리하는 자들과 불만족해하는 자들에게 그녀의 길에 방해가 되지 않도록 일격을 가했다. 우러러보며 그녀의 눈에서 그들 자신들의 빛을 유순하게 받는 자들에게는 자신의 축복을 내렸다. 이 숙녀가 또한 (레지아 워렌 스미스는 본능적으로 알아챘다) 윌리엄 경의 가슴속에도 자리잡고 있었다. 일반적으로 그러듯이 비록 그녀가 어떤 그럴듯한 위장 아래 숨어 있기는 했지만 말이다. 어떤 훌륭한 명목, 사랑이나 의무, 자기 희생 같은 것들 아래 말이다. 그가 어떻게 일했던가—얼마나 수고하며 기금을 모으고 개혁을 전파하고 협회들을 창시했던가! 그러나 전환, 까다로운 여신은 벽돌보다는 피를 더 사랑했으며, 아주 교활하게 인간 의지에다 향연을 열었다. 브래드쇼 부인의 예를 들어보자. 십오 년 전에 그녀는 굴복하였다. 정확하게 말할 수 있는 어떤 일은 아니었다. 어떤 소동을 부리거나 어떤 시끄러운 잔소리도 없었다. 단지 서서히 물이 배어들듯이 그녀의 의지가 그의 의지 속으로 흡수되었다. 그녀의 미소는 달콤했고, 그녀의 복종은 재빨랐다. 할리 거리에서의 만찬은 여덟 내지는 아홉 코스에 이르는 것이었는데 열 명이나 열다섯 명 정도의 같은 직업을 가진 계층들에게 베풀어졌으며 품위가 있고 세련되었다. 단지 저녁이 무르익어가면, 아주 약간의 지루함이 혹은 어쩌면 불안함, 신경질적인 경련, 어색함, 실수, 혼돈이 드러났지만, 정말로 믿기 어려운 것은—그 불쌍한 숙녀가 속이고 있다는 것이다. 아주 오래 전 한때 그녀는 자유롭게 연어를 잡았었다. 이제 그녀는 지배와 권세를 누리려 그렇게 번득이는 남편의 눈에 켜진 열망을 재빨리 만족시키느라 속박하고, 강압하고, 불필요한 것을 제거하고, 도려냈으며, 주춤거리다, 몰래 엿보곤 했다. 그래서 무엇이 저녁을 불쾌하게 만들고 머리 꼭대기에 이런 중압감을 일으키는지 정확하게 모른 채 (직업에 관한 대화나 위대한 의사들의 피로 탓으로 돌릴 수도 있다. 그들의 삶은 '그들 개인의 것이 아니라 환자의 것'이라고 브래드쇼 부인은 말했다) 불쾌해했다. 그리고 손님들은 열 시가 치자 할리 거리의 공기를 황홀해하기까지 하면서 들이마셨다. 이런 구원은, 하지만, 그의 환자들에게는 거부되었다.

벽에는 그림이 걸려 있고 비싼 가구가 있는 거기 회색빛 방, 젖빛 유리창에 비쳐드는 햇볕 아래에서, 그들은 자신들의 죄과의 정도를 깨달았다. 팔걸이 의자에 웅크리고 앉아서 그들은 자신들을 위하여 한다는 그의 진기한 팔 운동을 바라보았다. 팔을 바깥으로 내밀었다가는 엉덩이로 다시 가져오며, (만약에 환자들이 고집을 부린다면) 윌리엄 경 자신은 마음대로 행동할 수 있으나 환자들은 그렇지 않다는 것을 입증해보였다. 거기서 몇몇 나약

한 자들은 이성을 잃고 흐느껴 울며, 순순히 따랐다. 다른 이들은 신만이 아시겠지만 어떤 도를 넘는 정신이상 탓인지 윌리엄 경을 맞대놓고 저주스러운 사기꾼이라고 불렀다. 훨씬 더 무례하게도 삶 그 자체에 의문을 제기하기도 했다. 왜 살죠? 그들은 대답을 요구했다. 윌리엄 경은 삶은 좋은 것이라고 대답했다. 물론 타조 털을 입은 브래드쇼 부인 사진이 벽난로 위쪽에 걸려 있었고, 그의 수입으로 말하자면 일 년에 만이천 파운드나 되었다. 하지만 우리에게 삶은 그런 혜택을 주지 않았다고 그들은 이의를 제기했다. 그도 동의했다. 그들은 균형 감각이 부족했다. 그리고 어쩌면, 결국은 신은 없는지도? 그는 어깨를 으쓱했다. 요컨대, 이렇게 살든 안 살든 우리만의 문제가 아닌가? 하지만 거기서 그들은 착각했다. 윌리엄 경은 서레이에 한 친구가 있었는데 그는 거기서 윌리엄 경이 솔직히 어려운 기술로 인정하는 것—균형 감각을 가르쳤다. 더욱이 가족간의 애정, 명예, 용기, 그리고 밝은 장래가 있었다. 이 모든 것들이 윌리엄 경이 옹호하는 단호한 투사들이었다. 만약 그것들이 그를 실망시키면, 그는 경찰과 사회 혜택에 의지하여야만 했다. 그것들이 무엇보다도 좋은 혈통을 갖지 못해 생긴 이런 비사회적인 충동들을 저 아래 서레이에서 억제하는 것을 맡으리라고 그는 아주 조용히 말했다. 그리고 나서 그 여신은 숨어 있는 장소에서 몰래 나와 그녀의 왕좌에 올라 앉았다. 그녀의 욕망은 반대자를 짓밟고, 다른 사람들의 안식처에 자신의 이미지를 지울 수 없게 새기는 것이었다. 발가벗기운 채로, 방어할 수도 없이 지친 자들, 친구도 없는 자들이 윌리엄 경의 의지를 새겨받았다. 그는 갑자기 덮쳐서는 삼켜버렸다. 그는 사람들을 가두었다. 이런 결단력과 인간애가 결합하여 그의 희생자들의 친척들이 윌리엄 경을 사랑하게 하였다.

그러나 레지아 워렌 스미스는 할리 거리를 걸어 내려오면서 그 남자가 싫다고 외쳤다.

갈기갈기 찢어 얇게 저미고, 나누고 다시 작게 구분하면서 할리 거리의 시계들은 유월의 날을 조금씩 갉아먹어갔다. 복종하라고 충고했고, 권력을 옹호했으며, 한 목소리로 균형 감각의 더할 나위 없는 이점을 지적했다. 마침내 작은 산처럼 쌓아올린 시간이 아주 크게 줄어들면서 옥스포드 거리 가게 위에 걸려 있는 시계가 한 시 반이라고 진지하고 우애롭게 알렸다. 마치 그 정보를 무료로 알리는 것이 리그비 씨와 로운드즈 씨에게 기쁨이기라도 한 듯이 말이다.

위를 올려다보니, 그들 이름의 글자들이 한 시간, 한 시간을 상징하는 것처럼 보였다. 사람들은 그리니치가 인가한 표준시를 알려주는 리그비와 로운드즈 상점을 어렴풋이 의식하며 감사해했다. 그리고 이 감사함은 (그렇게 휴 휘트브레드는 심사 숙고하며 거기 상점 진열장 앞에서 어슬렁거렸다) 나중에 리그비와 로운드즈 양말과 구두를 사치우는 일로 나타났다. 그렇게 그는 되새겼다. 그것은 그의 습관이었다. 그는 깊이 접근하지는 않았다. 그는 표면들만 살짝 스치고 지나쳤다. 죽은 언어들, 살아 있는 언어들, 콘스탄티노플, 파리, 로마 등지에서의 삶, 한때는 말을 타고 사냥을 하고 테니스를 치는 일도 그랬다. 악의에 찬 자들은 그가 실크 스타킹과 무릎까지 오는 바지를 입고 버킹엄 궁전 앞에서 아무도 알지 못하는 어떤 것을 지키고 있다고 주장했다. 그러나 그는 지극히 효과적으로 그 일을 했다. 오십오 년 동안 그는 영국 사교계 최상류층 인사들 사이에서 맴돌았다. 그는 수상들과 잘 알고 지냈었다. 그는 애정이 깊은 사람으로 알려졌다. 그리고 그가 당시의 어떤 중요한 움직임에 참여하거나 중요한 직책을 맡지 않은 것이 사실이라 할지라도, 한두 가지 소박한 개혁은 칭찬할 만한 일이었다. 공공 시설을 개선한 것이 그 하나였고 노포크에서 부엉이들을 보호한 것이 다른 하나였다. 하녀들은 그에게 감사할 만한 이유가 있었다. 이런저런 기금들을 모으고, 대중들에게 보호하고 보존하라고, 어질러진 쓰레기를 깨끗이 치우라고, 담배를 줄이고, 공원에서의 부도덕 행위를 뿌리뽑자고 호소하는 『타임스』지로 보내진 편지들 맨 마지막에 서명된 그의 이름은 존경받을 만했다.

잠시 동안 (삼십 분을 알리는 소리가 사라져갈 때) 양말과 구두를 흠잡으며 거드름을 피우며 바라보느라 잠시 멈추었을 때 그는 또한 당당한 모습이었다. 마치 세상을 어느 높은 자리에서 바라보는 듯이 나무랄 데가 없었으며 실력자였으며, 옷도 잘 어울리게 입었다. 하지만 역량과 부, 건강에 수반되는 의무를 확실히 이해하고, 절대적으로 필요하지 않을 때조차도 사소한 친절들과 진부한 예절들을 아주 꼼꼼하게 지켰다. 그것은 그의 예의범절에 어떤 특성을, 본받을 만한 어떤 것을, 그를 기억하게 하는 어떤 것을 부여하였다. 예를 들면, 지난 이십 년간 알아온 브루톤 여사와 식사할 때, 언제나 한 다발의 카네이션을 내밀었고, 브루톤 여사의 비서인 브러쉬 양에게 비록 그녀가 모든 면에서 여성다운 매력이 부족했지만 남아프리카에 있는 그녀 동생의 안부를 물었다. 무슨 이유에서인지 브러쉬 양은 이것을 너무나도 불쾌하게 여겼다. 그래서 "감사합니다, 그는 남아프리카에서 아주 잘하고 있어요" 하고 말했지만, 실은 그는 육 년 동안 포츠머드에서 아주 엉망으로 지내고 있었다.

브루톤 여사는 바로 뒤에 도착한 리처드 댈러웨이를 더 좋아했다. 실지로 그들은 문간 층계에서 만났다.

물론 브루톤 여사는 리처드 댈러웨이를 더 좋아했다. 그는 훨씬 더 세련된 자질을 가졌다. 그러나 그녀는 그들이 가엾은 사랑스런 휴를 험담하게 내버려두지는 않았다. 그녀는 결코 그의 친절을 잊을 수가 없었다—그는 정말로 남다르게 친절했다—정확하게 어떤 경우였는지는 잊어버렸지만. 그러나 그는—매우 친절했다. 어쨌든 한 남자와 다른 남자 사이의 차이점은 별게 아니었다. 그녀는 클러리서 댈러웨이가 그러듯이—그들을 구별 짓고 다시 무리 지우는—사람들을 구별 짓는 의도를 결코 알 수 없었다. 어쨌든 예순둘이라면 그러면 안 되었다. 그녀는 휴의 카네이션을 딱딱하고 단호한 미소를 띠며 받았다. 아무도 더 올 사람이 없다고 그녀는 말했다. 그녀는 곤경에서 빠져나가기 위해 거짓 핑계를 대며 그들을 불렀다—

"한데 우선 식사를 하죠." 그녀는 말했다.

그래서 에이프런을 두르고 하얀 캡을 쓴 하녀들이 스윙 도어로 소리도 내지 않고 흠잡을 데 없이 들락날락하는 일이 시작되었다. 부득이 하녀가 된 이들이 아니라, 한 시 반에서 두 시까지 메이페어의 안주인들이 요구하는 불가사의한 웅대한 농간을 이루어내는 명수들이었다. 그때 안주인이 손을 흔들면 움직임이 멈추었고, 우선은 음식에 대해 이런 심오한 환상—이것은 돈으로 지불하는 것이 아니다!—이 솟아올랐다. 그리곤 테이블이 저절로 유리잔과 은그릇, 작은 접시 깔개, 빨간 과일 무늬가 있는 접시로 차려졌다. 고동색 크림이 얇은 막처럼 가자미를 덮고 있었다. 몇 부분으로 잘라 요리한 닭이 찜냄비 국물에 잠겨 있었고, 가정용이 아닌 컬러 스토브에 불이 타올랐다. 와인과 커피(돈을 지불하지 않는)와 함께 밝은 환상이 생각에 잠긴 눈 아래 떠올랐다. 조용히 사색에 잠긴 눈 아래, 삶이 감미롭고 신비스럽게 보이는 눈 아래에서 말이다. 이제 그 눈은 브루톤 여사가 (그녀의 움직임은 언제나 딱딱했다) 접시 곁에 내려놓은 빨간 카네이션의 아름다움을 기분 좋게 바라보며 빛났다. 그래서 휴 휘트브레드는 온 세상과 의좋게 지내는 것처럼 느꼈고 동시에 자신의 훌륭한 지위를 완전히 확신하며, 포크를 멈추며 말했다.

"당신 레이스에 달면 꽃들이 매혹적으로 보이지 않을까요?"

이렇게 허물없이 구는 것에 브러쉬 양은 극도로 분개했다. 본데 없이 자란 사람이라고 그녀는 생각했다. 그녀는 브루톤 여사를 웃게 만들었다.

브루톤 여사는 카네이션을 들어서 다소 뻣뻣하게 잡았다. 그녀 뒤에 있는 초상에서 장군이 전언을 들고 있는 것과 똑같은 자세였다. 그녀는 여전히 움직이지 않고 깊은 명상에 잠겨 있었다. 자 그녀가 어떻게 되더라, 장군의 증손녀던가? 고종손녀던가? 리처드 댈러웨이는 자신에게 물었다. 로드릭 경, 마일 경, 탈보트 경 — 그렇지. 어떻게 그 집안의 닮은 생김새가 여자들에게 존속되는지 진기했다. 바로 그녀가 영국 육군 기병 장군이어야 했다. 그러면 리처드는 그녀 밑에서 기분 좋게 근무했을 것이다. 그는 그녀를 대단히 존경했다. 명문가의 잘 갖춘 노부인들에 대해서 그는 이런 낭만적인 견해를 소중히 간직했다. 그래서 자기 식대로 기분이 좋아서 친지 중 몇몇 성급한 젊은이들을 그녀와 오찬하는 데 데려오고 싶었다. 마치 그녀와 같은 유형의 사람을 차 마시는 일에 열광적인 상냥스런 이들[25]에게서 길러낼 수가 있기나

25 울프가 살던 당시나 전반적으로 빅토리아 시대의 여자들(물론 일할 필요가 없는 중산층 이상의 여인을 의미하는 것이지만)에게 주요한 일이란 다른 이들의 집을 방문하든지 집에 손님을 맞든지 간에 차를 나누며 담소를 하는 것이었다. 여기서 리처드의 생각은 단순히 브루톤 부인을 높이 평가하는 것으로 끝나지 않고, 대부분의 여자들이 차마시는 일이나 즐기는 사람들로 남자에 비해 열등하다는 것을 내포하고 있다.

한 것처럼 말이다! 그는 그녀가 어떤 지방 사람인지를 알았고 그녀의 문중을 알았다. 여전히 과실을 맺는 포도 넝쿨이 있고, 러블레이스[26]인지 헤릭[27]인지가 — 그녀 자신은 결코 시 한 자도 읽지 않지만 이야기는 그렇게 이어졌다 — 그 넝쿨 아래 앉았었다. 자신을 성가시게 하는 질문을 (대중들에게 호소하는 것에 관한 것이었는데, 만약 한다면, 어떤 말투로 하느냐 등등의 문제 말이다) 그들에게 하기 전에 기다리는 것이 낫겠지. 그들이 커피를 마실 때까지 기다리는 것이 낫겠다고 브루톤 여사는 생각했다. 그래서 카네이션을 접시 옆에다 내려놓았다.

"클러리서는 잘 지내나요?" 그녀는 갑자기 물었다.

클러리서는 언제나 말하길 브루톤 여사는 자신을 좋아하지 않는다고 했다. 실제로 브루톤 여사는 사람들보다는 정치에 더 관심이 있다는 소문이 있었다. 남자처럼 말하고 팔십년대에 있었던 어떤 음모에 관계가 있다는 소문이었다. 그리고 그것은 이제 회고록에 언급되어지려 하고 있었다. 분명 그녀의 거실에는 작은 방이 있었고 그 작은 방에는 책상이 있고 그 책상 위에는 이제는 타계한 탈보트 무어 장군의 사진이 있었다. 거기에서 그는 (팔십년대의 어느 저녁에) 브루톤 여사가 있는 앞에서 영국 군대에게 역사적인 때에 진격하라는 전보를 썼다. 그녀가 보고 있는 가운데, 아마도 조언을 받으면서 썼으리라. (그녀는 그 펜을 간직했고 그 이야기를 했다.) 그래서 그녀가 "클러리서는 어떻게 지내요" 하고 스스럼 없이 말했을 때, 남편들은 그녀가 여인들에게 관심이 있다는 것을 아내에게 설득하는 데 애를 먹었으며, 실지로 아무리 충직하다 해도 그들 자신도 은근히 의심스러워했다. 여인들

26 1618~1658, 영국의 시인.
27 1591~1674, 영국의 시인.

은 종종 남편의 길을 가로막았고 그들이 해외에서 직책을 맡는 것을 방해했으며, 개회 중간에 감기가 낫도록 바닷가로 데려가야만 했다. 그럼에도 불구하고 "클러리서는 어떻게 지내요?" 하고 묻는 그녀의 질문은 남의 행복을 비는 사람, 거의 말이 없는 친구로부터의 징표로 아주 확실하게 여인들에게 알려져 있었다. 그녀의 말은 (평생을 통틀어 아마도 여섯 번 정도이겠지만) 남성적인 오찬 파티 아래에 흐르는 브루톤 여사와 댈러웨이 부인을 결합시키는 어떤 여성간의 동지 의식을 인지하는 것을 의미했다. 그들은 좀처럼 만나지 않았으며 마침내 만났을 때는 이례적인 굴레 안에서 무관심하거나 심지어는 적대적인 것처럼 보였다.

"오늘 아침에 공원에서 클러리서를 만났어요." 휴 휘트브레드는 찜을 먹는 데 열중한 채로 냄비를 뒤적이면서 말했다. 런던에 오기만 하면 그는 모든 이들을 한꺼번에 만나게 되기 때문이었다. 하지만 밀리 브러쉬는 탐욕스럽다고, 그가 알았었던 남자 중 가장 탐욕스러운 남자라고 생각했다. 그녀는 흔들리지 않고 엄정하게 남자들을 관찰했으며, 특별히 자신과 성性이 같은 여성에게 영원히 헌신적일 수가 있었다. 그녀는 여드름이 나고 긁힌 상처에 말라빠졌는데, 여성적인 매력이라고는 전혀 없었다.

"누가 런던에 왔는지 알아요?" 브루톤 여사는 갑자기 생각해내며 말했다. "우리의 오랜 친구, 피터 월쉬랍니다."

그들 모두 미소 지었다. 피터 월쉬! 댈러웨이 씨는 정말로 기뻐한다고 밀리 브러쉬는 생각했다. 그리고 휘트브레드 씨는 단지 자신이 먹는 닭 생각만 한다고 생각했다.

피터 월쉬! 브루톤 여사, 휴 휘트브레드, 그리고 리처드 댈러웨이, 모두 똑같은 것을 기억했다—얼마나 열정적으로 피터는 사랑에 빠졌었던가, 거절당하곤 인도로 가서 실패하고 일을 엉망으로 만들었다. 그리고 리처드 댈러웨이는 그 사랑스런 옛 친구를 또한 몹시 좋아했다. 밀리 브러쉬는 그것을 알았다, 그의 갈색 눈에서 깊이를 보았다, 그가 망설이며 생각하는 것을 보았다, 언제나 댈러웨이 씨가 그녀의 관심을 끌었던 것처럼, 그것이 그녀에게 흥미로웠다. 피터 월쉬에 대해서 무슨 생각을 할까? 그녀는 궁금했다.

피터 월쉬가 클러리서를 사랑했다는 것일까? 점심식사가 끝나자마자 곧장 클러리서에게 돌아가겠다고 생각할까. 너무도 많은 말들로 그녀를 사랑한다고 말할 것이라고 생각할까, 그래 그는 그럴 거야.

한때 밀리 브러쉬는 이런 침묵을 거의 사랑하기까지 했다. 게다가 댈러웨이 씨는 언제나 너무나도 믿음직스러웠다, 훌륭한 신사이기도 했다. 이제는 사십이 되어 브루톤 여사가 고개만 까딱해도, 약간 갑작스럽게 머리를 돌리기만 해도, 밀리 브러쉬는 신호를 알아채었다. 아무리 깊이 초연한 정신, 인생이 속일 수 없는 타락하지 않은 영혼에 관한 이런 생각들에 잠겨 있었다 해도 말이다. 왜냐하면 인생은 그녀에게 하찮은 것조차도 주지 않았기 때문이다. 곱슬머리도, 미소도, 입술, 뺨, 코 같은 어떤 것도 주지 않았다. 브루톤 여사는 단지 고개를 까딱했는데, 서둘러 커피를 가져오라고 퍼킨스에게 지시했다.

"그래요, 피터 월쉬가 돌아왔어요." 브루톤 여사가 말했다. 그것은 막연히 그들 모두를 즐겁게 하였다. 그는 돌아왔다. 난파당하고, 성공하지 못한 채로, 그들의 안전한 해안으로 말이다. 하지만 그를 도와주는 것은 불가능하다고 그들은 생각하였다. 그는 성격상에 결점이 있었다. 그의 이름을 누구누구에게 얘기해줄 수 있다고 휴 휘트브레드는 말했다. 하지만 정부의 장관들에게 "나의 옛 친구 피터 월쉬" 등등 하고 편지 쓸 생각에 그는 울적해지고, 거드름을 피우며 주름살을 지었다. 하지만 그것은 괜찮은 것— 영구적인 어떤 자리로 연결되지는 못하리라. 성격 탓이었다.

"어떤 여인과 문제가 있대요" 하고 브루톤 여사는 말했다. 그들 모두는 그것이 배후에 깔려 있다는 것을 짐작했다.

"하지만, 피터 자신에게서 이야기 전부를 들어봐야만 해요." 그 얘기를 그만 하기를 바라며 브루톤 여사는 말했다.

(커피는 아직도 나오고 있지 않았다.)

"주소는요?" 휴 휘트브레드가 중얼거렸다.

매일매일 브루톤 여사 주변으로 밀려오는 봉사라는 잿빛 흐름에 당장에 잔물결이 일었다. 그 흐름은 섬세한 조직 속으로 그녀를 모아들이고 가로막고 감싸 안았다. 그래서 그 섬세한 조직은 충격을 분쇄하고, 방해하는 고통을 누그러뜨렸으며, 브룩 거리에 있는 집 주위에 섬세한 그물을 펼쳐 거기에 문제들이 맡겨졌고, 그러면 잿빛으로 머리가 센 퍼킨스가 곧 정확하게 처리했다. 그녀는 지난 삼십 년 간 브루톤 여사 시중을 들어왔고, 지금 주소를 적어 그것을 휘트브레드 씨에게 건네주었다. 그는 수첩을 꺼내, 눈살을 치켜 올리며 그것을 가장 중요한 서류 사이에다 끼어넣으며, 애버린에게 그를 점심식사에 초대하게 하겠다고 말했다.

(휘트브레드 씨의 식사가 끝나면 커피를 가져오려고 그들은 기다리고 있었다.)

휴는 아주 느리다고 브루톤 여사는 생각했다. 그가 살이 쪄간다는 것을 그녀는 알아챘다. 리처드는 언제나 아주 원기 왕성했다. 그녀는 초조해져갔다. 자신의 관심을 끌고 있는 주제 때문에 그녀의 전 존재가 이 모든 쓸데없는 사소한 일들(피터 월쉬와 그의 사랑놀음)을 분명하게, 불가피하게 강압적으로 털어버리기로 작정했다. 허긴 단지 관심뿐만 아니라 그녀의 영혼의 잣대인 그 기질, 그것이 없다면 밀리센트 브루톤은 밀리센트 브루톤일 수가 없는 그녀의 본질적인 부분을 사로잡고 있었다. 그것은 이민해 잘살 수 있다는 유망한 전도를 갖고 점잖은 부모들에게서 태어난 젊은 남녀를 캐나다에 이주시키려는 계획이었다. 그녀는 과장해서 말하고 있었다. 아마 그녀도 균형 감각을 잃어버렸나 보다. 다른 사람들에게 이민은 정확한 처방이나 숭고한 생각이 아니었다. 그들에게(휴나 리처드나, 심지어는 헌신적인 브러쉬 양에게조차) 그것은 쌓이고 쌓인 자기 중심 성향에서 크게 벗어난 것이 아니었다. 그것은 잘 양육되고 혈통이 좋으며 충동이 노골적이고 감정이 솔직하여 거의 내적 성찰이 없는 (너그럽고 단순한—왜 모든 사람이 너그럽고 단순하지 못할까? 그녀는 물었다) 강하고 호전적인 여인이 자신에게서 일어나는 것을 느낀 이기주의였던 것이다. 일단 젊음은 다 지나갔고 무엇인가의 대상에—이민일 수도 있고 해방일 수도 있었다—분출하여야만 했다. 하지만 그것이 무엇이 되었던지 간에 그녀의 영혼이 매일 그 주변에 영혼의 진수를 분비해내는 이 대상은 필연적으로 변화가 무쌍했으며 반은 거울이었고, 반은 귀중한 보석이었다. 사람들이 비웃을 것 같을 때는 조심스럽게 숨겨졌고, 어떤 때는 자랑스럽게 내보였다. 간단히 말해 이민 문제는 크게는 브루톤 여사 자신의 문제가 되어버렸다.

그러나 그녀는 편지를 써야만 했다. 그리고 『타임스』지에 쓰는 편지 한 통이 남아프리카로 가는 탐험대를 조직하는 것보다 더 수고스러운 일이라고 브러쉬 양에게 말하곤 했다. 아침 내내 쓰기 시작하고는 찢고 다시 시작하느라 싸우고 난 뒤, 그녀는 다른 경우에 느껴본 적이 없었지만, 자신이 여자인 것이 무익하다고 느끼곤 했다. 그래서 휴 휘트브레드를 생각해내며 고마워하고 의지하였다. 그는—아무도 의심할 여지가 없었는데—『타임스』지에다 편지 쓸 줄 아는 재주를 갖고 있었다.

그녀 자신과는 너무나도 다르게 형성되어진 존재였고 놀라운 언어 구사력을 갖고 있었다. 편집자가 넣기를 원하는 것들을 써넣을 수 있었다. 단순히 탐욕이라고 부를 수는 없는 정열을 가지고 있었다. 남자들은 우주의 법칙을 주장하는 면모에서 신비할 정도로 일치했는데, 그것이 존경스러워 브루톤 여사는 그들에 관한 판단을 자주 보류하였다. 하지만 여자들은 아니었다. 남자들은 어떻게 문제들을 설명할 수 있는지를 알았고 말해진 것이 무엇인지를 알았다. 그래서 만약에 리처드가 그녀에게 조언을 해주고 휴가 그녀를 위하여 편지를 써준다면 어찌되었든지 옳다고 확신하였다. 그래서 그녀는 휴가 수플레를 먹게 내버려두었고 가련한 애버린의 안부를 물었다. 그들이 담배를 피우기까지 기다려 그때서야 말했다.

"밀리, 종이 좀 가져다줄래요?"

그래서 브러쉬 양은 나갔다가 돌아와서, 종이를 탁자 위에 놓았다. 휴는 만년필을 꺼냈다. 은색 만년필, 그것을 이십 년이나 사용하였다고 뚜껑을 돌려 열며 그는 말했다. 그것은 여전히 아주 좋은 상태였다. 그는 만년필을 제조업자들에게 보였었다. 그것이 닳아서 쓸모 없게 될 리가 없다고 그들은 말했다. 그 말은 어찌된 일인지 휴를 명예롭게, 그의 펜이 표현해가는 감정을 훌륭하게 했다(그렇게 리처드 댈러웨이는 느꼈다). 휴가 조심스럽게 여백에 둥근 원을 만들며 대문자로 써 내려가기 시작하고, 그래서 경이롭게도 브루톤 여사의 혼란을 의미 있게, 문법에 맞게 만들어갈 때 믿기지 않게 변형되어가는 것을 지켜보면서, 『타임스』

지의 편집자가 틀림없이 존중할 그런 것이라고 브루톤 여사는 느꼈다. 휴는 느렸다. 휴는 완고하였다. 위험을 감수해야 한다고 리처드는 말했다. 사람들의 감정을 존중하여 부분적으로 수정할 것을 휴는 제안하였다. 리처드가 웃었을 때, 다소 신랄하게 "고려되어야만 해"라고 말했다. 그리고 소리 내어 읽었다. "그러므로 어떻게 우리가 때가 무르익었다고 생각하는지…… 우리의 계속 증가하는 인구 중 너무 많은 젊은이들을…… 우리가 죽은 자에게 빚진 것을……" 그것은 모두 부질없는 소리고 헛소리라고 리처드는 생각했다. 하지만 물론 거기에는 아무런 나쁠 것도 없었다. 그리고 휴는 가장 고귀한 귀족의 감정들을 철자순으로 나열하며 초고를 계속 써나갔다. 조끼에서 담뱃재를 털어내면서, 때때로 그들이 그때까지 이룬 진행 상황을 요약하였다. 마침내 그는 편지의 초고를 큰 소리로 읽었고 브루톤 여사는 훌륭하다고 확신했다. 그녀 자신이 의미한 것이 저처럼 훌륭하게 들릴 수가 있을까?

편집자가 그것을 집어넣어줄는지는 휴가 보장할 수 없었다. 하지만 그는 오찬회에서 누군가를 만나리라.

때문에 좀체로 호의를 표시하지 않는 브루톤 여사는 휴의 카네이션 전부를 드레스의 앞자락에 온통 채우며, 손을 내밀며 그를 "나의 수상"이라고 불렀다. 그들 둘이 없다면 그녀가 무엇을 할 수 있을지 알 수 없었다. 그들은 일어섰다. 그리고 리처드 댈러웨이는 습관대로 장군의 초상화를 보려고 어슬렁어슬렁 걸어갔다. 왜냐하면 그는 시간이 있게 되면 언제든지 브루톤 여사 일가의 역사를 쓰려 하고 있었기 때문이다.

그리고 밀리센트 브루톤은 자신의 가문을 아주 자랑스러워했다. 하지만 그들은 기다릴 수 있다고, 기다릴 수 있다고 초상화를 쳐다보며 그녀는 말했다. 군인들, 행정관들, 해군 제독들이 많은 그녀 집안 사람들은 진취적인 기상을 가진 이들이며, 의무를 다할 줄 아는 이들이라는 의미였다. 리처드의 첫 번째 의무는 조국에 있어요. 그런데 잘생긴 얼굴이지요,라고 그녀는 말했다. 그리고 그때가 언제 오더라도 모든 서류는 이미 아래 알드믹스톤에 리처드를 위해 준비되어 있었다. 물론 그때란 노동당 정부가 들어서는 것을 의미했다. "아, 인도 소식 좀 들었으면!" 그녀는 외쳤다.

그리곤 그들은 홀에 서서 공작석으로 만든 테이블에 있는 넓적한 단지에서 노란 장갑을 집어 들었다. 그리고 휴는 브러쉬 양에게 아주 불필요하게 예의를 갖추며 몇 장의 버리는 표나 어떤 찬사들을 보내곤 하였다. 가슴 밑바닥서부터 미워하며 벽돌같이 붉게 그녀는 얼굴을 붉혔다. 리처드는 브루톤 여사에게 돌아서며 손에 모자를 들고 말했다.

"오늘 저녁 저의 집 파티에서 뵐 수 있겠죠?" 그 말에 브루톤 여사는 편지 쓰는 일이 부숴버렸던 기품을 되찾았다. 그녀는 갈 수도 있고 혹은 가지 못할 수도 있다. 클러리서는 놀라운 에너지를 가졌다. 파티는 브루톤 여사를 질겁하게 했다. 게다가 그녀는 늙어가고 있었다. 그렇게 그녀는 문간에 서서 넌지시 알려주었다. 당당하고 아주 곧바른 자세로. 그러는 동안 그녀의 차우차우 개는 뒤에 쭉 뻗고 누웠고 브러쉬 양은 손에 종이를 가득 들고 눈에 띄지 않게 사라졌다.

그리고 브루톤 여사는 육중하고 당당하게, 방으로 올라가서 한 팔을 뻗고 소파에 누웠다. 그녀는 한숨을 쉬었고 코를 골았다. 하지만 그녀가 자는 것은 아니었다. 단지 나른하고 몸이 무거웠다. 나른하고 무거웠다. 이 더운 유월에 벌들이 주위를 날아 돌아다니고 노란 나비가 있는 햇빛 아래 클로버 벌판과도 같았다. 언제나 그녀는 저 아래 데본셔의 그런 들판으로 돌아갔다. 거기서 그녀는 남자 형제들인 머티머, 톰과 함께 자신의 조랑말 패티를 타고 시냇물들을 뛰어 넘어다녔다. 개들도 있었고 쥐들도 있었다. 아버지와 어머니는 나무 아래 잔디밭에 다기들을 펼쳐놓고 앉아 계셨다. 화단에는 달리아, 접시꽃, 팜파스그라스가 피어 있었다. 그리고 그들 작은 장난꾸러기들은 언제나 장난칠 궁리를 하고 있었다! 들키지 않으려고 관목 숲 속으로 몰래 뒤돌아다녔으며, 못된 짓으로 온통 진흙투성이였다. 나이 든 유모가 그녀 옷에 대해서 그렇게 뭐라고 하더니!

맙소사, 그녀는 기억이 났다—여기는 브룩 거리이며 오늘은 수요일이었다. 그 친절한 좋은 사람들, 리처드 댈러웨이와 휴 휘트브레드는 이 더운 날에 거리를 걸어가고 있었다. 거리의 소음이 소파에 누워 있는 그녀에게까지 들렸다. 권력은 그녀의 것이었다. 지위도, 수입도. 그녀는 시대의 선두에 서서 살아왔다. 그녀는 좋은 친구들이 있었다. 당대의 가장 능력 있는 사람들을 알아왔다. 소곤소곤 속삭이는 듯한 런던이 그녀에게까지 밀려왔다. 소파 등받이에 놓여 있던 손은 그녀의 할아버지들이 잡았음 직한 어떤 상상의 지휘봉 위로 거머쥐었다. 그것을 잡고, 그녀는 몸은 나른하고 무거웠지만 캐나다로 진군하는 대대를 지휘하는 듯했다. 그리고 그 좋은 친구들을, 그들의 영역인 런던을, 그 작은 카페트 조각 같은 메이페어를 가로질러 걷고 있는 그들을 지휘하는 것 같았다.

그리고 그들은 가느다란 실로 연결된 채 (왜냐하면 그들은 그녀와 점심을 함께 했으니까) 그녀에게서 점점 멀어져갔다. 그 실은 그들이 런던을 가로질러 걸어가고 있을 때 길게 길게 뻗어서 점점 가늘어져갔다. 마치 함께 점심을 한 뒤에 친구들이 우리의 몸에 가는 실로 부착되어 있는 듯했다. 그 실은 (그녀가 거기서 졸고 있을 때) 시간을 치거나 하인들을 부르는 종소리와 함께 흐릿해져갔다. 마치 한 마리 거미의 거미줄이 빗방울이 지우는 짐이 무거워 내려앉듯이 그렇게 그녀는 잠을 잤다.

밀리센트 브루톤이 소파에 누워서 실이 툭 끊어지게 내버려두었던 바로 그 순간에 리처드 댈러웨이와 휴 휘트브레드는 콘디트 거리 모퉁이에서 망설이고 있었다. 길모퉁이에서는 맞불어오던 바람이 마주쳐 몰아쳤다. 그들은 한 상점 진열장을 들여다보고 있었다. 그들은 물건을 사고 싶지도 않고 이야기하고 싶지도 않고, 단지 헤어지고 싶었다. 길모퉁이에서는 바람이 마주쳐 휘몰아치고, 아침과 오후라고 하는 두 개의 힘이 소용돌이치며 만나 몸의 흐름이 다소간 스러지면서, 그들은 멈추었다. 어떤 신문의 전단들이 늠름하게 공중으로 올라갔다. 처음에는 연처럼 그리고는 멈추었다가, 획 내려앉으며, 펄럭였다. 그리곤 숙녀의 베일처럼 걸려 있었다. 노란 차양이 흔들렸다. 아침 교통의 흐름이 속도가 떨어졌다. 짐마차들이 반쯤은 빈 거리들을 아무렇게나 덜커덕거리며 내려갔다. 리처드 댈러웨이가 반쯤 생각하고 있는 노포크에서는 부드럽고 따뜻한 바람이 꽃잎들을 날려버리고, 물을 뒤섞어놓았으며, 꽃 피어 있는 잔디를 물결지게 했다. 짚을 만드는 사람들은 아침 수고를 잠으로 날려보내려고 울타리 아래에 자리를 잡고는 초록색 풀잎들로 된 커튼을 제쳤다. 하늘을 보려고 떨리는 노란 구륜앵초의 둥근 꽃들을 치웠다. 파랗고 변함없는 햇살이 작열하는 여름 하늘이었다.

자신은 은으로 된 두 개의 손잡이가 달린 제임스 1세 시대의 머그를 바라보고 있으며, 휴 휘트브레드는 감식가 같은 태도로 짐짓 저자세로 스페인식의 목걸이를 보며 탄복하고 있다는 것을 의식했다. 휴는 애버린이 그것을 갖고 싶어할지도 모르니까 값을 물어보리라 생각했다—리처드는 여전히 무기력했다. 생각할 수도 움직일 수도 없었다. 인생은 이런 잔해를 던져주었다. 상점 진열장들은 색깔 있는 인조 보석들로 가득했고 상점을 들여다보면서 나이 든 이의 무기력함으로 경직되고, 나이 든 이의 완고함 때문에 뻿뻿하게 들여다보고 있었다. 애버린 휘트브레드는 아마도 이 스페인식 목걸이를 사고 싶어하리라—아마 그러리라. 그는 하품을 참을 수 없었다. 휴는 상점으로 들어가고 있었다.

"알았네." 리처드는 따라 들어가며 말했다.

그가 휴와 함께 목걸이를 사러 가고 싶지 않다는 것을 신만은 아실까. 그러나 몸 속에는 흐름들이 있었다. 아침이 오후를 만났다. 깊고 깊은 밀물 위로 가냘픈 배를 실어가듯이 브루톤 여사의 고조할아버지와 그의 회고록 그리고 그의 북남미에서의 전투는 파도에 삼켜져 가라앉았다. 밀리센트 브루톤 또한, 그녀도 가라앉았다. 국외로 이주시키는 일이 어떻게 되든지 리처드는 조금도 개의치 않았다. 그 편지에 대해서도, 편집자가 그것을 싣든지, 안 싣든지 간에 말이다. 목걸이는 휴의 훌륭한 손가락들 사이에 늘어져 걸려 있었다. 그가 보석을 사야만 한다면 소녀에게 주어라—거리의 어떤 소녀, 어떤 소녀에게든지 말이다. 이 삶이 무가치하다는 생각이 아주 강렬히 리처드에게 밀려들었다—애버린을 위해서 목걸이를 사는 것 같은 일 말이다. 만약 그가 아들이 있었으면 일하고 또 일하라고 말했으리라. 하지만 그는 엘리자베스가 있었다. 그는 엘리자베스를 무척 사랑했다.

"듀보네트 씨하고 이야기하고 싶습니다." 휴는 간략하고 세속적인 어투로 말했다. 이 듀보네트라고 하는 이가 휘트브레드 부인의 목 치수를 갖고 있던지, 혹은 더욱 이상스럽긴 하지만 스페인식의 보석에 관한 그녀의 견해와 그런 종류의 보석을 그녀가 어느 정도 소장하고 있는지를 (휴는 그것을 기억할 수 없었다) 아는 것 같았다. 이 모든 것이 리처드 댈러웨이에게는 아주 이상해 보였다. 왜냐하면 그는 클러리서에게 한 번도 선물한 적이 없었기 때문이었다. 이삼 년 전에 준 팔찌를 제외하곤 말이다. 그리고 그것은 실패작이었다. 그녀는 한 번도 그것을 차지 않았다. 그녀가 그것을 한 번도 하지 않았다는 사실을 기억하면 그는 고통스러웠다. 한 오라기의 거미줄이 여기저기 흔들리다가 이파리 끝에 매달리듯이, 그렇게 리처드의 마음은 무기력하다가 제정신을 차리며 이제 아내 클러리서에게로 향했다. 피터 월쉬는 그녀를 너무나도 열정적으로 사랑했다. 그리고 리처드는 갑작스럽게 거기 오찬에서 그녀가 선명하게 마음속에 보였다. 자신과 클러리서, 그들이 함께하는 삶이 말이다. 그리고 그는 오래된 보석들이 담긴 쟁반을 자기 쪽으로 당기며, 처음에는 이 브로치를 그리곤 저 반지를 들어 올렸다. "저건 얼마예요?" 그는 물었다. 하지만 자신의 취향이 의심스러웠다. 그는 거실 문을 열고 들어서면서 무엇인가를, 클러리서를 위한 선물을 내밀고 싶었다. 한데 무엇을 준담? 그런데 휴는 다시 일어서고 있었다. 그는 말할 수 없이 거만했다. 정말로 여기서 삼십오 년 동안이나 거래를 하였는데 자기 일이 무엇인지도 모르는, 소년에 지나지 않는 점원으로 될 일이 아니었다. 듀보네트 씨는 외출 중인 것 같았고 그가 돌아오기 전에는 휴는 아무것도 사고 싶지 않았다. 이에 젊은이는 얼굴을 붉히며 예법에 맞게 고개를 약간 숙여 인사했다. 이 모든 것이 아주 합당하였다. 하지만 자신의 생명을 구하기 위해서라도 리처드는 그런 말을 할 수는 없었으리라! 왜 이 사람들은 자신은 상상할 수도 없는 그런 저주받을 무례함을 견디는지. 휴는 점점 참을 수 없는 바보가 되어갔다. 리처드 댈러웨이는 그와 한 시간 이상 상대하는 것을 견딜 수가 없었다. 작별하는 뜻에서 그의 크리켓 투수 모자를 살짝 건드려 인사하며, 리처드는 콘디트 거리 모퉁이를 돌아섰다. 그는 자신과 클러리서 사이를 잇는 사랑이라는 그 거미줄을 타고 가기를 열망했다. 그렇다, 못 견디게 열망했다. 그는 웨스트민스터에 있는 그녀에게 곧장 가리라.

하지만 그는 무엇인가를 들고 들어가고 싶었다. 꽃은 어떨까? 그래 꽃이야. 그는 귀금속을 고르는 자신의 선별력을 믿을 수가 없었기 때문이다. 얼마 만큼의 꽃이든지, 장미든, 난이든지 간에. 그들이 오찬에서 피터 월쉬에 대해서 이야기할 때 그녀에 대해 느꼈던 이 감정, 생각해보니까 주목할 대사건을, 축하하기 위해서였다. 그들은 그런 감정에 관해서 말한 적이 없었다. 수년간 그들은 그것에 관해서 말한 적이 없었다. 그것은 세상에서 가장 큰 실수였다. 빨갛고 하얀 장미들을(티슈 종이에 싸인 엄청난 다발이었다) 모두어 쥐면서 그는 생각했다. 말할 수 없는 순간이 있지, 우리는 너무나 부끄러워서 그것을 이야기할 수 없었지, 그는 생각했다. 6펜스인지 12펜스인지 거스름돈을 주머니에 넣으면서 커다란 꽃다발을 몸 쪽으로 끌어안으며 웨스트민스터로 향했다. 꽃을 내밀면서 "당신을 사랑해" 하고 직설적으로 그렇게 여러 단어로 말해야지(그녀가 어떻게 자신을 생각하던지 간에). 왜 안돼? 전쟁을 생각해보면 정말로 이것은 기적이었다. 그들 앞에 삶이 놓여 있던 수천의 불쌍한 친구들이 한꺼번에 땅에 묻혀 이미 반쯤은 잊혀졌는데, 기적이었다. 클러리서에게 그렇게 여러 단어로 그녀를 사랑한다고 말하려고 여기 런던을 가로질러 걸어가고 있었다. 우리는 한번도 그것을 말로 하지 않았지, 그는 생각했다. 한편으론 게을러서였고, 한편으로는 수줍어서였다. 그리고 클러리서—그녀를 생각하는 것은 힘들었다. 오찬 때처럼 느닷없이 그럴 때를 제외하고는 말이다. 그때 그는 그녀를, 그들의 삶 전부를 아주 명확하게 보았다. 그는 건널목에서 멈추었다. 그리고 되풀이해 말했다—도보로 방랑하고 사냥을 했기 때문에 색에 빠지지 않았고 천성이 단순했다. 끈질지게 고집을 부리며 짓밟힌 자들을 옹호했고 하원에서는 그의 본성에 따라 행동했다. 여전히 단순하였지만 동시에 다소 말이 없어지고 다소 경직되었지—클러리서와 결혼한 것은 기적이라고 반복해 말했다. 기적—그의 삶은 기적이었다고 그는 생각했다. 건너갈까 하고 망설였다. 하지만 대여섯 명의 작은 아이들이 피커딜리를 혼자서 건너가는 것을 보니 그의 피가 끓었다. 경찰은 당장에 교통의 흐름을 정지시켜야만 했다. 그는 런던 경찰에 대해서 어떠한 환상도 갖고 있지 않았다. 사실 그들의 비행에 대한 증거를 모으고 있었다. 그리고 저 행상인들, 그들 수레를 길에 세우도록 허락해서는 안 되었다. 그리고 맙소사, 매춘부들, 잘못은 그들에게나 젊은 청년들에게 있는 것이 아니었다. 우리의 증오스런 사회 제도 따위가 문제였다. 이 모든 문제들을 그는 생각했다. 머리는 잿빛으로 세고, 고집이 세지고, 깔끔하고 단정한 모습으로 생각하는 것이 나타나 보였다. 그러면서 그는 공원을 가로질러 걸어가고 있었다. 그의 아내에게 사랑한다고 말하려고 말이다.

방 안으로 들어가며 그는 그렇게 여러 단어로 말할 것이다. 우리가 느끼는 것을 말로 하지 않는다는 것은 정말로 유감스런 일이기 때문에. 그린 파크를 가로질러 걸으며 나무 그늘 아래 온 가족, 가난한 가족들이 드러누워 있는 것을 즐거이 바라보며 그렇게 생각했다. 아이들은 다리를 차올리며 우유를 빨아 먹고 있었고 종이 봉지들은 주변에 널려 있었는데, (만약 사람들이 줍기 싫어하면) 제복을 입은 뚱뚱한 하인들 중에 누군가가 쉽게 치울 수 있었다. 그 여름 동안에는 모든 공원, 모든 광장은 아이들에게 개방되어야 한다는 의견이었다(공원의 풀밭은 마치 노란 램프가 밑에서 움직이는 것처럼 웨스트민스터의 가난한 엄마와 기어다니는 애기들의 표정을 밝게 해주면서 환하게 빛나다가 희미해졌다). 하지만 한쪽 팔꿈치를 괴고 누워 있는 저 불쌍한 여자 부랑자들은 어떻게 해야 할지 (마치 그녀는 땅 위에 자신을 던져버리고 모든 구속하는 인연의 끈들을 없애기라도 한 듯이 호기심에 어려 관찰하고, 대담하게 생각하며, 왜라든지 무엇 때문이라든지 하는 문제를 뻔뻔스럽게 되는 대로 지껄이며 우스꽝스럽게 생각하는 듯했다) 그는 알 수가 없었다. 마치 무기처럼 꽃을 들고는 리처드 댈러웨이는 그녀에게 다가갔다. 정신 없이 그녀를 지나쳐 갔다. 그래도 두 사람 사이에 섬광이 번득일 시간은 있었다—그녀는 그를 보고는 웃었다. 그는 여자 부랑자 문제를 생각하면서 기분 좋게 웃었다. 그들이 서로 말하려고 한 것은 아니었다. 하지만 그는 그렇게 여러 말로, 사랑한다고 클러리서에게 말하리라. 옛날에 한때 그는 피터 월쉬를, 그와 클러리서를 질투한 적이 있었다. 그러나 그녀는 자주 그에게 자신이 피터 월쉬와 결혼 안 한 것은 잘한 일이라고 말해왔다. 그것은 클러리서를 안다면 분명한 사실이었다. 그녀는 의지하고 싶어했다. 그녀가 약하기 때문은 아니었지만 그녀는 의지하고 싶어했다.

버킹엄 궁전으로 말할 것 같으면 (온통 하얗게 입고 청중을 마주하고 있는 나이 든 프리마돈나처럼) 그것이 지니는 확실한 위엄을 부인할 수는 없었다. 비록 어리석기는 하지만 궁극적으로 수백만의 사람들에게 (약간의 군중이 왕이 승용차로 행차하는 것을 보려고 문가에서 기다리고 있었다) 상징이 된 것을 경멸할 수는 없다고 그는 생각했다. 빅토리아 여왕에게 (뿔로 된 안경을 쓰고 켄싱튼을 마차 타고 지나가던 그녀를 그는 기억할 수 있었다) 바쳐진 기념비, 기념비의 하얀 받침대, 기념비가 파도처럼 굽이쳐내는 어머니다움을 바라보면서 한 박스의 나무 블럭을 든 아이도 저보다는 잘 만들 수 있겠다고 그는 생각했다. 하지만 그는 호사[28]의 후예에게 통치받고 싶었다. 그는 연속성, 과거의 전통이 전수된다는 느낌을 좋아했다. 살고 있는 지금은 위대한 시대였다. 정말로 그 자신의 삶은 기적이었다. 그것에 관한 한 확실히 하자. 여기에 그가 있고, 삶의 한창 때에, 웨스트민스터에 있는 자신의 집으로 걸어가며, 클러리서에게 사랑한다고 말하려 하고 있었다. 행복은 바로 이런 것이라고 그는 생각했다.

웨스트민스터 사원의 딘즈 야드에 들어서면서 행복이란 이런 것이라고 그는 말했다. 빅벤이 치기 시작했다. 처음에는 미리 알리는 음악 소리, 그러고는 돌이킬 수 없는 시간을 알렸다. 점심 파티는 오후를 온통 헛되이 쓰게 한다고 자신의 집 문에 다가가면서 그는 생각했다.

빅벤의 소리가 클러리서의 거실로 밀려들어왔다. 그곳에서 그녀는 아주 화가 나서 글쓰는 책상에 앉아 있었다. 애가 타고 화가 났다. 그녀가 엘리 핸더슨을 자신의 파티에 초대하지 않은 것은 전적으로 사실이었다. 하지만 그녀는 고의로 그랬다. 여기에 마르샴 부인은 "자신이 클러리서에게 물어보겠다고 엘리 핸더슨에게 말했으며 — 엘리는 너무나도 오고 싶어한다"고 썼다.

하지만 왜 런던 장안의 모든 재미 없는 여인네들을 자신의 파티에 초대해야 한단 말인가? 왜 마르샴 부인은 끼여드는 걸까? 게다가 엘리자베스는 이 시간 내내 도리스 킬먼과 틀어박혀 있었다. 그보다 더 불쾌한 일을 그녀는 상상도 할 수 없었다. 이 시

28 켄트 왕국을 창건했던 쥬트족의 족장.

간에 그런 여인과 기도라니 말이다. 그리곤 벨 소리가 우울한 물결을 이루며 방으로 밀려들어왔다. 그것은 물러가다 한데 모여 다시금 한 번 더 부서져 내렸다. 그때 그녀는 마음이 산란해지며 무엇인가 더듬는 듯한, 무엇인가 긁는 듯한 소리를 문가에서 들었다. 이 시간에 누굴까? 세 시, 큰일났네! 벌써 세 시라니! 압도적인 절대성과 위엄을 갖고 시계가 세 시를 쳤기 때문이었다. 그녀는 다른 소리는 듣지 못했다. 그러나 문 손잡이를 스르르 돌리고 리처드가 들어왔다! 얼마나 뜻밖인지! 꽃을 내밀며 리처드가 들어왔다. 한번 콘스탄티노플에서 그녀는 그를 실망시켰다. 그리고 브루톤 여사는 특별히 재미나다는 오찬 파티에 자신을 초대하지 않았다. 그는 꽃을 내밀고 있었다—장미들을, 빨갛고 하얀 장미들을. (하지만 그녀를 사랑한다고 그는 말할 수 없었다, 그렇게 여러 단어로는 할 수 없었다.)

하지만 정말 아름답다고, 꽃을 받으며 그녀는 말했다. 그녀는 알았다, 그가 말하지 않아도 그녀는 알아챘다, 그의 클러리서는 말이다. 그녀는 벽난로 위에 있는 꽃병에 그것들을 꽂았다. 너무나도 황홀하게 아름다워요! 그녀는 말했다. 재미있었어요? 그녀는 물었다. 브루톤 여사가 자신의 안부를 묻던가요? 피터 월쉬가 돌아왔어요. 마르샴 부인이 편지를 썼어요. 엘리 핸더슨을 초대해야만 할까요? 그 여자 킬먼이 이 층에 있어요.

"한데 우리 오 분만 앉읍시다." 리처드가 말했다.

모두 너무나도 텅 비어보였다. 모든 의자들은 벽에 기대어 있었다. 저것들이 무엇 때문에 저렇지? 아, 파티를 위한 거지, 아니 그는 파티를 잊지는 않았다. 피터 월쉬가 돌아왔어. 아 그래요, 그녀는 그의 방문을 받았다. 그리고 그는 이혼을 하려는 중이었고 거기 외지에서 어떤 여인과 사랑에 빠졌대요. 그는 조금도 변하지 않았어요. 거기에 그녀는 있었다. 드레스를 수선하면서……

"부어톤을 생각하고 있었어요." 그녀는 말했다.

"휴가 오찬에 왔었소." 리처드가 말했다. 그녀도 그를 만났다! 그런데 그는 점점 더 온통 진절머리가 나게 굴더군. 애버린에게 목걸이를 사주고 전보다 더 살찌고, 참을 수 없는 바보요.

"그리곤 '나는 당신과 결혼할 수도 있었는데' 하는 생각이 났어요." 작은 나비넥타이를 매고 거기 앉아서, 주머니칼을 접었다 폈다 하는 피터를 생각하면서 그녀는 말했다. "그는 옛날 그대로였어요."

그들도 오찬에서 그에 관해 이야기했다고 리처드는 말했다. (하지만 그는 그녀에게 사랑한다고 말할 수가 없었다. 그는 그녀의 손을 잡았다. 행복은 이런 것이라고 그는 생각했다.) 그들은 밀리센트 브루톤을 위해서 『타임스』지에다 편지를 한 통 썼소. 휴가 하기에 딱 맞는 일이지.

"그런데 우리의 사랑스런 킬먼 양은?" 그가 물었다. 클러리서는 장미가 정말로 황홀하게 아름답다고 생각했다. 처음에는 한데 묶여 있다가 지금은 제멋대로 흐트러지기 시작했다.

"킬먼 양은 우리가 막 점심을 끝냈을 때 왔어요." 그녀가 말했다. "엘리자베스는 생기가 났어요. 그들은 함께 틀어박혀 있어요. 생각건대 기도하나 봐요."

저런! 그는 그것을 좋아하지 않았지만, 이런 일들은 내버려두면 저절로 끝나게 마련이었다.

"레인코트를 입고 우산을 들고요." 클러리서가 말했다.

그는 '당신을 사랑해'라고 말하지는 않았다. 하지만 그녀의 손을 잡았다. 행복은 이것, 이것이라고 그는 생각했다.

"하지만 왜 내가 장안의 모든 재미 없는 여인네들을 내 파티에 초대해야 되는 거지요?" 클러리서가 말했다. 만약 마르샴 부인이 파티를 연다면, 제가 그녀 손님들을 초대하겠어요?

"불쌍한 엘리 핸더슨." 리처드는 말했다—클러리서가 자신의 파티에 얼마나 신경을 쓰는지는 참으로 이상한 일이라고 그는 생각했다.

하지만 리처드는 방의 모습 같은 것은 전혀 몰랐다. 어쨌든 그가 무슨 말을 하려 했었지?

만약 그녀가 이런 파티에 대해서 걱정한다면 그는 파티를 열지 못하게 할 것이다. 피터와 결혼했더라면 하고 그녀가 바랄까? 하지만 그는 가야만 했다.

그는 가야만 한다고 말하며 일어섰다. 하지만 그는 마치 무엇인가를 말하려는 듯 잠시 서 있었다. 무슨 말을 하려는지? 그녀는 의아스러웠다. 왜지? 장미들이 있었다.

"무슨 위원회가 있어요?" 그가 문을 열었을 때 그녀는 물었다.

"아르메니아 사람들 문제야."[29] 그는 말했다. 혹은 "알바니아 사람들 문제야"이었던가.

사람에게는 어떤 존엄함이 있었다. 외톨이로서의 고독, 심지어는 남편과 아내 사이에도 큰 간격이 있었다. 그리고 그것을 인간은 존중해야 한다고, 남편이 문을 여는 것을 바라보면서, 클러리서는 생각했다. 왜냐하면 인간은 스스로 그것과 갈라설 수가 없었다. 혹은 남편의 의지를 거역하고 그에게서 그것을 빼앗을 수도 없었다. 자신의 독립성이든지 자신에 대한 자존감이든지—무엇이든지 여하튼 값으로 따질 수 없는 것—를 잃지 않고는 말이다.

29 1915년부터 계속해서 소아시아 여러 지역에서 2만이 넘는 아르메니아 사람들이 1차 세계대전 때문에 그리고 인종 갈등 때문에 그들의 고향에서 추방당했다. 리처드는 그들 피난민들의 곤경을 덜어주는 일에 관계하고 있는 것이다.

그는 베개와 담요를 들고 돌아왔다.

"점심 뒤에 한 시간은 완전한 휴식을 취해요." 그는 말하곤 가버렸다.

얼마나 그다운지! 그는 "점심 뒤에 한 시간의 완전한 휴식"이라고 시간이 다할 때까지 계속 말하리라. 왜냐하면 의사가 한때 그것을 지시했으니까. 의사가 말한 것을 문자 그대로 받아들이는 것은 그다웠다. 그가 가진 경탄할 만한 신성에 가까운 단순성의 일부였다. 다른 아무도 그 정도는 아니었다. 그것이 그를 가서 일하게 했고, 그러는 동안 그녀와 피터는 언쟁이나 하며 그들의 시간을 찔끔찔끔 낭비했다. 그는 벌써 반쯤은 하원으로, 그의 아르메니아 사람들 문제로, 아니 알바니아 사람들 문제로 가고 있었다. 그가 준 장미를 바라보며 소파에 앉아 있게 해놓고는 말이다. 그리고 사람들은 "클러리서 댈러웨이의 성품을 버려놨다"고 말할 것이다. 그녀는 아르메니아 사람들 문제보다는 훨씬 더 자신의 장미들을 사랑했다. 사냥당해서 존재가 말살당할 지경에 이르렀고, 불구가 되고, 공포에 질려 꼼짝도 못하는, 잔인함과 부당함의 희생자들(그녀는 리처드가 그렇게 자꾸자꾸 되풀이해서 말하는 것을 들었다)—아니었다, 그녀는 알바니아 사람들에 대해서 아무런 감정이 일지 않았다, 참 아르메니아인들이었던가? 하지만 그녀는 장미를 사랑했다 (그게 아르메니아 사람들을 도울 수 있지 않을까?)—자르는 것을 참을 수 있는 유일한 꽃들이었다. 하지만 리처드는 벌써 하원에 가 있었다, 그의 위원회에, 그녀의 어려움을 모두 해결해주고 말이다. 하지만 아니었다. 아, 그건 사실이 아니었다, 그는 엘리 핸더슨을 초대하지 않을 이유가 없다고 했다. 물론 그녀는 그가 원하는 대로 하리라. 그가 베개를 가져왔으니까 그녀는 드러누우리라…… 하지만—하지만—왜 알 수 없는 이유로 그녀는 갑자기 견딜 수 없이 불행하게 느껴지는 걸까?

마치 어떤 사람이 진주나 다이아몬드를 풀숲에 떨어뜨리고, 키 큰 풀잎을 아주 조심스럽게 이리저리 헤치며 여기저기 헛되이 찾다가, 마침내 뿌리 있는 데서 발견하는 것처럼, 그녀는 이일 저일을 차례로 세밀히 검토하였다. 아니야, 리처드의 두뇌가 이류이기 때문에 결코 내각에는 들어가지 못할 거라고 말한 것은 샐리 시튼이 아니었어(그녀는 기억이 났다). 아니, 그 일이 마음에 걸리는 것은 아니었다. 엘리자베스나 도리스 킬먼과도 관계가 없었다. 그건 기정 사실이었다. 아마도 얼마 전의 어떤 감정, 어떤 기분 나쁜 느낌 때문일 것이다. 피터가 한 어떤 말이 침실에서 모자를 벗을 때의 울적함과 합쳐진 것이었다. 거기에 리처드가 말한 것이 더해져서, 한데 그가 뭐라고 했지? 그가 준 장미가 있네, 파티! 바로 그거였어! 파티! 그들 둘 다 아주 불공평하게 그녀를 비판했지. 부당하게도 파티 때문에 그녀를 비웃었어. 바로 그거였어! 바로 그거였어!

그런데 그녀는 어떻게 자신을 변호할 수 있지? 이제 무엇 때문인지를 알고 나니 그녀는 완벽하게 행복해졌다. 그들은, 혹은 적어도 피터는 그녀가 자신을 내세우는 것을 즐긴다고 생각했다. 유명한 사람들, 거창한 명사들을 주변에 두는 것을 좋아한다고 생각했다. 요컨대 속물일 뿐이라고 생각했다. 글쎄, 피터는 그렇게 생각할 수도 있었다. 리처드는 단지 그녀가 심장에 안 좋은지 알면서도 자극을 좋아하는 것이 어리석다고 생각했다. 어린애 같다고 생각했다. 하지만 둘 다 전적으로 틀렸다. 그녀가 사랑하는 것은 오직 삶이었다. "그것이 내가 파티를 여는 이유야." 그녀는 큰소리로 삶을 향해 말했다.

세상에서 격리되어, 벗어나서 소파 위에 누워 있었기 때문에, 그녀가 너무나도 명백하게 느끼는 이 삶의 존재가 물리적으로 실재하게 되었다. 옷처럼 휘감아드는 햇볕 가득한 거리에서 소리가 들려왔고, 블라인드를 불어제끼며 속삭이는 뜨거운 바람결이 있었다. 하지만 만약에 피터가 그녀에게 "그래요, 그래요, 하지만 당신의 파티들—파티들의 의미가 무어죠?" 하고 말한다면, 그녀가 말할 수 있는 전부는 (아무도 이해하리라고 기대할 수는 없지만) 베푸는 것이라는 것이었다. 그 말은 끔찍이도 막연하게 들렸다. 하지만 삶이란 모두 평온한 항해라고 주장하는 피터는 누구란 말인가?—피터는 언제나 사랑에 빠졌으며, 언제나 잘못된 여인과 사랑에 빠지지 않았던가? 당신의 사랑이란 무어죠? 그녀는 그에게 말할 수 있으리라. 그리고 그녀는 그의 대답을 알았다. 그것은 세상에서 가장 중요한 것이며 어느 여인도 도저히 그것을 이해할 수 없다는 거겠지. 그래 좋다. 하지만 마찬가지로 어떤 남자가 그녀가 의도하는 것을 이해할 수 있단 말인가? 피터든 리처드든 어떤 구실도 없이 파티를 여는 수고를 하리라고는 상상할 수 없었다.

그러나 사람들이 말하는 것 (이런 평가들은 얼마나 피상적이고, 얼마나 단편적인가!) 아래로 이제 그녀 자신의 마음속으로 더 깊숙이 들어가보면, 그것, 그녀가 삶이라고 부르는 이것은 자신에게 무엇을 의미하는 걸까? 아, 그것은 참으로 기묘한 것이었다. 여기 사우스 켄싱튼에 아무개가 있다, 위쪽 베이스워터에도 누군가가 있다. 가령 메이페어에는 또 다른 사람이 있다 하자. 그녀는 끊임없이 그들의 존재를 느꼈다, 그리고 얼마나 낭비인가를 느꼈다, 얼마나 안타까운 일인가를 느꼈다. 만약 그들을 서로 알게 할 수만 있다면 하고 느꼈다. 그래서 그녀는 파티를 여는 것이었다. 그것은 베푸는 것이며, 결합시키는 것이며, 창조하는 것이었다. 하지만 누구에게?

베풀기 위해서 베푸는 것이리라, 아마도. 어쨌든, 그것은 그녀의 능력이었다. 조그만치라도 중요한 어떤 다른 일도 그녀에게는 없었다. 사고하거나 글을 쓸 줄도 몰랐고, 심지어는 피아노를 칠 줄도 몰랐다. 그녀는 아르메니아 사람들과 터어키 사람들을 뒤죽박죽 혼동했다. 그녀는 성공하는 것을 사랑했으며, 불편한 것을 증오했고, 사랑받아야만 했고, 엄청난 양의 무의미한 말들을 했다. 그리고 오늘날까지도 그녀에게 적도가 무어냐고 물으면, 그녀는 알지 못했다.

언제나 같았다. 하루에 다른 날이 이어졌다. 수요일, 목요일, 금요일, 토요일. 아침엔 일어나야만 했고, 하늘을 쳐다보고, 공원을 거닐고, 휴 휘트브레드를 만나고, 그리곤 갑자기 피터가 들어왔다. 그리곤 이 장미들이 왔다. 그러면 족했다. 그 다음에, 죽음이란 얼마나 믿어지지 않는지! ―이것이 반드시 끝나리라는 것이 말이다. 이 세상의 어느 누구도 그녀가 이 모든 것을 얼마나 사랑하는지 알지 못하리라. 모든 순간들을 얼마나……

문이 열렸다. 엘리자베스는 어머니가 쉬고 있는 것을 알았다. 그녀는 아주 조용히 들어왔다. 그녀는 완벽하게 가만히 서 있었다. 어떤 몽고인이 노포크 해안에 파선을 당해서 (힐버리 부인이 말했듯이) 댈러웨이 집안의 여인들과 혹시 백 년 전에 결합했었나? 왜냐하면 댈러웨이 집안 사람들은 대체적으로 금발이었고 푸른 눈이었는데, 반면에 엘리자베스는 검은 머리이고 창백한 얼굴에 중국인의 눈매를 가졌다. 동양적인 신비스러움을 지녔고 온순하고 사려가 깊으며 차분하였다. 어린아이일 적에도 그녀는 완벽한 유머 감각이 있었다. 하지만 이제 열일곱 살에 왜 그녀가 지나치게 고지식해졌는지, 클러리서는 전혀 이해할 수가 없었다. 반짝반짝한 푸른 나뭇잎에 싸여, 봉오리가 물든 히아신스처럼, 햇볕을 쐬지 못한 히아신스처럼 말이다.

그녀는 아주 가만히 서서 엄마를 쳐다보았다. 하지만 문은 반쯤 열려 있었고 클러리서도 알다시피 문밖에는 킬먼 양이 있었다. 비옷을 입은 킬먼 양은 그들이 하는 무슨 말이든 듣고 있으리라.

맞았다, 킬먼 양은 층계참에 서 있었고, 비옷을 입고 있었다. 거기에는 나름의 이유가 있었다. 첫째 그 옷은 쌌다. 둘째 그녀는 마흔이 넘었고 어찌 되었건 남들 마음에 들려고 옷을 입지는 않았다. 더군다나 그녀는 가난했다. 체면을 손상시킬 정도로 가난했다. 그렇지 않았다면 댈러웨이 가家 사람들에게서 일자리를 얻지는 않았을 것이다, 친절하기를 좋아하는 부자들한테 말이다. 공평하게 평한다면, 댈러웨이 씨는 친절했다. 그러나 댈러웨이 부인은 그렇지 않았다. 그녀는 단지 의식적으로 겸손하게 굴었다. 그녀는 모든 계층 중에서 가장 쓸데없는 계층 출신이었다—어설픈 교양을 지닌 부자 말이다. 그들은 어디에나 값비싼 것들을 가지고 있었다. 그림, 카펫, 수많은 하인들. 댈러웨이 가 사람들이 자신을 위해 해주는 어떤 일에 대해서도 그녀는 정당한 권리가 있다고 생각했다.

그녀는 사기당했다. 그랬다, 이 말은 과장이 아니었다. 왜냐하면 한 소녀는 분명 어떤 종류이건 행복을 누릴 권리가 있지 않을까? 아주 어설프기도 하고 너무 가난하기도 하여 그녀는 행복해 본 적이 없었다. 그리곤 그녀가 돌비 양의 학교에서 막 기회를 가질 수도 있었을 때, 전쟁이 일어났고, 그녀는 결코 거짓말을 할 수는 없었다. 돌비 양은 그녀가 독일인에 관해 그녀와 같은 견해를 가진 사람들과 일하는 것이 더 행복하리라고 생각했다. 그녀는 나가야만 했다. 킬먼 가문의 뿌리가 독일인 것은 사실이었다. 18세기에는 성을 독일식 철자로 썼다. 하지만 그녀의 남동생은 (영국을 위해서) 전사했다. 독일 사람들이 모두 악당들인 체하지 않았기 때문에 그들이 그녀를 내쫓다니 — 그녀가 독일 친구들밖에는 없었고, 독일에서 인생에서 유일한 행복한 시절을 보냈다고 말이다! 아무튼 그녀는 역사를 읽을 줄 알았다. 그녀가 얻을 수 있는 어떤 일이라도 해야만 했다. 퀘이커 교도들을 위해서 일할 때 우연히 댈러웨이 씨를 만났다. 그는 (그리고 그는 참으로 관대하였다) 그녀에게 자기 딸에게 역사를 가르치도록 해주었다. 또한 그녀는 교양 강좌 따위를 하였다. 그때 우리 주께서 그녀에게 오셨다(여기서 그녀는 언제나 머리를 숙였다). 그녀는 이 년 삼 개월 전에 빛을 보았다. 이제 그녀는 클러리서 댈러웨이 같은 여인을 부러워하지 않았다. 그녀는 그들을 동정하였다.

그녀가 부드러운 카페트 위에 서서 오래된 토시를 손에 끼고 있는 작은 소녀를 조각한 판화를 쳐다보고 있을 때, 그녀는 가슴 저 밑바닥에서부터 그들을 동정하였고 경멸하였다. 이 모든 사치에 둘러싸여서, 좀더 나은 세상을 위한 어떤 희망이 있을 수 있겠는가? '소파에 누워 있어요' 대신에 — "우리 어머니는 쉬고 계세요"라고 엘리자베스가 말했다 — 댈러웨이 부인과 모든 다른 잘난 부인네들은 공장에서, 카운터 뒤에서 일해야 마땅했다.

적개심에 가득 차 고통스러워하며 킬먼 양은 이 년 삼 개월 전에 교회로 들어갔다. 그녀는 에드워드 위트테이커 목사가 설교하는 것을 들었다. 소년들이 노래부르고, 엄숙한 빛이 내려오는 것을 보았다. 음악 때문이었는지 목소리 때문이었는지(그녀는 저녁에 혼자 있을 때 바이올린 소리에서 위안을 얻었다. 그러나 그 소리는 들어주기 힘든 소리였다. 그녀는 음감이 없었다), 그녀 속에서 끓어올라 밀려오는 뜨겁고 어지러운 감정들이 거기 앉아 있을 때 누그러졌다. 그녀는 철철 흐느껴 울었고, 켄싱튼에 있는 사저로 위트테이커 씨를 만나러 갔다. 하나님의 인도하심이라고 그는 말했다. 주께서 그녀에게 길을 보여주신 것이었다. 그래서 이제, 뜨겁고 고통스러운 감정들이, 댈러웨이 부인에 대한 이 증오, 세상에 대한 이 원한이 내부에서 끓어오를 때마다, 그녀는 신을 생각했다. 그녀는 위트테이커 씨를 생각했다. 분노에 이어 평온함이 이어졌다. 달콤한 향기가 그녀의 혈관을 채웠고, 그녀의 입술은 벌어졌으며, 비옷을 입고 층계참에 만만찮게 서서는, 침착하지만 어쩐지 기분 나쁜 평온함으로 딸과 함께 나오는 댈러웨이 부인을 쳐다보았다.

엘리자베스는 장갑을 잊었다고 말했다. 킬먼 양과 어머니가 서로를 증오하기 때문이었다. 그들 둘이 함께 있는 것을 보는 것은 견딜 수가 없었다. 그녀는 장갑을 찾으러 이 층으로 달려 올라갔다.

하지만 킬먼 양은 댈러웨이 부인을 증오하지 않았다. 커다란 구즈베리색 눈을 클러리서에게 돌리고, 작은 핑크빛 얼굴, 가냘픈 몸매, 참신하게 유행을 탄 풍모를 관찰하며, 킬먼 양은 바보! 멍청이! 하고 느꼈다. 슬픔도 즐거움도 모르는 당신, 삶을 허송하며 보내는 당신! 그리고 그녀 안에서 댈러웨이 부인을 제압하고 가면을 벗기고 싶은 제어하기 힘든 욕망이 솟아올랐다. 만약 그녀를 넘어뜨릴 수만 있다면, 그러면 그녀의 고통은 누그러지리라. 하지만 육체가 문제가 아니었다. 그녀가 억누르고 싶은 것은 영혼과 그 영혼의 비웃음이었다. 자신의 우월함을 느끼게 만들고 싶었다. 만약 자신이 그녀를 울게 할 수만 있다면, 그녀를 파멸시키고 모욕할 수만 있다면, 그녀가 무릎을 꿇고 "당신이 옳아요!" 하고 외치게 할 수만 있다면. 하지만 이것은 신의 뜻대로 되어야지, 킬먼 양의 뜻대로 되어서는 안 되었다. 그것은 신앙의 승리가 되어야 했다. 그래서 그녀는 노려보았다, 그래서 그녀는 뚫어지게 쳐다보았다.

클러리서는 정말로 충격을 받았다. 이 사람, 그리스도인—이 여인! 이 여인이 자신의 딸을 빼앗아갔다! 그녀가 보이지 않는 존재들과 접촉하고 있다니! 침울하고, 추하고, 평범하며 친절하거나 우아하지도 않은 그녀가 삶의 의미를 안다고!

"엘리자베스를 백화점에 데리고 가신다고요?" 댈러웨이 부인이 말했다.

킬먼 양은 그렇다고 말했다. 그들은 거기에 서 있었다. 킬먼 양은 자신을 마음에 들게 만들 생각이 없었다. 그녀는 언제나 자신의 생활비를 벌어왔다. 그녀가 현대 역사에 대해 가진 지식은 극도로 완벽했다. 자신의 얼마 안 되는 수입에서 자신이 믿는 신조를 위해서 그녀는 너무나도 많이 저축했고, 반면에 이 여인은 아무것도 하지 않았고, 아무것도 믿지 않았으며, 단지 딸을 길렀다—한데 여기 숨을 헐떡이며 엘리자베스가 오는군, 아름다운 소녀였다.

그래 그들은 백화점에 가려고 하는군. 킬먼 양이 거기에 서 있을 때 (그녀는 서 있었다. 원시 시대 전쟁을 위해서 무장한 어떤 선사 시대의 괴물 같은 힘과 음침한 무뚝뚝함을 지니고 말이다) 어찌하여 순간순간마다 자신에 대한 신념이 줄어들고, 어찌하여 증오(사상에 대한 것이지 사람에 대한 것이 아니었다)가 맥없이 무너지며, 어찌하여 자신의 악의와 자신의 대단한 모습을 잃어버리고 매순간 단지 비옷을 입은 킬먼 양이 되는지, 참으로 이상했다. 그런 킬먼 양을 클러리서가 도와주고 싶어한다는 것을 하늘만은 아시리라.

이렇게 괴물이 점점 작아지는 것을 보며, 클러리서는 웃었다. 작별 인사를 하며, 그녀는 웃었다.

그들, 킬먼 양과 엘리자베스는 아래층으로 함께 가버렸다.

갑작스러운 충동에서, 이 여인이 자신에게서 딸을 뺏어가고 있다는 격렬한 고통에서, 그녀는 난간 너머로 상체를 내밀고 외쳤다. "파티 기억해라! 오늘 저녁 우리 파티 잊지 마!"

하지만 엘리자베스는 벌써 앞문을 열고 있었다. 화물차가 지나가고 있었다. 그녀는 대답하지 않았다.

사랑과 종교라! 거실로 돌아가면서, 온몸이 욱신욱신 쑤시면서 클러리서는 생각했다. 그들은 얼마나 증오스러운지, 얼마나 증오스러운지! 이제 킬먼의 육신이 그녀 앞에 있지 않으니까, 그 생각이 그녀를 짓눌러 어찌할 바를 몰랐다. 세상에서 가장 잔인한 일은 그들이 어설프게 굴고, 화내고, 으스대고, 위선 부리고, 엿듣고, 질투하고, 비옷을 입고는 층계참에서 끝없이 잔인하고 파렴치하게 구는 것을 보는 거라고 그녀는 생각했다. 사랑과 종교라니. 그녀 자신이 언제 누구라도 전향시키려 한 적이 있었던가? 그녀는 단지 모든 이가 그들 자신이기를 바라지 않았던가? 그리고 그녀는 창문 너머로 맞은편 집에 노부인이 이 층으로 올라가는 것을 지켜보았다. 그녀가 원한다면, 이 층으로 올라가게 내버려둬라, 그녀를 멈추게 내버려두어라, 그리곤 클러리서가 종종 보았듯이 그녀가 침실로 가 커튼을 걷고 다시 뒤로 사라지게 내버려두어라. 아무튼 저 사람—누군가가 쳐다본다는 것을 전혀 의식하지 못하고 창문 밖을 내다보고 있는 저 여인을 존중해야 한다. 거기에는 무언가 엄숙한 것이 있었다. 하지만 사랑과 종교는 그것이 무엇이든지 간에 그것을, 영혼의 자유를 파괴하리라.

밉살스러운 킬먼 양은 그것을 파괴하리라. 하지만 노부인의 모습은 그녀를 울고 싶게 만드는 광경이었다.

사랑 또한 파괴하였다. 훌륭한 모든 것, 진실된 모든 것이 사라졌다. 자 피터 월쉬를 보자. 매력적이고 영리하며 모든 것에 대해서 신념을 갖고 있던 한 남자가 있었다. 가령, 만약 당신이 포프[30]나, 에디슨[31]에 관해서 알고 싶으면, 사람들이 어떤지, 어떤 일들이 무엇을 의미하는지 같은 말도 안되는 이야기를 하기를 원한다면, 피터는 그 누구보다도 잘 알았다. 그녀를 도와주었던 이가 피터였다, 그녀에게 책을 빌려주었던 이가 피터였다. 그러나 그가 사랑했던 여자들을 보자—저속하고 시시하며 평범한 이들이었다. 사랑에 빠진 피터를 생각해봐라—이렇게 많은 세월이 흐른 뒤에 그녀를 보러 와서는 그가 무슨 이야기를 했지? 자기 이야기! 끔찍한 열정 이야기! 그녀는 생각했다. 품위를 손상시키는 열정이야! 하고 생각하면서, 킬먼과 엘리자베스가 육해군백화점[32]으로 걸어가는 것을 상상했다.

빅벤이 삼십 분을 쳤다.

마치 그 소리에, 그 줄에 붙들려 매이기라도 한 듯이, 노부인(그들은 아주 오랜 세월 동안 이웃이었다)이 창가에서 물러가는 것을 보는 것은 참으로 기묘했다, 이상했다, 맞아, 감동적이었다. 비록 시계 치는 소리는 거대하였지만, 그녀와 관련이 있었다. 아래로 아래로 평범한 것들의 한가운데로 시간을 알리는 바늘이 떨어져 내리며, 그 순간을 엄숙하게 만들었다. 그 소리 때문에 그녀는 억지로 움직여갔다고 그렇게 클러리서는 상상했다—하지

30 1688~1744, 영국의 시인·에세이스트.

31 1672~1719, 영국의 시인·평론가.

32 본래 육해군 용품을 판매하던 빅토리아 거리에 있는 백화점.

만 어디로? 클러리서는 그녀가 돌아서 사라졌을 때 그녀를 쫓아가려 하였고, 그녀의 하얀 모자가 침실 뒷편에서 움직이는 것을 여전히 볼 수 있었다. 왜 신념과 기도와 비옷이 필요하담? 클러리서는 생각했다. 저것이 기적이고 저것이 신비인데. 그녀가 의미하는 것은 저 노부인이 기적이라는 것이었다. 노부인이 서랍장에서 화장대로 가는 것이 보였다. 여전히 그녀를 볼 수 있었다. 그리고 킬먼 양이 아마도 풀었다고 할지도 모르는, 혹은 피터가 자신이 풀었다고 얘기할 수도 있는, 하지만 클러리서는 그들 둘 중 누구도 풀 가능성이 있다고는 전혀 믿지 않는 최고의 신비는 그저 이거였다. 여기에 방 하나가 있고, 저기에는 다른 방이 있었다. 종교가 그 문제를 풀었나? 혹은 사랑이?

사랑—한데 언제나 빅벤보다 이 분 늦게 치는 다른 시계가 발을 질질 끌며 들어왔다. 무릎에다 이것저것 잡동사니들을 가득 갖고 와서는 털썩 내려놓았다. 마치 빅벤이 아주 엄숙하게, 아주 위엄 있게 법을 정하는 것은 모두 좋지만, 그 외에도 그녀는 온갖 종류의 자질구레한 일들을 기억해야만 하는 것처럼 말이다—마르샴 부인, 엘리 핸더슨, 아이스크림을 담을 컵들—바다 위에 금덩어리처럼 납작 가라앉는 그 엄숙한 타종이 지나간 자리에 온갖 종류의 자질구레한 일들이 물밀듯이 겹쳐지며 춤추며 들어왔다. 마르샴 부인, 엘리 핸더슨, 아이스크림을 담을 컵들. 지금 당장 그녀는 전화를 해야만 했다.

수다스럽게, 불안하게, 늦은 시계가 하찮은 것들을 무릎 가득히 안고 빅벤의 종소리가 지나간 자리로 들어오며 울렸다. 달려드는 마차, 거칠게 운전하는 화물차, 무수한 고집 센 남자들과 문란한 여인네들, 사무실과 병원들의 돔과 탑들이 지칠 줄 모르고 다가와 부딪쳐 깨어지면서, 이것저것 무릎에 가득 찬 잡동사니들의 마지막 잔재들이 지친 파도의 물살처럼 킬먼 양의 육신 위로 부서져내리는 것 같았다. 그녀는 거리에 잠시 가만히 서서 "육신 때문이야" 하고 중얼거렸다.

그녀가 통제해야 하는 것은 육신이었다. 클러리서 댈러웨이는 자신을 모욕했다. 그녀는 그것을 예상했다. 하지만 그녀는 이기지 못했다, 그녀는 육신을 정복하지 못했다. 못생기고 어설프다고 클러리서 댈러웨이는 그녀를 웃음거리로 만들었고, 육체적인 욕망을 되살아나게 하였다. 클러리서 곁에서는 자신이 그런 모습으로 보이는 것이 신경 쓰였기 때문이다. 자신이 말하는 것처럼 말할 수도 없었다. 하지만 왜 그녀를 닮기를 소망할까? 왜? 그녀는 댈러웨이 부인을 가슴 저 밑바닥에서부터 경멸하였다. 그녀는 진지하지 않았다. 그녀는 쓸모 없는 존재였다. 그녀의 삶은 허영과 자만투성이였다. 하지만 도리스 킬먼은 압도당했다. 클러리서 댈러웨이가 그녀를 비웃었을 때 사실상 그녀는 거의 울음이 터질 뻔했다. "육신 때문이야. 육신 때문이야." 그녀는 중얼거렸다(큰소리로 말하는 것은 그녀의 습관이었다). 빅토리아 거리를 걸어 내려가면서 이 혼란스럽고 고통스러운 감정을 누르려 하였다. 그녀는 신에게 기도하였다. 그녀가 못생긴 것은 어쩔 수가 없는 일이었다. 예쁜 옷을 살 여유도 없었다. 클러리서 댈러웨이가 비웃었지만—하지만 우편함에 다다를 때까지는 다른 일에 자신의 마음을 집중하리라. 어쨌든 그녀는 엘리자베스와 함께 있었다. 그렇지만 그녀는 다른 일을 생각하리라. 러시아를 생각해야지, 우편함에 다다를 때까지는.

시골은 얼마나 멋있을까, 위트테이커 씨가 그녀에게 말했던 대로, 세상에 대한 극도의 원한과 싸우면서 그녀는 말했다. 세상은 이 모욕적인 대우—사람들이 보기조차 견딜 수 없어하는 자신의 사랑스럽지 않은 육신이라는 형벌—를 시작으로 해서, 그녀를 비난하고 비웃고 내팽개쳐버렸다. 그녀가 어떻게 머리를 해도, 앞이마는 달걀 모양으로 불거지고, 벗겨져 하얗게 드러났다. 어떤 옷도 그녀에겐 어울리지 않았다. 그녀는 아무거나 살 수는 있으리라. 그리고 물론 한 여인네에게 그것은 결코 이성을 만나지 못하는 것을 의미했다. 어떤 이에게도 그녀는 결코 첫 번째가 될 수 없었다. 때때로 최근 들어 엘리자베스를 제외하고는 음식이 자신이 사는 목적 전부인 것처럼 여겨졌다. 안락함, 저녁식사, 차, 밤에 쓰는 뜨거운 물병들 말이다. 하지만 우리는 싸워야만 하고, 물리쳐야만 하고 신을 믿어야만 한다. 위트테이커 씨는 이유가 있어서 그녀가 세상에 태어났다고 말했다. 하지만 아무도 고통을 알지 못해요! 그는 십자가를 가리키면서 신은 아신다고 말했다. 하지만 클러리서 댈러웨이 같은 다른 여인들은 고통받지 않는데, 자신은 왜 고통받아야만 하는 걸까? 깨달음은 고통을 통해서 온다고 위트테이커 씨는 말했다.

그녀는 우편함을 막 지났다. 엘리자베스는 육해군백화점의 시원한 고동색의 담배 파는 매장으로 꺾어 들어갔다. 그 동안에 그녀는 여전히 자신에게 위트테이커 씨가 고통을 통해서 오는 깨달음과 육신에 대해서 말한 것을 중얼거리고 있었다. "육신." 그녀는 중얼거렸다.

어떤 매장에 가기를 원하세요? 엘리자베스가 그녀 생각을 중단시켰다.

"페티코트 매장." 그녀는 갑자기 말하고, 곧바로 승강기 있는 곳으로 육중한 걸음걸이로 걸어갔다.

그들은 올라갔다. 엘리자베스가 그녀를 이리저리로 안내했다. 마치 그녀가 위대한 어린아이인 것처럼, 다루기 힘든 전함인 것처럼 방심해 있는 그녀를 안내했다. 고동색, 단정한 것, 줄무늬가 있는 것, 천박한 것, 튼튼한 것, 얇은 것 등의 페티코트들이 있었다. 방심한 상태에서 그녀는 터무니없는 것을 선택했고, 점원 소녀는 그녀가 미쳤다고 생각했다.

그들이 포장하고 있을 때 엘리자베스는 킬먼 양이 무슨 생각을 하는지 다소 의아해했다. 차를 마셔야 한다고 킬먼 양은 일어서 추스리면서 말했다. 그들은 차를 마셨다.

엘리자베스는 킬먼 양이 배가 고플 수 있을까 하고 다소 이상하게 생각했다. 문제는 그녀가 먹는 방식이었다. 그녀는 열심히 먹고는 그리곤 다시 또다시 옆 테이블에 있는 설탕 친 케이크 접시를 바라다보았다. 한 부인과 아이가 앉아 있었는데, 아이가 그 케이크를 먹을 때, 킬먼 양은 정말로 그것을 염두에 두었을까? 그랬다, 킬먼 양은 그것을 마음에 두었다. 그녀는 그 케이크—그 분홍색 케이크를 원했다. 먹는 즐거움은 그녀에게 남은 거의 유일한 순수한 즐거움인데, 그런데 그것에서조차도 좌절당하다니!

사람들이 행복해할 때 그들은 끌어당겨 쓸 수 있는 비축해둔 것을 갖고 있는 것이라고 그녀는 엘리자베스에게 말했었다. 반면에 자신은 타이어가 없는 차바퀴와 같았다(그녀는 그런 은유들을 좋아했다). 어떤 자갈에도 흔들렸다. 수업이 끝난 후, 화요일 아침 수업이 끝난 후에 남아서, 벽난로 곁에 그녀가 학생가방이라고 부르는 책이 든 가방을 들고 서서 그렇게 그녀는 말했다. 그리고 그녀는 또한 전쟁에 대해서 이야기했다. 어찌 되었건 영국인이 언제나 옳다고 생각지는 않는 사람들이 있었다. 그런 책도 있었고, 그런 회합도 있었다. 다른 견해들이 있었다. 엘리자베스도 함께 아무개의 (가장 이상하게 생긴 나이 든 남자였다) 연설을 들으러 가지 않을래요? 그리곤 킬먼 양은 켄싱튼에 있는 어떤 교회로 그녀를 데려갔고 그들은 목사와 차를 마셨다. 그녀는 자신의 책을 빌려주었다. 법, 의학, 정치, 모든 직업이 당신 세대 여자들에게는 열려 있다고 킬먼 양은 말했다. 그러나 자신에게 출세 길은 완전히 망쳐졌어, 그것이 자신의 잘못일까? 맙소사, 아니에요,라고 엘리자베스는 말했다.

어머니는 오셔서 큰소리로 부르면서 말하리라. 큰 꽃바구니가 부어톤에서 왔는데 킬먼 양에게 꽃을 보내면 좋아할까? 그녀는 킬먼 양에게 언제나 아주아주 친절했지만, 킬먼 양은 꽃을 모두 다발째 짓이겨버리고 어떤 잡담도 나누지 않았으며, 킬먼 양의 관심을 끄는 것은 어머니를 지루하게 했으며, 킬먼 양과 어머니가 함께 있는 것은 끔찍했다. 게다가 킬먼 양은 거만하게 굴었고 너무 평범해보였다. 그렇지만 킬먼 양은 놀라우리만치 영리했다. 엘리자베스는 가난한 사람들에 대해서 한번도 생각해본 적이 없었다. 그들은 원하는 모든 것을 누리며 살았다—어머니는 매일 아침 침대에서 아침을 잡수셨다. 루시가 아침을 올려 갔다. 그리고 그녀는 노부인들을 좋아했다. 그들이 백작부인들이고 어떤 경들의 후손들이었기 때문에 말이다. 하지만 (수업이 끝난 어느 화요일 아침에) "나의 할아버지는 켄싱튼에서 유화 물감을 파는 상점을 경영했어요." 킬먼 양은 말했다. 킬먼 양은 사람을 너무나도 부끄럽게 만들었다.

킬먼 양은 또 한 잔의 차를 마셨다. 동양적인 용모를 지닌 엘리자베스는 알 수 없는 신비함을 지닌 채, 더할 나위 없이 똑바르게 앉아 있었다. 아니, 그녀는 어떤 것도 더 원하지 않았다. 그녀는 자신의 장갑—하얀 장갑을 찾았다. 그것은 테이블 밑에 있었다. 아, 하지만 그녀는 가서는 안 돼! 킬먼 양은 그녀를 보낼 수 없었다! 너무나도 아름다운 이 젊은이, 그녀가 참으로 사랑하는 이 소녀! 그녀의 커다란 손이 테이블 위에서 펴졌다 쥐어졌다 했다.

하지만 어찌된 일인지 약간 지루하다고 엘리자베스는 느꼈다. 그리고 정말로 그녀는 가고 싶었다.

그러나 "난 아직 다 먹지 않았어요." 킬먼 양이 말했다.

그러면 물론 엘리자베스는 기다리리라. 하지만 이 안은 좀 답답했다.

"오늘 저녁에 파티에 갈 건가요?" 킬먼 양이 말했다. 생각건대 엘리자베스는 가리라. 어머니는 그녀가 참석하기를 바랐다. 파티에 마음을 빼앗겨서는 안 된다고 킬먼 양은 말하며 초콜릿 에클레어[33]의 마지막 남은 조각을 손으로 만지작거렸다.

파티를 별로 좋아하지 않는다고 엘리자베스는 말했다. 킬먼 양은 입을 벌리고, 턱을 약간 내민 뒤에 꽤 큰 초콜릿 에클레어 마지막 조각을 삼켰다. 그리곤 손가락을 훔치고 찻잎을 가라앉히려 컵을 가시듯이 휘휘 움직였다.

자신이 산산이 쪼개지려는 것처럼 그녀는 느꼈다. 그 고통은 너무나도 끔찍했다. 만약 자신이 그녀를 꽉 붙잡을 수만 있다면, 만약에 그녀가 이 소녀를 꼭 껴안을 수만 있다면, 만약에 완전히 그리고 영원히 그녀를 자신의 것으로 만들고, 그런 다음에 죽을 수만 있다면, 그것이 그녀가 원하는 전부였다. 하지만 여기 앉아서, 아무런 할말도 생각할 수 없이, 엘리자베스가 자신에게 등을 돌리는 걸 보다니, 그녀에게조차 자신이 혐오스러운 존재로 느껴지다니 — 그것은 너무했다. 그녀는 견딜 수가 없었다. 살찐 손가락들이 안으로 구부러졌다.

"나는 결코 파티에 가지 않아요." 단지 엘리자베스가 가는 것을 막기 위해서 킬먼 양이 말했다. "사람들은 나를 파티에 초대하지

33 안에 크림을 넣고 설탕을 뿌린 과자.

않아요." ─ 그리고 그 말을 할 때 자신을 망치는 것은 바로 이 이기주의라는 것을 그녀는 알았다. 위트테이커 씨가 그녀에게 경고했었다. 하지만 그녀는 어쩔 수가 없었다. 너무나도 지독하게 그녀는 고통받았다. "왜 그들이 나를 초대해야만 하겠어요?" 그녀는 말했다. "나는 평범하고, 나는 불행한 걸요." 어리석다는 것을 그녀도 알았다. 하지만 지나쳐가는 저 모든 사람들 ─ 꾸러미를 든 사람들은 그녀를 경멸하였고, 그녀가 그 말을 하게끔 만들었다. 하지만 그녀는 도리스 킬먼이었다. 그녀는 학위를 갖고 있었고 세상에서 인정받는 여인이었다. 현대 역사에 대한 그녀의 지식은 훌륭하다는 말만으로는 부족했다.

"나는 자신을 불쌍히 여기지는 않아요," 그녀는 말했다. "내가 동정하는 것은," ─ 그녀는 '당신 어머니'라고 말하려고 했다. 하지만 아니, 그럴 수는 없었다, 엘리자베스에게 그럴 수는 없었다. "나는 다른 사람들이 더 불쌍해요." 그녀는 말했다.

마치 알 수 없는 동기에서 문 있는 데까지는 끌려 왔지만 전속력으로 달려 도망가버리기를 열망하는 어느 멍청한 짐승처럼 엘리자베스 댈러웨이는 조용히 앉아 있었다. 킬먼 양은 무슨 말을 더 하려는 걸까?

"나를 아주 잊지는 말아요." 도리스 킬먼이 말했다. 그녀의 목소리는 떨렸다. 당장에 들판 끝나는 데까지 그 멍청한 짐승은 공포에 질려 달려갔다.

커다란 손을 폈다가 쥐었다.

엘리자베스는 머리를 돌렸다. 웨이트리스가 왔다. 계산대에서 지불해야 해요, 엘리자베스는 말하며 가버렸다. 킬먼 양은 엘리자베스가 자기 육신의 내장을 끌어내어, 방을 가로질러 가면서 그것들을 쭉 잡아펴는 것 같다고 느꼈다. 그리곤 끝으로 몸을 틀어 머리를 아주 공손하게 까닥 하며 가버렸다.

그녀는 가버렸다. 킬먼 양은 대리석 탁자에 앉아 있었다. 에클레어가 널려 있었고 그녀는 한 번 두 번 세 번이나 고통스런 충격을 받고는 괴로워했다. 그녀는 가버렸다. 댈러웨이 부인이 이겼다. 엘리자베스는 가버렸다. 아름다움이 사라졌다, 젊음이 사라졌다.

그렇게 그녀는 앉아 있었다. 그녀는 일어서서 이리저리 약간 흔들거리며 작은 테이블 사이를 머뭇머뭇 나아갔다. 누군가가 그녀의 페티코트를 들고 쫓아왔다. 그녀는 길을 잃고는 인도 여행용으로 특별히 준비된 트렁크들 사이에 갇혔다. 다음에는 출산용품들과 유아용 리넨들이 있는 데로 왔고, 썩는 것과 안 썩는 것들, 햄, 약, 꽃, 문구들 등 세상의 모든 소모품들 사이를 지나갔다. 그것들은 냄새가 각양각색이었는데, 어떤 것은 달콤하고, 어떤 것은 시큼한 그 냄새들 속에서 그녀는 비틀거렸다. 모자를 비스듬히 쓰고, 얼굴은 아주 빨간 채, 그렇게 비틀거리는 자신의 전신이 거울에 비치는 것을 보았다. 마침내 그녀는 거리로 나왔다.

웨스트민스터 성당의 탑이, 신이 거주하시는 곳이 그녀 앞에 솟아 있었다. 교통의 흐름 한가운데에 신의 거주지가 있었다. 꾸러미를 들고 그 다른 성역, 사원을 향해 끈질기게 나아갔다. 그곳에서 자신의 얼굴 앞에 텐트 모양으로 손을 깍지 껴 모아 들고 기도하면서, 마찬가지로 피난처로 쫓겨온 다른 이들 곁에 앉아 있었다. 모인 잡다한 참배자들이 손을 얼굴 위로 치켜 기도할 즈음에는 사회 계급을 벗어버렸고, 성性조차도 거의 벗어버렸다. 하지만 일단 손을 치우면, 그들은 금방 정중한 중산층 영국의 남녀가 되었다. 그들 중 몇몇은 밀랍으로 만든 작품들[34]을 둘러보기

34 밀랍으로 만든 역대 영국 왕들의 조각상들.

를 원했다.

그러나 킬먼 양은 얼굴 앞에 손을 텐트 모양으로 모으고 있었다. 방금 그녀는 혼자 남겨졌다가, 방금 또 다른 무리에 끼였다. 새로운 참배자들이 거리에서 들어와서는 어슬렁거리고 돌아다니는 사람들의 자리를 메우고 있었다. 사람들이 주위를 둘러보고 무명 용사의 무덤을 지나갈 때, 여전히 그녀는 자신의 눈을 손가락으로 가리고 이 이중의 어두움—사원의 빛은 실체가 없기 때문에—속에서 허영, 욕망, 소모품들을 초월하여 높이 솟아오르려고 노력하였다. 자신에게서 증오와 사랑의 감정을 없애려고 하였다. 그녀의 손이 뒤틀렸다. 그녀는 몸부림치고 있는 것 같았다. 하지만 다른 이들에게 신은 접근하기 쉬웠고, 신에게 가는 길은 평탄했다. 재무성에서 퇴역한 플래처 씨, 유명한 왕실 변호사의 미망인 고르햄 부인은 신에게 순수하게 다가갔고, 기도를 드린 후에는, 뒤로 기대어 음악을 (오르간 소리가 달콤하게 울려퍼졌다) 즐겼다. 그러고는 줄 끝에 앉아서 기도하고, 또 기도하는 킬먼 양을 보고, 저승 문간에서 여전히 서성대는 자신들처럼, 그녀 또한 같은 영역을 떠나지 못하고 남아 있는 영혼이라고 불쌍히 여겼다. 실체가 없는 물질로 빚어진 영혼이었다. 한 여인네가 아니라 한 영혼이었다.

그러나 플래처 씨는 가야만 했다. 그는 그녀를 지나가야만 했는데, 그 자신은 새 핀마냥 단정했기 때문에, 가난한 여인의 흐트러진 매무새에 약간은 괴롭지 않을 수가 없었다. 머리는 풀어져 있었고 꾸러미는 바닥에 팽개쳐 있었다. 당장에 그를 지나가게 하지는 않았다. 하지만 그가 일어서서 주변을, 하얀 대리석들, 회색빛 유리창들 그리고 쌓여 있는 보물들을 (그는 사원이 너무나도 자랑스러웠다) 가만히 보고 있을 때, 그녀가 거기 앉아서 때때로 무릎을 움직였을 때(그녀가 신에게 다가가는 것은 너무나도 고되고, 그녀의 욕망은 너무나도 격렬했다), 그녀의 큰 덩치, 건장함, 그리고 힘은 인상적이었다. 이런 점들이 댈러웨이 부인과(그녀는 그날 오후 내내 킬먼 양에 대한 생각을 마음에서 지울 수가 없었다), 에드워드 위트테이커 목사, 엘리자베스에게도 깊은 인상을 주었듯이 말이다.

한편 엘리자베스는 빅토리아 거리에서 버스를 기다리고 있었다. 밖에 있는 것이 너무나도 좋았다. 아마 아직은 집에 갈 필요가 없으리라고 그녀는 생각했다. 밖에 대기 중에 있는 것이 너무나도 좋았다. 그래서 그녀는 버스를 타고 싶었다. 그리고 거기 그녀가 잘 재단된 옷을 입고 서 있을 때부터, 이미 시작되었는데, 사람들은 그녀를 포플러 나무에, 이른 새벽에, 히아신스에, 새끼사슴에, 흐르는 물에, 그리고 정원의 백합에 비교하기 시작했고, 그래서 그녀의 삶을 짐스럽게 만들었다. 시골에서 자신이 하고 싶은 일을 하도록 혼자 내버려두는 것을 그녀는 훨씬 더 좋아했기 때문이다. 하지만 그들은 그녀를 백합에 비유했으며 그녀는 파티에 가야만 했다. 게다가 런던은 아빠랑 개와 함께 시골에 홀로 있는 것에 비하면 너무나도 울적한 곳이었다.

버스들이 휙 내려와서는, 멈추었다가는 떠났다—야단스럽게 장식한 대형 버스들이 빨갛고 노란 도료로 칠해져 반짝거렸다. 하지만 어떤 버스를 타야 하지? 그녀는 마음에 드는 것이 없었다. 물론 그녀는 밀치며 타고 싶지는 않았다. 수동적인 경향이 있었다. 그녀가 필요로 하는 것은 표정이었다. 하지만 그녀의 눈은 아름다웠고, 중국인의 눈매에 동양적이었다. 어머니가 말씀하시길, 그렇게 멋진 어깨에 몸을 곧추세우기만 하면 그녀는 언제나 매력적으로 보인다고 하셨다. 근래 들어, 특별히 저녁에, 결코 흥분한 적은 없지만, 흥미 있어할 때면, 그녀는 아름다워 보였고, 아주 위엄이 있었으며, 매우 차분해 보였다. 그녀가 무슨 생각을 할 수 있었겠는가? 모든 남자들은 그녀와 사랑에 빠졌고, 그녀는 정말로 끔찍하게 따분하였다. 그녀의 시절이 시작되고 있었던 것이다. 그녀의 어머니는 그것을 알 수 있었다—찬사가 시작되고 있었다. 그녀가 그것에 대해서 마음을 쓰지 않는다는 사실이—예를 들면 옷에 대해서—때때로 클러리서를 걱정하게 했다. 하지만 아마도 그 모든 강아지들과 기니피그들이 디스템퍼에 걸린 것을 걱정하는 것이 나은지도 몰랐다. 그 사실이 그녀에게 매력을 주었다. 한데 이제 킬먼 양과 이처럼 이상한 우정을 맺다니. 하지만 그것은 그녀가 정이 있다는 증거지, 클러리서는 새벽 세 시쯤이었는데, 잠을 잘 수가 없어서 마봇 남작의 회고록을 읽고 있다가 그런 생각을 했다.

갑자기 엘리자베스는 앞으로 몇 발자국 나가, 다른 사람들보다 먼저 아주 그럴듯하게 버스에 올라탔다. 그녀는 이 층에 자리를 잡았다. 이 거세게 움직이는 녀석—해적선 같은—은 시동을 걸어 앞으로 나가더니 급히 움직여 갔다. 그녀는 몸을 똑바로 유지하기 위해서 난간을 꼭 잡아야 했다. 왜냐하면 이 버스는 해적선이었으니까. 앞뒤를 가리지 않았고, 조심성 없이, 무자비하게 바람 부는 쪽에서 다가와, 위험스럽게 우회하고, 뱃심 좋게 승객을 태우기도 하고 지나쳐 가기도 하면서, 차들 사이를 뱀장어처럼 거드름 피우며 밀어붙이고, 모든 돛을 다 펴고는 화이트홀로 거만하게 달려갔다. 그런데 엘리자베스는 자신을 질투하지 않고 사랑하며, 자기를 너른 들판의 새끼사슴이라고, 숲 속 빈 터의 달이라고 생각하는 불쌍한 킬먼 양을 한번이라도 생각했을까? 그녀는 구속에서 벗어난 것이 기뻤다. 신선한 공기는 너무 상쾌했다.

육해군백화점에서는 너무나도 숨막힐 것 같았다. 그리고 이제 화이트홀로 달려 올라가는 것은 말을 타는 것 같았다. 버스가 움직일 때마다 새끼사슴 빛깔의 코트를 입은 그녀의 아름다운 몸은 말 탄 기수처럼, 뱃머리의 조각상처럼 자유롭게 반응했다. 미풍이 그녀의 매무새를 약간 흐트러트렸다. 열기가 그녀의 뺨에 하얗게 칠한 나무의 창백함을 더하였고 그녀의 아름다운 눈은 마주칠 눈도 없이 앞을 응시하였다. 멍하니, 반짝이며, 조각상처럼 믿기지 않을 정도로 순수하게 응시했다.

킬먼 양이 몹시 어려운 것은 그녀가 언제나 그녀 자신의 고통에 대해서 이야기하기 때문이다. 게다가 그녀가 옳기나 한지? 만약에 위원회에 참석하고 매일매일 수많은 시간을 쓰는 것이 (런던에서 그녀는 아버지를 거의 볼 수가 없었다) 가난한 사람들을 돕는 거라면, 그녀의 아버지는 그 일을 했다, 신은 아시리라—만약 그것이 킬먼 양이 의미하는 그리스도인이 되는 것이라면 말이다. 하지만 그것은 참으로 말하기 어려웠다. 아 그녀는 조금 더 가고 싶었다. 스트랜드까지 가려면 일 페니를 더 내야 한다고요? 그러면, 여기 1페니 있어요. 그녀는 스트랜드에 가보고 싶었다.

그녀는 아픈 사람들을 좋아했다. 그리고 모든 직업이 우리 세대 여성에게는 열려 있다고 킬먼 양은 말했다. 그러므로 그녀는 의사가 될 수도 있다. 그녀는 농부가 될 수도 있다. 동물들은 자주 아팠다. 그녀는 한 천 에이커쯤의 땅을 소유하고 사람들을 부릴 수도 있었다. 그녀는 그들 오두막에 가서 그들을 보리라. 이게 서머셋 하우스[35]구나. 사람들은 아주 훌륭한 농부가 될 수도 있지—그 생각은 아주 이상하게도, 킬먼 양과 관련된 것이지만, 거

35 1547년부터 1550년 사이에 지어진 영국의 첫 번째 르네상스 양식의 궁전이다. 1692년까지는 왕족이 거주하던 곳이었고, 1836년부터 1973년까지는 출생, 사망, 결혼 기록을 보관하는 곳이었다.

의 전적으로 서머셋 하우스 때문에 생각났다. 그 커다란 회색빛 빌딩은 너무나도 화려하고 너무나도 장중하였다. 그리고 그녀는 사람들이 일한다는 그 느낌을 사랑했다. 스트랜드의 흐름을 맞서고 서 있는 회색 종이로 된 형상처럼 보이는 저 교회들을 사랑했다. 챈서리 레인에서 내리면서 여기는 웨스트민스터하고는 아주 다르다고 생각했다. 너무 장중했고 너무 바빴다. 간단하게 말해서, 그녀는 직업을 갖고 싶었다. 그녀는 의사가, 농부가 되고 싶고, 자신이 필요하다고 생각하면 어쩌면 의회로 나갈 수도 있었다. 이 모든 생각이 스트랜드 거리 때문이었다.

각자의 일로 바쁜 저 사람들의 발자국, 돌을 차곡차곡 놓는 손길들. 사소한 잡담들(여자들을 포플러에 비유하는 것 — 그것은 물론 약간은 호기심을 불러일으키기는 하지만, 아주 터무니없었다)이 아니라, 배들이나, 사업, 법, 행정 등 그리고 너무나도 위엄 있고 (그녀는 사원에 있었다) 즐겁고 (강이 있었다) 신성한 (교회가 있었다) 모든 것들에 전념하는 마음들 때문에, 그녀는 어머니가 뭐라 하시든지 농부나 의사가 되기로 결연히 결심하게 됐다. 하지만 그녀는 물론 약간 게으른 편이다.

그 일에 관해서는 말 않는 편이 훨씬 나았다. 그것은 너무나도 어리석어보였다. 그것은 사람이 혼자 있을 때 때때로 일어나는 그런 종류의 일이었다 — 건축한 이의 이름도 없는 건물들, 도시에서 돌아오는 사람들의 무리는 켄싱튼의 어떤 성직자보다도, 킬먼 양이 빌려주는 어떤 책들보다도 더 큰 힘을 갖고 있어서, 마음이라는 모래 깔린 바닥에 졸리운 듯이 어설프고 수줍게 놓여 있던 것들을 표면을 깨고 나오게 자극하였다는 사실 말이다. 마치 한 아이가 갑자기 기지개를 켜기라도 한 듯이 말이다. 아마도 단지 그것, 한 번의 한숨, 한 번의 기지개, 한 번의 충동, 하나의 계시가 영원한 영향을 끼치고는 다시 모래 바닥으로 가라앉는 듯했다. 그녀는 집으로 가야만 했다. 그녀는 만찬을 위해서 옷을 입어야만 했다. 한데 몇 시지? 시계가 어디 있담?

그녀는 플리트 거리를 올려다보았다. 그녀는 바울 성당을 향하여 조심스럽게 아주 조금 걸어갔다. 마치 살금살금 파고 들어가, 밤에 촛불을 들고 낯선 집을 탐색하는데 주인이 갑자기 문을 열어젖히며 그녀의 용무를 물을까 봐 신경이 곤두선 사람 같았다. 또한 그녀는 감히 이상한 골목길이나 유혹하는 뒷길로 벗어나 헤맬 수는 없었다. 낯선 집에서 침실이거나 거실일 수도 있고, 혹은 식료품 저장실로 곧장 연결될 수도 있는 문을 열지 못하는 것처럼 말이다. 왜냐하면 댈러웨이 집안 사람 누구에게도 스트랜드 거리[36]를 걸어 내려오는 것은 매일 있는 일상적인 일은 아니었다. 그녀는 개척자였다. 위험을 무릅쓴, 의심할 줄 모르는 방랑자였다.

여러 면에서 그녀가 아주 미숙하다고 어머니는 느꼈다. 아직도 어린아이 같았고 인형에, 낡은 슬리퍼에 애착을 가졌다. 아주 어린 애기였고, 그 점이 매력적이었다. 하지만 물론 댈러웨이 가에는 공중公衆을 위한 봉사라는 전통이 있었다. 여성 사회에서의 대수녀원장들, 교장들, 여교장들, 고위 성직자들—그들 중 누구도 뛰어나지는 않았지만 그들은 그렇게 봉사했다. 그녀는 바울 성당 쪽으로 조금 더 파고 들어갔다. 그녀는 이 소란스러움이 전해주는 다정스러움, 여성들간의 동지성, 모성, 형제애를 사랑했다. 그

36 이 거리는 16세기에는 귀족과 주교들의 거주 지역이었다. 17세기에 유복한 시민들의 작은 집들로 바뀌었으나, 18세기에는 커피 가게와 식당들로 유명한 거리가 되어서 소매치기와 매춘부들이 가장 좋아하는 거리였다. 1830년에 재개발이 이루어져 아주 번화하고 훌륭한 거리로 바뀌었다. 지금은 상점들, 극장, 식당, 호텔들이 있는 사람들이 많이 찾는 바쁜 거리이다. 여기서 엘리자베스는 보호받은 상류층 자제로서 그런 거리가 으레 내포할 수 있는 자신의 신분과 어긋나는 것을 만날지도 모르는 위험을 무릅쓴 모험가로 스스로를 상정한다.

녀에게는 좋게 보였다. 소음은 엄청났다. 갑자기 실업자들의 트럼펫 소리가 요란하게 울려퍼졌고 소란 속에서 덜컹덜컹 소리가 났다. 군악軍樂, 마치 사람들이 행진하는 것 같았다. 하지만 그들이 죽어가고 있다면—어떤 여인이 마지막 숨을 몰아 쉬고 있고, 누구든지 지켜보던 이가 그녀가 최고로 위엄 있는 행위를 해내고 있는 방 창문을 열고, 플리트 거리를, 그 소란을 내려다본다면, 그 군악 소리는 의기양양해하며 그에게까지 다다라, 무심하게 위안을 주리라.

음악에는 의식이 없었다. 거기에는 어떤 운이나 운명에 대한 인식이 없었다. 바로 그 이유 때문에 죽어가는 이의 얼굴에서 마지막 의식의 떨림을 지켜보며 망연자실해 있는 이들에게조차도 위안이 되었다. 사람들에게 망각은 상처를 줄 수도 있고 은혜를 모르는 행위는 마음을 손상시키기도 하지만, 이 소리는 해가 가고 오도록 끝없이 쏟아져 내리며 그것이 무엇이든지 간에, 이 맹세든, 이 화물차든, 이 삶이든, 이 행렬이든 간에 취하여서는, 그들 모두를 싸 안고는 그들을 실어 갔다. 마치 빙하가 흐르는 거친 물결에서 얼음이 뼈 조각이나 푸른 이파리, 떡갈나무 조각 따위를 거머쥐어서는 그것들을 말아가듯이 말이다.

한데 그녀가 생각했던 것보다 시간이 늦었다. 어머니는 그녀가 이처럼 혼자서 헤매고 돌아다니는 것을 좋아하지 않으리라. 그녀는 스트랜드 거리를 돌아 내려갔다.

바람이 훅 하고 불어와 (열기에도 불구하고 꽤 바람이 있었다) 태양 위로 스트랜드 거리 위로 얇은 검은 베일을 덮었다. 얼굴들이 사라지고 버스들은 갑자기 번쩍이는 빛을 잃었다. 구름은 산처럼 크고도 높은 흰 덩어리여서 우리는 도끼로 딱딱한 흠을 잘라내는 것을 상상할 수 있었다. 넓은 금색의 능선이 있고, 천상처럼 즐거운 정원이 산 옆구리에 있었으며, 세상 위에 신들의 모임을 위해서 마련한 안식처의 온갖 모습을 갖추고 있었다. 하지만 그 가운데에도 끊임없는 움직임이 있었다. 신호가 오고 갔다. 그 때 이미 정해진 계획을 완수하려는 듯이, 산 정상이 점점 줄어들고, 이제는 피라미드만한 크기의 전체 덩어리가 변함없이 자신의 자리를 지키다가 가운데로 움직여 가 그 행렬을 새로운 정박지를 향하여 장엄하게 이끌어갔다. 구름들은 자리에 고정된 듯이, 완전히 만장일치로 쉬고 있는 것같이 보여도, 눈처럼 희기도 하고 금빛으로 빛나는 구름 표면은 더없이 신선하고 자유롭고 민감해 보였다. 모습이 변하고 흘러가버리고 그 엄숙한 집합체를 해체하는 것이 당장 가능했다. 장중하게 불변하는 듯하고 강건하고 육중하게 쌓여 있는 것 같았지만, 그것들은 땅에 빛을 밝히는가 하면 어둠을 주었다.

차분하지만 능숙하게 엘리자베스 댈러웨이는 웨스트민스터행 버스에 올라탔다.

빛과 그림자가 벽을 회색으로 만들고, 바나나를 밝은 노란색으로, 스트랜드 거리를 잿빛으로, 버스들을 밝은 노란빛으로 꾸미면서, 사라졌다가는 다시 나타나고, 손짓하고 신호를 보내는 것처럼 셉티머스 스미스에게는 보였다. 그는 거실 소파에 누워서, 물기를 듬뿍 품은 그 금빛이 어떤 살아 있는 피조물의 놀라운 감각으로 벽지 위에, 장미 위에 빛나다가 스러져가는 것을 지켜보았다. 밖에서는 나무들이 대기의 심연 속에 펼쳐진 그물처럼 이파리들을 펼쳤다. 방 안에는 물 소리가 있었고, 파도 소리 사이로 새들이 노래부르는 소리가 들렸다. 신들이 그의 머리 위에 보배를 쏟아부었고, 그의 손은 거기 의자 등받이에 놓여 있었다. 마치 헤엄칠 때, 자신의 손이 파도 꼭대기에 떠 있는 것을 보았던 것처럼 말이다. 그러는 동안 멀리 해안에서는 개가 짖고 또 짖는 소리가 들렸다. 더 이상 두려워 마라, 육신 안의 마음이 말했다, 더 이상 두려워 마라.

그는 두렵지 않았다. 매 순간마다 자연은 벽 주위에 둘린 저 금색 얼룩—저기, 저기, 저기—같은 우스운 힌트들을 써서 보여주고자 하는 결심을 알렸다. 깃털 장식을 휘두르며, 치렁치렁한 머리를 흔들며, 자신의 망토를 이리저리 아름답게, 언제나 아름답게 흔들면서[37], 가까이 서서는 셰익스피어의 말들을, 자신의 의도를 우묵하게 오그린 손 사이로 속삭여주었다.

레지아는 테이블에 앉아서 손에 든 모자를 비틀어 돌리면서 그를 바라보았다. 그가 미소 짓는 것을 보았다. 그러면 그는 행복한 모양이다. 하지만 그녀는 그가 미소 짓는 것을 참고 볼 수가 없었다. 이것은 결혼 생활이 아니었다. 저처럼 이상해 보이고 언제나 놀라다 웃기도 하고, 몇 시간이고 가만히 앉아 있다가, 그녀를 꽉 움켜잡고는 그녀에게 받아쓰라고 말하는 것은 남편의 모습이 아니다. 책상 서랍은 전쟁이나 셰익스피어, 위대한 발견에 관한 것, 어떻게 죽음이 존재하지 않는지에 관한 온통 그런 글들로 가득 찼다. 최근에 그는 갑자기 이유도 없이 흥분해서는(홈즈 의사와 윌리엄 브래드쇼 경 둘 다 흥분은 그에게 가장 나쁜 것이라고 했다), 손을 흔들며 소리쳤다. 그는 진실을 안다! 그는 모든 것을 안다! 그 사람, 전사한 그의 친구, 에반스가 왔다고 그는 말했다. 그가 방충망 뒤에서 노래하고 있다고 했다. 그녀는 그가 말하는 대로 받아썼다. 어떤 것들은 아주 아름다웠다. 다른 것들은 순전한 허튼소리였다. 그리고 그는 언제나 중간에 멈추어서 마음을

37 영어에서는 자연을 여성으로 받기 때문에 가능한 비유이다. 자연이 알려주는 방법을 여인이 자신의 몸을 통해서 하는 것으로 비유하고 있다.

바꾸고는 무엇인가를 덧붙이고 싶어했다. 새로운 어떤 것이 들려오면, 손을 위로 올리고는 경청했다.

하지만 그녀에게는 아무것도 들리지 않았다.

그리고 한번은 방을 청소하던 하녀가 이런 종이들 중에 하나를 읽고는 갑작스럽게 웃음을 터트리는 것을 보았다. 아주 유감스러운 일이었다. 그 일로 셉티머스는 인간의 잔인성에 대해서 — 그들이 어떻게 서로서로를 갈기갈기 찢어 죽이는지를 — 큰소리로 떠들었다. 타락한 자들인 그들은 서로를 갈기갈기 찢는다고 말했다. "홈즈가 우리를 공격한다"고 말하곤 했으며, 홈즈에 대한 이야기를 꾸며내었다. 홈즈가 죽을 먹는다, 홈즈가 셰익스피어를 읽는다 — 이 이야기는 그로 하여금 웃다가, 분노 때문에 큰소리를 지르게 만들었다. 홈즈 의사는 그에게는 무엇인가 끔찍한 것을 상징하는 것 같았기 때문이다. 그는 홈즈를 '인간 본성'이라고 불렀다. 그리고 그는 환상들을 보았다. 그가 익사해서, 절벽 위에 누워 있는데 갈매기들이 위에서 귀청을 찢듯이 울부짖고 있다고 말하곤 했다. 그는 소파 가장자리 너머로 바닷속을 내려다보곤 했다. 혹은 그는 음악 소리를 들었다. 하지만 그것은 단지 거리에서 들리는 손잡이 달린 휴대용 오르간이거나 어떤 사람이 외치는 소리였다. 하지만 "아름다워!" 그는 외치며 뺨에 눈물을 흘렸다. 그녀에게 그것은 모든 것 중에 가장 끔찍한 일이었다. 전쟁에서 싸웠었고 용감했던 셉티머스 같은 남자가 우는 것을 보는 것 말이다. 그리곤 그는 누워서 듣고 있다가 갑자기 자신이 불 속으로 아래로 아래로, 떨어져 내린다! 고 울부짖었다. 실제로 그녀는 불길을 찾아보고 싶었다. 너무나도 현실감이 생생했다. 하지만 아무것도 없었다. 그들 둘만이 방에 있었다. 그녀는 꿈이라고 그에게 말했으며 그래서 마침내 그를 진정시켰다. 하지만 때때로 그녀 또한 두려웠다. 그녀는 앉아서 바느질을 하며 한숨을 쉬었다.

그녀의 한숨 소리는 저녁나절 바깥 숲속에 이는 바람같이 부드럽고 매혹적이었다. 이제 그녀는 가위를 내려놓았다. 그리곤 무언가를 테이블에서 집으려고 몸을 돌렸다. 조금 움직이고, 조금 바스락거리고, 조금 톡톡 치면서, 거기 그녀가 앉아서 바느질하고 있는 테이블 위에 무언가를 만들어내었다. 속눈썹 사이로 그는 그녀의 흐릿한 윤곽을 볼 수 있었다—그녀의 작고 까만 몸, 그녀의 얼굴, 그녀의 양손, 실타래를 집어들거나 실크천을 찾을 때 (그녀는 물건들을 잘 잃어버리는 경향이 있었다) 테이블에서 그녀가 돌아보는 동작들. 그녀는 필머 부인의 결혼한 딸을 위해서 모자를 만들고 있었다. 그녀의 이름은—그는 이름을 잊어버렸다.

"필머 부인의 결혼한 딸 이름이 뭐였지?" 그는 물었다.

"피터 부인이요." 레지아가 말했다. 모자를 자기 앞으로 들어올리며 너무 작을까 봐 걱정이라고 그녀는 말했다. 피터 부인은 몸집이 큰 여인이었고, 레지아는 그녀가 싫었다. 단지 필머 부인이 그들에게 너무 친절했기 때문에 해주는 것이었다. "오늘 아침에 부인이 포도를 주셨어요." 레지아는 말했다—그래서 레지아는 무엇인가를 해서 그들이 감사해한다는 것을 보이고 싶었다. 저번 날 저녁에 그녀는 들어오다가 그들이 나갔다고 생각하고 축음기를 틀고 있는 피터 부인을 만났다.

"정말이요?" 그가 물었다. 그녀가 축음기를 틀고 있었다고? 그래요, 그때 레지아는 그에게 그 이야기를 해주었다. 그녀는 피터 부인이 축음기를 틀고 있는 것을 보았다.

아주 조심스럽게 그는 눈을 뜨기 시작했고 축음기가 진짜 거기에 있는가 보았다. 하지만 실제 사물들—실제 물건들은 너무나도 자극적이었다. 그는 조심해야만 했다. 그는 미쳐가고 싶지는 않았다. 우선 그는 아래 선반 위에 패션 잡지들을 바라보았다. 그리곤 조금씩 초록빛 나팔이 달린 축음기를 바라보았다. 모든 것이 틀림없었다. 그래서 용기를 내어 그는 찬장을 쳐다보았다. 바나나가 담긴 접시를, 빅토리아 여왕과 남편을 새긴 판화를, 장미가 담긴 항아리가 얹혀져 있는 벽난로 선반을 보았다. 이것들 중 어느것도 움직이지 않았다. 모든 것이 가만히 있었다. 모든 것이 실재하고 있었다.

"험담을 잘하는 여인이에요." 레지아가 말했다.

"피터 씨는 직업이 뭐요?" 셉티머스가 물었다.

"아," 기억하려 하며 레지아가 말했다. 필머 부인이 그가 어떤 회사의 외무원이라고 말했던 것이 생각났다. "지금은 헐에 있어요." 그녀가 말했다.

"바로 지금!" 그녀는 이탈리아 액센트를 주며 말을 했다. 바로 그녀가 그 말을 했다. 한 번에 단지 조금씩만 그녀의 얼굴을 볼 수 있도록, 그는 자신의 눈을 가렸다. 처음에는 턱, 다음에는 코, 그리고 나서는 앞이마. 만약에 그것들이 흉한 모습이 되거나 어떤 끔찍한 자국이 있는 경우를 대비해서 말이다. 하지만 아니었다, 그녀는 아무 스스럼 없이, 바느질을 할 때 여인들이 흔히 하듯이 입술을 오므리고, 차분하고 우울한 표정을 하고 꿰매고 있었다. 그렇지만 아무것도 무서워할 것이 없다고 자신을 안심시키며, 두 번째, 세 번째로 그녀의 얼굴을, 손을 쳐다보았다. 거기 환한 대낮에 바느질을 하며 앉아 있는 그녀에게 도대체 어떤 소름끼치는 것, 혐오스러운 것이 있단 말인가? 피터 부인은 험담을 잘한다. 피터 씨는 헐에 있다. 그러면 왜 화내고 예언을 하는 거지? 왜 고통을 받으며 내팽개쳐져서 도망을 가는 거야? 왜 구름에도 떨고 흐느끼게 되었지? 레지아는 옷의 앞섶에 바늘을 꽂고 앉아 있고 피터 씨는 헐에 있는데, 왜 진리를 찾고 메시지를 전하려 하는 거지? 기적, 계시, 고통, 외로움이 바닷속으로 아래로 아래로 불길 속으로 떨어져, 모든 것이 다 타버렸다. 레지아가 피터 부인을 위한 밀짚 모자 모양을 다듬는 것을 바라보면서 죽은 사람을 온통 꽃으로 덮은 것을 생각했다.

"그것은 피터 부인에게는 너무 작아요." 셉티머스가 말했다.

며칠 만에 처음으로 그는 항상 그래왔듯이 말하고 있었다. 물론 그것은—터무니 없이 작다고 그녀는 말했다. 하지만 그것을 고른 것은 피터 부인이었다.

그는 모자를 그녀 손에서 받아 들었다. 그는 그것이 거리에서 손으로 풍금을 돌리며 연주하는 사람의 원숭이 모자라고 말했다.

얼마나 그녀를 즐겁게 했는지! 수주일 간 그들은 이처럼 같이 웃어보지 못했다. 결혼한 부부들이 그러는 것처럼 은밀하게 남을 놀리면서 말이다. 만약 필머 부인이나 피터 부인이, 혹은 누가 들어오더라도 그들은 그녀와 셉티머스가 무엇 때문에 웃는지 이해하지 못하리라고 그녀는 생각했다.

"됐어요." 그녀는 모자 한켠에 장미를 달면서 말했다. 그녀는 그렇게 행복하게 느낀 적이 없었다! 그녀 평생에 한번도!

하지만 그렇게 하면 더욱더 우스꽝스러워보인다고 셉티머스는 말했다. 이제 그 가련한 여인은 품평회장의 돼지같이 보일 거요. (아무도 셉티머스처럼 그녀를 웃게 만든 사람은 없었다.)

반짇고리에 어떤 게 있지? 리본, 구슬, 장식 술, 인조 꽃들이 있었다. 그녀는 그것들을 테이블 위에 쏟아놓았다. 그는 잘 어울리지 않는 색들을 짜 맞추기 시작했다—비록 손재주는 없어 소포를 꾸리지는 못하지만, 그는 놀라운 눈매를 가지고 있었다. 때로 그의 판단은 옳았다. 물론 때로는 터무니없었지만 때로는 놀라울 정도로 옳았다.

"그녀에게 아름다운 모자를 갖게 해주겠어!" 그는 중얼거리며 이것저것을 집어 들었다. 레지아는 그의 곁에 무릎을 꿇고 어깨 너머로 보았다. 이제 끝났어 — 디자인은 말이야. 그녀는 그것을 함께 꿰매야만 했다. 하지만 그가 꾸민 그대로 하기 위해서는 아주아주 조심해야만 한다고 그는 말했다.

그렇게 그녀는 꿰맸다. 바느질을 할 때 그녀는 난로 위에 놓여 있는 주전자 같은 소리를 낸다고 그는 생각했다. 보글보글 넘쳐나고, 살랑거리는 소리를 내며, 언제나 분주하게, 그녀의 강한 작고 기다란 손가락들로 죄고 쿡쿡 찌르고 하였다. 그녀의 바늘은 반짝이며 똑바로 들어갔다. 햇빛이 술 장식 위로, 벽지 위로 들어갔다 나갔다 하는지도 몰랐다. 하지만 발을 쭉 뻗고, 소파 끝에 놓인 고리 무늬가 있는 양말을 신은 발을 바라보면서 그는 기다리리라고 생각했다. 이 따뜻한 장소에서, 대기가 조용한 우묵한 이곳에서 그는 기다리리라. 때때로 저녁에 숲 가장자리에서 이런 곳을 만나게 될 때면 땅이 움푹 꺼지거나, 혹은 나무의 배치 때문에 (사람은 무엇보다도 과학적이어야 한다, 과학적이어야) 온기가 남아 있었고 새의 날개인 양 대기가 뺨에 몰아치곤 했다.

"됐어요." 레지아는 말하며 피터 부인의 모자를 손끝에서 빙글빙글 돌렸다. "지금으로서는 그 정도면 됐어요. 나중에……" 그녀의 문장은 거품처럼 넘쳐나 사라졌다. 똑, 똑, 똑, 물이 흐르게 수도꼭지를 잠그지 않고 내버려둔 것처럼.

놀라웠다. 자신이 그렇게 자랑스럽게 느껴지는 일을 일찍이 한 적이 없었다. 피터 부인의 모자는 정말 진짜였다, 그것은 정말 실재하는 것이었다.

"이것 좀 봐요." 그는 말했다.

그래 그 모자를 보기만 해도 언제나 그녀는 행복하리라. 그때 그는 자신으로 돌아왔고, 그때 그는 웃었다. 그들은 단둘이 함께 있었다. 언제라도 그녀는 그 모자를 좋아하리라.

그는 그녀에게 모자를 써보라고 말했다.

"하지만 나는 너무나도 이상해보일 게 틀림없어요!" 그녀는 외치며 거울로 달려가, 처음에는 이쪽으로 다음에는 저쪽으로 비쳐 보았다. 그리곤 그녀는 모자를 다시 확 잡아채어 벗었다. 문을 톡톡 두드리는 소리가 들렸기 때문이었다. 윌리엄 브래드쇼 경일까? 그가 벌써 사람을 보냈단 말인가?

아니었다! 저녁 신문을 가져온 작은 소녀일 뿐이었다.

언제나 있었던 일이 일어난 것이었다 — 그들의 삶에서 매일 저녁 일어났던 일. 작은 소녀는 문밖에서 엄지손가락을 빨고 있었다. 레지아는 무릎을 꿇고 앉았다. 레지아는 달콤하게 속삭이며 키스했다. 레지아는 테이블 서랍에서 사탕 한 봉지를 꺼냈다. 언제나 그런 일이 있었다. 처음에 한 가지 일이, 그 다음에 다른 일이 일어났다. 그렇게 그녀는 쌓아나갔다. 처음에 한 가지 일, 그 다음에는 다른 일 식으로 말이다. 그들은 춤추고, 팔짝팔짝 뛰면서 방을 빙빙 돌아다녔다. 그는 신문을 집어 들었다. 서레이 주의 팀이 모두 아웃되었다, 그는 읽었다. 더위가 몰아닥친대. 레지아는 되풀이해 말했다. 서레이 팀이 아웃이래. 더위가 몰아닥친대, 하며 그것을 필머 부인의 손녀와 노는 게임의 일부로 만들었다. 그들 둘은 자신들의 게임에 깔깔대고 웃으며, 재잘재잘대기도 했다. 그는 굉장히 피곤했다. 그는 아주 행복했다. 그는 자고 싶었다. 그는 눈을 감았다. 하지만 그가 아무것도 보지 않자마자, 게임 소리는 점점 희미해지고 낯설어져서, 마치 찾으려 해도 발견치 못하고 멀리멀리 지나가버리는 사람들의 외침처럼 들렸다.

그는 공포에 질려 놀라 일어났다. 그가 무엇을 보았지? 찬장엔 바나나 접시가 있었다. 아무도 거기에 없었다(레지아는 아이를 어머니에게 데리고 갔다. 잠잘 시간이었다). 바로 그거였다, 영원히 혼자라는 것. 그가 방으로 들어가 그들이 가위로 풀먹인 아마포를 모양대로 오리는 것을 보았을 때 밀라노에서 선고된 운명이 그것, 영원히 혼자라는 것이었다.

찬장하고 바나나하고 자신만 홀로 있었다. 그는 혼자였다. 이 적막한 높은 자리에 노출되어서, 몸을 뻗고 누워 있었다—산꼭대기도 아니고, 우뚝 솟은 바위 위도 아니고, 필머 부인의 거실 소파 위에 누워 있었다. 환상과 얼굴들, 죽은 자들의 목소리들, 그들은 어디에 있지? 그의 앞에는 까만 갈대와 푸른 제비들이 그려진 칸막이가 있었다. 그가 한때 산들을 보았던 곳, 그가 얼굴들을 보았던 곳에, 그가 아름다움을 보았던 곳에 칸막이가 있었다.

"에반스!" 그는 소리쳤다. 대답이 없었다. 쥐가 찍찍거렸나, 커튼이 바스락거렸나. 그런 것들이 죽은 자들의 목소리였다. 칸막이와 석탄통, 찬장이 그에겐 남아 있었다. 그러면 칸막이, 석탄통, 찬장을 대적해보자. 하지만 레지아가 재잘거리며 방으로 벌컥 들어왔다.

무슨 편지가 왔어요. 사람들의 계획이 변경되었어요. 필머 부인은 결국 브라이튼에 갈 수가 없게 되나 봐요. 윌리엄 부인에게 알릴 시간이 없어요. 정말로 레지아는 그것이 아주아주 짜증나는 일이라고 생각했다. 그때 모자가 그녀 눈에 띄었다. 그리고 생각했다…… 아마도…… 그녀는…… 아주 조금 만들 수…… 그녀의 목소리는 만족한 억양으로 스러져갔다.

"빌어먹을!" 그녀는 소리쳤다(그녀가 상스러운 말을 하는 것, 그것은 그들간의 농담거리였다). 바늘이 부러졌다. 모자, 아이, 브라이튼, 바늘. 그녀는 기초를 세워갔다. 처음에 하나를, 그 다음에 다른 것을, 그녀는 바느질을 하면서 세워갔다.

그녀는 장미를 옮겨 달면 모자가 나아보이지 않겠냐고 그에게 묻고 싶었다. 그녀는 소파 끝에 앉았다.

그들은 완벽히 행복하다고 갑자기 모자를 내려놓으면서 그녀가 말했다. 왜냐하면 지금 그녀는 무엇이든지 그에게 말할 수 있기 때문이었다. 생각나는 것 무엇이든지 말할 수 있었다. 그것은 그녀가 그에게 느꼈던 거의 첫 번째 감정이었다. 그날 밤 카페에 그가 동료 영국인 친구들과 어울려 들어왔을 때였다. 그는 다소 수줍어하며 들어와, 주변을 두리번거렸고, 모자를 걸었는데 떨어졌다. 그것을 그녀는 기억할 수 있었다. 비록 언니가 숭배하는 덩치 큰 영국인은 아니었지만, 그녀는 그가 영국인이라는 것을 알았다. 그는 언제나 말랐었다. 하지만 그는 아름답고 상쾌한 피부색을 가졌고, 게다가 그의 큰 코, 밝은 눈, 약간 구부리고 앉는 방식은, 그녀가 자주 그에게 말했듯이 어린 매를 연상시켰다. 그를 보았던 그 첫날 저녁에, 도미노 게임을 하고 노는데 그가 들어왔을 때 그랬다. 하지만 그녀와 함께 있으면 그는 언제나 아주 친절하였다. 그녀는 그가 거칠게 행동하거나 술에 취한 것을 본 적이 없다. 단지 때때로 이 비참한 전쟁 때문에 괴로워했다. 하지만 그럴 때조차도 그녀가 들어가면, 그는 그러기를 그만두었다. 이 세상의 이런저런 일들, 일하다 일어나는 어떤 사소한 짜증나는 일이나 그녀에게 떠오르는 어떤 말일지라도 그녀는 그에게 말하고 싶어했고 그는 당장에 이해했다. 그녀 자신의 가족들조차도 그와 같지는 않았다. 그녀보다 나이도 많고 아주 똑똑하고 — 그는 얼마나 진지한지, 그는 그녀가 영어로 아이들 동화를 읽을 수 있기도 전에 셰익스피어를 읽기를 원했다! — 그녀보다 훨씬 더 경험이 많아 그녀를 도울 수 있었다. 그리고 그녀 또한 그를 도와줄 수 있었다.

한데 이제 이 모자는 어쩌지. 그리고 (늦어지고 있었다) 윌리엄 브래드쇼 경은 또 어쩌나.

그녀는 손을 머리로 뻗으면서, 그가 모자를 좋아하는지 싫어하는지 말해주기를 기다리고 있었다. 그녀가 거기 앉아서 기다리면서, 내려다보고 있을 때 그는 그녀의 마음을 느낄 수 있었다. 마치 새처럼, 가지에서 가지로 뛰어내리며, 언제나 아주 바르게 내려앉았다. 그녀에게는 너무나도 자연스러운 그런 멋대로의 흐트러진 자세를 취하고 그녀가 거기에 앉아 있을 때, 그는 그녀의 마음을 따라갈 수 있었다. 만약 그가 어떤 말이라도 하면, 구부러진 발톱으로 가지에 단단히 내려앉은 새처럼 그녀는 당장에 웃음지었다.

하지만 그는 브래드쇼가 "우리가 아플 때는 우리가 가장 좋아하는 사람들은 소용이 없어요" 하고 말했던 것이 기억났다. 브래드쇼는 그가 쉬는 법을 배워야 한다고 했다. 브래드쇼는 그들이 헤어져 있어야만 한다고 말했다.

'해야만 한다', '해야만 한다', 왜 '해야만' 하지? 브래드쇼가 그를 멋대로 좌우할 무슨 힘이 있는 거야? "브래드쇼가 '해야만 한다'고 나에게 말할 무슨 권리가 있냐구?" 그는 다그쳐 물었다.

"왜냐하면 당신이 자살 이야기를 했기 때문이에요." 레지아가 말했다. (고맙게도 그녀는 이제 셉티머스에게 무엇이든지 말할 수 있었다.)

그래서 그는 그들의 손아귀에 있었다! 홈즈와 브래드쇼가 그를 덮치고 있었다. 빨간 콧구멍을 가진 짐승이 비밀스러운 모든 곳을 킁킁거리며 냄새 맡고 다녔다! '해야만 한다'고 말할 수 있었다! 그의 종이 쪽지들이 어디 있지? 그가 쓴 것들 말이야?

그녀는 종이 쪽지들, 그가 쓴 것들, 그녀가 그를 위해 쓴 것들을 가져왔다. 그녀는 소파 위에다 그것들을 쏟았다. 그들은 함께 그것들을 쳐다보았다. 도표들, 그림들, 작은 남자와 여자들이 막대기들을 무기로 휘두르고, 날개가 — 날개일까? — 그들 등에 있었다. 1실링짜리 동전과 6펜스짜리 동전을 대고 베낀 원들 — 태양과 별들. 등산가들이 로프로 한데 연결되어 기어오르는 지그재그형의 벼랑들은 정말로 칼과 포크 같았다. 바다를 그린 쪼가리들에는 파도 같은 것에서 내다보며 웃는 작은 얼굴들이 있었다. 그것은 세상의 지도였다. 그것들을 태워! 그는 외쳤다. 이제 그가 쓴 것들을 보자. 철쭉 숲 뒤에서 어떻게 죽은 자들이 노래부르고 있는지에 관한 것, 시간에 부친 송가, 셰익스피어와의 대화, 에반스, 에반스, 에반스 — 죽은 자들이 보낸 메시지 따위들이다. 나무들을 베지 마세요, 수상에게 이야기해줘요. 우주적인 사랑, 세상의 의미. 그것들을 태워버려! 그는 외쳤다.

하지만 레지아는 그것들 위에 손을 얹었다. 어떤 것들은 아주 아름답다고 그녀는 생각했다. 그녀는 그것들을 실크천 조각으로 묶으리라(왜냐하면 그녀는 봉투가 없었다).

만약에 그들이 그를 데려간다 할지라도, 그와 함께 가겠다고 그녀는 말했다. 우리 의사를 무시하고 우리를 떼어놓을 수는 없다고 그녀는 말했다.

이리저리 움직여 가장자리를 가지런히하여, 그녀는 쓴 것들을 꾸려서, 거의 보지도 않고 곁에 앉아 꾸러미를 묶었다. 마치 모든 꽃잎들이 그녀를 에워싸 보호하는 것 같다고 그는 생각했다. 그녀는 꽃 피는 나무였다. 그녀의 가지 사이로 입법자들이 얼굴을 내밀었다. 그들은 신성한 장소에까지 다다랐다. 하지만 그녀는 아무도 두려워하지 않았다. 홈즈도 브래드쇼도 두려워하지 않았다. 마지막으로 이룬 가장 위대한 기적이요 승리였다. 비틀거리며 그녀가 홈즈와 브래드쇼라는 무거운 짐을 지고 간담을 서늘케 하는 계단을 오르는 것을 그는 보았다. 그들은 적어도 72킬로그램은 나가리라. 그들은 아내를 궁중으로 들여보냈고, 일 년이면 만 파운드를 버는 자들이었으며 균형에 대해서 이야기했다. 평결에서 의견이 다르기는 했지만(홈즈는 이렇게 이야기하고 브래드쇼는 저렇게 이야기했다) 그들은 둘 다 심판관들이었다. 그들은 비전과 그릇 넣는 찬장을 혼동했고, 아무것도 명확하게 보지는 못했지만, 그래도 다스렸고, 그래도 벌을 주었다. "해야 한다"고 그들은 말했다. 그녀는 그들에게 승리했다.

"됐어요!" 그녀는 말했다. 종이 쪽지들이 가지런히 묶어졌다. 아무도 그것들을 손대서는 안 되었다. 그녀는 그것들을 치우리라.

그리고 그녀는 어떤 것도 그들을 갈라놓아서는 안 된다고 말하였다. 그녀는 그의 곁에 앉아서 그를 매라고, 까마귀라고 이름 지어 불렀다. 그것들은 심술궂고 곡식들의 파괴자이어서 꼭 남편 같았다. 아무도 그들을 갈라놓을 수는 없다고 그녀는 말하였다.

그리고 그녀는 짐을 꾸리러 침실로 들어가려고 일어났다. 그런데 아래층에서 나는 목소리를 듣고 홈즈 의사가 아마도 방문했나 보다 생각하며, 그가 올라오는 것을 막으려고 아래층으로 달려 내려갔다.

셉티머스는 그녀가 계단에서 홈즈에게 이야기하는 것을 들을 수 있었다.

"부인, 나는 친구로서 왔어요." 홈즈가 말하고 있었다.

"안 돼요. 나는 당신이 남편을 만나게 하지 않겠어요." 그녀는 말했다.

그는 그녀를 볼 수 있었다. 마치 작은 암탉처럼 날개를 펴고 그가 올라오는 것을 막고 있었다. 하지만 홈즈는 단념하지 않았다.

"부인, 허락해주세요……" 홈즈는 그녀를 옆으로 밀치며 말하였다(홈즈는 체격이 건장한 남자였다).

홈즈는 이 층으로 올라오고 있었다. 홈즈는 문을 벌컥 열어젖히리라. 홈즈는 "겁먹었나, 그래?" 하고 말하리라. 홈즈가 그를 붙들리라. 하지만 안 돼, 홈즈는 싫어, 브래드쇼는 싫어. 다소 불안정하게 일어서며, 정말로 걸음걸음마다 껑충껑충 뛰며 손잡이에 '빵'이라고 새겨져 있는 필머 부인의 날카롭고 깨끗한 빵칼을 생각해보았다. 아, 하지만 그 칼을 더럽혀서는 안 돼. 가스불은 어떨까? 하지만 이제는 너무 늦었어. 홈즈가 올라오고 있었다. 면도칼이 있을지도 몰랐다. 하지만 언제나 그런 종류의 일을 하는 레지아가 그것들을 어딘가에 싸놓았다. 단지 창문, 블룸스베리 지역의 하숙집들의 커다란 창문만이 남아 있었다. 창문을 열고 자신을 투신하는 귀찮고 성가시고 다소 멜로드라마적인 일을 하는 수밖에 없었다. 그들은 그것을 비극이라고 생각하겠지만, 그나 레지아에게는 아니었다(왜냐하면 그녀는 자신과 함께 있기 때문에). 홈즈나 브래드쇼는 그런 유의 일을 좋아했다. (그는 창문턱에 걸터 앉았다) 하지만 그는 맨 마지막 순간까지 기다리리라. 그는 죽고 싶지는 않았다. 삶은 좋은 것이었다. 태양은 뜨거웠다. 단지 인간들—그들이 원하는 것은 무얼까? 건너편 계단을 내려오던 어떤 노인네가 멈추어 서서 그를 빤히 쳐다보았다. 홈즈는 문간에 있었다. 내가 당신에게 그것, 삶을 줄게! 그는 외쳤다. 그리고 필머 부인의 마당을 두른 울타리가 있는 아래로 자신을 거세고 난폭하게 던져버렸다.

"겁쟁이!" 문을 벌컥 열어젖히며 홈즈 의사가 외쳤다. 레지아는 창문으로 달려가서 보았고, 그리고 깨달았다. 홈즈 의사와 필머 부인은 서로 부딪쳤다. 침실에서 필머 부인은 앞치마를 들어 올려 자신의 눈을 가렸다. 사람들이 계속 층계를 오르락내리락하였다. 홈즈 의사가 들어왔다—시트 자락처럼 하얗게 질려서, 온몸을 벌벌 떨며, 손에는 컵을 들고 있었다. 용감해야 하고, 무엇을 좀 마셔야 한다고 그는 말했다(이게 뭐지? 무언지 달콤한 것이었다). 왜냐하면 그녀의 남편은 끔찍하게 엉망진창으로 다쳐서, 의식을 회복하지 못할 것 같기 때문에, 그녀는 그를 봐서는 안 되었고, 가능한 한 최대로 보호해주어야 했다. 심문을 받아야 하리라, 불쌍한 젊은 여인네 같으니라고. 누가 그 일을 예견할 수 있었단 말인가? 갑작스럽고 충동적인 행위였다. 조금도 누구의 탓이 아니었다(그는 필머 부인에게 말했다). 그리고 도대체 왜 그가 그런 짓을 했는지 홈즈 의사는 생각해낼 수가 없었다.

그녀가 무언가 달콤한 것을 마셨을 때 그녀는 긴 창문들을 열고는 어떤 정원으로 걸어 나오는 것 같았다. 하지만 어디지? 시계가 치고 있었다—하나, 둘, 셋. 이 모든 계단에서 쿵쿵거리는 소리, 속삭임 소리와 비교해보면 그 소리는 정말로 실체가 느껴졌다. 셉티머스 그이 같았다. 그녀는 잠이 들었다. 하지만 시계는 계속 쳤다. 넷, 다섯, 여섯. 그리고 앞치마를 펄럭이고 있는 필머 부인은 (여기 안으로 시체를 가지고 들어오지는 않겠죠, 그렇죠?) 그 정원의 일부인 것처럼 보였다. 어쩌면 깃발인지도. 그녀가 베니스에서 고모와 함께 머물고 있을 때였다. 한번은 돛대에서 깃발이 서서히 물결치듯 펄럭이는 것을 본 적이 있었다. 전쟁에서 전사한 사람들에게 그렇게 경의를 표했고, 셉티머스는 전쟁에서 살아남았다. 그녀의 기억들 중 대부분은 행복했다.

그녀는 모자를 쓰고는 옥수수밭 사이를 달려갔다—어디일까?

—어디 언덕인가, 어딘가 바다가 가까운 곳인가, 왜냐하면 배들이, 갈매기들이, 나비들이 있었다. 그들은 절벽 위에 앉아 있었다. 런던에서도 그들은 거기에 앉아 있었는데, 반쯤은 꿈을 꾸는 듯이, 침실 문을 통해서 빗방울 떨어지는 소리, 속삭임들, 마른 옥수수 사이에서 살랑이는 소리, 바다 물결의 속삭임 소리들이—그녀에겐 그런 소리 같았다—흘러들어와서는, 아치형의 조가비 속으로 그것들을 쏟아 부으며 해변에 누워 있는 그녀에게 소곤소곤 속삭였다. 어떤 무덤 위로 나는 꽃잎처럼 자신이 흩뿌려진다고 느꼈다.

"그는 죽었어요." 정직한 엷은 파란색 눈을 문에 고정시킨 채 자신을 지키고 있는 가련한 늙은 여인에게 그녀는 말했다. (그들은 그이를 여기 안으로 데려오지는 않겠죠, 그렇죠?) 하지만 필머 부인은 손을 내저었다. 오, 아니에요, 그럴 리 없어요! 그들은 지금 그를 데리고 가고 있어요. 그녀에게 얘기했어야만 하지 않을까? 결혼한 사람은 함께 있어야만 된다고 필머 부인은 생각했다. 하지만 그들은 의사가 말한 대로 해야만 했다.

"그녀를 자게 내버려두세요." 맥박을 짚으며 홈즈 의사는 말했다. 그녀는 창문을 등지고 어둡게 서 있는 그의 신체의 거대한 윤곽을 보았다. 그래 저것이 홈즈 의사군.

문명의 위대한 승리 중 하나라고 피터 월쉬는 생각했다. 앰뷸런스가 가볍고 높은 사이렌을 울리면서 지나가는 것, 이것이 문명의 승리 중 하나였다. 인간적으로 불쌍하고 재수없는 어떤 이를 즉각 태우고, 재빠르게, 말쑥하게 앰뷸런스가 병원으로 속력을 내 달려갔다. 우리들에게 흔히 일어날 수 있듯이, 어떤 이는 머리를 부딪쳤고, 어떤 이는 병으로 쓰러졌으며, 또 어떤 이는 아마

일이 분 전 이런 건널목들 중 하나에서 차에 치였다. 이것이 문명이었다. 동양에서 돌아온 뒤에 그에게 그런 모습—런던의 효율성, 조직성 그리고 공공정신—이 강한 인상을 남겼다. 모든 짐수레와 마차는 저들 스스로 옆으로 비켜 앰뷸런스가 지나가게 했다. 아마도 그것은 병적으로 과민한 것일지도 모르지. 아니 차라리 희생자를 안에 싣고 있는 이 앰뷸런스에 그들이 보이는 경의는 다소 감동적이지 않은가—바쁜 남자들은 집으로 서둘러 가고 있었지만 그것이 지나갈 때 즉각 아내를 생각했다. 혹은 생각건대 얼마나 쉽게 거기에 그들 자신이 의사와 간호원과 함께 들것 위에 누워 있을 수 있는지…… 아, 하지만 그런 생각을 하면 병적으로 예민해지고 감상적이 되어서, 사람들은 곧 의사들을, 죽은 시체를 마음에 그려냈다. 눈에 보이는 인상에 대한 다소 고조된 즐거움, 또한 일종의 갈망이 사람들에게 그런 종류의 일을 더 이상 생각하지 말라고 경고했다—예술에 치명적이고, 우정에 치명적이라고. 정말이었다. 하지만 앰뷸런스가 모퉁이를 돌아갔을 때, 이것은 고독이 가져오는 특권이라고 피터는 생각했다. 비록 가볍고 높은 사이렌은 차가 다음 거리로 내려가면서 내내, 그리고 더 멀리 토텐햄 코트 거리를 건너가기까지 끊임없이 울리는 것이 들렸지만 말이다. 혼자 있으면 우리는 우리가 선택한 대로 할 수 있었다. 만약 아무도 보지 않으면 우리는 울 수도 있었다. 인도에 거주하는 영국인 사회에서 그것—이 감수성—은 그의 파멸의 근원이어왔다. 적당한 때에 울지 않거나 웃지 않는 것 또한 말이다. 우체통 옆에 서서 나는 그것을 내 안에 갖고 있어, 하고 그는 생각했다. 그 우체통은 이제 눈물 때문에 녹아버릴 수도 있었다. 왜인지는 신만이 아시리라. 아마도 어떤 유의 아름다움, 그리고 하루의 무게 때문이리라. 클러리서를 방문하는 것으로 해서, 더위에다가, 극도로 흥분해서, 그리고 기억이 하나씩 하나씩 연이어 그의 마음속 지하 창고 안으로 계속해서 뚝뚝 떨어져 그를 지치게 한 하루였다. 그것들은 그곳, 깊고 어두운 곳에 서 있어, 아무도 결코 알지 못하리라. 부분적으로는 그런 이유, 완전하고도 범할 수 없이 기억이 은밀하기 때문에, 그는 인생을 비밀의 정원 같다고 생각했다. 구부러진 길과 후미진 곳으로 가득 찼으며, 놀라웠다, 그랬다. 정말로 이런 순간들은 우리를 깜짝 놀라게 했다. 대영박물관 건너편 우체통 곁에 있을 때 그런 순간들 중 한 순간이, 그 안에서 사물들이 하나가 되는 순간이 그에게 다가왔다. 이 앰뷸런스, 삶과 죽음이 하나가 되는 순간 말이다. 마치 감정이 세차게 흘러 어떤 아주 높은 지붕 위에까지 빨려 올라간 것 같았다. 그리고 빨려가지 않고 남은 자신은 마치 하얀 조가비가 흩뿌려져 있는 해안처럼 휑뎅그렁하게 남겨져 있었다. 그것—이 감수성—은 인도에 거주하는 영국인 사회에서 그의 파멸의 근원이 되어왔다.

한번은 클러리서가 어디에선가 그와 함께 이층 버스 윗층에 탔는데, 적어도 겉으로 보기에는 클러리서는 아주 쉽게 감동받아서, 금방 절망했다가는 금방 최상의 기분이 되곤 하였다. 그 당시에 그녀는 아주 흥분해 있었고 너무나도 좋은 친구였기에 사소하지만 기묘한 광경들이나 이름들, 사람들을 버스 이 층에서 찾아내곤 했다. 그들은 런던을 자주 돌아다녔고, 옛 스코틀랜드 시장에서 보물을 찾아내 가방을 가득 채워서 돌아오곤 했다—그 당시에 클러리서는 하나의 이론을 갖고 있었다—젊은 사람들이 으레 그러듯이, 그들은 수많은 이론들을, 언제나 이론들을 갖고 있었는데 그것은 사람들을 알지도 못하고 사람들이 알아주지도 않는 것에 대한 불만족스러운 감정을 설명하기 위해서였다. 어떻게 그들이 서로를 알 수 있었겠는가? 매일 만나다가도, 육 개월이나 수년 간을 만나지 않았다. 사람들이 서로를 거의 알지 못하는 것이 불만스럽다는 데 그들은 동의했다. 하지만 쉐프츠베리 거리를 올라가는 버스에 앉아서, 그녀는 모든 곳에 존재하는 듯이 느낀다고 말했다. '여기, 여기, 여기'가 아니라, 그녀는 의자 등받이를 톡톡 쳤다. 모든 장소에 말이다. 쉐프츠베리 거리를 올라가며 그녀는 손을 흔들었다. 그 모든 것이 그녀 자신이었다. 그래서 그녀를 혹은 누군가를 알기 위해서는 그들을 완성시킨 사람들을, 심지어는 그들을 완성시킨 장소들을 찾아내야만 한다. 그녀는 자신이 한번도 이야기해본 적이 없는 사람들에게 기이한 친근감을 느꼈다. 거리의 어떤 여인에게, 카운터 뒤에 있는 어떤 남자에게—심지어는 나무들이나 헛간에게도 말이다. 그것은 결국은 초월적인 이론이 되었는데, 죽음에 대한 공포로 다음과 같은 것을 믿게끔 혹은 믿는다고 말하게끔 했다(그녀의 회의주의에도 불구하고). 우리의 외양, 즉 밖으로 드러나 보이는 부분은 다른 것, 널리 퍼져나가는, 보이지 않는 부분과 비교하면 너무나도 덧없는 것이며, 그 보이지 않는 부분은 아마도 계속 살아남아서, 죽음 뒤에도 이 사람 혹은 저 사람에게 달라붙어 있던지, 혹은 심지어 어떤 장소들에 서려 있던지 해서 어쨌든 다시 살아날 것이다…… 아마도—아마도.

거의 삼십 년이라는 그 긴 우정을 되돌아볼 때 그녀의 이론은 이런 정도까지 이루어졌다. 그들의 실제 만남은 그가 떠나 있었고 여러 일들로 방해받았기 때문에 (예를 들면 오늘 아침에도 그가 막 클러리서랑 말하기 시작했을 때, 다리가 긴 망아지 새끼같이 잘생기고, 어리숙해보이는 엘리자베스가 들어왔다) 짧았고, 단편적이었으며, 종종 고통스러웠지만 그 만남들이 그의 삶에 미치는 영향은 지대하였다. 그들의 만남엔 신비함이 서려 있었다. 예리하게 살을 에이는 듯이 고통스럽고 불편한 씨앗—실제의 만남이 주어진다. 가끔은 끔찍하게 고통스러웠다. 하지만 떠나 있을 때, 가장 어울리지 않는 장소에서, 그것은 꽃이 피고 만개해 향긋한 내음을 흘렸다. 다시금 만져볼 수 있게 하고, 맛보게 하고, 주위를 돌아볼 수 있게 하여, 수년 동안 잃어버렸다가는 그 전부를 느낄 수 있고, 이해하게 되었다. 그렇게 그녀는 그에게로 왔다. 배를 타고 있을 때나 히말라야 산에서, 아주 기이한 것들이 그녀를 생각나게 했다. (마찬가지로 샐리 시튼—마음이 너그럽고 열정적인 바보!—은 수국꽃을 보면 피터를 생각하곤 했다). 그녀는 일찍이 알았던 그 어느 사람보다도 그에게 더 많은 영향을 끼쳤다. 그리고 언제나 이런 식으로 원하지도 않는데 그에게 다가왔다. 냉정하고, 귀부인같이, 신랄하게 비판하며 말이다. 혹은 황홀할 정도로 아름답게, 낭만적으로, 어떤 들판이나 영국의 추수를 생각게 하면서 왔다. 그는 그녀를 대체로 런던이 아니라 시골에서 보았다. 부어톤에서의 장면 하나하나……

그는 호텔에 이르렀다. 그는 붉은색이 도는 의자와 소파가 있고 대못 같은 이파리를 가진 시들어보이는 식물이 있는 홀을 가로질러 갔다. 그는 고리에서 자신의 열쇠를 낚아채었다. 젊은 안주인이 그에게 몇 통의 편지를 건네주었다. 그는 이 층으로 올라갔다—그는 클러리서를 대체로 부어톤에서 보았다. 늦은 여름에, 그때 그는 그 당시 사람들이 그러듯이 거기에 일주일인가 이주일까지도 머물렀다. 우선 어떤 언덕 꼭대기에 그녀는 서 있었으리라, 손으로 머리카락을 움켜쥐고, 외투는 바람에 날리며 그들에게 손가락으로 가리키며 소리를 질렀다—그녀는 발 아래에 세번severn 강을 보았다고 했다. 혹은 숲 속에서 찻주전자를 끓이고 있었다—손으로 하는 일에는 아주 무능했다. 연기가 무릎 굽혀 절하는 듯이, 그들의 얼굴로 불어왔고, 그녀의 작은 분홍빛 얼굴이 연기 사이로 보였다. 오두막집에서 늙은 여인에게 물을 얻었는데, 그 여인은 문가로 와서 그들이 가는 것을 지켜보았다. 그들은 언제나 걸어다녔는데, 다른 이들은 마차를 몰았다. 그녀는 마차를 모는 것에 싫증을 내었고, 그 개만 빼놓고는 모든 동물들을 싫어했다. 그들은 길을 따라서 수마일 도보 여행을 하였다. 그녀는 방향을 알기 위해서 멈추어서곤 하며, 그 지역을 가로질러 그를 안내해 돌아왔다. 그러는 동안 내내 그들은 논쟁을 벌이고, 시를 논하고, 사람들을 논하고, 정치를 논하였다(그때 그녀는 급진주의자였다). 그녀는 멈출 때를 제외하고는 아무것도 주의하지 않았고, 어떤 장면이나 어떤 나무를 보면 소리를 질러, 그것을 함께 보게 만들었다. 그리고 다시 계속해서 그루터기만 남은 들판 사이로 그녀는 앞서서 걸어갔다, 고모를 위해서 꽃을 꺾어 들고 말이다. 몸이 약하기는 했지만 결코 걷는 것에 지치지 않았다. 마침내 해질녘에 부어톤으로 조용히 내려왔다. 그리곤 저녁 만찬 후에 늙은 브레이트코프는 피아노를 열고는 나오지도 않는 목소리로 노래를 불렀다. 그러면 그들은 안락의자에 깊숙이 파묻혀 누워서 웃지 않으려 했지만 언제나 견디지 못하고 웃고, 웃고—아무것도 아닌 일에 웃었다. 브레이트코프 씨는 못 본 척하는 듯했다. 그러고는 아침에는 집 앞의 할미새마냥 위로 아래로 장난하며 돌아다녔다.

아, 이것은 그녀에게서 온 편지네! 이 파란색 봉투, 이것은 그녀의 글씨체야. 그리고 그는 그것을 읽어야만 하리라. 여기 고통스럽기로 운명 지어져 있는 또 하나의 그런 만남이 있었다! 그녀의 편지를 읽는 데에는 지독한 노력이 필요하였다. "그를 보아서 그녀가 얼마나 기쁜지. 그녀는 그 말을 해야만 했어요." 그게 다였다.

하지만 그를 심한 혼란에 빠뜨렸다. 그를 화나게 했다. 그는 그녀가 그 편지를 쓰지 않았으면 하고 바랐다. 자신의 생각을 바싹 뒤따라와서는, 팔꿈치로 갈비뼈를 찌르는 것 같았다. 왜 그녀는 그를 내버려두지 못할까? 아무튼 그녀는 댈러웨이랑 결혼했고 이 모든 세월 동안 완벽한 행복 속에서 그와 살고 있었다.

이런 호텔들은 위로가 되는 장소들이 아니었다. 그런 것하고는 거리가 멀었다. 수많은 사람들이 이 걸이에다 그들의 모자를 걸었었다. 생각해보자면, 심지어는 파리들도 다른 사람들 콧잔등에 앉았었다. 그의 면전에 직접 와 닿는 청결함으로 말할 것 같으면 그것은 청결함이 아니었고 휑뎅그렁한 헐벗음, 결벽스런 냉랭함, 그래야만 하는 것이었다. 갱년기의 주인집 여인은 새벽녘에 순시를 돌았다, 냄새를 맡고, 자세히 들여다보다가, 코가 파란 하녀들을 어떤 일이 있더라도 청소를 시켰다. 마치 다음에 들어올 손님이 완벽하게 깨끗한 접시 위에 놓여져 서비스될 큰 고깃덩어리이기라도 한 듯이 말이다. 자기 위한 침대 하나, 앉기 위한 팔걸이 의자 하나, 이를 닦고 턱수염을 깎기 위한 양치질 컵 하나, 거울 하나가 있었다. 책들, 편지들, 실내 가운은 인간적인 냄새가 나지 않는 말털로 만든 매트리스 위에 어울리지 않는 무례한 모습으로 벗어져 널려 있었다. 그리고 그가 이 모든 것들을 보게 된 것은 클러리서의 편지 때문이었다. "당신을 뵈어서 대단히 즐거웠어요. 그녀는 이 말을 해야만 했어요!" 그는 편지를 접어서 옆으로 밀어놓았다. 어떤 것도 그 편지를 다시 읽고 싶게 하지는 못하리라!

여섯 시에 그가 편지를 받을 수 있게 하기 위해서 그녀는 그가 떠나자마자 앉아서 그 편지를 쓴 것이 틀림없었다. 우표를 붙여서는 누군가를 우체국에 보냈으리라. 사람들이 말하듯이 아주 그녀다웠다. 그녀는 그가 방문해서 당황했다. 그녀는 많은 것을 느꼈고, 그녀가 그의 손에 입맞추었을 때 잠시 동안 후회했으며, 심지어 그를 부러워하면서, 아마도 그가 말한 어떤 것—어쩌면 만약 그녀가 그와 결혼했더라면 그들이 얼마나 세상을 바꿀 수 있었겠는가—을 기억했으리라(그는 그녀의 표정을 보고 그것을 알았다). 그런 생각에 반하여 결과는 이거였다. 중년 탓이었다. 세상 사람들과 같은 평범함 때문이었다. 그래서 불굴의 정력으로 그 모든 것을 스스로 제쳐놓게 만들었다. 강하게 인내하고 온 힘을 다해 장애물들을 극복하고 승리하여 헤치고 나갈 수 있게 하는 생명력이 그녀에게는 있었다. 그로서는 그 비슷한 것조차도 알아본 적이 없었다. 그랬다. 하지만 그가 방을 떠나자마자 즉각 반대 방향으로 움직였으리라. 그녀는 그가 몹시도 안되었다고 생각했으리라. 그녀는 그를 기쁘게 하기 위해 세상에서 어떤 일을 할 수 있을까 생각했으리라(언제나 단지 한 가지를 제외하고). 그래서 그녀가 볼에는 눈물을 흘리며 글쓰는 책상으로 가서, 그를 반기는 그 한 줄을 단숨에 쓰는 것을 그는 볼 수 있었다…… "당신을 뵈어서 너무 기뻤어요!" 그리고 그녀는 진심으로 그 말을 하였다.

이제 피터 월쉬는 구두 끈을 풀었다.

하지만 성공적이었을 것 같지 않았다, 그들의 결혼 생활 말이다. 아무튼 결혼하지 않은 것이 훨씬 더 자연스럽게 다가왔다.

이상했지만, 사실이었다. 많은 사람들이 그것을 느꼈다. 피터 월쉬는 겨우 사회적인 품위를 유지했으며, 평범한 직책을 적당히 메꾸고 있었고, 사람들은 그를 좋아했지만 괴짜라고 생각했고, 그는 잘난 체를 잘했다—특히 지금 머리가 잿빛으로 돼가고 있을 때에 그가 만족스러운 표정, 뭔가 유보해놓은 듯한 표정을 지녔다는 것은 이상했다. 바로 이것이 그를 여자들에게 매력적이게 하는 것이었다. 여자들은 그가 남자답지 않다는 느낌을 좋아했다. 뭔가 그에게는 범상치 않은 것이, 그의 뒤에는 무언가가 있으리라. 그가 책읽기를 좋아하기 때문일 수도 있었다—사람들을 만나러 가면 언제나 테이블 위에서 책을 집어 들었다(그는 지금도 책을 읽고 있었다, 신발 끈은 바닥에 질질 끌면서). 혹은 그가 신사이기 때문일 수도 있었다. 그 사실은 그가 파이프에서 재를 터는 모습이나, 여성들을 대하는 태도를 보면 분명히 알 수 있었다. 명민함이라고는 조그만치도 없는 소녀라도 그를 마음대로 조정하는 것을 보면 아주 매력적이기도 하고 아주 어리석어 보이기도 했다. 하지만 위험을 감수해야 하는 것은 그녀였다. 다시 말하면 비록 그가 아주 쉬운 사람이고 정말로 쾌활하고 집안이 좋고, 같이 있으면 매력적이었지만 그것은 어느 한계까지였다. 여자가 무슨 말인가를—싫어요, 안 돼요—하면 그는 그것을 꿰뚫어 보았다. 그는 그런 말, 싫어요, 싫어요라는 말을 참을 수가 없었다. 그런가 하면 그는 남자들과 농담을 하며 소리지르고, 몸을 앞뒤로 흔들면서 웃을 수도 있었다. 인도에서 그는 최고의 요리 감식가였다. 그는 남자였다. 하지만 존경해야만 하는 그런 유의 남자는 아니었고—그것은 다행이었다. 예를 들면 시몬즈 소령 같지는 않았다. 조금도 그이 같지는 않다고 데이지는 생각했다. 어린아이가 둘이나 있으면서도 그녀는 그들을 비교하곤 했다.

그는 부츠를 벗었다. 그는 주머니의 것을 털어내놓았다. 주머니칼과 함께 베란다에서 찍은 데이지 사진이 나왔다. 데이지는 온통 하얗게 입었고 무릎 위에 폭스 테리어 개를 데리고 있었다. 아주 매력적이었으며, 아주 새까맸다. 일찍이 그가 본 최고의 모습이었다. 아무튼 그 모습은 아주 자연스러웠다. 클러리서보다 아주 많이, 많이 자연스러웠다. 야단 법석을 떨지도 않았고 귀찮게 굴지도 않았고 점잔을 빼지도 않았고 조바심 내지도 않았다. 모든 것이 꾸밈 없이 일사천리로 이루어졌다. 피부가 까맣고 경탄하리 만치 아름다운 소녀가 베란다에서 선언하고 있었다(그는 그녀의 말을 들을 수 있었다). 물론, 물론 그에게 모든 것을 주겠노라고! 그녀는 외쳤다, (그녀는 신중해야 한다는 감각이 없었다) 그가 원하는 모든 것을! 그녀는 외치며 그를 맞으러 뛰어왔다, 누가 보든지 간에. 그리고 그녀는 겨우 스물네 살이었다. 그리고 그녀는 애가 둘이었다. 글쎄, 여하간에!

그건 그렇고 정말로 그 나이에 제 발로 곤경에 빠졌다. 밤중에 깨었을 때 그는 그런 생각에 꽤 강하게 휩싸였다. 만약에 그들이 결혼을 한다면? 그로서야 모든 것이 괜찮지만 그녀는 어떨까? 버거스 부인은 아주 좋은 사람이고 수다쟁이도 아니어서 그는 모든 것을 털어놓았다. 그가 이렇게 영국에 떨어져 있는 것이 겉으로야 변호사를 보는 것이지만 데이지에게 다시 생각하게 하고 정말로 그들의 관계가 의미하는 것을 생각하게 할 수 있다고 부인은 생각했다. 문제는 그녀의 지위라고 버거스 부인은 말했다. 사회적인 장벽에다 아이들을 포기해야 되는 것 말이에요. 언젠가 그녀는 전철에서 느릿느릿 이리저리 걸어다니거나, 혹은 더 정확히 말하자면, 분별없이 구는 과거를 지닌 과부가 될 거예요(그런 여인들이 화장을 너무 많이 해서 어떻게 되는지 당신도 알지 않느냐고 그녀는 말했다). 피터 월쉬는 그 모든 것이 말도 안 된다고 콧방귀를 뀌었다. 그는 아직 죽을 생각은 없었다. 어쨌든 그녀는 스스로 결정해야만 했다. 스스로 판단해야 한다고 생각하면서 그는 양말만 신은 채 방을 이리저리 돌아다녔고 드레스 셔츠 주름을 폈다. 그는 클러리서의 파티에 갈 수도 있었고, 혹은 음악 홀에 갈 수도 있고 혹은 그냥 들어 앉아서 옥스포드 대학에서 알았던 남자가 쓴 아주 재미있는 책을 읽을 수도 있었다. 만약에 그가 은퇴하면 책을 쓰는 일—그것이 그가 할 일이었다. 옥스포드 대학에 가서 보들리 도서관에서 책을 샅샅이 뒤지리라. 피부가 까맣고 반할 만한 아름다운 소녀가 테라스 끝까지 헛되이 뛰어왔다. 헛되이 손을 흔들었다. 사람들이 뭐라 하건 조금도 상관치 않는다고 헛되이 소리쳤다. 거기에 그가 있었다. 그녀가 세상 전부라고 높이 평가하고, 완벽한 신사이며, 매력적이고 특출난 사람이라고 생각하는 남자였다(그의 나이는 그녀에게 조금도 문제가 되지 않았다). 그는 블룸스베리에 있는 호텔에서 방을 이리저리 거닐며 면도하고, 씻고, 컵을 들었다 면도기를 내려놓았다 하면서, 보들리 도서관을 뒤져 그가 관심이 있는 한두 가지 문제에 관해서 진리를 알아낼까 하는 생각을 계속했다. 누가 되었든지 간에 그는 잡담을 나누다가, 점심 먹을 정확한 시간을 점점 무시하게 되고, 약속을 이행하지 못하게 되리라. 그래서 데이지가 흔히 하듯 키스나 사랑의 표시를 해달라고 해도 만족시키지 못하리라(비록 그가 진실로 그녀에게 헌신적이라 해도)—간단히 말하자면 그녀가 그를 잊든지 혹은 단지 1922년 8월의 모습으로, 해질녘 갈림길에 서 있던 형상처럼 그를 기억하는 것이 훨씬 더 행복하리라. 그녀를 뒷좌석에 안전하게 붙잡어 매어 싣고 이륜마차가 빨리 달려가면, 비록 그녀가 팔을 내어 뻗는다 해도, 그 형상은 점점 멀어져갔다. 그의 형상이 작아지고 사라져가는 것을 보면서, 여전히 그녀는 세상에서 할 수 있는 어떤 일, 어떤 일, 어떤 일일지라도 하겠다고 소리쳐 외쳤다……

사람들이 무얼 생각하는지 그는 결코 알지 못했다. 그는 집중하는 것이 점점 더 힘들어졌다. 뭔가에 푹 빠져 있었고, 그는 자신만의 관심사로 바빴다. 금방 화가 났다가 금방 쾌활해졌고, 여자들에게 의존하였고, 멍하니 시무룩하여, 클러리서가 간단하게 그들에게 하숙집을 찾아주고 데이지에게 친절하게 대해주고, 사교계에 소개시켜줄 수 없는 이유가 무언지 점점 더 이해할 수 없었다(그는 수염을 깎으며 그렇게 생각했다). 그러면 그는 다만—다만 무엇을 하지? 자주 찾아가 곁에서 왔다갔다하고(그 순간에 그는 실제로 다양한 열쇠들과 서류들을 분류하는 데 몰두하고 있었다), 단숨에 먹이를 채서 맛보고는, 혼자 있고 싶었다, 요컨대 스스로 자족할 수 있을 텐데. 하지만 물론 어느 누구도 다른 이에게 자신보다 더 의존적일 수는 없었다(조끼의 버튼을 채웠다). 그것이 그의 파멸의 원인이었다. 그는 흡연실에 가지 않을 수가 없었고, 대령들을 좋아했고 골프 치는 것을 좋아했고, 브릿지 게임도 좋아했고, 무엇보다도 여자들과 사귀는 것을 좋아했다. 그들과의 교제는 고상하였고, 그들의 사랑은 신실하고, 대담하고 위대하였다. 비록 장애물들이 있었지만 그것은 (그리고 피부색이 까맣고, 반할 정도로 어여쁜 얼굴이 봉투 위에 있었다) 인간 삶의 절정에서 피어나는 아주 훌륭한 너무도 눈부신 꽃 같았다. 하지만 그는 만족시킬 수가 없었고, 언제나 상황을 살피는 경향이 있었다(클러리서가 무언가를 그에게서 영원히 없애버렸다). 비록 데이지가 다른 사람을 사랑하면 그는 기질상 통제할 수 없을 정도로 질투심이 심해서 노발대발, 노발대발! 하기는 하겠지만, 묵묵히 헌신하는 것에 아주 쉽게 싫증을 냈으며 다양하게 사랑하고 싶었다. 그런데 칼은 어딨지, 시계는, 도장은, 돈지갑은, 그리고 그가 다시 읽지는 않겠지만 생각해보고 싶은 클러리서의 편지는, 그리고 데이지의 사진은? 이제 만찬에 가야지.

그들은 먹고 있었다.

주위에 도자기 꽃병들이 놓인 작은 테이블에 앉아서, 정장을 한 사람이나 하지 않은 사람이나 숄과 백은 곁에 내려놓고 침착한 척하고 있었다. 왜냐하면 그들은 그렇게 여러 코스의 만찬에 익숙지 않았고, 그런 음식 값을 지불할 수 있으리라는 자신감에도 익숙지 않았다. 게다가 하루 종일 쇼핑하고 관광하느라 런던 주위를 뛰어 돌아다닌 데서 오는 중압감도 그랬다. 자연스러운 호기심에서 그들은 주변을 두리번거렸고 잘생긴 신사가 뿔테로 된 안경을 쓰고 들어오면 올려다보았다. 그들은 천성이 아주 좋아서 아주 작은 도움이라도 줄 수 있으면 기뻤으리라. 예정표를 빌려준다거나 유용한 정보를 나누어준다거나 하는 것과 같은 일 말이다. 그들의 욕망은 그들 안에서 고동치며, 어떻게 해서든지 다른 이들과 관계를 맺으라고 은밀히 그들을 움직였다. 단지 출생지(예를 들면 리버풀이라든지)가 같다든지, 친구와 이름이 같다든지 하는 것일지라도 말이다. 훔쳐보듯이 흘끗흘끗 보고, 이상하게 침묵을 지키기도 하다, 갑자기 가족들간에 장난을 치며 자기들만의 세계로 따로 떨어져나갔다. 거기 그들은 앉아서 저녁을 먹고 있었다. 그때 월쉬 씨가 들어와 커튼 곁의 작은 테이블에 자리를 잡았다.

그가 무슨 말을 했기 때문이 아니었다. 혼자여서 그는 웨이터에게만 말을 걸 수 있었다. 그가 메뉴를 바라보는 방식이라든지, 집게손가락으로 어느 특정한 와인을 가리키는 거라든지, 탁자로 몸을 끌어당겨 앉는 것이라든지, 게걸스럽게가 아니라 진지하게 식사를 하는 것이라든지가 그들의 존경심을 자아냈다. 식사가 거의 다 끝나도록 말로 표현되지는 않았지만, 월쉬가 식사를 끝내고 "바틀릿 배梨" 하고 말하는 것을 듣고는 모리스 가家 사람들이 앉아 있는 식탁에서 그 존경심은 확 용솟음쳐 올랐다. 왜 그가 그렇게 겸손하지만 확고하게, 정당한 자신의 권리 내에서 규율이 엄격한 사람의 태도로 말해야 하는지 젊은 찰스 모리스도, 아버지 찰스도, 딸 일레인이나 모리스 부인도 알 수는 없었다. 하지만 그가 혼자 식탁에 앉아 "바틀릿 배"라고 말했을 때, 그들은 그가 어떠한 정당한 요구라도 하면 그들의 지지를 받을 것이라고 느꼈다. 그는 당장에 그들의 것이 되어버린 명분의 옹호자라고 느꼈다. 그래서 그들의 눈과 그의 눈은 호감을 갖고 마주쳤고 그들이 함께 흡연실에 이르렀을 때 그들 사이의 잡담은 필연적인 것이었다.

뭐 그리 심오한 이야기는 아니었다—단지 런던이 복잡하다, 삼십 년 동안 변했다, 모리스 씨는 리버풀이 더 좋다, 모리스 부인은 웨스트민스터 꽃 전시회에 갔다왔다든지, 그리고 그들 모두 웨일즈 황태자를 보았다든지 하는 것이었다. 하지만 이 세상에 어느 가족도 모리스네와는 비교할 수 없다고 피터 월쉬는 생각했다. 어느 가족일지라도 말이다. 그들 서로간의 관계는 완벽했다. 그들은 상류 계급에 대해서 조금도 관심이 없었고, 그들은 자신들이 좋아하는 것을 좋아했다. 일레인은 집에서 하는 사업을 물려받으려고 교육을 받고 있었고 소년은 리즈 대학에서 장학금을 받았다. 그리고 부인은 (피터 나이쯤 되었는데) 집에 애들 셋이 더 있었다. 그들은 차가 두 대 있었지만, 모리스 씨는 여전히 일요일에는 부츠를 수선했다. 굉장히 훌륭해, 확실히 멋져, 피터 월쉬는 생각하면서 손에 술잔을 들고 붉은 털로 덮인 의자와 재떨이 사이에서 앞으로 뒤로 약간 몸을 흔들었다. 자신이 아주 맘에 든다고 느꼈다. 왜냐하면 모리스 씨가 자신을 좋아했기 때문이다. 그랬다, 그들은 "바틀릿 배"라고 말한 사람을 좋아했다. 그들이 자신을 좋아한다는 것을 그는 느꼈다.

그는 클러리서의 파티에 가리라. (모리스 씨네는 물러갔다. 하지만 그들은 다시 만나리라.) 그는 클러리서의 파티에 가리라. 리처드에게 보수당 바보 녀석들이 인도에서 무슨 짓을 하고 있는 것이냐고 묻고 싶기 때문이었다. 그리고 무슨 연극이 상연되고 있지? 그리고 음악…… 아 그래, 그리고 단순한 잡담도.

그는 이것이 우리 영혼의, 우리 자아의 진실이라고 생각했던 것이다. 우리 자아는 물고기처럼 깊은 바닷속에 살면서 침침한 것들 사이를 왔다갔다하면서, 거대한 잡초 줄기 사이를 누비며 지나가 햇살이 퍼뜩퍼뜩 움직이는 공간 너머로, 그리고 계속 나아가 차갑고 깊고 앞을 볼 수 없는 어둠 속으로 들어갔다. 그러다 갑자기 우리의 자아는 표면으로 솟아올라 바람이 일으킨 잔 물결 위에서 장난쳤다. 정확히 말하면 서로 스쳐 지나가고, 문질러 상처내고, 스스로 흥미를 불러일으키고 잡담을 나눠야 할 필요성이 있었다. 정부가 인도를 어떻게 하려 하는지? ― 리처드 댈러웨이는 알리라.

아주 무더운 밤이었고 신문 배달 소년들이 붉은색으로 커다랗게 '열풍 내습'이라고 써진 전단을 들고 지나갔으며, 대나무로 된 의자들을 호텔 계단에 내다 놓고, 거기에 신사들이 홀짝홀짝 음료수를 마시며 담배를 피며 서로 떨어져서 앉아 있었다. 피터 월쉬도 거기에 앉았다. 하루가, 런던의 하루가 이제 막 시작되고 있다고 생각할 수도 있었다. 무늬 있는 날염 드레스와 하얀 앞치마를 벗어놓고 푸른색 드레스와 진주로 치장한 여인처럼 낮은 변하였다. 모직 옷을 벗어버리고 얇은 망사로 된 옷을 입고 저녁으로 변하였다. 페티코트를 바닥에 내팽개치면서 여인이 내쉬는 것과 똑같이 들뜬 한숨을 내쉬며 그 하루 또한 먼지, 열기, 화려함을 벗어던졌다. 교통이 뜸해졌고 차들이 금속음을 내면서 재빨리 움직여 잡동사니 화물차를 뒤쫓아갔다. 그리고 여기저기서 광장의 울창한 나뭇잎 사이로 강렬한 전등불이 내걸렸다. 나는 사임한다고 저녁은 말하는 듯했다. 호텔의 흙벽과 곰팡이가 피고 뾰족하게 튀어나온 곳, 평평한 지붕, 그리고 상점들이 들어 있는 큰 건물 위로 창백하게 스러져가면서 말이다. 나는 사라지오, 나는 자취를 감추오, 저녁은 말하기 시작했다. 하지만 런던은 그 어느것도 받아들이지 않고 총검을 하늘에다 들이대며 저녁을 거기에다 단단히 붙잡아 매고 향연에 참여하라고 강요하였다.

피터 월쉬가 마지막으로 영국을 방문한 뒤에 윌레트 씨의 서머타임이라는 위대한 변혁이 일어났다. 늘어난 저녁 시간이 그에게는 새로웠다. 약간은 기운을 북돋워주었다. 젊은 사람들은 급송할 상자들을 들고, 자유로운 것에 아주 기뻐하며, 또 이 유명한 거리를 걸어보는 것을 말은 안 해도 자랑스러워하며 지나갈 때, 일종의 환희, 원한다면 천하고 값싸고 번지르르하게 야한 것이라고 할 수도 있지만, 어쨌든 그런 황홀함으로 얼굴에 홍조를 띠었다. 그들은 옷도 잘 입어서, 분홍빛 스타킹에 예쁜 신발을 신고 있었다. 이제 그들은 두 시간 정도 영화를 볼 수도 있었다. 노란빛이 도는 푸른색의 가로등은 그들의 모습을 선명하고 세련되게 비춰주었다. 그리고 광장에 있는 잎새들 위에도 불타듯 새빨갛게, 창백하게 빛났다—잎새들은 마치 바닷물에 담갔던 것처럼 보였다—바다 밑으로 가라앉은 도시의 무성한 잎들 같았다. 그는 아름다움에 놀랐고, 또한 고무되기도 했다. 왜냐하면 인도에 정착한 영국인들이 돌아와, 당연한 권리로 동양 클럽에 앉아서(그는 그런 무리들을 여럿 알았다), 화를 내며 세상이 망해간다고 결론짓고들 있는데, 그는 전과 마찬가지로 여전히 젊은 모습으로 있었기 때문이다. 젊은 사람들의 한창때와 나머지 모든 것을 부러워하면서 소녀들의 말에서, 하녀들의 웃음 속에서 — 꼭 집어낼 수는 없는 것들이지만 — 그가 젊었을 때는 움직일 수 없는 것처럼 보였던 피라미드식으로 쌓아 올린 전체 구조에 변화가 오지 않았나 의심하였다. 아니 의심한다는 말만으로는 미흡하였다. 변화가 그들 위에서 죄어왔다, 그들을 내리눌렀다. 클러리서의 고모 헬레나가 저녁식사 후에 램프 아래 앉아서 회색 압지 사이에 꽃들을 넣고 리트레 사전[38]을 위에 얹어 누르곤 했던 것처럼, 특히나 여인네들을 내리눌렀다. 이제 헬레나 고모는 돌아가셨다. 그녀가 한쪽 눈의 시력을 잃었다는 소식을 클러리서에게 들었다. 패리 양이 늙어서 유리 눈에 의존했다는 것은 너무나도 그녀에게 어울리는 일 같았다 — 자연의 걸작 중 하나였다. 흰 서리 속에서도 횃대를 단단히 딛고 있는 새처럼 그녀는 죽었으리라. 그녀는 다른 시대에 속하기는 했지만 너무나도 온전하고 완벽해서 언제나 지평선 위에 돌로 깎은 듯 하얗게, 눈부시게, 우뚝 서 있으리라. 이 아슬아슬하고 길고도 긴 항해, 이 끝이 없는(그는 신문을 사서 서레이와 요크셔의 크리켓 게임에 대해서 읽으려고 동전을 더듬어 찾았다 — 그는 수백만 번도 더 동전을 내밀었었다. 서레이 팀은 또다시 모두 아웃이었다) — 이 끝이 없는 삶의 몇몇 지나간 국면을 표시해주며, 언제나 등대처럼 말이다. 하지만 크리켓은 단순한 게임이 아니었다. 크리켓은 중요했다. 언제나 크리켓 게임에 관해서 읽지 않을 수가 없었다. 최신 뉴스난에 있는 득점표를 먼저 읽었다. 그리곤 얼마나 더운 날인가를, 그 다음에는 살인 사건들을 읽었다. 어떤 일들을 수백만 번 하는 것은 비록 본디 모습을 없애기는 하지만 그 일들을 향상시켜주었다. 과거는 우리를 향상시켜주고 경험이 쌓여, 한두 사람을 돌보게 되고, 그

38 프랑스의 의사이며 철학자, 언어학자인 리트레가 편집한 프랑스어 사전.

래서 젊은 사람에게는 부족한 힘, 갑자기 중단시킨다든지 자신이 원하는 것을 한다든지, 사람들이 뭐라든지 조금도 상관하지 않고 어떠한 큰 기대도 없이 왔다갔다할 수 있는 힘을 갖게 된다(그는 신문을 테이블 위에 놓고 가고 있었다). 하지만 (그는 모자와 코트를 찾았다) 그에게는 이런 것이 전적으로 사실은 아니었다, 적어도 오늘 밤은 아니었다. 왜냐하면 그는 그 나이에도 파티에 가려고 하면서, 어떤 경험을 하나 얻으리라는 믿음을 갖고 있었던 것이다. 그런데 어떤 경험이지?

어쨌든 아름다움이겠지. 눈으로 느끼는 조야한 아름다움은 아니다. 순수하고 단순한 아름다움도 아니지—러셀 광장으로 이어지는 베드포드 길 말이야. 그것은 물론 똑바른 길, 텅 빈 길의 아름다움이었고, 복도가 갖는 대칭성이었다. 하지만 불 켜진 창, 피아노, 축음기가 내는 소리의 아름다움이기도 했으며 즐거움을 만들어내는 보이지 않는 느낌. 때로 그것은 드러나기도 했다. 창문이 열려 있어 커튼을 치지 않은 창문 사이로 식탁에 앉아 있는 무리들, 빙빙 원을 그리며 춤을 추는 젊은 사람들, 대화를 나누는 남자들과 여자들, 멍청히 밖을 내다보는 하녀들(일이 끝나면, 그들은 이상한 논평을 하곤 했다), 꼭대기 벽면 선반에 말리고 있는 스타킹, 앵무새와 몇 그루의 화초들을 보았다. 삶이란 아주 재미있고 신비하고 한없이 풍성하였다. 그리고 커다란 광장에서는 택시들이 총알처럼 달리고 너무나도 빨리 방향을 바꾸고 있었는데, 몇 커플은 서성대며, 장난치기도 하고 포옹하다가 울창한 나무 아래로 피해 들어갔다. 그 광경은 감동적이었다. 너무나도 조용하고, 너무나들 열중해 있어서 사람들은 조심스럽게 흠칫거리며 지나갔다. 마치 어떤 신성한 예식 앞에서 중단시키는 것이 불경스럽기라도 한 듯이 말이다. 흥미로웠다. 자 이제는 번쩍번쩍 빛나고 눈부신 곳으로 가자.

가벼운 오버코트가 바람에 날려 벌어졌고, 뭐라고 표현할 수 없는 특이한 모습으로 그는 걸음을 옮겼다. 약간 앞으로 구부리고 손은 등뒤에 뒷짐을 지고, 눈은 여전히 약간 매를 닮았다. 런던을 가로질러, 웨스트민스터를 향하여, 주의 깊게 바라보면서 그는 가벼운 발걸음으로 걸었다.

그런데 모든 사람들이 밖에서 식사를 한단 말인가? 여기서는 하인이 문을 열자, 버클이 있는 구두를 신고, 머리에는 보라색 타조 깃털 세 개를 꽂고, 다소 방탕한 생활을 하는 나이 든 부인 한 사람이 나왔다. 또 문이 열리고는 밝은 꽃무늬가 있는 숄을 미라처럼 감싼 숙녀들, 머리에 아무것도 안 쓴 숙녀들이 나왔다. 회반죽을 바른 기둥이 있는 좋은 저택에서 작은 앞마당을 가로질러 여인네들이 머리에는 빗을 꽂고 가볍게 걸쳐 입고는 (아이들을 보러 이 층으로 올라갔다가) 나왔다. 남자들은 코트를 바람에 날리며 그들을 기다리고 있었다. 차가 출발했다. 모든 이들이 데이트하러 나가고 있었다. 이렇게 문이 열리고 사람들이 내려오고 자동차가 출발하고 하여, 런던 전체가 물결에 흔들리며 둑에 정박해 있는 작은 보트들을 타고 출항하는 것 같았다. 마치 온통 사방이 축제 분위기로 법석대며 떠내려가는 듯했다. 화이트홀은 은빛으로 반짝거렸고 거미들이 미끄러져 내리듯이 차들이 미끄러져 지나갔다. 아크등에는 모기들이 몰려드는 것 같았고 너무 더워서 사람들은 서성대며 이야기하고 있었다. 그리고 여기 웨스트민스터에는 생각건대 은퇴한 판사인 듯한 이가 온통 하얗게 차려입고는 그의 집 문간에 똑바로 앉아 있다. 필시 인도에 정착했던 영국 관리리라.

그리고 여기는 시끄럽게 싸우는 여인네들, 술취한 여인네들로 난장판이군, 단지 경찰관과 희미하게 보이는 집들, 높은 집들, 돔이 있는 집들, 교회들, 국회의사당, 그리고 강에 떠 있는 증기 기선의 기적 소리, 텅빈 아련한 외침 소리가 있을 뿐이야. 하지만 여기는, 그녀의 거리, 클러리서가 사는 거리였다. 마치 물이 다리의 교각을 돌아 흘러 함께 모이듯이, 택시들이 코너를 돌아 달려왔다. 그에게는 그렇게 보였다. 그 택시들은 그녀의 파티, 클러리서의 파티에 가는 사람들을 실어 나르고 있었기 때문이었다.

이제 눈으로 들어오는 인상들의 차가운 흐름이 그에게는 쓸모가 없었다. 마치 눈이 컵인 양 나머지 인상들은 기록도 남기지 않고 넘쳐나서 도자기 컵의 표면을 타고 아래로 흐르는 것처럼 말이다. 뇌가 이제는 깨어나야만 했다. 몸은 이제 긴장해야만 했다. 집으로, 불켜진 집으로 들어가야 했다. 거기에 문은 열려 있었고 차들이 서 있었으며, 밝게 차려입은 여인네들이 차에서 내리고 있었다. 영혼은 용감하게 맞서서 참아야만 했다. 그는 주머니칼의 커다란 칼날을 폈다.

루시가 아래층으로 곧장 달려 내려왔다. 잠깐 거실로 급히 들어와 커버의 구김살을 펴고 의자를 바로 놓고는, 잠시 멈추어 섰다. 누구든지 들어오면 얼마나 깨끗하고, 얼마나 밝고, 얼마나 아름답게 가꾸어놓았나를 생각하지 않을 수 없다고 느꼈다. 아름다운 은그릇들, 놋쇠로 된 벽난로 연장들, 부젓가락들, 새 의자 커버들, 노란색 사라사 무명으로 된 커튼을 그들은 보리라. 그녀는 그것들 각각의 가치를 평가해보았다. 왁자한 목소리가 들렸다. 사람들이 벌써 만찬을 마치고 올라오고 있었다. 그녀는 빨리 움직여야만 했다.

수상이 올 거라고 애그니스가 말했다. 식당에서 그들이 말하는 것을 들었다고, 잔이 가득 담긴 쟁반을 들고 들어오며 그녀가 말했다. 무슨 상관이 있나, 수상이라는 사람이? 저녁 이 시간에 워커 부인에겐 아무런 상관이 없었다. 그녀는 접시들, 소스 팬들, 여과기, 프라이팬, 젤리에 담가놓은 닭, 아이스크림 냉동기, 빵에서 잘라낸 딱딱한 껍질, 레몬, 수프 접시, 푸딩 그릇에 둘러쌓여 있었다. 아무리 열심히 식기실에서 닦아도 여전히 그 모든 그릇들은 부엌 식탁과 의자 위에 널린 채로 그녀를 짓누르는 것 같았다. 불은 눈부시게 타오르며 요란한 소리를 내었고, 전깃불은 눈부시게 반사되고, 그리고 여전히 저녁상을 차려야 했다. 그녀가 느낄 수 있는 전부란 수상이라는 한 사람이 더 오거나 말거나 워커 부인 자신에게는 전혀 손톱 만큼이라도 문제가 되지 않는다는 것이었다.

숙녀들은 이미 이 층으로 올라가고 있다고 루시가 말했다. 숙녀들은 하나씩 하나씩 위로 올라가고 있었고 댈러웨이 부인은 맨 마지막으로 걸어가며 거의 언제나 부엌에 메시지를 내려보냈다. "워커 부인에게 내 사랑을 전해줘요"가 오늘 밤의 메시지였다. 내일 아침에 그들은 수프, 연어 등 요리들을 자세히 살펴보리라. 워커 부인도 알다시피 연어는 언제나처럼 설익었다. 왜냐하면 그녀는 언제나 푸딩으로 신경이 예민해져서 연어를 제니에게 맡겼고, 그래서 일이 일어났다. 연어는 언제나 설익었다. 하지만 금발 머리에 은 장식을 단 어떤 부인은 앙트레를 먹으며, 정말로 집에서 만들었어요? 하고 물었다고 루시가 말했다. 하지만 워커 부인은 연어에 신경이 쓰였다. 그녀는 접시를 빙빙 돌리며 난로의 통풍 조절판을 죄었다가 놓았다. 정찬을 차린 방에서 웃음 소리가 터져나왔다. 한 목소리가 말하고 그 다음에 또 웃음이 터져나왔다—부인들이 올라간 뒤 신사들끼리 즐기고 있었다. 루시가 달려 들어오며 토케이 포도주 하고 말했다. 댈러웨이 씨가 황제의 저장실에서 가져온, 아주 질이 좋은 토케이, 토케이 포도주를 가져오라고 보냈다.

부엌에 두루 이야기가 퍼졌다. 엘리자베스가 아주 아름답게 보인다고 어깨 너머로 루시는 말했다. 그녀에게서 눈을 뗄 수가 없었다고 말했다. 엘리자베스는 분홍색 드레스를 입고 댈러웨이 부인이 준 목걸이를 걸고 있었다. 제니는 엘리자베스의 폭스테리어를 챙겨야 했다. 그 개는 물어서 가두어놓았는데 무언가 먹고 싶어하리라고 엘리자베스는 생각했다. 제니는 개를 염두에 두어야만 했다. 하지만 제니는 주위에 온통 사람들로 가득 차 있는데 이층으로 올라가려 하지 않았다. 벌써 문 앞에 차가 왔네! 벨이 울렸다—신사들은 여전히 식당에서 토케이 포도주를 마시고 있었다.

저런, 그들은 이 층으로 올라가고 있었다. 처음 도착한 사람들이었고, 이제 그들은 점점 더 빨리 오리라. 그래서 파킨스 부인(파티 때문에 고용된 부인)은 복도의 문을 반쯤 열어놓았다. 홀은 기다리는 신사들로 가득 차 있었는데 (그들은 서서 기다리며 머리를 쓰다듬었다) 그 동안에 숙녀들은 외투를 복도 중간에 있는 방에 벗어놓았다. 거기서 바넷 부인은 그들을 도왔다. 늙은 엘렌 바넷은 이 집에 사십 년 동안이나 있었다. 그리곤 여름마다 숙녀들을 도와주러 왔고 이제는 엄마 된 부인들이 소녀일 때를 기억하였다. 아주 겸손하였지만 악수를 하였고, 아주 정중하게 "마님" 하고 말했다. 하지만 아주 익살맞은 구석도 있었다. 젊은 숙녀들을 눈여겨보다가 너무나도 눈치 빠르게 속옷에 문제가 생긴 러브조이 부인을 도와주었다. 그래서 러브조이 부인과 엘리스 양은 바넷 부인을 알기 때문에 브러쉬와 빗을 빌려 쓸 수 있는 혜택을 누리는 것같이 느끼지 않을 수가 없었다. "삼십 년이에요, 마님." 바넷 부인이 그녀에게 건네주었다. 그들이 예전에 부어톤에 머물 때는 젊은 숙녀들은 대개 루즈를 바르지 않았다고 러브조이 부인이 말했다. 엘리스 양을 사랑스럽게 바라보면서 엘리스 양은 루즈가 필요 없다고 바넷 부인이 말했다. 외투를 벗어놓는 방에, 바넷 부인은 앉아서 모피를 툭툭 두드려 모양을 다듬고, 스페인식 숄의 주름을 펴고, 화장대를 치웠고, 또한 모피와 자수 장식으로 치장을 했어도 어떤 이가 후덕한 부인인지 아닌지를 아주 잘 알고 있었다. 사랑스러운 정겨운 여인네야, 클러리서의 늙은 유모였지,라고 층계를 올라가며 러브조이 부인은 말했다.

그리곤 러브조이 부인은 몸을 꼿꼿이 하였다. "러브조이 부인과 러브조이 양"이라고 그녀는 윌킨스 씨(파티를 위해서 고용된 사람)에게 말했다. 그는 뛰어난 매너로 몸을 구부렸다가 곧게 세우고, 구부렸다가는 곧게 세우고 했다. 어느 누구에게도 치우치지 않고 항상 똑같이 "러브조이 부인과 러브조이 양…… 존 경과 니드햄 부인…… 웰드 양…… 월쉬 씨" 하고 알렸다. 그의 매너는 경탄스러웠다. 그의 가정 생활은 틀림없이 흠잡을 데 없으리라. 다만 초록빛을 띤 입술에, 말끔히 면도한 그 사람이 애들같이 성가신 존재를 갖는 과오를 어떻게 저지를 수 있었는지 있을 수 있는 일 같지 않았다.

"당신이 오셔서 얼마나 반가운지요!" 클러리서가 말했다. 이 말을 누구에게나 했다. 당신이 오셔서 아주 반갑다고! 그녀는 최악이었다—호들갑스럽고 거짓되었다. 온 게 잘못이었다. 집에 머물러 책이나 읽었어야 했다고 피터 월쉬는 생각했다. 음악홀에 갔어야만 했어. 집에 있어야 했어. 아무도 아는 사람이 없었기 때문이다.

맙소사, 엉망이 되려 하고 있었다. 완전한 실패라고 클러리서는 뼛속까지 느꼈다. 그때 다정한 랙샘 경은 거기에 서서 아내가 버킹엄 궁전 정원에서 열린 파티에서 감기가 걸려 오지 못했다고 사과를 하였다. 저기 저 구석에서 피터가 그녀를 비난하는 것을 곁눈으로 힐끔 볼 수 있었다. 도대체 왜 그녀는 이런 일을 하는 거지? 왜 정점를 찾아내고는 격정에 푹 싸여 서 있는 거지? 어쨌거나 그녀를 다 소멸시킬 수도 있으리라! 그녀를 재가 되게 태우리라! 엘리 핸더슨 같은 이처럼 점점 약해져 서서히 사라져가느니 차라리 아무 일이라도 하는 게, 차라리 우리의 희망의 빛을 휘두르다 그것을 땅바닥에다 내던지는 게 나았다. 단지 피터가 와서 구석에 서 있을 뿐인데 그녀가 이런 상태에 빠지다니 참으로 이상한 일이었다. 그는 그녀 자신을 보게 하였고, 과장하게 하였다. 어리석었다. 하지만 그러면 그는 왜 왔단 말인가, 단지 비난하려고? 왜 항상 가져 가기만 하고, 결코 주지는 않는 거지? 왜 아주 사소한 견해라도 결단을 내려서 해보지 않을까? 저기 그가 어슬렁거리며 돌아다니고 있었다. 그녀는 그하고 이야기해야만 했다. 하지만 그녀는 기회를 잡지 못하리라. 인생은 그런 거였다—굴욕을 당하고, 단념하는 거였다. 랙샘 경이 하는 말은 아내가 정원에서 열린 파티에서 모피 코트를 안 입으려 했다는 거였다. 왜냐하면 "사랑하는 부인, 당신들 숙녀들은 모두 똑같기 때문이죠."—랙샘 부인은 적어도 일흔다섯 살은 되었다! 그 노부부가 서로서로를 소중히 여기는 모습은 정겨웠다. 그녀는 나이 든 랙샘 경을 정말로 좋아했다. 그녀는 자신의 파티가 중요하다고 정말로 생각했다. 그래서 모든 것이 잘못되어가려 하고 있다는 것을, 무미건조해지려 한다는 것을 알고는 아주 괴로웠다. 무슨 일이든, 격정을 터트리는 어떤 일이든, 무서운 일일지라도 차라리 사람들이 목적 없이 어슬렁거리고 다니거나, 엘리 핸더슨처럼 구석에 무리지어 서서 자신을 바르게 지키려고조차 않는 것보다는 나았다.

온갖 천국의 새들이 그려져 있는 노란색 커튼이 가만히 날아올랐다. 마치 날개들이 방 안으로 날아들었다가, 바로 나가고 그리곤 다시 빨아들여지는 것 같았다. (창문들이 열려 있었기 때문이었다.) 바람이 들어오나? 엘리 핸더슨은 의아스러웠다. 그녀는 추위를 잘 탔다. 하지만 내일 재채기를 하며 내려올지라도 별 문제가 아니었으나, 그녀가 마음을 쓰는 것은 소녀들의 벗은 어깨였다. 늙은 아버지에게 다른 사람들을 배려하도록 교육받았기 때문이었다. 그 아버지는 환자였고 부어톤의 전임 성직자였는데 이제는 돌아가셨다. 그리고 한 번도 한기가 그녀의 심장에까지 영향을 미친 적은 없었다. 한 번도 없었다. 그녀가 마음에 두는 것은 소녀들, 어깨를 드러내놓은 어린 소녀들이었다. 그녀 자신은 가는 머리칼에 윤곽이 빈약한 언제나 자그마한 사람이었다. 이제 오십이 지나서 약간의 온화한 빛이, 수년간의 자기 희생으로 정화되어 고귀한 무엇인가가 안에서부터 빛나기 시작하였다. 하지만 그녀의 소위 점잖은 가문이 가난에 처해서, 300파운드밖에 수입이 없는 무방비 상태(그녀는 한푼도 벌 수가 없었다) 때문에 제정신을 잃을 정도로 두려워하자 그 빛은 다시 영원히 흐려졌다. 그래서 그녀는 자신이 없어져갔고, 이런 유의 일을 사교 기간 동안 매일 밤 하며 "나는 이렇게 이렇게 입을 테야" 하고 하녀에게 말하기만 하면 되는 잘 차려 입은 사람들을 만날 자격이 해가 갈수록 점점 더 없어져갔다. 그들과는 달리 엘리 핸더슨은 근심하며 달려나가 싸구려 분홍색 꽃을 여섯 송이쯤 사고 그런 다음에 오래된 까만 드레스에 숄을 걸쳤다. 왜냐하면 마지막 순간에 클러리서의 파티에 초대되었기 때문이었다. 그녀는 과히 기쁘지가 않았다. 클러리서가 올해는 그녀를 초대하려 하지 않았다는 느낌이 들었던 것이다.

허긴 왜 그녀를 초대해야만 되지? 그들이 계속 서로를 알아왔다는 것을 제외하고는 정말로 아무런 이유가 없었다. 사실 그들은 사촌이었다. 하지만 클러리서는 인기가 좋아서, 저절로 그들은 다소 사이가 멀어졌다. 파티에 가는 것이 그녀에게는 대사건이었다. 단지 아름다운 옷들을 보는 것만도 상당한 기쁨이었다. 저건 엘리자베스가 아니야, 다 자라 머리를 유행하는 스타일로 치장하고 분홍색 드레스를 입고 있는 애가? 하지만 저 애가 열일곱 살보다 더 됐을 리는 없는데. 아주아주 빼어나게 아름다워. 하지만 사교계에 처음 데뷔하는 소녀들은 그들이 예전에 그랬듯이 하얗게 입는 것 같지는 않았다(이디스에게 이야기하려면 모든 것을 기억해야만 했다). 소녀들은 아주 꽉 끼는 일직선으로 된 가운을 입고 그리고 스커트는 발목 위로 상당히 올라왔다. 어울리지 않는다고 그녀는 생각했다.

엘리 핸더슨은 시력이 나빠서, 약간 앞으로 목을 빼었다. 아무도 말할 사람이 없었지만 그녀는 별로 개의치 않았다(그녀는 거기 있는 아무도 아는 사람이 없었다). 그들은 모두 바라보기만 해도 아주 흥미로운 사람들이라고 느꼈다. 생각건대, 정치가들이리라. 리처드 댈러웨이의 친구들이겠지. 하지만 리처드 그는 그 가엾은 사람을 저녁 내내 혼자 거기 계속 서 있게 할 수는 없다고 느꼈다.

"저어, 엘리 어떻게 지내요?" 그는 언제나의 온화한 어조로 말했다. 엘리 핸더슨은 긴장하여 얼굴을 붉히며 자신에게 와서 이야기하다니, 그는 드물게 보는 좋은 사람이라고 느꼈다. 많은 사람들이 실제로 추위보다는 더위를 더 느낀다고 그녀는 말했다.

"맞아요, 사람들은 그래요" 하고 리처드 댈러웨이는 말했다. "맞아요."

그런데 더 무슨 할 말이 있지?

“안녕, 리처드.” 누군가가 팔꿈치를 잡으며 말했다. 맙소사, 정다운 피터였다, 오랜 친구 피터 월쉬. 그는 그를 만나서 매우 기뻤다—그를 만나서 굉장히 즐거웠다! 그는 조금도 변하지 않았다. 그들은 서로서로를 가볍게 툭툭 치면서 방을 똑바로 가로질러 함께 걸어갔다. 그들은 오랜 동안 서로 만나지 못했던 것 같다고 엘리 핸더슨은 그들이 가는 것을 보면서 생각했다. 그녀는 그 남자 얼굴이 분명 낯이 익었다. 키가 크고 중년에, 눈이 꽤 아름답고 피부색이 검고 안경을 썼는데 존 버로우 같은 표정을 하고 있었다. 이디스는 틀림없이 알리라.

천국의 새들이 날고 있는 커튼이 다시 바람에 날렸다. 그리고 클러리서는 보았다—그녀는 랄프 리옹이 커튼을 뒤로 젖히며 이야기를 계속하는 것을 보았다. 그럼 실패는 아니었네! 이제 다 잘 되려 하고 있었다—그녀의 파티가. 시작되었어. 출발이 되었다구. 하지만 여전히 아슬아슬했다. 현재를 위하여 거기에 그녀는 서 있어야만 했다. 사람들이 성급하게 들어오는 것 같았다.

개로드 대령 부부…… 휴 휘트브레드…… 울리 씨……힐버리 부인…… 메리 매독스 부인…… 퀸 씨…… 단조로운 목소리로 윌킨스가 말했다. 그녀는 그들 모두와 각각 예닐곱 마디 정도의 말을 나누었다. 그리고 그들은 계속 가서 방으로 들어갔다. 무의미한 것 속으로가 아니라 현재 실재하는 것 속으로. 랄프 리옹이 커튼을 뒤로 젖혀 밋밋했던 방 안이 그럴듯하게 바뀐 방 안으로 말이다.

하지만 그녀의 역할로 말할 것 같으면 힘에 부치는 대단한 노력이 필요했다. 그녀는 즐기고 있지 않았다. 거기에 서 있는 것은 단지 보통 사람 아무나가 되는 것 같았다. 누구라도 그 일을 할 수가 있었지만, 이 보통 사람을 그녀는 정말로 약간 숭배했다. 어쨌든 그녀가 이 일을 주최했으며, 그 일은 하나의 위치를, 자기 자신이 되어버리는 것처럼 느껴지는, 그녀가 맡고 있는 이 자리를 돋보이게 해준다고 느끼지 않을 수가 없었다. 왜냐하면 그녀는 이상하게도 자신이 어떻게 생겼는지를 아주 잊어버리고 층계 꼭대기에 박힌 말뚝처럼 자신을 느꼈다. 매번 그녀가 파티를 열 때마다 자신이 아니라 다른 어떤 존재가 되는 것 같은 느낌이 들었다. 모든 이들이 어떤 면에서 환상 같았지만 다른 면에서는 훨씬 더 실재하는 듯했다. 그녀가 생각건대 어느 정도는 그들의 의상 때문이고, 어느 정도는 그들이 일상 생활을 벗어났기 때문이며 어느 정도는 배경 때문이었다. 다른 곳에서는 어쨌든 말할 수 없는 것들, 노력을 요하는 것들을 이야기할 수 있었다. 훨씬 깊은 이야기들을 할 수 있었다. 하지만 그녀는 아니었다. 여하튼 아직까지는 아니었다.

"만나서 아주 기뻐요!" 그녀는 말했다. 다정한 오랜 친구 해리 경! 그는 모든 사람을 알리라.

너무나도 이상한 것은 그들이 층계를 하나씩 연이어 올라올 때 우리가 갖는 느낌이었다. 마운트 부인과 셀리아, 허버트 애인스티, 데이커스 부인—아 그리고 브루톤 여사!

"친절하게도 당신께서 와주셨군요!"라고 말했고 그것은 진심이었다—거기 서서 그들이 계속, 계속 오리라고 느껴지는 것은 아주 이상했다. 어떤 이는 아주 늙었고, 어떤 이는……

이름이 뭐라고? 로세터 부인이라고? 하지만 로세터 부인이 도대체 누구지?

"클러리서!" 저 목소리! 그건 샐리 시튼이었다! 샐리 시튼! 이렇게 오랜 세월이 흘렀는데! 그녀가 안개 속인 양 어렴풋이 나타났다. 왜냐하면 클러리서가 뜨거운 물병을 잡으면서 그녀가 이 지붕 아래, 이 지붕 아래에 있다고 생각했을 때, 그녀, 샐리 시튼은 저렇게 생기지 않았었는데! 저렇지는 않았는데!

서로 뒤미처, 포옹하고 웃고 말들이 쏟아져 나왔다—런던을 지나는 길이야. 클라라 헤이든에게서 들었어. 너를 만날 수 있는 기회였지! 그래서 뻔뻔스럽게도 왔어—초대도 안 받고……

아주 침착하게 뜨거운 물병을 내려놓을 수 있으리라. 그녀에게선 광채가 사라졌어. 하지만 그녀가 나이 들어 더 행복해보이지만 덜 아름다운 모습으로 다시 만나다니 이상했다. 그들은 거실 문 옆에서 서로 처음에는 이 뺨, 그리곤 다른 쪽 뺨에 키스했다. 그리고 클러리서는 샐리의 손을 잡고 돌아서 자신의 방이 손님으로 가득 차 있는 것을 보았고, 왁자한 목소리를 들었으며, 촛불, 펄럭이는 커튼, 그리고 리처드가 준 장미를 보았다.

"나는 커다란 아들이 다섯이나 있어." 샐리가 말했다.

그녀는 아주 단순한 이기주의자였다. 언제나 첫 번째로 배려해주기를 아주 내놓고 원했다. 클러리서는 그녀가 아직도 그러는 것이 사랑스러웠다. "믿을 수가 없어!" 옛 생각에 온통 기쁨으로 타오르며 그녀는 외쳤다.

한데, 어쩌지, 윌킨스가 그녀를 보기 원했다. 윌킨스는 위압적이고 권위 있는 목소리를 내었다. 마치 모든 손님들을 훈계해야 되고 여주인은 경망스러운 언행을 그만두어야 한다는 듯이 말이다. 한 이름 때문이었다.

"수상이시네." 피터 월쉬가 말했다.

"수상이라고? 정말?" 엘리 핸더슨은 경탄했다. 이디스에게 얘기해줄 얼마나 멋진 일인지!

그를 비웃을 수는 없었다. 하지만 그는 너무나도 평범해보였다. 그를 카운터 뒤에 세워놓고 그에게서 비스킷을 살 수도 있으리라—가엾은 사람, 온통 금실 장식으로 차렸네. 공정하게 말하자면, 그는 처음에는 클러리서가 그리고는 리처드가 수행하여 파티장을 한 바퀴 돌았는데, 그는 아주 잘해냈다. 그는 중요한 사람처럼 보이려 노력하였다. 보기에 재미있었다. 아무도 그를 쳐다보지 않았다. 그들은 그저 이야기를 계속했지만, 그들 모두가 이 왕족이 지나가고 있다는 것을, 그들 모두가 지지하는 영국 사회의 상징이 지나간다는 것을 알고 있으며 골수까지 느끼고 있다는 것은 아주 명백했다. 노부인 브루톤 여사는 아주 잘생기기도 했으며, 술 장식이 있는 옷을 입고 아주 건장해 보였는데 거슬러 올라가더니, 그들은 함께 작은 방으로 들어갔다. 당장에 그 방은 감시되고 지켜졌다. 일종의 동요가 일고 바스락대는 소리가 나며 모든 이들이 공공연히 술렁대었다. 수상이야!

저런, 저런, 영국의 속물 근성이란! 피터 월쉬는 구석에 서서 생각했다. 금색 술 장식으로 차려 입고 경의를 표하는 것을 얼마나 좋아하는지! 저봐! 저건 틀림없이, 정말로, 휴 휘트브레드군. 신분이 높은 사람들의 성역을 기웃거리고 다니는, 약간 더 뚱뚱해지고 머리는 더 세었지만, 경탄스런 휴였다!

그는 언제나 근무 중인 것처럼 보인다고 피터는 생각했다. 특권층이지만 솔직하지 않은 사람이었고 비밀을 간직했다. 그것을 그는 죽을 때까지 수호하리라. 비록 그것이 단지 궁정의 심부름꾼이 흘린 객쩍은 이야기 쪼가리로, 내일이면 모든 신문에 나겠지만 말이다. 그의 떠들썩한 수다, 겉만 번지르르한 이야기가 그런 것인데, 그는 그런 이야기들을 갖고 놀면서 머리가 세었고 노년에 이르고 있었다. 영국 공립학교가 만들어낸 이런 유형의 사람을 아는 특권을 가진 모든 이들의 사랑과 존경을 누리면서 말이다. 휴에 관한 한 필연적으로 그렇게 결론낼 수밖에 없었다, 그것이 그의 생활 방식이라고 말이다. 바다 건너 수천 마일 떨어진 곳에서 『타임스』지에서 읽은 그 경탄스런 편지 양식 말이다. 피터는 그 사악한 왁자지껄한 이야기를 벗어나 있다는 것에 대해 신에게 감사했다. 비록 그것이 단지 거칠고 난폭한 사람들이 잡담하거나 인도의 하급 노동자들이 자기 아내를 때리는 것을 듣는 것에 불과할지라도 말이다. 대학을 나온 올리브 피부색을 가진 한 젊은이가 아부하는 듯이 곁에 서 있었다. 그 아이를 아마도 후원해주고, 비법을 전수하고, 어떻게 출세하는지 가르치리라. 왜냐하면 휴가 가장 좋아하는 것은 친절을 베푸는 것이었다. 노부인들이 늙고 병들었을 때 그들을 배려해주어 기쁨으로 전율하게 만들었다. 아주 잊혀진 존재라고 생각하고 있는데 여기 다정한 휴가 와서 옛이야기를 하고 사소한 것들을 기억하고, 집에서 만든 케이크를 칭찬해주며 한 시간을 보내기도 했다. 설령 휴가 그의 인생에서 어느 날이라도 백작부인과 케이크를 먹을 수도 있고, 그를 보면, 아마도 그런 기분 좋은 일로 실제로 상당한 시간을 정말 보내는 것 같기도 했지만 말이다. 모든 것을 심판하시고 한없이 자비로우신 신은 용서하실 수도 있었지만, 피터 월쉬는 자비심이 없었다. 세상에는 여러 악당들이 있겠지만, 기차에서 소녀의 두개골을 난타하여 교수형을 당한 인간 쓰레기가 휴 휘트브레드나 그가 베푸는 친절보다는 전체적으로 보면 해를 덜 끼친다는 것을 신만은 아시리라. 지금 그의 모습을 보아라. 발끝으로 걸어 춤추듯이 앞으로 나가, 수상과 브루톤 여사가 나타났을 때 한 발을 뒤로 빼고 절했다. 브루톤 여사가 지나갈 때 무엇인가, 사사로운 일을 말할 수 있는 특권을 가졌다는 것을 온 세상이 보았으면 하는 눈치였다. 그녀가 멈추었다. 그녀는 잘생긴 나이 든 머리를 힘있게 끄덕였다. 그녀는 아마도 어떤 심부름한 것에 대해서 감사하고 있었을 것이다. 그녀에게는 아첨꾼들이 있었다. 정부 부서의 하급 관리들로, 그들은 그녀를 위해서 사소한 일들을 해내느라 바삐 뛰어다녔다. 그 대가로 그녀는 그들에게 오찬을 베풀어주었다. 하지만 그녀의 집안은 18세기부터 내려왔다. 괜찮은 여자였다.

이제 클러리서가 수상을 호위해서 방에서 내려와 의기양양하게 나아갔다. 반짝반짝 생기가 있었으며 그녀의 잿빛 머리는 위엄을 풍겼다. 그녀는 귀고리를 했고 인어 같은 은빛 나는 초록빛 드레스를 입고 있었다. 파도 위로 넘실거리며 치렁치렁한 머리를 땋은 그녀는 여전히 그 재능을 갖고 있는 것 같았다. 현존하는 재능, 존재하는 재능, 지나가면서 그 순간에 모든 것을 집약할 수 있는 재능 말이다. 돌아섰는데, 그녀의 스카프가 어떤 다른 여인의 드레스에 걸려서 그것을 풀면서 웃었다. 모든 일을 아주 편안하게 자신의 고유 영역에서 우아하게 움직이는 사람의 태도로 했다. 하지만 나이가 그녀를 스치고 지나갔다. 인어일지라도 어느 아주 개인 날 저녁엔 파도 위에 지는 해를 거울 속에서 보리라. 한 자락 애정이 깃들인 숨결이 스치고 지나가며, 그녀의 엄격함, 고상한 체하는 것, 뻣뻣함 등이 이제 모두 속속들이 따뜻해졌다. 중요해 보이려 최선을 다하는, 그리고 다행스럽게도 잘해내고 있는 두꺼운 금술로 장식한 남자에게 잘 가라는 인사를 할 때, 그녀는 말로 표현할 수 없는 위엄을 지니고 있었다. 더할 나위 없이 훌륭한 진정한 마음을 지녔으며, 마치 온 세상에 행복을 빌면서, 이제는 일이 거의 다 끝났기 때문에 떠나야만 하는 듯했다. 그렇게 생각하게 그녀는 만들었다. (하지만 그는 사랑하고 있지는 않았다.)

정말로, 수상이 오시다니 친절하시기도 하다고 클러리서는 느꼈다. 그와 함께 방을 내려오면서, 샐리가 저기, 피터가 저기에 있고, 그리고 리처드가 아주 기뻐하는 것을 보면서, 또 모든 이들이 약간은 아마도 질투하는 마음이 이는 것을 느끼며, 그녀는 그 순간에 취하는 것을 느꼈다. 심장의 근육이 팽창하는 것을 느꼈다. 마침내 심장은 떠는 듯하더니 푹 잠겼다가 꼿꼿해졌다—그랬다, 하지만 결국 그것은 다른 사람들이 느꼈던 것, 그런 것이었다. 왜냐하면 비록 그녀가 그런 기분을 사랑하고 설레고 흥분되는 것을 느꼈지만, 이 겉치레들, 이 승리들은 (예를 들면 다정한 오랜 친구 피터는 그녀가 아주 훌륭하다고 생각했다) 여전히 공허했다. 팔을 뻗으면 닿는 곳에 그들은 있었지만, 가슴속에 있지는 않았다. 그녀가 나이 들어가기 때문인지는 모르지만 그들은 예전처럼 그녀를 만족시키지 못했다. 수상이 층계 아래로 내려가는 것을 보고 있을 때 갑자기, 조슈아 경이 그린 손에 토시를 낀 작은 소녀 그림의 금색 테두리 안으로 갑자기 킬먼 양이 서둘러 들어왔다. 자신의 적인 킬먼 양이었다. 만족스러웠다, 그것은 실재였다. 아! 얼마나 그녀는 킬먼 양을 증오했던가—과격하고 위선적이었으며, 사악했다. 그 모든 힘으로 엘리자베스를 현혹시켰으며, 숨어들어와서는 훔치고 더럽힌 여인이었다(리처드는 말도 안 된다고 하리라!). 그녀를 증오했다. 그러나 그녀를 사랑했다. 우리가 원하는 것은 적이지 친구가 아니었다—뒤란트 부인이나 클라라, 윌리엄 경, 브래드쇼 부인, 투르락 양, 엘리아노 깁슨(그녀가 이 층으로 올라오는 것을 보았다)을 원하는 것이 아니었다. 그들이 그녀를 원하다면 그들이 그녀를 찾아와야만 했다! 그녀는 파티를 위해 존재했다.

그녀의 오랜 친구 해리 경이 와 있었다.

"반가워요, 해리 경!" 그녀는 말하며 잘생긴 나이 든 남자에게 다가갔다. 그는 세인트 존 우드 전역에서 어느 두 명의 예술원 회원이 그려내는 작품보다도 더 많은 나쁜 그림들을 그려내었다(소재는 언제나 소였는데, 해질녘 웅덩이에서 물을 마시고 서 있었다. 혹은 일정한 범위 내의 제스처를 구사했는데 앞다리 하나는 들고 뿔을 흔들며 '이방인의 접근'을 알렸다—밖에서 만찬에 가거나, 말을 타거나 하는 모든 그의 활동은 해질녘 웅덩이에서 물을 마시며 서 있는 소에 근거하고 있었다).

"무얼 보고 웃으세요?" 그녀는 그에게 물었다. 왜냐하면 윌리 티트콤과 해리 경 그리고 허버트 애인스티 모두가 웃고 있었기 때문이었다. 하지만 안 되지. 해리 경은 클러리서 댈러웨이에게 (비록 그가 그녀를 많이 좋아하고, 그녀와 같은 타입 중에서 그녀는 완벽하다고 생각해서 그녀를 그리겠다고 위협하기까지 했지만 말이다) 음악홀 무대에서 일어난 이야기를 해줄 수는 없었다. 그는 파티에 관해서 말하며 그녀를 놀렸다. 자신의 브랜디가 그립다고 했다. 이 그룹들은 그에게는 너무 수준이 높다고 했다. 하지만 그는 그녀를 좋아했고 존경했다. 비록 고약스럽고 성가시게도 그녀가 상류층답게 품위가 있어 클러리서 댈러웨이에게 자신의 무릎에 앉으라고 할 수는 없었지만 말이다. 그리고 저 방랑하는 환영, 떠다니는 인광 같은 늙은 힐버리 부인이 다가와서는 그의 불길 같은 웃음 소리에 (공작과 숙녀에 관해서 말하면서 웃고 있었다) 손을 내밀었다. 그녀가 아침 일찍 깨어, 차 한잔을 달라고 하녀를 부르고 싶지 않을 때, 때때로 그녀를 괴롭혔던 중요한 대목이 있었는데, 우리 모두 죽어야만 한다는 것이 얼마나 확실한 일인가 하는 것이었다. 방 건너편에서 들었을 때, 그의 웃음 소리는 그 대목에서 그녀를 안심시켜주었다.

"우리한테는 이야기를 안 하시겠대요." 클러리서가 말했다.

"사랑스런 클러리서!" 힐버리 부인이 외쳤다. 힐버리 부인은 오늘밤 클러리서가 그녀의 어머니가 회색 모자를 쓰고 정원을 거니는 것을 자신이 처음 보았을 때의 모습 같다고 말했다.

실제로 클러리서의 눈에는 눈물이 고였다. 정원을 거닐고 있는 그녀의 어머니! 하지만, 어찌한담, 그녀는 가봐야 했다.

밀턴에 대해서 강의하는 브라이얼리 교수가 보였기 때문이었다. 그는 키 작은 짐 허튼에게 이야기하고 있었는데(짐은 이런 파티를 위해서조차도 넥타이와 조끼를 구할 수 없었고 머리를 판판하게 붙여 빗을 수가 없었다), 이만큼의 거리에서도 그들이 말다툼하고 있다는 것을 그녀는 알 수 있었기 때문이었다. 브라이얼리 교수는 아주 괴짜였다. 자신과 삼류 문인 작가를 갈라놓는 그 모든 학위, 영예의 표지들, 강사 지위에도 불구하고, 사람들이 희한한 복합체인 자신을 인정하지 않는 느낌을 당장에 눈치챘다. 그의 학식은 놀라웠지만 수줍어했으며, 쌀쌀맞은 매력이 있었지만, 마음을 털어놓지 않았다. 순진하였지만 속물 근성이 섞여 있었다. 숙녀의 헝클어진 머리나 젊은이의 부츠를 보고, 도전자들, 열렬한 젊은 사람들의 의심할 여지 없이 칭찬할 만한 영혼의 세계를 의식하게 되면 파르르 떨었다. 장차의 천재들에겐, 머리를 약간 흔들고 콧방귀—흥!—를 뀌며, 절제가 가치 있다는 것을 알려주었다. 밀턴을 제대로 감상하려면 고전 작품을 약간은 교육받을 필요가 있다고 했다. 브라이얼리 교수는 밀턴에 대해서 키 작은 짐 허튼(까만 양말은 세탁소에 있어서, 빨간 양말을 신고 있는)과 마음이 맞지 않았다(클러리서는 알 수 있었다). 그녀가 끼어들었다.

그녀는 바흐를 좋아한다고 말했다. 허튼도 그랬다. 그것이 그들 사이를 이어주었다. 허튼은 (아주 저질의 시인이었다) 댈러웨이 부인이 예술에 관심을 가지는 가문 좋은 숙녀들 중 월등히 최고라고 언제나 느꼈다. 그녀가 얼마나 엄격한지 이상했지만, 음악에 관한 한 그녀는 순수하게 개인을 초월했다. 그녀는 약간은 아는 체를 했다. 하지만 쳐다만 봐도 얼마나 매력적인지! 그녀가 초대한 교수들만 아니었더라면 그녀는 집을 아주 멋지게 만들었을 것이다. 클러리서는 그를 잡아채서 뒷방에 있는 피아노 앞에 앉히고 싶은 마음이 반쯤은 있었다. 왜냐하면 그는 초인적으로 뛰어나게 연주하기 때문이다.

"하지만 저 시끄러운 소리!" 그녀가 말했다. "시끄러운 소리!"

"파티가 성공한 징후죠." 품위 있게 고개를 끄덕이며 교수는 우아하게 옆으로 비켜났다.

"그는 밀턴에 관한 것이면 이 세상에 어느것이라도 다 알아요." 클러리서가 말했다.

"정말 그래요?" 허튼이 말했다. 그는 햄스태드에 가면 그 교수를 흉내내리라. 밀턴을 강의하는 교수, 절제에 관해 논하는 교수, 우아하게 옆으로 비켜나는 교수의 모습을 말이다.

그런데 저 커플, 게이튼과 낸시 블로우하고 이야기해야만 한다고 클러리서가 말했다.

파티의 소음에 상당한 소리를 보탰기 때문은 아니었다. 그들이 노란색 커튼 곁에 나란히 서 있을 때, 그들은 알아볼 수 있게 이야기를 하고 있지는 않았다. 그들은 곧 함께 딴 데로 가리라. 어떤 상황에서건 한 번도 말이 많지 않았다. 그들은 바라보았다, 그게 전부였다. 그거면 족했다. 그들은 너무나도 말끔하고 너무나도 건전해 보였다. 그녀는 살구꽃 가루로 분을 바르고 화장을 했지만, 그는 북북 문질러 닦고 씻어냈으며 새의 눈을 가져서 어떤 공도 놓치지 않았고 어떤 타격도 그를 놀래지 않았다. 적절하게 바로 그 장소에서 일타를 날렸고 뛰어올랐다. 그가 고삐를 쥐면 말의 입이 그 끄트머리에 달려 진동할 정도였다. 그는 명예가 있었고 조상 대대의 기념비도 있었고, 고향의 교회에는 집안 문장紋章이 그려진 깃발이 달려 있었다. 직무도 몇 개 맡고 있었고, 소작인도 거느리고 있었고 어머니와 누이를 모시고 있었다. 그는 하루 종일 로드즈 크리켓 경기장에서 살았는데 그것이 그들의 대화 내용이었다—크리켓, 사촌들, 영화들. 그때 댈러웨이 부인이 다가왔다. 게이튼 경은 그녀를 지독히도 좋아했다. 블로우 양도 그랬다. 그녀의 매너는 너무나도 매력적이었다.

천사 같으시기도 해라—당신들이 오시다니 참으로 기뻐요! 그녀가 말했다. 그녀는 귀족들을 사랑했다, 젊음을, 낸시를 사랑했다. 낸시는 엄청난 비용을 들여서 파리에서 가장 유명한 디자이너가 만든 옷을 입었는데, 마치 그녀의 몸이 저 혼자서 초록빛 주름 장식을 내미는 것처럼 보이며 서 있었다.

“나는 춤을 출 수 있게 하려고 했어요.” 클러리서가 말했다.

왜냐하면 젊은 사람들은 이야기를 할 줄 몰랐다. 허긴 왜 할 줄 알아야 되는 거지? 소리지르고, 껴안고, 흔들다 새벽녘이면 일어나면 되는데. 조랑말들에게 설탕을 먹이고, 중국 종種의 훌륭한 개들의 콧등에 키스하고 어루만지곤 가슴 설레며 돌아다니다 뛰어들어 수영을 하면 되는데 말야. 하지만 영어라는 언어의 엄청난 자원, 그것이 필경은 느낌을 전달할 수 있게 부여하는 힘은 (그들만한 나이에 피터와 그녀는 저녁 내내 논쟁을 벌였으리라) 그들 것이 아니었다. 그들은 미숙한 채로 굳어버리리라. 그들은 자신의 소유지에 있는 사람들에게는 말할 수 없이 친절했지만 혼자 개인으로서는 아마도 다소 재미없으리라.

"유감이에요!" 그녀는 말했다. "나는 무도회를 하려고 했었는데요."

와주다니 그들은 이만저만 친절한 게 아니었다! 한데 무도회 얘기라니! 방마다 사람들이 빽빽이 들어차 있었다.

늙은 헬레나 고모가 숄을 두르고 있었다. 어찌한담, 그녀는 그들—게이튼 경과 낸시 블로우—을 떠나야 했다. 늙은 패리 양, 그녀의 고모가 와 있었다.

헬레나 패리 양은 죽지 않았고, 패리 양은 살아 있었다. 그녀는 팔십이 넘었다. 그녀는 지팡이를 짚고 천천히 층계를 올라왔다. 그녀는 의자에 앉혀졌다(리처드가 조처하였다). 칠십년대의 버마를 아는 사람들이 언제나 그녀에게로 데려와졌다. 피터는 어디에 있담? 그들은 예전에 친했는데. 왜냐하면 인도나 심지어는 실론 섬을 말하기만 하면 그녀의 눈은 (한쪽만 유리눈이었다) 서서히 깊어져가고, 푸르러지면서 바라보았던 것이다. 사람들을 보는 게 아니었다—총독들, 장군들, 폭동들에 관해서 그녀는 어떤 정겨운 기억도, 자랑스런 환상도 없었다—그녀가 보는 것은 난초들, 산의 좁고 험한 길, 그리고 육십년대에 인부 등에 업혀서 외로운 산봉우리를 넘는 자신의 모습이었다. 혹은 난초(굉장한 꽃들이었다, 전에는 한번도 본 적이 없는)를 뿌리째 뽑으려 내려가던 일이었다. 그 꽃을 그녀는 수채화로 그렸다. 불굴의 영국 여인이었다. 난초들과 육십년대에 인도를 여행하던 자기 자신의 모습을 깊이 명상하다가 전쟁, 말하자면 문 앞에 폭탄이 떨어져서 방해받으면 화를 냈다. 한데 여기 피터가 왔네.

"와서 헬레나 고모하고 버마 얘기 좀 하세요." 클러리서가 말했다.

하지만 저녁 내내 그는 그녀와 한마디도 나누지 못했다!

"우린 나중에 얘기해요." 클러리서가 말하며 하얀 숄을 두르고 지팡이를 짚고 있는 헬레나 고모에게 그를 데리고 갔다.

"피터 월쉬예요." 클러리서가 말했다.

그 말은 아무런 의미도 없었다.

클러리서는 그녀를 초대했다. 파티는 피곤했고, 시끄러웠지만, 클러리서가 그녀를 초대했다. 그래서 그녀는 왔다. 그들—리처드와 클러리서—이 런던에 사는 것은 참으로 유감스러운 일이었다. 단지 클러리서의 건강을 위해서라도 시골에 사는 것이 나았으리라. 하지만 클러리서는 언제나 사교계를 좋아했다.

"그는 버마에 있었어요." 클러리서가 말했다.

아, 그녀가 버마의 난초에 대해서 쓴 작은 책을 보고 찰스 다윈이 한 말을 그녀는 기억하지 않을 수가 없었다.

(클러리서는 브루톤 여사하고 이야기해야만 했다.)

버마의 난초에 관해 그녀가 쓴 책은 의심할 여지없이 이제는 잊혀졌지만, 그 책은 1870년 이전에 이미 3판 인쇄에 들어갔다고 피터에게 말했다. 그녀는 이제야 그가 기억이 났다. 그는 부어톤에 왔었다(피터 월쉬는 클러리서가 보트 타러 가자고 했던 그날 밤 한마디 말도 없이 헬레나 고모를 거실에 내버려두고 갔던 것을 기억했다).

"리처드는 오찬 파티를 너무나도 즐거워했어요." 클러리서가 브루톤 여사에게 말했다.

"리처드는 가능한 모든 도움을 준답니다." 브루톤 여사가 대답했다. "그는 내가 편지 쓰는 것을 도와주었어요. 그런데 어떠세요?"

"아, 완전히 다 나았어요!" 클러리서가 말했다. (브루톤 여사는 정치가들의 아내가 아픈 것을 싫어했다.)

"피터 월쉬가 왔군요!" 브루톤 여사가 말했다(비록 그녀를 좋아했지만, 클러리서에겐 이야기할 거리를 찾을 수가 없었기 때문이었다. 그녀는 아주 좋은 자질을 많이 갖고 있었다. 하지만 그들—그녀와 클러리서—은 공통점이 없었다. 리처드가 덜 매력적인 여인과 결혼했더라면 나았을지도 몰랐다. 그런 여인이 그가 일하는 데에는 더 도움이 되었으리라. 그는 내각에 들어갈 기회를 놓쳤다). "피터 월쉬군요!" 마음에 드는 악동과 악수를 나누며 그녀는 말했다. 바로 이 유능한 친구는 이름을 날릴 수도 있었는데 그러지 못했다(언제나 여자 문제로 어려움을 겪었다). 그리고 물론 패리 양이 오셨군. 놀라운 노부인이었다!

브루톤 여사는 패리 양 의자 곁에 서 있었는데 유령의 보병 같았다. 까만색으로 입고 피터 월쉬를 점심에 초대했다. 마음으로부터 우러나온 것이었지만, 인도의 식물상이나 동물상에 관해서는 아무것도 기억나지 않아서, 잡담을 나누지는 않았다. 물론 그녀는 그곳에 갔었고, 세 명의 총독들과 머물렀다. 몇몇의 인도 시민들은 드물게 보는 훌륭한 사람들이라고 생각했지만, 얼마나 비극인지—인도의 형편이라니! 수상이 지금 막 그녀에게 이야기해주었다(노부인 패리 양은 숄을 두르고 웅크리고 앉아서, 수상이 자신에게 지금 막 한 이야기 같은 것에는 개의치 않았다). 브루톤 여사는 피터 월쉬의 의견을 듣고 싶었다. 그는 그 지역에서 바로 왔으니까 말이다. 그녀는 샘슨 경에게 그를 소개하고 싶었다. 정말로 그녀는 군인의 딸로서 그 일 때문에 밤에 잠을 이룰 수가 없었기 때문이다. 인도에서의 어리석은 상황이랄까, 아니 사악함이라고 말할 수도 있으리라. 그녀는 이제는 늙었고 잘하는 일이 별로 없었다. 하지만 자신의 집, 자신의 하인들, 좋은 친구 밀리 브러쉬—그녀 기억해요?—모두가 소용 닿기만 하면 써주십사 청한답니다—요컨대 그들이 도움이 된다면 말이에요. 그녀는 결코 영국에 관해서 이야기한 적이 없었다. 하지만 이 섬, 이 사랑스럽고 사랑스러운 땅은 그녀의 피 속에 녹아 있었다(셰익스피어를 읽지 않고도 말이다[39]). 만약 언젠가 여인이 헬멧을 쓰고 화살을 쏠 수 있다면, 군대를 공격하게 이끌 수 있다면, 불굴의 정의로움으로 야만적인 무리들을 다스리다 무참히 죽어 교회의 방패 아래 누울 수 있다면, 혹은 어떤 태고의 언덕에 푸른 풀로 덮인 무덤에 묻힐 수 있다면, 그 여인이 밀리센트 브루톤이었다. 자신의 성性 때문에 그리고 논리적인 기능이 이유 없이 막히기는 했지만 (그녀는 『타임스』지에 편지를 쓰는 것이 불가능하다는 것을 알았다) 그녀는 언제나 제국에 대해서 생각했으며, 그 갑옷을 입은 여신과의 교제로 자신의 엄격한 행동거지, 강건한 품행을 습득했다. 그래서 죽어서조차도 그녀가 지구를 떠난다거나 어떤 영적인 형태일지라도 영국 국기가 더 이상 펄럭이지 않는 영역 위를 헤맨다는 것은 생각할 수가 없었다. 죽은 자들 사이일지라도 영국인이기를 그치는 것은—절대로 안 되었다! 불가능한 일이었다!

그런데 저 이가 브루톤 여사인가(그녀가 알았던)? 저 이가 피터 월쉬, 머리가 센건가? 로세터 부인(샐리 시튼이었던)은 스스로 자문했다. 저 이는 분명 늙은 패리 양이야—자신이 부어톤에 머물 때 그렇게 화를 내곤 하던 고모 말야. 복도를 발가벗고 뛰어가다가 패리 양에게 불려갔던 것을 결코 잊지 못하리라! 그리고 클러리서! 오 클러리서! 샐리는 그녀의 팔을 잡았다.

클러리서는 그들 곁에 멈추었다.

"한데 나는 여기 있을 수가 없어요." 그녀는 말했다. "나중에 올게요. 기다려요." 피터와 샐리를 쳐다보며 그녀가 말했다. 이 사람

39 영국의 제국주의가 다른 나라를 정복하러 갈 때 한 손에는 무기를 들고 다른 손에는 셰익스피어라고 하는 그들의 우월한 문화를 내세우며 갔다는 것을 기억하면 여기서 울프의 아이러니를 느낄 수 있다.

들이 다 갈 때까지 그들은 기다려야만 한다는 의미였다.

"갔다 올게요." 자신의 오래된 친구들을 바라보며 말했다. 샐리와 피터는 악수를 하고 있었고 샐리는 틀림없이 과거를 기억하며 웃고 있었다.

그런데 그녀의 목소리는 옛적의 황홀한 윤택함이 짜여져나갔네. 그녀의 눈은 예전에 그녀가 담배를 피울 때나 스펀지가 들어있는 가방을 가지러 실오라기 하나 걸치지 않고 복도를 달려 내려갔을 때처럼 빛나지 않아. 만약에 신사들이라도 만났으면 어떡할 뻔했느냐? 엘렌 애트킨스가 물었지. 하지만 모두들 그녀를 용서했어. 그녀는 밤에 배가 고파서, 식품 저장소에서 닭을 훔쳤고, 침실에서 담배를 피웠고, 값으로 따질 수도 없는 책을 나룻배에 내팽개쳐 두었지. 하지만 모두들 그녀를 숭배했어(아마도 아빠만 빼고 말이야). 그녀의 따뜻함, 그녀의 생명력 때문이었지 — 그녀는 그림을 그리리라, 글을 쓰리라. 마을에 늙은 여인네들은 지금까지도 잊지 않고 "그렇게 똑똑해 보이던 빨간 코트를 입은 당신 친구"의 안부를 물었다. 그녀는 여성들이 참정권을 가져야 한다고 말한 자신을 벌주려고 휴 휘트브레드가 흡연실에서 자신에게 키스했다고 모든 사람들이 있는 데에서 그를 (저기 오랜 친구 휴가 포르투갈 대사와 이야기 하고 있네) 비난했다. 저속한 남자들이나 그러는 것이라고 그녀는 말했다. 가족 기도회 때 공공연히 그를 비난하려는 것을 말렸던 것을 클러리서는 기억했다. 그녀는 대담하고, 무모하였으며, 모든 일에 중심이 되어 야단법석을 떠는 것을 감상적으로 좋아하여서 그런 일을 하고도 남았다. 결국은 끔찍한 비극으로, 그녀가 죽든지, 고난을 당하든지 하는 걸로 끝나리라고 클러리서는 생각하곤 했는데, 그 대신에 아주 예상외로 그녀는 머리가 벗겨지고 커다란 꽃장식을 단 조야한 남자와 결혼했다. 그는 맨체스터에 방직공장을 가지고 있다고들 했다. 게다가 아들이 다섯이나 되다니!

그녀와 피터는 함께 차분히 좌정하였다. 그들은 이야기하고 있었는데, 그들이 이야기하고 있는 것은—너무나도 눈에 익었다. 그들은 과거를 화제로 삼으리라. 그들 둘은 (심지어는 리처드하고보다 더 많이) 자신의 과거를 공유하였다. 정원, 나무들, 목소리도 없이 브라암스를 노래부르던 늙은 조셉 브리트코프, 거실의 벽지, 매트에서 나는 냄새 따위 말이다. 샐리는 언제나 이 과거의 한 부분 이리라. 피터도 언제나 그러리라. 하지만 지금은 그들을 떠나야 했다. 자신이 싫어하는 브래드쇼 부부가 왔으니 말이다. 브래드쇼 부인에게 (회색과 은색으로 차려입고 물탱크 가장자리에 선 물개처럼 균형을 잡고는 초대해달라고 공작부인들에게 큰소리로 불러댔다. 전형적인 성공한 남자의 아내였다) 가야만 했다. 그녀는 브래드쇼 부인에게 다가가야만 했고 말해야만……

하지만 브래드쇼 부인이 그녀를 앞질렀다.

"우리 지독히도 늦었죠, 댈러웨이 부인. 우리는 감히 들어올 수가 없었어요." 그녀가 말했다.

그리고 잿빛으로 센 머리에 푸른 눈, 아주 기품이 있어보이는 윌리엄 경도 사실이라고 말했다. 하지만 그들은 오고 싶은 유혹을 뿌리칠 수가 없었다고 했다. 아마도 그는 리처드에게 그들이 하원에서 통과되기를 원하는 그 의안에 관해서 이야기하고 있는 것 같았다. 왜 리처드에게 얘기하고 있는 모습이 그녀를 뒤틀리게 하는 거지? 그는 있는 그대로의 그의 모습, 위대한 의사로 보였다. 그의 직업에서 최고의 지위에 있었고, 아주 권위가 있었지만, 다소 지쳐보였다. 어떤 사람들이 그에게 맡겨지는지 생각해봐라—극도의 불행의 나락에 빠져 있는 사람들, 미치기 일보 직전의 사람들, 남편과 아내들 등이었다. 그는 엄청나게 어려운 문제들을 결정해야만 했다. 하지만—그녀가 느낀 것은 우리가 불행한 것을 윌리엄 경에게는 보이고 싶지 않다는 것이었다. 아니었다, 저 남자는 아니었다.

"이튼 학교에 다니는 아드님은 어떻게 지내요?" 그녀는 브래드쇼 부인에게 물었다. 유행성 이하선염 때문에 그 애는 열한번째 생일 파티를 지낼 수 없었다고 브래드쇼 부인은 말했다. 아버지가 아이보다 훨씬 더 마음을 썼어요. 생각건대 "아버지 자신도 커다란 소년일 뿐"이라고 그녀가 말했다.

클러리서는 리처드에게 이야기하고 있는 윌리엄 경을 바라보았다. 그는 소년같이 보이지는 않았다—조금도 소년 같지 않았다. 그녀가 한번은 누구와 함께 그의 충고를 청하러 간 적이 있었다. 그는 더할 나위 없이 옳았고, 대단히 현명했다. 하지만 정말, 다시 거리로 나왔을 때 얼마나 마음이 편하던지! 대기실에는 어떤 불쌍한 사람이 흐느껴 울고 있던 것이 기억났다. 하지만 무엇 때문인지—윌리엄 경에 관해서—정확하게 그녀가 싫어하는 것이 무엇인지를 알지 못했다. 리처드도 그녀와 의견이 일치했다. "그의 취미가 싫고, 그의 냄새가 싫어." 하지만 그는 뛰어나게 유능했다. 그들은 법안에 대해서 이야기하고 있었다. 윌리엄 경은 목소리를 낮추며 어떤 환자의 경우를 언급하였다. 폭탄으로 인한 쇼크의 후유증에 관해서 그가 말한 것과 관계가 있었다. 그래서 그 법안에는 약간의 단서가 붙어야만 했다.

브래드쇼 부인은 목소리를 낮추고 댈러웨이 부인을 서로간에 공유하는 여성성 내지는, 남편들의 걸출한 자질과 그들이 지나치게 일하는 안쓰러운 성향을 같이 자랑스러워하는 일로 끌어들였다. 브래드쇼 부인(가엾은 바보—우리는 그녀를 싫어할 수가 없었다)은 무슨 이유인지 소곤소곤 이야기했다. "우리가 막 출발하려고 하는데 남편에게 전화가 왔어요. 아주 슬픈 사건이었어요. 젊은 남자가 (그것이 윌리엄 경이 댈러웨이 씨에게 이야기하고 있는 것이었다) 자살을 했어요. 그는 군대에 갔다 왔대요." 아! 클러리서는 생각했다. 내 파티 한중간에, 죽음이라니.

그녀는 수상이 브루톤 여사와 들어갔던 작은 방으로 들어갔다. 아마도 거기 누군가 있으리라. 하지만 아무도 없었다. 의자들은 여전히 수상과 브루톤 여사의 흔적을 간직하고 있었다. 그녀는 공손하게 몸을 돌리고 있고, 그는 부동의 자세로 권위 있게 앉아 있는 듯했다. 그들은 인도에 관해서 이야기하고 있었으리라. 아무도 없었다. 파티의 화려함이 땅바닥에 떨어졌다. 화려한 옷을 입고 혼자 들어왔다는 것이 너무나도 이상했다.

브래드쇼 부부가 그녀의 파티에 와서 죽음에 대해서 얘기하는 이유가 뭐람? 한 젊은 청년이 자살을 했다. 그리고 그들은 그녀의 파티에 와서 그 얘기를 했다—브래드쇼 부부가, 죽음에 관한 이야기를 했다. 청년이 자살했다—한데 어떻게 죽었지? 갑자기 어떤 사고에 관해서 들으면, 언제나 그녀의 육신이 먼저 경험했다. 그녀의 드레스에 불이 붙었고, 그녀의 육신이 타올랐다. 그는 창문에서 몸을 던졌다. 휙 하고 땅바닥이 솟구쳐 올랐고, 녹슨 담 위의 철책이 이리저리 그의 몸을 멍들이면서 뚫고 들어갔다. 뇌가 쿵 쿵 쿵 울리면서, 거기 누워 있었다. 그리곤 어둠 속의 질식. 그렇게 그녀는 그것이 보였다. 하지만 왜 그는 그 짓을 했을까? 게다가 브래드쇼 부부는 그녀의 파티에서 그 애기를 했다!

그녀는 한번 서펀타인 연못에 1실링을 던진 적이 있었다, 더 던진 적은 없다. 하지만 그는 삶을 던져버렸다. 반면에 그들은 계속 살아간다(그녀는 돌아가야만 하리라. 방들은 여전히 사람들로 붐볐다. 사람들이 계속 오고 있었다). 그들은 (하루 종일 그녀는 부어톤을, 피터를, 샐리를 생각하고 있었다) 그들은 늙어가리라. 중요한 어떤 것이 있었다, 그것은 시시한 이야기에 둘러싸여서, 외관이 흉하게 되고, 그녀의 삶 속에서 손상되어 매일매일 부패와, 거짓말과, 잡담 속으로 떨어져 내렸다. 그는 이것을 그대로 보존하였다. 죽음은 도전이었다. 죽음은 의사를 소통하려는 시도였다. 반면에 사람들은 신비하게도 자신들을 피해가는 중심에 다다르는 것이 불가능하다는 것을 느꼈다. 친밀했던 관계는 멀어져가고, 황홀함은 시들고, 사람은 혼자였다. 하지만 죽음에는 포옹하는 힘이 있었다.

그런데 자살을 한 이 청년은—보물을 들고 뛰어내렸을까? "만약 지금이 죽을 때라면, 지금이 가장 행복한 때이다"라고 흰옷을 입고 내려오면서, 한때 그녀는 자신에게 말한 적이 있었다.

시인들과 명상가들도 있었다. 만약에 그 청년이 그런 이들의 열정을 가지고 윌리엄 브래드쇼 경에게 갔더라면, 훌륭한 의사였지만 그녀에게는 어딘지 모르게 사악해 보였고 성性도 성욕도 없는 것 같았고, 여자들에게는 극도로 정중했지만 어떤 표현하기 힘든 무도한 행동—상대의 영혼을 강요하는, 맞아 그거야—을 할 수 있는 이에게 말이야. 만약에 이 청년이 그에게 갔다면 그리고 윌리엄 경이 힘을 갖고 그처럼 그를 억지로 강요했다면, 그러면 삶을 견딜 수 없다고 그가 말하지 않았을까(실제로 그녀는 이제 그것을 느낄 수 있었다)? 그들, 그런 이들이, 삶을 견딜 수 없게 만들었다고?

그런데 (그녀는 오늘 아침에만 해도 그것을 느꼈다) 공포감이 밀려왔다, 무능력함이 압도해왔다, 이 삶을 끝까지 살라고, 차분하게 걸어가라고 부모가 우리의 손에 삶을 주었다는 데서 비롯

된 공포였다. 그녀의 가슴 깊은 곳에 무시무시한 두려움이 있었다. 요사이조차도, 아주 자주 만약에 리처드가 『타임스』지를 읽으며 거기에 있지 않았더라면, 그래서 그녀가 한 마리의 새처럼 웅크리고 있다가 서서히 활기가 나서, 가지와 가지를, 이것과 저것을 서로 부비면서 그 무한한 환희를 큰소리를 내면서 내보내지 않았더라면, 그녀는 죽었으리라. 하지만 그 젊은 청년은 스스로 자살했다.

그것은 자신의 불행 — 그녀의 수치였다. 여기에 한 남자가, 저기에 한 여인이 이 깊이를 알 수 없는 어둠 속으로 가라앉아 사라지는 것을 보는 것은 그녀에게 내린 벌이었으며, 그녀 자신은 여기에 이브닝 드레스를 입고 서 있어야 했다. 그녀는 책략을 꾸몄고, 그녀는 몰래 훔쳤다. 그녀는 결코 온전히 훌륭했던 적이 없었다. 그녀는 성공을 원했다. 벡스버러 부인과 나머지 모든 것을 원했다. 하지만 한때 그녀는 부어톤에서 테라스 위를 거닐었다.

리처드 덕분이었다. 그녀는 결코 그렇게 행복해본 적이 없었다. 어떤 것도 만족스럽게 누릴 수가 없었다. 어떤 것도 너무 오래라고 생각될 만큼 지속되지 않았다. 의자들을 바로하면서 책꽂이 위에 책 한 권을 밀어넣으면서 생각했다. 이렇게 젊음의 승리를 마감하고, 살아가는 일에 몰두하며, 해가 뜰 때, 날이 저물어갈 때, 기쁨으로 깜짝 놀라 다시 하늘을 쳐다보는 것에는 어떤 즐거움도 비길 수가 없지. 부어톤에서 그들이 모두 얘기하고 있을 때 여러 번 그녀는 하늘을 보러 갔다. 혹은 만찬 때 사람들의 어깨 사이로 보았다. 런던에서 잠을 이룰 수 없을 때도 보았다. 그녀는 창가로 걸어갔다.

이 생각이 어리석을지 몰라도, 이 나라의 하늘은, 웨스트민스터 지역 위의 이 하늘은 그 안에 무엇인가 그녀의 일부분을 지니고 있었다. 그녀는 커튼을 젖혔다, 바라보았다. 아, 한데 얼마나 놀라운지! ─ 길 건너편 방에 늙은 부인이 똑바로 그녀를 응시하였다! 그녀는 자러 가려 하고 있었다. 그리고 하늘. 장엄한 느낌을 주는 하늘일 거라고, 사라져가는 어둑어둑한 하늘일 거라고, 아름답게 얼굴을 돌리며 그녀는 생각했었다. 그런데 거기에 ─ 회색의 창백한 하늘이, 그 위로 점점 가늘어지는 거대한 구름이 빠르게 지나가고 있었다. 그녀에게는 새로웠다. 필시 바람이 일었을 것이다. 건너편 방에서 그 여인은 자러 가고 있었다. 저 늙은 부인이 이리저리 움직이고 방을 가로질러 창가로 오는 것을 바라보며 황홀해하였다. 그녀는 나를 볼 수 있을까? 사람들은 여전히 거실에서 웃고 소리치고 있는데 저 늙은 부인이 아주 조용히 침대로 가는 것을 보는 것은 매혹적이었다. 이제 그녀는 블라인드를 쳤다. 시계가 치기 시작했다. 청년이 자살했지만, 그녀는 그를 동정하지는 않았다. 시계가 하나, 둘, 셋 하고 시간을 칠 때, 이 모든 것이 여전히 계속되고 있는데, 그녀는 그를 동정하지는 않았다. 저런! 늙은 부인이 불을 껐네! 이 모든 것이 여전히 계속되고 있는데, 이제는 집 전체가 캄캄해졌네, 그녀는 되뇌었다. 한 구절이 떠올랐다. 더 이상 두려워 말라, 여름의 열기를. 그녀는 그들에게 돌아가야만 했다. 하지만 얼마나 이상한 밤인지! 어찌된 일인지 그녀는 아주 많이 그 사람 ─ 스스로 자살한 청년 ─ 같다고 느꼈다. 그가 그 일을 해서, 삶을 던져버려서 그녀는 만족스러웠다. 시계가 치고 있었다. 납추가 만들어내는 소리의 둥근 원들이 대기중에 녹아 내렸다. 그 청년은 그녀에게 아름다움을 느끼게 해주었다. 즐거움을 느끼게 해주었다. 하지만 그녀는 돌아가야만 했다. 그녀는 짜 맞추어야만 했다. 그녀는 샐리와 피터를 찾아야 했다. 그래서 그녀는 작은 방에서 나왔다.

"그런데 클러리서는 어디 있지?" 피터가 말했다. 그는 소파에 샐리와 앉아 있었다. (이렇게 세월이 흘렀지만 정말로 그는 그녀를 '로세터 부인'이라고 부를 수는 없었다.) "그 여인은 어디로 간 거야?" 그는 물었다. "클러리서는 어딨지?"

샐리는 추측해보았다. 피터도 그랬다. 신문에 난 사진에서 본 적이 있는 외에는 그들 둘 다 알지 못하는 중요한 사람, 정치가들이 왔으리라. 그들에게 클러리서는 친절해야 되고 이야기를 나누어야 되는 게 틀림없었다. 그녀는 그들과 있으리라. 하지만 리처드 댈러웨이는 내각에 들어가지 못했다. 샐리가 추측건대 그는 성공하지 못했지? 샐리로 말할 것 같으면 그녀는 좀체로 거의 신문을 읽지 않았다. 때때로 그녀는 그의 이름이 언급되는 것을 보았다. 게다가—글쎄, 그녀는 아주 고립된 삶을 살았다. 황무지에서,라고 클러리서는 얘기하겠지. 위대한 상인들, 위대한 제조업자들, 일을 하는 남자들 사이에서 살았다. 그녀 또한 일을 해내었다!

"나는 아들이 다섯이나 있어요!" 그녀는 그에게 말했다.

이런, 이런, 얼마나 그녀는 변했는지! 모성의 부드러움에다 모성의 이기주의도 지녔네. 마지막으로 그들이 만났을 때를 피터는 기억했다. 달빛 아래 콜리플라워 사이에서였다. 이파리들이 "거친 청동 같다"고 그녀는 문학적인 표현을 했다. 그리고 그녀는 장미를 꺾었다. 분수가에서의 사건 뒤에 그 끔찍했던 밤에 그녀는 그를 위로 아래로 걷게 하였다. 그는 한밤중에 기차를 타려 했었다. 원 참, 그는 흐느껴 울었었다!

주머니칼을 여는 것은, 그의 오래된 습관이라고 샐리는 생각했다. 그가 흥분했을 때 언제나 열었다 닫았다 했다. 그가 클러리서를 사랑하고 있을 때, 그들, 그녀와 피터는 아주아주 가까웠다. 그리곤 점심때 그 끔찍한 우스꽝스런 사건이 리처드 댈러웨이 때문에 있었다. 그녀는 리처드를 '위캠'이라고 불렀다. 왜 리처드를 '위캠'이라고 부르면 안 되는가? 클러리서는 발끈 성을 냈다! 그리고 정말로 그들, 그녀와 클러리서는, 그 후로 서로 만나지 않았다. 아마도 지난 십 년 동안 대여섯 번도 되지 않았다. 그리고 피터 월쉬는 인도로 가버렸고, 그녀는 어렴풋이 그가 불행한 결혼을 했다는 것을 들었다, 그가 애가 있는지도 모르고, 그녀는 물어볼 수도 없었다. 그가 변했기 때문이었다. 약간은 무력해진 것처럼 보였지만, 더 친절해졌다고 느꼈고 그에게 진정한 애정을 느꼈다. 왜냐하면 그는 그녀에게 젊은 시절을 떠올리게 했기 때문이다. 그녀는 여전히 그가 준 작은 에밀리 브론테 책을 갖고 있었다. 그는 글을 쓰겠지, 분명? 그 당시에 그는 글을 쓸 작정이었다.

"글은 썼어요?" 그녀가 물었다. 그녀는 손을, 견고하고 보기 좋은 손을 그도 기억하는 방식으로 무릎 위에 폈다.

"한 줄도 안 썼어요!" 피터 월쉬가 말했고 그녀는 웃었다.

그녀, 샐리 시튼은 여전히 매력적이었고, 여전히 인물이었다. 그런데 이 로세터는 누구지? 결혼식 날 그는 동백꽃 두 송이를 달았지 ― 그것이 피터가 그에 대해서 아는 전부였다. "그들은 수많은 하인이 있고 온실이 끝도 없이 커요." 클러리서가 편지를 썼는데, 뭐 그와 비슷한 이야기였다. 샐리가 웃음을 터트리며 고백했다.

"맞아요, 나는 일 년에 만 파운드 수입이 있어요." ― 세금을 내기 전인지 후인지는 기억할 수가 없었다. 왜냐하면 그녀의 남편은, "그가 꼭 만나야 하고" 그녀에 따르면 "당신이 좋아할" 사람인데, 그녀를 위해서 모든 일을 처리하기 때문이라고 그녀는 말했다.

예전에 샐리는 초라한 옷을 입곤 했다. 그녀는 부어톤에 오기 위해서 마리 앙트와네트가 증조할아버지에게 준 할머니의 반지를 저당잡혀야 했다.

아 맞아요, 샐리도 기억했다. 그녀는 마리 앙트와네트가 증조할아버지에게 준 루비 반지를 여전히 갖고 있었다. 그 당시에 그녀는 자신의 이름으로는 한푼도 없어서 부어톤에 가는 일은 그녀가 끔찍하게 쪼들리는 것을 의미했다. 하지만 부어톤에 가는 일은 그녀에게는 큰 의미가 있었다—집에 있으면 아주 불행했기 때문에, 그곳에 가는 일이 그녀를 미치지 않게 해준다고 믿었다. 그러나 그 모두가 이제는 과거의 일이었다—이제는 모두 끝났다고 그녀가 말했다. 그리고 패리 씨는 돌아가셨고, 패리 양은 여전히 살아 있었다. 평생에 그렇게 놀란 적이 없어요! 하고 피터는 말했다. 그는 그녀가 죽었다고 아주 확신했었다. 그런데 결혼은 성공했을까? 샐리는 추측해봤다. 저기 아주 잘생긴, 아주 침착한 젊은 여인, 저기 커튼 곁에 붉은 빛깔의 옷을 입고 있는 건 엘리자베스네.

(그녀는 포플러 나무 같아, 그녀는 강물 같아, 그녀는 히아신스 같아, 하고 윌리 티트콤은 생각하고 있었다. 아 시골에서 자신이 하고 싶은 것을 하고 있으면 얼마나 더 멋질까! 그녀는 자신의 가엾은 개가 짖는 소리를 들을 수 있었다) 그녀는 조금도 클러리서를 닮지 않았다고 피터 월쉬는 생각했다.

"오, 클러리서!" 샐리가 말했다.

샐리가 느꼈던 것은 단지 이거였다. 그녀는 클러리서에게 큰 신세를 졌다. 그들은 친구였다, 아는 사이가 아니라 친구였다. 그녀는 지금도 클러리서가 온통 하얗게 입고 양손에는 꽃을 한 아름 안고 집 안을 돌아다니는 것이 보였다—오늘날까지도 담배나무를 보면 부어톤을 생각했다. 하지만—피터는 이해할까?—그녀에게는 무엇인가가 부족했다. 부족한 것이 무얼까? 그녀는 매력적이었다, 보기 드문 매력이 있었다. 하지만 솔직하자면(피터는 옛 친구, 진정한 친구라고 느꼈다—서로 안 본 것이 문제가 되나? 떨어져 있던 것이 문제가 되나? 때때로 그녀는 그에게 편지를 쓰고 싶었지만, 찢어버렸다. 하지만 그가 이해하리라는 것을 느낄 수 있었다. 왜냐하면 사람들은 이야기하지 않아도 이해할 수 있었다. 우리가 늙어간다는 것을 실감하듯이 말이다. 그녀도 이제 나이가 들었다. 오늘 오후에만 해도 아들들이 유행선 이하선염을 앓고 있는 이튼 학교를 갔다 왔다), 그런데 아주 솔직하자면, 어떻게 클러리서는 그럴 수 있었던 거지요? —리처드 댈러웨이하고 결혼하다니? 운동가에다 오로지 개만 사랑하는 남자하고 말이에요. 그가 방으로 들어오면, 실제로, 마구간 냄새가 났어요. 그리고 이 모든 것도 말이에요? 그녀는 손을 내저었다.

휴 휘트브레드였다. 하얀 조끼를 입고 어슬렁거리며 지나갔다. 몽롱해 보였고, 살찐 장님처럼, 자만심과 안락함 외에는 아무것도 눈에 안 들어오는 듯했다.

"우리를 모른 체하려나 봐요." 샐리가 말했다 그리고 실제로 그녀는 용기도 없었다—그래 저 사람이 휴군! 경탄할 만한 휴!

"그런데 그는 직업이 뭐예요?" 그녀는 피터에게 물었다.

그는 왕의 부츠를 닦고 윈저 궁에서 술병을 헤아린다고 피터가 말했다. 피터는 여전히 신랄한 말투를 갖고 있군! 하지만 피터는 샐리에게 솔직해야 된다고 말했다. 이제 그 키스, 휴의 키스 얘기 좀 해요.

흡연실에서 어느 날 저녁에 입술에다 했어요, 그녀는 그에게 확인시켜주었다. 그녀는 화가 나서 곧장 클러리서에게 갔었다. 휴는 그런 짓은 하지 않아! 클러리서는 말했다. 훌륭한 휴! 휴의 양말은 하나같이 그녀가 일찍이 본 중에 가장 아름다운 것들이었다. 그리고 지금 그의 이브닝 드레스도 그랬다. 완벽했다! 그런데 애들은 있나요?

자신을 제외하고 "이 방에 있는 모든 이들은 이튼에 아들이 여섯씩은 있다"고 피터는 그녀에게 말했다. 다행스럽게도 그는 하나도 없었다. 아들도, 딸도, 아내도 없었다. 그래도 그런 것에 별로 신경 쓰는 것 같지 않다고 샐리가 말했다. 그는 그들 중 누구보다도 젊어 보인다고 그녀는 생각했다.

하지만 여러 면에서 그렇게 결혼한 것은 바보 짓이었죠. "그 여자는 완전히 바보였어요." 그는 말했다. 하지만 "우리는 참 멋진 시간을 보냈어요." 그는 또 말했다. 하지만 어떻게 그럴 수가 있지? 샐리는 의아해했다. 그가 무슨 말을 하는 건지? 그를 알긴 아는데 그에게 일어났던 일을 하나도 이해하지 못한다는 것은 얼마나 이상한지. 자존심 때문에 그 말을 하는 걸까? 아무래도 그런 것 같았다. 아무튼 그에게는 울화통 치미는 일임에 틀림없었다(비록 그가 괴짜에다, 일종의 요정 같은 구석이 있는데다, 전혀 평범한 남자가 아니지만 말이다). 그의 나이에 집도, 갈 곳도 없다니 외로울 게 틀림없었다. 그런데 우리 집에 와 몇 주일이고 머물러야만 해요. 물론 그는 그러리라, 그는 그들 집에 묵고 싶다고 했고, 그 김에 이야기가 나왔다. 지난 세월 내내 댈러웨이 부부는 한번도 온 적이 없다고 했다. 수없이 여러 번 그들을 초대했는데, 클러리서(물론 클러리서가 문제였다)는 오려 하지 않았다. 왜냐하면 클러리서는 마음속은 속물—그건 인정해야만 돼요, 속물이거든요, 샐리는 말했다. 그것이 그들 사이를 가로막고 있는 거라고 그녀는 확신했다. 클러리서는 자신이 신분이 낮은 사람과 결혼했다고 생각했다. 그녀의 남편은 광부의 아들이었다—그녀는 그것이 자랑스러웠다. 그들이 가진 동전 한 닢조차도 그가 번

것이었다. 어린 소년일 적에도 (그녀의 목소리는 떨렸다) 그는 커다란 부대를 들어 날라야 했다.

(그렇게 그녀는 몇 시간이고 계속 이야기하리라고 피터는 생각했다. 광부의 아들이라니, 사람들이 그녀가 신분 낮은 사람과 결혼했다고 한다느니, 다섯 아들, 그리고 딴 게 뭐가 있지—식물들, 수국, 정향나무, 아주아주 드문 히비스커스 난초, 수에즈 운하 북쪽에서는 자라지 않지만 정원사 하나를 두고 맨체스터 근처 시골에 여러 개의 난초 묘판을, 정말로 묘판들을 가지고 있다느니! 그래도 클러리서는 그런 모든 것들을 벗어났네, 비록 어머니답지는 않지만 말이야.)

속물이냐고? 그렇지, 여러 면에서. 이 시간 내내 그녀는 어디에 있는 거지? 늦어지고 있었다.

"하지만, 클러리서가 파티를 연다는 이야기를 들었을 때, 나는 오지 않을 수가 없었어요—그녀를 다시 만나야만 했어요(그리고 나는 빅토리아 거리에 머물고 있었는데, 바로 옆동네잖아요). 그래서 초대도 안 받고 그냥 왔죠. 한데 말해줘요, 정말요. 이 사람은 누구죠?" 그녀가 소근소근 말했다.

나가는 문을 찾고 있는 힐버리 부인이었다. 얼마나 늦었는지! 밤이 깊어지고 사람들이 가면, 사람들은 옛 친구들을 만나게 되고, 구석지고 후미진 조용한 곳에서, 가장 아름다운 경치를 보게 되지, 그녀가 중얼거렸다. 그들이 마법에 걸린 정원에 둘러싸여 있다는 것을 아세요? 그녀는 물었다. 불빛들, 나무들, 멋진 반짝이는 호수 그리고 하늘이 있었다. 뒷마당에 단지 몇 개의 요정 램프가 있을 뿐이에요! 클러리서 댈러웨이는 말했지. 하지만 그녀는 마법사였다. 넓은 정원이었다…… 그들 이름은 모르지만 친구들인 줄은 아는 이들이 거기에 있었다. 이름도 없는 친구들, 가사가 없는 노래지만 언제나 최고였다. 한데 문들이 너무 많았고, 장소가 도대체 예상을 할 수 없어서, 그녀는 길을 찾을 수가 없었다.

"늙은 힐버리 부인이죠." 피터가 말했다. 한데 저인 누구죠? 저녁 내내 말도 하지 않고 커튼 곁에 서 있는 저 부인 말예요? 그는 그녀의 얼굴은 알아봤다, 어쩐지 부어톤과 연결이 되었다. 맞아 그녀는 창문가에 있는 큰 테이블에서 속옷을 재단하곤 했던가?

이름이 데이비드슨이었던가?

"아, 저건 엘리 핸더슨이에요." 샐리가 말했다. 클러리서는 그녀에게 정말로 아주 모질게 굴어요. 그녀는 아주 가난한 사촌이거든요. 클러리서는 사람들을 모질게 대해요.

다소 그렇죠, 피터가 말했다. 감상적으로, 갑자기 열정에 복받쳐서, 하지만, 하고 샐리가 말했다, 그런 모습은 예전엔 피터가 샐리를 좋아하곤 했던 이유였지만, 지금은 약간 두렵기까지 했다. 그녀는 너무 호들갑스러워진 듯했다—자신의 친구들에게 클러리서는 얼마나 아낌없이 주는지! 사람들은 그게 아주 드문 자질이라는 걸 알게 되죠. 때때로 밤에, 크리스마스에 자신의 축복을 헤아려볼 때, 그녀는 클러리서와의 우정을 첫 번째로 꼽았다. 그들은 젊었다, 바로 그거였다. 클러리서는 마음이 순수했다, 그게 이유였다. 피터는 그녀가 감상적이라고 생각하리라. 그녀는 정말 그랬다. 왜냐하면 사람이 느끼는 것—그것이 유일하게 말할 가치가 있는 것이라고 그녀는 느끼게 되었으니까. 똑똑하다는 것은 어리석은 것이었다. 사람은 단순히 느끼는 것을 말해야만 했다.

"그런데 난 내가 느끼는 것을 잘 모르겠어요." 피터 월쉬가 말했다.

가엾은 피터, 샐리는 생각했다. 왜 클러리서는 와서 그들과 이야기하지 않는 걸까? 그게 그가 갈망하는 것인데. 그녀는 그것을 알았다. 내내 그는 오로지 클러리서만 생각하고 있었고, 초조하게 칼을 만지작거리고 있었다.

자신은 인생이 단순하지 않다는 것을 알았다고 피터가 말했다. 클러리서와 자신의 관계는 단순치 않았다. 그게 자신의 인생을 망쳤다고 그는 말했다. (그들—그와 샐리 시튼—은 너무 가까운 사이여서 그 말을 안 하는 것은 어리석은 짓이었다.) 사람은 사랑에 두 번 빠질 수가 없답니다, 그가 말했다. 그런데 그녀는 무슨 말을 할 수 있지? 그래도 사랑하는 게 낫다고(하지만 그는 자신이 감상적이라고 생각할 거야—그는 그토록 신랄했지). 그는 맨체스터에 와서 그들과 함께 머물러야 돼요. 그 말이 맞아요, 그는 말했다. 당연히 그렇죠. 그는 런던에서 해야 될 일을 마치면 곧장 그들 집에 가서 묵고 싶었다.

클러리서는 일찍이 리처드를 좋아한 것보다 훨씬 더 피터를 좋아했다. 샐리는 그걸 확신했다.

"아니예요, 그럴 리 없어요, 아니라니까요! 피터가 말했다(샐리는 그 말을 하지 말았어야 했다—그녀는 너무 지나쳤다). 저 잘생긴 사람—언제나처럼, 정겨운 옛 친구 리처드는 방구석에서 계속해서 장황하게 이야기하고 있었다. 리처드는 누구에게 이야기하고 있는 거죠? 바로 저 기품 있게 생긴 남자말이에요. 샐리가 물었다. 저처럼 미개지에 살면, 사람들이 누군지 알고 싶어 한없이 궁금해진답니다. 하지만 피터도 몰랐다. 그는 그의 인상이 맘에 안 들었다. 아마도 각료겠죠. 피터가 말했다. 그들 모두 중에선 리처드가 제일 나은 것 같다고 그는 말했다—가장 사욕이 없었다.

"하지만 그가 무슨 일을 했죠?" 샐리가 물었다. 추측건대, 사회를 위한 일이리라. 그리고, 그들은 함께 행복할까요? (그녀 자신은 아주 행복했다.) 그녀도 인정하다시피, 그들에 관해서 아무것도 알지 못하기 때문에, 사람들이 흔히 그러듯이 단지 속단이나 하고 있었다. 우리가 매일같이 사는 사람들에 대해서조차도 우리가 도대체 무엇을 알 수 있던가요? 그녀는 물었다. 우리는 모두 갇힌 수감자들이 아니던가요? 자신의 감방 벽을 손톱으로 긁어대던 한 남자에 관한 훌륭한 극 작품을 읽은 적이 있었다. 그녀는 그것이 인생의 진실이라고 느꼈다—벽에다 손톱으로 긁어 자국을 내는 것. 인간 관계 때문에 (사람들은 너무나도 힘들었다) 절망하면서, 그녀는 자주 정원으로 가 꽃을 보며 여자와 남자들이 결코 주지 않는 평화를 얻곤 했다. 하지만 피터는 아니었다. 양배추를 좋아하지 않으며, 그는 인간들이 더 좋다고 말했다. 정말로 젊은이들은 아름다워요. 샐리가 말하며 엘리자베스가 방을 가로질러가는 것을 지켜보았다. 그만한 나이 때의 클러리서와 얼마나 다른지! 그녀가 어떤지 판단해낼 수 있어요? 입을 열려 하지 않더군요. 별로요, 아직은요, 피터는 인정했다. 그녀는 난초, 물가의 난초 같아요. 샐리가 말했다. 하지만 우리가 아무것도 모른다는데 피터는 동의할 수 없었다. 우리는 모든 것을 안다고 그는 말했다. 적어도 그는 그랬다.

그런데 이 두 사람, 샐리가 속삭였다, 지금 다가오고 있는 이 두 사람(클러리서가 빨리 오지 않으면, 정말로 그녀는 가야만 했다), 리처드에게 이야기하고 있던 여기 위엄 있게 생긴 남자와 그냥 평범하게 생긴 그의 아내—저런 사람들에 대해서 우리가 알 수 있는 건 뭐죠?

그들이 고약한 사기꾼이라는 거죠. 그들을 무심히 바라보면서 피터가 말했다. 그는 샐리를 웃게 만들었다.

하지만 윌리엄 브래드쇼 경은 그림을 보기 위해서 문간에서 멈추어 섰다. 판화가의 이름을 보려고 귀퉁이를 쳐다보았다. 그의 아내도 쳐다보았다. 윌리엄 브래드쇼 경은 예술에 너무나도 관심이 많았다.

우리가 젊었을 때 우리는 사람들을 아는 일에 너무나도 흥분했어요. 피터는 말했다. 이제 나이가 드니까, 정확히 말하면 쉰둘이 되니까요(샐리는 육체적으로는 쉰다섯이었다, 하지만 그녀의 마음은 스무 살 난 소녀 같다고 그녀는 말했다). 이제 성숙해지니까요, 하고 피터가 말했다. 관조할 수 있고, 이해할 수 있고 그리고 감정의 힘도 잃지 않아요. 그는 말했다. 잃지 않죠, 그건 사실이에요, 샐리가 말했다. 매년 그녀는 보다 깊게 보다 열정적으로 느꼈다. 더욱 커지죠, 불행히도, 어쩌면. 그는 말했다. 하지만 사람들은 그 사실을 기뻐해야만 했다 — 그의 경험으로는 계속 증대하였다. 인도에 어떤 이가 있어요. 그는 샐리에게 그녀에 관해서 이야기하고 싶었다. 그는 샐리가 그녀를 알았으면 싶었다. 그녀는 이미 결혼했어요, 그는 말했다. 작은 아이가 둘 있어요. 그들 모두 다 맨체스터에 와야 한다고 샐리는 말했다. 그들이 떠나기 전에 꼭 함께 오겠다고 그는 약속해야만 했다.

엘리자베스군요, 그는 말했다. 그녀는 우리가 느끼는 것의 절반도 느끼지 않아요, 아직은 아니예요. 하지만 엘리자베스가 아버지에게 가는 것을 보면 그들이 서로 사랑한다는 것을 알 수 있다고, 샐리는 말했다. 엘리자베스가 아버지에게 가는 모습에서 샐리는 느낄 수 있었다.

왜냐하면 그녀의 아버지는 서서 브래드쇼 부부에게 이야기하면서, 내내 그녀를 바라보고 있었던 것이다. 그는 혼자 생각하고 있었다. 저 아름다운 소녀가 누구지? 그러고는 갑자기 깨달았다, 자기 딸 엘리자베스라는 것을 말이다. 그는 그녀를 알아보지 못했다.

핑크색 드레스를 입은 그녀는 너무나도 아름다워 보였다! 엘리자베스가 윌리 티트콤에게 이야기하고 있을 때 그녀는 아버지가 쳐다보고 있는 것을 느꼈다. 그래서 그녀는 그에게로 가서, 같이 서서, 이제 파티가 거의 끝나 사람들이 돌아가는 것을 바라보고 있었다. 방들은 점점 텅 비어갔고, 바닥에는 물건들이 흩어져 있었다. 심지어는 엘리 핸더슨도 거의 마지막 손님이 되어 돌아가고 있었다. 비록 아무도 그녀에게 말을 걸지는 않았지만, 이디스에게 말해주려고 모든 것을 보고 싶었던 것이다. 리처드와 엘리자베스는 파티가 끝나서 차라리 기뻤다. 그리고 리처드는 자신의 딸이 자랑스러웠다. 그는 그녀에게 말하지 않으려고 했지만, 말하지 않을 수 없었다. 그는 그녀를 바라보며 말하였다. 저 아름다운 소녀가 누구지? 하고 의아해하다 보니 바로 자신의 딸이더라고! 그 말은 그녀를 기쁘게 했다. 한데 그녀의 개가 울부짖고 있었다.

"리처드가 나아졌어요. 당신이 맞아요." 샐리가 말했다. "가서 그에게 얘기해야 되겠어요. 작별 인사를 하겠어요. 두뇌가 무슨 상관이에요." 로세터 부인이 일어서며 말했다. "마음과 비교한다면 말이에요?"

"나도 갈게요." 피터가 말했다. 하지만 그는 잠깐 동안 그대로 앉아 있었다. 이 두려움이 뭐지? 이 황홀함은 또 무얼까? 그는 혼자서 생각했다. 나를 이상한 흥분으로 가득 채우는 이것은 무엇일까?

클러리서로군, 그가 말했다.

왜냐하면 거기에 그녀가 있었다.

해설

삶과 죽음의 화해로운 공존

1921년 4월 8일자 일기에서 버지니아 울프는 『타임스』지의 문예특집판 TLS(The Times Literary Supplement)가 자신을 수수께끼라든지 불가해한 작가라고 평하는 것은 괜찮지만, 낮처럼 평이하다든지 무시해도 좋은 작가라고 평할 경우를 걱정한다. 그녀는 특히 지금 자신에게 붙여지고 있는 "주요한 여자 소설가들 중 하나"라는 평판은 싫다고 말한다. 그러면서 그녀는 명성이나 사람들의 칭찬과 비난에 무관하게 자신의 견해를 글로 쓰겠다고 한다. 이런 그녀의 모순되는 주장은 아주 일관된 것으로, 페미니스트 소책자인 『자기만의 방』이나 『3기니』에서도 울프는 여성 작가들에게 칭찬과 명성에 연연하여 자신이 진정으로 쓰고자 하는 글을 배반하지 말 것을 강조한다. 하지만 그녀는 끊임없이 사람들의 칭찬과 비난에 신경을 쓰고 있다. 1921년 8월 17일자 일기에서 그녀는 호크스포드 부인이 톰셋 부인에게 자신을 "가장 똑똑한 여자는 아니더라도, 그 중에 하나"라고 칭찬했다는 사실에 기뻐한다. 동시에 소위 가벼운 소설 나부랭이(?)들을 쓴다고 당대의 여류 작가들을 폄하했던 "마구 휘갈겨 써대는 부인scribbling dame"이라는 선입관이 자신에게도 적용되는 것에 대해 상당히 신경을 쓰고 있다. 1921년 울프는 단편소설들과 스케치들을 엮은 다소 실험적인 『월요일이나 화요일』을 발표한다. 이 책은 성공하지는 못하였지만, 1922년 2월 17일자 일기에서 울프는 원하는 것을 썼고, 충분히 자신의 "중요성을 인정받았다"고 만족해한다. 같은 해 10월 14일자 일기에서 그녀는 『제이콥의 방』에 대한 TLS의 평이 어떨까 전전긍긍해하면서 자신이 공공연히 웃음거리가 되는 것을 사람들이 보는 것은 참을 수 없다고 말한다.

이렇게 비평에 민감한 울프의 모습은 작가로서 영국 문학의 정전正典을 형성하고 있는 훌륭한 작가들과 어깨를 나란히 하고자 하는 그녀의 야망을 드러낸다. 그녀는 자신이 여자 작가로 경시되는 것을 아주 두려워했다. 그녀는 전문적인 작가로서 강한 자의식을 가졌고, 작가로서 자아를 정립해 나갈 방향을 분명하게 세워놓고 있었다. 『자기만의 방』에서 그녀는 윌리엄 셰익스피어에게 똑같은 재능을 가진 동생이 있었더라도, 여자이기 때문에 드라마로 성공하기는커녕, 극단주의 사생아를 임신해 이름 없이 길가에 묻혔으리라 상상한다. 그리고 여성작가들에게 그 셰익스피어의 여동생에게 몸을 입혀 다시 태어나게 해야 한다고 설득한다. 울프는 자신이 바로 그 여성 작가로, 셰익스피어의 여동생으로 태어나고자 하였다. 그녀는 감히 영문학의 정점에 자리잡은 셰익스피어에 버금가는 작가를 꿈꾸었다. 그녀는 소설을 쓰기 훨씬 전부터 서평과 비평적 에세이를 통하여 자신을 '모던'으로 정의하며 빅토리아 시대의 소설과는 다른 형태의 소설의 비전을 제시한다. 그녀는 '인간의 마음'을 담을 수 있는 구성된 '형태form'를 작품에서 구현해내고자 했다. 『제이콥의 방』을 구상하고 있던 1920년 일기를 보면 그녀는 이런 형태를 발견해가고 있는 듯하다. 1922년 7월 26일자 일기에서 드디어 "나만의 목소리로(나이 사십에) 무엇인가를 어떻게 말해야 하는가를 발견했다는 것을 나는 의심치 않는다"고 고백한다. 『제이콥의 방』이 완벽하게 성공하지는 못했지만 "(울프가) 자유롭게 일하는 데 필요한 단계"였다면, 『댈러웨이 부인』은 마침내 자신의 스타일을 찾아낸 작품이었다. 1928년 미국에서 『댈러웨이 부인』을 출판하면서 울프는 서문에서 다음과 같이 말한다. "작가는 당시에 유행하는 소설의 형태에 만족하지 못하여 자신만의 다른 형식을 구걸하든지, 빌리든지, 훔치든지, 심지어는 창조할 결심을 했다고 합니다." 울프는 이미 『댈러웨이 부인』이 소설에 관한 자신의 문학론의 예증이 되리라는 것을 알고 있었다.

1923년 6월 19일자 일기에서 울프는 이 소설(당시의 제목은 『시간들*The Hours*』)에 담고 싶은 생각이 너무나 많다면서, '삶과 죽음, 정상과 비정상'을 다루겠다고 한다. 소설의 이야기는 댈러웨이 부인이 그날 밤 파티를 열기 위해서 런던의 거리로 꽃을 사러 나서는 것으로 시작해서, 그녀의 파티가 정점을 이루면서 끝난다. 그런데 이렇게 삶의 비전을 드러내는 댈러웨이 부인의 이야기와 병치되어, 작품의 주요한 또 하나의 이야기는 셉티머스의 죽음의 이야기이다. 이 이야기는 울프가 사회 제도를 비판하겠다고 한 의도에 걸맞게 사회적인 의식을 다루는 부분이 된다. 셉티머스는 전쟁 후 포탄의 충격으로 인하여 아무것도 느낄 수 없는 정신병을 앓고 있는데, 마침내 자신을 정신 요양소에 가두려는 홈즈와 브래드쇼 의사를 거부하며 창문에서 몸을 던져 자살한다. 하지만 작품 속에서 이 두 주인공 댈러웨이 부인과 셉티머스는 실지로 한 번도 만나지 않는다. 단지 작품 맨 마지막에 브래드쇼 의사가 댈러웨이 부인의 파티에 와서 셉티머스의 죽음을 전함으로써 두 사람의 이야기는 처음으로 교차한다. 상징적으로 댈러웨이 부인은 셉티머스의 죽음의 장면을 몸으로 다시 체험하며 죽음의 비전에 유혹을 느낀다. 그러나 그녀는 그것을 극복하고 삶으로 돌아와 많은 이들을 모으는 파티의 구심점을 이루며 작품은 끝난다.

작품에서 '삶과 죽음, 정상과 비정상'은 댈러웨이 부인의 삶과 셉티머스의 삶으로 양극화되면서 작품의 모든 행동action이 이루어지는 축이 된다. 이렇게 양극화된 비전은 어떻게 설명될 수 있을까? 1928년 현대 서고판에서 울프는 셉티머스가 댈러웨이 부인의 더블double이라고 설명한다. 그들이 겉으로 나타내는 것은 삶과 죽음의 비전, 정상과 비정상으로 극명한 대조를 이루지만 그들은 내적으로 공유점을 갖고 있다. 작품에서 댈러웨이 부인은 영국 지도층 계급을 대표하는 여인으로 많은 비평가들은 그녀의 속물적인 면모를 지적한다. 그녀의 옛 친구인 피터 역시 그녀의 소위 지배층으로서의 의식을 지적한다. 하지만 그녀는 인간이 서로의 영혼의 독립성을 존중하며 서로의 삶을 침해해서는 안 된다고 생각하는 면에서 셉티머스와 동일하다. 그녀가 열정적인 피터와 결혼하지 않고 리처드와 결혼한 이유도 거기에 있다. 작품에서 댈러웨이 부인은 그런 영혼의 자유를 고수한다고 하면서 점점 고립되어 홀로 다락방을 쓰며, 그녀의 침대는 점점 좁아지고, 잠 못 이루며 늦도록 회고록을 들춰본다. 그녀는 홀로 늙어가는 옆집 노부인에게서 인간의 위엄성을 발견하고, 자신을 그녀와 동일시한다. 결혼해서 딸까지 있는 그녀를 작품은 수녀 같다든지, 아직도 처녀성이 이불보마냥 둘러붙어 있다고 묘사한다. 이렇게 영혼의 독립성을 중시하며 자신을 격리시키는 극단적인 행동은 바로 셉티머스의 자살과 같다고 할 수 있다. 비록 그녀가 셉티머스의 죽음을 처음 접하고, 그가 삶을 중단시켰다는 데 괴로워하지만, 곧 자신이 매일의 삶 속에서 더럽히고 있는 것을 셉티머스는 지켰다고 부러워한다.

댈러웨이 부인은 셉티머스의 자살 소식을 접하고 홀로 방으로 물러나 그 순간을 다시 체험하며, 인간 영혼의 독립성을 침해하는 정신과 의사들에게서 제국주의자들의 이미지를 발견한다. 그녀는 이런 면모를 사랑이라는 이름하에 사랑하는 이의 독립성을 전혀 인정하지 않는 피터에게서(피터가 언제나 만지작거리는 주머니칼은 분명히 강압적인 남성성의 이미지일뿐더러, 제국주의의 칼을 의미한다), 그리고 종교의 이름으로 다른 이의 삶을 이렇게 저렇게 살기를 명령하는 킬먼 양에게서 똑같이 발견한다. 겉으로 드러나는 극단적인 대조에도 불구하고 댈러웨이 부인과 셉티머스는 더블이다. 그들 둘이 드러내는 양극적인 삶과 죽음의 비전, 그리고 정상성과 비정상성의 비전은 실제로는 연결되어 있다.

이런 울프의 주장은 비평가들로 하여금 댈러웨이 부인의 파티에서 작품의 모든 상이한 요소들을 하나로 합일해내는 상징을 발견하게 한다. 작품에서 댈러웨이 부인은 그녀가 여는 파티는 이곳저곳에 흩어져 서로 알지 못하는 존재들을 만나게 하고 그들간의 관계를 맺어주는 것이라고 주장한다. 그녀는 자신의 파티가 단순한 인간의 놀이가 아니라 신비로운 형이상학적인 의미를 가진, 거의 종교적인 의식에 가까운 베풂offering이라고 생각한다. 그리고 이런 파티의 면모는 댈러웨이 부인과 셉티머스의 양극화된 비전, 상이한 이야기들을 엮는 상징으로 이해되었다. 그것은 특히 셉티머스의 죽음을 내적으로 다시 체험하며 파티로, 삶으로 돌아오는 댈러웨이 부인의 모습 때문이다. 많은 비평가들은 댈러웨이 부인의 속물적인 면모와는 모순되지만, 영혼의 독립을 주장하는 그녀에게서 알 수 없는 신비한 힘이 이루어내는 화합의 능력을 발견하였다. 피터 또한 댈러웨이 부인이 '완벽한 안주인'이 될 거라고 비아냥대기는 했지만, 신비한 조화를 이루어내는 그녀의 능력을 인정한다. 마침내 파티에는 댈러웨이 부인과 화합되지 않는 몇몇 존재들, 엘리 핸더슨, 킬먼 양, 브루톤 여사도 참석한다. 작품 내내 과거와 현재로 분리된 의식 세계에서 끊임없이 과거로 돌아가던 그녀는 과거의 인물들인 피터, 샐리, 헬레나 고모까지 파티에 등장하자 작품 내내 분리된 존재들로 떠돌던 인간 관계를 온전히 하나로 엮어낸다. 작품 마지막에서 피터가 인지하는 그녀의 존재는 바로 이런 합일의 비전을 제시하는 인물인 듯하다. 그러나 이런 화합은 대치되는 양극을 하나의 극 아래로 강제로 모으는 방법인데, 작품을 통해 울프는 이와는 다른 새로운 화합, 새로운 구성의 방법을 제시한다.

작품에서 울프는 연결의 문제를 새롭게 해결한다. 그 하나는 공간적인 방법으로 흔히 제임스 조이스의 『율리시즈』에서 표절해왔다는 논란이 일기도 하는 장면이다. 작품에서 비행기가 하늘을 날면서 무엇인가 글씨를 쓴다. 이 장면은 런던 시내 곳곳에 흩어져 있는 셉티머스와 댈러웨이 부인을 포함한 수많은 인간 존재들을 서로 연결시킨다. 각각의 존재들은 나름대로의 상념 속에서 그 장면을 다르게 해석해내지만, 그것은 비행기가 나는 한 사건을 동시에 바라보면서 이루어진 것이다. 또 하나는 시간적인 방법이다. 작품 속에서 빅벤이 시간을 알리는 종소리는 인간이 인위적으로 삶의 흐름을 나누는 수단이지만, 동시에 같은 순간에 다른 곳에서 다르게 움직이는 인간 존재들을 연결한다. 되돌릴 수 없는 시간의 흐름을 알리는 빅벤의 소리는 마치 그물망처럼 등장 인물들이 거주하는 각각의 상념들 속에서 의식들을 엮어주는 구실을 한다. 그러나 울프는 자신의 양극화된 비전들을 서로 교차시키면서 이보다 더 근원적인 연결을 구성한다.

작품의 앞부분에서 댈러웨이 부인은 외출에서 돌아와 거울 앞에 앉는다. 그녀는 자신의 존재가 사람들은 알지 못하는 다양한 요소들로 조각나는 것을 본다. 거기서 그녀는 모든 다양한 모습들을 제국주의적으로 억누르고 자신을 인위적으로 한 점으로, 하나의 다이아몬드로 구성해낸다. 여기에 셉티머스와 그녀와의 차이가 놓여 있다. 댈러웨이 부인과는 달리 셉티머스는 포탄으로 산산조각이 난 에반스와 자신을 동일시하며 자신을 한 점으로 구성해내지 못한다. 댈러웨이 부인이 삶을 택할 수 있고, 정상성을 유지할 수 있는 비결이 바로 여기에 있다. 그러나 작품에서 울프는 댈러웨이 부인의 삶과 정상성의 비전을 셉티머스의 비정상성과 죽음의 비전보다 우월하다고 제시하고 있지 않다. 그녀는 일기에서 "양극적인 두 개의 비전을 제시하겠다" 다시 설명하면 "공존시키겠다"고 의도를 밝혔다. 작품에서 울프는 댈러웨이 부인처럼 다양한 모습들을 억누르며 그들간의 차이를 없애고 하나의 다이아몬드로, 파티라는 화합의 비전을 제시하지 않는다. 울프의 작품은 정확하게 양극을 이루는 그녀의 비전들이 서로 교차하며 만나는 지점에 존재를 드러낸다.

작품은 단지 셉티머스와 댈러웨이 부인이 드러내는 삶과 죽음이라는 대립적인 이야기라는 관점에서만 나누어져 있지 않다. 작품 시작에서부터 댈러웨이 부인의 감정은 "종달새처럼 솟구쳐 오르네", "곤두박질쳐 떨어져 내리네!" 하는 두 개의 상반된 움직임으로 나누어진다. 뿐만 아니라 댈러웨이 부인의 존재 자체가 상반된 모습으로 나누어져 있다. 앞에서 이미 설명했듯이 댈러웨이 부인은 영혼의 독립성을 소중히 하며 킬먼 양, 피터, 브래드쇼 의사

같은 제국주의자들을 미워하는 셉티머스의 더블이다. 하지만 동시에 그녀는 자신의 존재를 제국주의적으로 구성하며 제국주의적 부를 대표하는 댈러웨이 가家의 여인으로 자부심을 갖는 이중성을 드러낸다. 그녀의 존재 자체가 이런 양극적인 대립 요소들이 만나는 지점이다. 이렇게 나누어진 그녀의 존재는 삶의 환희에 떨다가는 순간적으로 떨어져 내리며 죽음의 공포에 떤다. 이런 댈러웨이 부인을 바라보며, 피터는 정반대로 대립되는 감정들이 연속해서 일어나는 것을 느낀다. 작품 맨 마지막에서 피터는 거의 동시에 공포의 감정을, 그리고 환희의 감정을 느낀다. 그리고 그런 감정을 댈러웨이 부인이 일으켰다는 것을 인지한다. 비록 그녀의 존재는 순간적으로 존재할 뿐, 금방 과거의 순간으로 기록되지만, 바로 그 대립된 감정이 만나는 지점에서 피터는 그녀의 존재를 확신한다. 작품에서 댈러웨이 부인의 의식은 과거와 현재를 끊임없이 오가면서 교차한다. 또한 작품은 댈러웨이 부인의 이야기와 셉티머스의 이야기가 교차한다. 그러면서 파티라는 현재의 순간은 그 상이한 시제와 이야기들이 서로 만나 정점을 이루면서 존재를 드러낸다. 셉티머스의 이야기와 댈러웨이 부인의 이야기가 교차하는 그곳, 삶과 죽음의 비전이, 정상성과 비정상성의 비전이 만나는 그곳에 울프의 『댈러웨이 부인』은 존재를 드러낸다.

인간의 마음이라는 기계장치mechanism에 관심을 가졌던 울프는 논리적이고 이성적으로 대립적인 요소들간의 차이를 없애고 하나로 화합시키는 전통적인 방식을 택하지 않았다. 그런 화합은 바로 자신의 식민지에 자신의 얼굴을 새기고 동일성을 인지하며 하나가 되었다고 착각하는 제국주의라는 것을 그녀는 잘 알았기 때문이다. 그녀는 차라리 인간들 세계에서 양극으로 인지되는 전형적인 대립인 삶과 죽음, 정상성과 비정상성과 같은 범주들을 더욱더 인위적으로 양극화시켰다. 그리고 그런 양극들간의 균형을 유지하며 담을 수 있는 유연한 형식을 구성하고자 하였다. 마치 인간의 마음이 어떠한 대립, 어떠한 모순에도 구애받지 않고 연속성을 유지하듯이, 그런 형태를 작품 속에서 만들어내고자 하였다. 물론 이런 그녀의 구성 방법은 뜨개질이라는 메타포가 잘 보여주듯이, 이 선과 저 선을 인위적으로 엮는 행위이다. 하지만 이 인위적인 구조는 서로 대립되는 것간에 차이를 없애고 하나로 통일할 필요 없이 각각의 자리를 유지하면서 하나의 구조를 이룬다. 드디어 울프는 '상상력의 온전한 구조the whole structure of imagination'를 구현하는 데 성공하였다.

필자는 꽤 자주 왜 울프 같은 작가를 전공했느냐는 질문을 받는다. 그럴 때마다 턱없이 열등감에 빠지며, 왜 울프를 전공했는지 자문하곤 했다. 사실 문학을 전공하는 이들에게 자신의 전공이 재미있냐고 물으면 틀림없이 모두 그렇다고 대답하리라. 기실 재미라는 것은 그 작가를 긍정하는 데서 나오는 힘인데, 평생의 연구 과제의 중심으로 삼은 것을 어떻게 부정할 수 있겠는가? 더군다나 그 작가가 많은 사람으로부터 어렵다거나 기이하다는 평을 받으면 그 애정 어린 집착은 더욱 커진다.

옮긴이가 울프를 선택하게 된 이유는 사실 아주 간단하다. 그녀의 글을 읽으면서 옮긴이는 자주 '말이 안 된다', '의미가 통하지 않는다'는 생각에 부딪혔다. 그것은 울프의 텍스트가 옮긴이에게 던지는 도전이었고, 울프에 대해서 쓴 대부분의 글들은 스스로에게 말이 안 되는 것들이 어떻게 말이 되나를 찾아보는 이야기들이었다. 그러면 많은 이들은 그런 쓸데없는 일을 왜 하냐고 물을 것이다. 혹은 그런 쓰잘데없는 일을 하면서 그걸 학생들에게 지식이라고 가르치냐고 하리라. 도대체 그런 일이 이 세상에 무슨 도움이 되냐고 물으리라. 옮긴이 또한 스스로에게 던졌던 질문들이다. 하지만 그렇게 말이 안 되는 것이 우리들이 단지 각자의 세계 속에 '우물 안 개구리' 식으로 갇혀 있기 때문이라면, 우리는 과감히 다른 세계로의 도전을 생각해야 하지 않을까?

소유하는 즐거움은 크다. 하지만 누리고 싶은 욕망 또한 그 못지않게 크다. 글이 독자에게 주는 즐거움은 무엇보다도 이런 누리는 즐거움이라고 생각한다. 옮긴이는 많은 독자들이 울프가 열어주는, 열어줄 수 있는 새로운 도전, 새로운 생각, 멋진 상상력의 세계로 탐험하며, 보이지 않지만 존재하는 보물들을 누리기를 기대한다. 그리고 멋진 선물들을 우리 현실 속에서 눈에 보이는 것들로 가꾸어가는 것이 우리 살아 있는 자들의 특권이며 의무라고 생각한다. 왜냐하면 우리 모두 알다시피, 놀라운 달나라로의 여행은 언제나 그것을 꿈꾸고 상상하였던 이들에게 가능한 현실이었다.

원본은 1965년 판 Harcourt, Brace & Jovanovich, Publishers의 『*Mrs. Dalloway*』를 사용했고, 1992년 Stella McNichole이 편집하고 주석을 단 Macmillan판의 『*Collected Novels of Virginia Woolf: Mrs. Dalloway, To the Lighthouse, The Waves*』를 참조했다.

끝으로 이 글을 번역하는 데 많은 도움을 주신 연세대학교의 원한광 선생님께 진심으로 감사드리며, 책의 모습으로 나오기까지 애써주신 솔출판사의 많은 분들께 감사드린다.

정명희

버지니아 울프 연보

1882년 1월 25일, 런던 켄싱턴에서 출생.

1895년 5월 5일, 어머니 사망, 이해 여름에 신경증 증세 보임.

1899년 '한밤중의 모임Midnight Society'을 통해 리튼 스트레이치, 레너드 울프, 클라이브 벨 등과 친교를 맺음.

1904년 아버지, 레슬리 스티븐 사망. 5월 10일, 두 번째 신경증 증세 보임. 이 층 창문에서 투신자살을 시도하나 미수에 그침. 10월, 스티븐 가의 네 남매, 토비, 바네사, 버지니아, 에이드리안은 아버지의 빅토리아 시대를 상징하는 하이드 파크 게이트를 떠나 블룸즈버리로 이사함. 12월 14일, 서평이 『가디언*The Guardian*』에 무명으로 실림.

1905년 3월 1일, 네 남매가 블룸즈버리에서 파티를 열면서 이후 '블룸즈버리 그룹Bloomsbury Group'이라는 예술가들의 사교적인 모임을 탄생시킴. 정신 질환 앓음. 네 남매가 함께 대륙 여행을 함. 근로자들을 위한 야간 대학에서 가르침. 『타임스*The Times*』의 문예 부록에 글을 실음.

1906년 오빠인 토비가 함께했던 그리스 여행에서 돌아온 후 장티푸스로 사망.

1907년 블룸즈버리 그룹을 통해 덩컨 그랜트, J. M. 케인스, 데스몬드 매카시 등과 친교를 맺음.

1908년	후에 『출항*The Voyage Out*』으로 개명된 『멜림브로지어』를 백 장가량 씀.
1909년	리튼 스트레이치가 구혼했으나, 결혼이 성사되지 않음.
1910년	1월 10일, 변장을 하고 에티오피아 황제 일행이라 사칭하고 전함 드래드노트 호에 탔다가 신문 기삿거리가 됨. 7~8월, 요양소에서 휴양. 11~12월, 여성해방 운동에 참가.
1911년	4월, 『멜림브로지어』를 8장까지 씀.
1912년	1월 11일, 레너드 울프가 구혼함. 5월 29일, 구혼을 받아들여 8월 10일 결혼.
1913년	1월, 전문가로부터 아기를 낳는 것이 건강에 좋지 않다는 진단 결과를 들음. 7월, 『출항』 완성. 9월 9일, 수면제 백 알을 먹고 자살 기도.
1914년	8월 4일, 제1차 세계대전 발발. 리치몬드의 호가스 하우스로 이사.
1915년	최초의 장편소설 『출항』을 이복 오빠가 경영하는 덕워스 출판사에서 출간.
1917년	수동 인쇄기를 구입하여 7월에 부부가 각기 이야기 한 편씩을 실은 『두 편의 이야기*Two Stories*』를 출간.
1918년	3월, 두 번째 장편 『밤과 낮*Night and Day*』 탈고. 몽크스 하우스를 빌려 서재로 사용.
1920년	7월, 단편 「씌어지지 않은 소설An Unwritten Novel」 발표. 10월, 단편 「단단한 물체들Solid Objects」 발표, 『제이콥의 방*Jacob's Room*』 집필.
1921년	3월, 실험적 단편집 『월요일 아니면 화요일*Monday or Tuesday*』을 호가스 출판사에서 출간. 「유령의 집A Haunted House」, 「현악 사중주The String Quartet」, 「어떤 연구회A Society」, 「청색과 녹색Blue and Green」

등이 수록됨. 11월 14일, 세 번째 장편 『제이콥의 방』 완성.

1922년 심장병과 결핵 진단을 받음. 9월에 단편 「본드 가의 댈러웨이 부인Mrs Dalloway in Bond Street」을 씀. 10월 27일, 『제이콥의 방』 출간.

1923년 진행 중인 장편 『댈러웨이 부인*Mrs Dalloway*』을 『시간들*The Hours*』로 가칭함.

1924년 5월, 케임브리지의 '이단자회'에서 현대 소설에 대해 강연. 그 원고를 정리한 『베넷 씨와 브라운 부인 *Mr Bennet and Mrs Brown*』을 10월 30일에 출간. 『댈러웨이 부인』 완성.

1925년 5월, 『댈러웨이 부인』 출간. 장편 『등대로*To the Lighthouse*』 구상, 장편 『올랜도*Orlando*』 계획.

1927년 1월 14일, 『등대로』 출간. 5월에 단편 「새 옷The New Dress」 발표.

1928년 1월, 단편 「슬레이터네 핀은 끝이 무뎌Slater's Pins Have No Points」 발표. 3월, 『올랜도』 탈고. 4월에 페미나Femina상 수상 소식 들음.

1929년 3월, 강연 내용을 보필한 『여성과 소설*Woman and Fiction*』 완성. 10월에 『여성과 소설』을 『자기만의 방 *A Room of One's Own*』으로 개명하여 출간. 12월에 단편 「거울 속의 여인: 반영The Lady in the Looking-Glass: A Reflection」 발표.

1931년 『파도*The Waves*』 출간.

1933년 1월, 『플러쉬*Flush*』 탈고.

1937년 3월 15일, 장편 『세월*The Years*』 출간.

1938년 1월 9일, 『3기니*Three Guineas*』 완성. 4월, 단편 「공작부인과 보석상The Dutchess and the Jeweller」 발표, 20년

전의 단편 「라뺑과 라삐노바Lappin and Lapinova」 개필.

1939년 리버풀 대학에서 명예박사 학위를 수여하려 했으나 사양함. 9월, 독일의 침공, 런던에 첫 공습이 있었음.

1940년 8~9월, 런던에 거의 매일 공습이 있었음. 10월 7일, 런던 집이 불탐.

1941년 2월, 『막간*Between the Acts*』 완성. 3월 28일 오전 11시경, 우즈 강가의 둑으로 산책을 나간 채 돌아오지 않음. 강가에 지팡이가, 진흙 바닥에 신발 자국이 있었음. 오랫동안의 정신 집중에서 갑자기 해방된 데서 오는 허탈감과 재차 신경 발작과 환청이 올 것에 대한 공포 등이 자살 원인이라고 추측함. 7월 17일, 유작 『막간』 출간.

옮긴이 **정명희**

연세대학교 영문과를 졸업하고 미국 뉴욕 대학교에서 박사학위를 받았다. 논문으로 「『제이콥의 방』—버지니아 울프와 월터 페이퍼」 「다시 쓰는 댈러웨이 부인」 「Mediating Virginia Woolf for Korean Readers」 등이 있고, 역서로 『댈러웨이 부인』 『버지니어 울프: 존재의 순간들, 광기를 넘어서』 등이 있다. 국민대학교 영어영문학부 명예교수이다.

버지니아 울프 전집 5

댈러웨이 부인 Mrs. Dalloway

1판 1쇄 발행 2019년 5월 15일
1판 4쇄 발행 2023년 10월 10일

지은이 버지니아 울프
옮긴이 정명희
펴낸이 임양묵
펴낸곳 솔출판사

편집 윤정빈 임윤영
경영관리 박현주

주소 서울시 마포구 와우산로29가길 80(서교동)
전화 02-332-1526
팩스 02-332-1529
블로그 blog.naver.com/sol_book
이메일 solbook@solbook.co.kr
출판등록 1990년 9월 15일 제10-420호

ISBN 979-11-6020-077-5 (04840)
979-11-6020-072-0 (세트)

• 잘못된 책은 구입한 곳에서 바꿔드립니다.
• 책값은 뒤표지에 표시되어 있습니다.